Da jianzhushi

中国故事原创文学丛书

大建筑师

刘元举 著

漓江出版社

谨以此书，献给改革开放40年的城市，以及那些为中国建筑事业付出辛苦，做出贡献的老一代建筑师们。

目
录

序曲：献祭之灯

英国人约翰·罗斯金对于建筑下了这样的定义：建筑和建筑物的不同在于是否精心打造，正如将美好的祭物献给上帝一般。这是他《建筑的七盏明灯》中第一盏明灯的特质，他取名为“献祭之灯”，带有很浓的宗教与殉道意味。接下来，他从两个方面强调，建筑师和出资者皆需向其献身——前者要一丝不苟，认真诚心，充满热情去完成他的设计；后者则是在经费方面，较诸他供给自己私人喜好之花用，至少要再多一点干脆，再少一点算计。

其实，他忽略了最为重要的一方，那就是政府的作用。对于计划经济时代的中国而言，假如官员不给你做建筑项目的机会，你即使有天大的本事，也绝不可能点燃你的“献祭之灯”。

因为建筑师的命运并非由他们自己掌握。绝不像现在，动辄可以跳槽，可以炒老板的鱿鱼。你那时就是老板案头的小鱼虾，要炒要煸，任由心情。只不过那年月不叫老板，叫领导。

中国的改革开放通俗点说是从权力者被称作“老板”开始的，从南叫到北，越叫越响。“改革开放”是人们使用率最高最烫的一个词，从20世纪80年代始，一晃这个词经过了30多年的时空摩擦，依然生气勃勃。

与这个词毗连的词便是“十一届三中全会”，简称“三中全会”。

在中国现当代历史进程中，许多重大的时代转折变革，均与党的会议相关。诸如“八七会议”“古田会议”“遵义会议”“七届三中全会”“庐山会议”等。这些会议对于中华民族发展进程均有着命运攸关之意义，然而，十一届三中全会，对于当代中国的发展方向来说，则更加重要，更加深远，更加具有震撼效应。

1978年召开的中共十一届三中全会，是一次管生管死的大会，因为会上否定了“两个凡是”的错误方针，认定了实践是检验真理的唯一标准。这是一块显赫的界碑，开创了中国人的新纪元。中国从此发生了翻天覆地的变化。这个变化实在是来得太迟，却也未免有点仓促了，令许多人缺乏足够的准备且不够适应。

历史上任何一次重大转折，都如同列车停靠到一个大站上，上车与下车的乘客，摩肩接踵，彼此交换着也可以说更替着位置，停与开之间，会甩掉一些人，也会给一些人带来人生重要机遇，只不过这种机遇是留给那些有准备的人。

意识形态的大调整，势必要带来经济上的大改变。1980年是个重要年份，若从1950年的七届三中全会算起，到1980年，恰好30年整，像一个重要的节点。30年前的会议有这样的意义：“对于迅速战胜财政经济困难，恢复和发展国民经济，具有重要意义。”而到了30年后，同样需要“迅速战胜财政经济困难，恢复和发展国民经济”。

中国经济的腾飞，始于1980年这个节点。深圳经济特区就是这一年正式挂牌成立的。

这一年的陈世民，正埋首在一个重大的建筑项目中：北京图书馆（现为国家图书馆）的设计与建造。这座面积多达16万平方米，藏书2000万册的巨大图书馆，是一个国家项目，是中国人的一件大事情。对于首都北京而言，其影响力可想而知。

那时候盖个大楼可不是件简单的事情，重要建筑项目是一定要通过党中央、国务院的。1975年，周恩来总理就批准了这个项目。从征集筛选设计方案到建筑施工，陈世民自始至终参与其间，并与西北建筑设计院的设计人员一起，完成了技术设计及部分施工图。作为参加项目规划的骨干建筑师，陈世民担负着重要的使命，也承担了巨大的压力。从1975年到1980年这五年间，他从设计到施工，像一头牛埋头苦干。也可以说，他更像一匹马，安分守己待在马厩里，对于中国改革开放的大潮涌动，对于中国将发生的翻天覆地大变化，有的只是内心的骚动与期盼。

建筑业是改革开放视觉化的第一战场。处在这个战场中的陈世民，精力充沛，心无旁骛。从1954年进入建设部北京工业建筑设计院这个国家级的设计机构以来，经过26年的风吹雨打，陈世民已经从一个普通的设计人员，成长为可以独当一面的骨干人才，其间经历的酸甜苦辣，只有他自己知道。

他一直保持低调，非常务实，绝不似文人般遐想非非，尽管此时，一个令设计院所有人关注的大事即将来临。

这事还要从1979年6月说起。当时国家建委、国家建工总局（建设部）为了开拓对外建筑业，在香港成立了中国海外建筑工程公司，主要负责承包海外的施工项目。光有施工而没有建筑设计，显然不配套。时任院长的袁镜身与当时的建工总局局长肖桐、副局长阎子祥商量，能否在香港成立一个设计机构，吸取国外先进设计。这样的话，不仅能使我们的施工走向海外，建筑设计也同时走向海外。这是为设计工作开辟的一个技术窗口。这个适时的智性提议，立刻得到了赞同。

肖桐说：我们在80年代改革开放初期，创办了四个公司（房屋开发公司、香港海外建筑公司、华森建筑与工程设计顾问有限公司、华艺建筑设计顾问有限公司）。肖桐是站在建设部的角度说这话的。这在当时的中国，是很不简单的事情，至少起到了开路先锋作用。这是时代赋予建设部的使命，也为肖桐他们那一代领导者提供了展示胆识与才干的机会。那是一种试水，一种摸着石头过河的方式。在深圳这几年，我没少听“摸着石头过河”和“杀出一条血路”这样的话。过去深圳官员这样说我还感觉挺好听，现在听到这样炒冷饭的话，横竖都觉得不顺耳。改革开放都40年了，这句话越来越空泛，越来越没了分量。然而，在肖桐他们创建这四个公司的年月，这话不仅不是轻飘飘的，且含有相当大的不可预知性。风险与机遇同在，甚至风险的几率值要高过成功因素。这四个公司，前两个为施工性质的，后两个是设计公司。而陈世民恰恰是创办后两个公司的关键性人物，就是说，他对这两个公司的贡献，无疑是要载入史册的。

1980年初，建工总局设计局局长王挺到香港考察，像内地第一次踏上这片繁华之地的其他官员一样，庄严拘谨的外表带着满目的惊喜，其间他接触了香港的黄汉卿。黄汉卿是印尼的归国华侨，结构工程师。他是个北京通，因为他曾在北京工业建筑设计院工作过多年，还加入了中国共产党。自70年代初定居香港，黄汉卿早就有在香港建立设计机构的想法，因此，他与北京这边一拍即合。

为尽早促成此事，黄汉卿给谷牧副总理修书一封，提出在香港建立设计机构的建议。谷牧将此信批转给了袁镜身。袁镜身院长立刻与肖桐、阎子祥商讨此事，三人取得一致性意见，又正式给谷牧打了报告。谷牧将此报告批给进出口委员会（该委员会当时主管对外设置机构）。批到了这儿，相当于到了终点站，进出口委员会就将这个建筑设计机构，列入将在香港设立的机构总名单之中。

当年十月，黄汉卿再度来到北京。袁镜身和王挺郑重地与黄汉卿坐下来商定具体事项的落实等事宜，包括公司取名——华森，华，寓意中华；森，是从黄汉卿的森洋公司名中取第一个字。公司性质定为双方合资经营。当时以中国建筑设计咨询公司名义（后改为建设部建筑设计院）出资，股份为85%，森洋股份15%，双方共同承担盈亏。公司在香港注册。办公室、人员住宿、暂时所需经费等，均由黄汉卿方面负责办理。与此同时，建立了股东会，袁镜身任主席，黄汉卿任副主席。在袁主席主持下，双方签订了正式合同。

从此，华森这个中国第一家中外合资的建筑设计公司就这样诞生了。

当黄汉卿回香港办理登记注册手续时，这边开始了赴港人员的挑选工作。

心眼活络的人，早就在私下里活动了，而这样的信息对陈世民却极不畅通。即使他略有所闻，也不会往心里去，他感觉那是一件与己无关的事情。他不会去奢望。

在物资匮乏的80年代初，能够去香港，这是让全国人民眼红的事情。那时谁有海外关系，谁能走过罗湖桥，或者跨出国门，谁有外汇券，就如豪门般显赫。

能去香港，离跨出国门也不远了，回来就能拥有一大件。这个一大件当然首选的是一台大电视了。电视是什么？是体面，是豪气，是财富，是魔方般的人际氛围。那是高人一等的特供。打那个年代过来的人，哪有不对此印象深刻的？那个年月，别说大彩电（不管多大，只要是彩色的屏幕，一律被称作大彩电），谁家有电视，谁家就会具有强大的吸引力，招来左邻右舍的羡慕与套近乎。被人套近乎的滋味，是美味。在笔者记忆中，当时每到星期六晚上，我都会跑到拥有电视的人家去。他家的电视不过9英寸，还是个黑白电视，但却因播放《流浪者》这样的影片，而紧紧勾住了我的魂。

陈世民能去香港的亢奋，也跟大彩电不无关系。

那时的设计院里自然分成两拨人，一拨是搞运动的，冲锋在前，特积极，总被表扬；另一拨人是搞生产技术的。只有在促生产的时候，才会把这拨技术骨干拿出来，为需要而用，但不会重用你，也不怎么表扬你。陈世民属于后者。干活是你，下放劳动是你，这样的人怎么可能会有好事落到头上呢？本来就老实本分的人，经历过“文革”的折腾，不免心有余悸，因而，陈世民只有埋头于业务的份儿，没有任何政治优越感可言。所以，他仍然像一匹还未被识别的千里马，只能低着头一味地沉浸在他的图板上。而当伯乐在炫目的阳光中朝他走过来时，他竟浑然不觉，直到对方伸出了一只被镀亮的强有力的手拉起了他——

据袁镜身讲，派谁去，由他和阎子祥、王挺三个人决定。那是经过一番认真挑选的，而最终成行的人员只有四个。

“我与陈世民同志1954年相识，同在建筑界一起工作30多年。后来他虽然调到香港‘华森’‘华艺’工作，但仍然经常接触，彼此都甚熟悉，成为知己。今天阅读他的《时代·空间》，如临其境，如见其人，感到十分亲切，也颇有收益。为了祝贺这部巨著的出版，特咏诗一首：‘大师佳作集锦堂，新春时节读华章。丹青阁楼创新意，雄才巨著绘画廊。’”这是袁镜身为陈世民《时代·空间》一书写下的文字。

这是一位领导者？上级？从口气看，只是一位亲切的老朋友。字里行间，真诚中浸透着慈祥。没有一句官话，也没有半点自我表白，诸如“我如何发现或珍惜这个人才”之类，一片温暖情谊跃然纸上。

袁镜身接下来说：“陈世民是新中国成立以后培养出来的建筑大师，是我国建筑界的后起之秀。伟大的时代赋予了他机遇；但作者天资聪明，勤奋好学，这是他成长起来的重要因素。几十年来，他一心扑在建筑设计上，走到哪里，想到哪里，也画到哪里。书中的设计构想和草图手稿，都是在飞机、酒店、旅途中完成的。每到一地，他很注意观察和分析当地建筑的特点，善取别人之长，运用于自己创作之中。如果没有他高度的事业心和艰辛的努力，虽有好的机遇，也会是一个无所作为的庸人。”

最后这句话说得颇有见地。事实上，建设部先后派去香港，或者通过别的途径去香港的建筑师大有人在，但能够像陈世民这样做出显赫成就的人在哪里？机遇永远是给那些有准备并勤奋努力的人。

陈世民如实写到当时接到通知的心情：“这突如其来的喜讯使我思潮澎湃，数日难眠。这突如其来的喜讯也成了我设计生涯乃至终身事业的转折点。”

赴港前夕，三位领导接见了他们，先是被叫到了杨春茂副部长的办公室。

那是个老式房间，宽敞整洁，棕色地板擦得光亮幽深，横的竖的摆放着旧式写字台、文件柜什么的。他们围坐在沙发上，有种宽松感。在座的还有设计院院长袁镜身，细瘦的身材，松弛的眼袋处，罩一圈疲倦的黑晕。副院长阎子祥身材高大，清爽朗气。

举止稳健的杨春茂说，现在组织上派你们几个到香港去，建立一个民间的设计公司。记住呵，我们只能用民间的形式派出去，政府是派不了正式的公司的。这是大局的需要。你们是先行者，是中国设计界第一批走出去的。稍停，他又补充道：“在香港环境下，你们既然是以民间身份去的，就不代表政府了。也不必有那么大的压力，如果搞不好，你们卷着铺盖回来就是了。”

这最后一句“卷铺盖回来”的话，给陈世民印象极深。他当时也弄不明白为什么只能以民间身份，而不能代表政府的行为方式，但他在心里却暗暗给自己鼓劲儿，绝不能卷铺盖回来，那多让人笑话。

关于杨春茂的记载并不多。只能从一些老照片上领略到这位副部长的风采。有一张黑白照片是在建设部的大台阶上，他与苏联来华专家们站在一起，构成一道历史的风景线：很难分清他这位中国人与苏联人的区别。在那群墙体般的深灰色的列宁式风格呢子大衣中，在一片云朵般的西式礼帽间，视觉的感受是扑面而来的一种崇高感。而杨春茂则庄严地立于正中间，人群背后有古建筑立柱巍峨映衬。他的服饰与表情，跟苏联专家一模一样，甚至鼻梁也是尽量高挺，有种轩昂感。

照片中没有袁镜身，但袁镜身却撰文详尽地记载了那批苏联专家：总平面专家捷尔宾耶也夫、建筑专家格里申、结构专家罗曼诺夫、地基专家阿布拉莫夫等。他说，这批专家大都是从苏联国家建委、莫斯科市建筑设计院、列宁格勒（圣彼得堡）建筑设计院选拔出来的优秀人才，这些优秀的建筑师、工程师大多都是苏共党员。他们来中国的任期为两年。

袁镜身还详述了他们设计院配合苏联专家设计的洛阳第一拖拉机厂、矿山机械厂、轴承厂这三座大型工厂及规模宏大的生活区，相当于在洛阳西郊建造了一座新的工业城市。

陈世民与袁镜身是同一年进北京的，只不过他们地位不同，视角也不同。

袁镜身是河北邢台县龙门村人。17 岁时，父母双亡。命苦的他被迫辍学，在村里当起了小学教员，混口饭吃。

“卢沟桥事变”那年，他投身到太行山下的一支八路军队伍，从此开始戎马生涯。烽火硝烟中当过战地小报编辑，文化教员，做过地下工作。出生入死的他，居然在硝烟不曾散尽的苞米地里趴伏着写小说，小说不仅发表了，获了奖，还得到周扬的当面赞赏。新中国成立后，他做了两年的《石家庄日报》总编辑。正顺风顺水时，石家庄市委书记刘秀峰钦点他为秘书。他极不情愿地从总编的位置上下来去当秘书。但既然是组织上的安排，他也只有服从。不久后，他也随刘秀峰进京。他把全部家产装进了一个柳条箱子里，抬到了北京，后被任命为北京工业建筑设计院党委书记兼副院长。

在他的记忆中，年轻的袁书记不是以当官的姿态来显赫自己，他时刻铭记华北行委结束时，刘澜涛对他的嘱咐，分到新单位时一定要注意两条：一是先做调查研究，了解情况，不要下车伊始；二要谦逊谨慎，团结同志，不要盛气凌人。

他到设计院，就是严格按照这两条去做的。

当时的北京工业建筑设计院显然是个国家级别的大设计院，人最多，规模最大，人才济济，被称为“一杯浓茶”。这杯浓茶是要用大杯子的，很热，如何将它端起来，这对他袁镜身的为政能力是一个不小的考验。

他先是搞调查研究，了解这些知识分子的经历，像打开了一个珠宝箱，这些人才从箱底往外闪出光华，让他大开眼界：总建筑师王华彬是20世纪早期的美国宾夕法尼亚大学硕士，与中国第一代著名建筑大师梁思成、杨廷宝等同门。还有副总建筑师林乐义，1937年毕业于上海沪江大学，抗战胜利后，赴美国佐治亚理工学院研究建筑学，中华人民共和国成立之时，他从欧洲取道香港返回北京，一心为了祖国的社会主义建设事业。还有副总建筑师戴念慈，1942年从重庆中央大学建筑系毕业，深得梁思成先生的赏识，1950年被推荐到首都担任中共中央直属机关修建办事处主任，之后又任中央财经委员会总建筑处设计主任等职。袁镜身认真了解并研究了这些颇有名望和才气的建筑师们，发现了一个问题：他们当中没有一个是共产党员。他选好了三个培养对象：戴念慈、杨芸、叶德灿……后来，戴念慈入党时曾宣誓，愿意做一个“红色的建筑师”。

袁镜身是那种真正按照毛主席的教导“甘当小学生”的人。他抓紧时间学习业务，他认为隔行如隔山。在建设部门工作，不懂建筑，终究是站不住脚的。他开始了苦读，恶补。他托人从清华大学找来两本《中国古代建筑史》《外国建筑史》等教材，读得天昏地暗，又读得地朗天清。

一晃几十年过去，袁镜身成了老建筑。甚至退休之后，依然活跃在岭南的建筑"战场"，也时常挥笔撰书，他的文字越发老到，且见地独到，俨然一个建筑评论家，一位真正的内行。

从一幅照片上看到了袁镜身与其夫人的风采，很普通的两位老人，完全是那个年代过来的人的装束。这位沧桑清瘦的老人，头发如立风中，眼窝乌青，眼袋融铅般垂着倦怠，一看就是多年失眠的痕迹。越端详他越像一棵历经沧桑的老榆树。他枯瘦了自己，却一直在为别人挡风遮雨，创造温馨。他做了那么多好事，成全了手下众多有才华的建筑师，这样的领导真是打着灯笼也难找。

"文革"挨批斗，他的四大罪状均与重视人才有关。他最想不通的是批他重用反动学术权威。他有这样一段铮铮之言："批我讲话时都讲'才德兼备'，而不讲'德才兼备'，把德字放在后面；用人也是重视才华。在一次批斗大会上，有的造反派质问我，你为什么讲'才德兼备'而不讲'德才兼备'呢？我说：'这不是我的发明，故意讲的呀！《毛泽东选集》中就是讲"才德兼备"呀！（毛泽东在《中国共产党在民族战争中的地位》中就是讲"才德兼备"的）'我这么一说，会场顿时哑然没声了。"重用有才华的人算什么罪过？这样一座上千人的国字号大设计院，没有几位有才华的建筑师、工程师，怎么能设计出好的建筑？常言说，世有伯乐，而后才有千里马；没有伯乐，哪里识得千里马！

这就是他的为人，他的领导作风，他的坦荡胸襟，这些也正是馅饼掉到陈世民头上的原因。一个正直的领导者，负责任的人，爱惜人才，珍惜人才的伯乐。这是老一辈革命家传下来的东西，与那些靠送礼送出来的歪风，甚至买官卖官的无耻行径，天壤之别。

肖桐在袁镜身八十诞辰之日赠诗予他，其中有这样的一句，可谓是对袁镜身一生的高度概括:“转业建筑五十载，设计足迹处处诗。”

他们是老同事，也是老朋友，字句间，显现了他对袁镜身的深度理解。

说起肖桐，我很喜欢他写于1997年的《千秋岁》，那是书法作品，墨迹典雅清秀，间距舒畅悦目，字文俱佳，看上去疑似古之圣贤之书。他是那种文化素养极高的老人，仙骨清风，文气沛然，且重情重义。

肖桐有一首《自画像》，自己题诗撰书，笔墨遒劲间不失灵动:“无求无欲一老翁 / 偏向建筑铸深情 / 老生常谈无新语 / 翻来覆去一本经。”这种诗绝不是一些老干部的打油诗，也绝非浅吟低唱，这是经过灵魂浸泡的句子。

曹大澄是这样赞美肖桐的:“肖部长是位好领导，我很佩服他。他有头脑，有眼光。”曹先生称赞肖部长的理由，是北京海淀区曾经有块空地，非常荒芜，没有人去理睬，但是，肖桐在位时，却提议开发兴建，当时，没有任何的条件，而他就是在诸多条件都不成熟的情况下，以己之魄力，在那里硬是干出了名堂，建起了翠微西里小区，包括翠微大厦、翠微商场等。那些建筑，像一座小卫星城耸起来了。

有一张很珍贵的照片，上面有肖桐、袁镜身、刘世瑾、阎子祥、熊禄永这几位建筑界的老头儿，这是他们在1991年聚到阎子祥家，为他贺八十大寿时拍下的。那种浓浓的友情与晚年情境，让人动容。他们老了，跟龚德顺设计的那栋建设部大楼一同变老了。这些“老建筑”们站立着，像那些苍老的方形立柱，虽已剥蚀陈旧，却依然方正，依然刚正不阿，老而弥坚!

对那一辈的老革命，我们始终心存敬意:他们是从战争年代摸爬滚打过来的土八路，身上带有土腥味儿。虽然没读多少书，也没留过洋，但却凭着谦逊高尚的人格，顽强的意志，刻苦努力的学习，已经变成了知识分子中的一员。这样的人，才是最懂行的“外行”，他们修炼得连内行都望尘莫及。这才是党的事业兴旺发达的真经。他们的高瞻远瞩、开明无私、唯才是举，为真正有才干的人提供机遇和条件，使之腾飞千里。这种大德本身，就是明灯高悬。

第一章　时来运转

人生大多时光趋于平淡。然而，平淡中常常会有意想不到的事情突然降临，无论福祸，它都将构筑生命的跌宕与传奇。30 年后，当陈世民谈起当初去香港工作这件事，依然感叹不已："没有想到呵，馅饼竟然会掉到我的头上。"

他说这话时，面部漾荡着厚实而光亮的笑意，眼睛眯得很小，却有着更多的深邃与沧桑。

书写中国当代建筑史，是绕不开华森建筑设计顾问公司的。这不仅是内地最早在香港成立的一家建筑设计顾问公司，引领了中国建筑设计改革的潮头，而且，这个公司从落脚香港那天起，便有其引人入胜的故事。这些故事或激扬或豪迈，或离奇或荒诞或滑稽，但都绕不开陈世民。

一、初到香港：大步跨进"资本主义"天地

1980 年 12 月 18 日，45 岁的陈世民在到达香港的当天晚上，便记下了这样的文字："我们告别家人，从北京前往广州，又乘车跨过罗湖口岸，进入香港境内。"

由深圳至香港，不过一袋烟的工夫。走过罗湖桥，就进入香港之境。现在的陈世民在深港两地往返，如履平地，就像坐地铁从罗湖区进入福田区似的。他去香港办事，拎着包就走。过关时，一刷卡就过，方便得很。有时直接乘坐那种挂着双牌照的小车，经皇岗口岸海关时，就跟高速公路过收费口似的，一脚油门，直抵开会的地方。开完会吃完午饭，撂下筷子就可以打道回府。他说去香港开会或者购物，一天两个来回都可以。这就是效率和效益的改善，就是一个社会的进步。在他看来，现代化不只是盖高楼大厦，现代化还是一个社会的效率和效益的提高。中国现代化进程的步伐，可以在深圳海关找到聚焦点。

然而，在 1980 年要进入香港，那可是如跨天堑。

罗湖口岸非常简陋，树木稀少，枝叶稀疏甚或光秃，且无精打采。一个倾斜的棚子如同蔬菜大棚，这就是海关检查站？周边能看到渔民村的板房，单薄地架在水面上，支撑的木柱杂乱而纤细，像肺痨患者的细腿，笔直排列在水中，形销骨蚀。而罗湖的村宅，棚户密集无序，黑瓦白墙，如一堆无法洗净的蘑菇。那时的人们是背着袋子，挑着挑子，像逃难似的拥聚到海关。在露天排队，躲不了太阳，也避不了雨，就那么干挺着。有根红绳子在乱糟糟的人流间拦挡，人流便打着圈儿排队往前挪步。工作人员脸上挂着“阶级斗争”表情，接过护照，像审视坏人一样盯视你一眼——那时是用护照，后来才改为通行证。办过关手续是件非常麻烦的事情，要花上大半天的时间。在人堆里沤着，大热的天，浑身黏汗，好不容易办完手续时，有种遭关押后的解脱之感。

终于，一大步跨进“资本主义”天地了！

他们一行四个人都是头一次从这里过关，先跨过罗湖桥，随着潮涌般的人流，便到了香港那边的过境处，他当时没有留意罗湖桥，直到再次从香港过深圳这边时，他才看清了这个承接两地的枢纽。走出香港的关口，才上了火车。车门底部跟地面是平的，不需要抬腿就能上去，这跟我们国内当时上火车要死拽住铁杠爬上陡立的车门，完全不同。车一开动，陈世民就觉得随着节奏的加快，有种莫名的压力迅速迫近。他留意着车窗外的建筑，有动感，有起伏，错落如画。他在新奇的感觉中夹杂着莫名的亢奋。

“在那摇晃的车厢里我想：从闭关的社会主义首都来到开放的资本主义国际商埠，从低消费的环境跨进高消费场所，生活不适应倒还容易克服，总比下放劳动好得多。但是，作为一个中国建筑师要立即接轨西方竞争世界，还要立足生存不能退却，并求发展，不免让人担心。”陈世民在日记中表达了这样的心情。

车停下时，他头一次看到香港境内的警察。黑衣黑帽，带着电影中的失真感觉从面前“咔咔”走过。那么多密不透风的高楼，那么多的人流，那么多的车，那么缤纷的广告牌匾。他眼花缭乱，不知该注意脚下还是仰望高处。到处都是五彩缤纷，花花绿绿，阳光下的玻璃幕墙像巨型宝石，散光的面积更大更炽热。无数光斑，于破碎中绽放璀璨。

像陈世民这样出身乡下，共和国培养的、一心一意跟党走的老实本分的知识分子，突然置身于一个五花八门的资本主义世界，是很难适应的，他需要一切从头开始，“摸着石头”已太慢，他必须快速适应。

没有隆重的接风场面，也没有任何仪式，他们见到了黄汉卿，人家客气地请吃了一顿饭。晚上，夜生活的香港散发着迷人的气息，而他们这四条汉子却不知去哪里落脚。天气之闷热令人无法想象，好像到处都涂有黏合剂，连风都是黏的。他们只能先挤到中国海外建筑工程公司的职工宿舍，凑合一下。

内地第一家境外建筑设计公司一点都没有想象中的气派。很简陋的普通民宅，三房两厅，很小的屋，很小的厅。双层床把房间塞得满满，透不过气来。很多人是从工地回来的，带着工地的疲惫也带着工地的汗臭。

在这里睡觉是不大容易睡着的。折腾了一个晚上，他们急着出去找房子租住。黄汉卿带他们去铜锣湾一带寻找。看了一处价格相对便宜的房子，但进去细查，因没有窗户，屋里昏暗，本来天气就闷热，怎么能住呢？！他们晃来晃去，最后找到半山的列提顿道。

在香港，凡是在隆起的高处，都有种高高在上、可望而不可即之感，这样的地方都是有钱人的首选，而半山显然是富人居住区。从车水马龙喧嚣不已的窄街望出去，半山的楼房就像画一样飘在白云间，还有蓝天映衬，怎么看都有种超迈感。在香港，半山与平地，恰好是解读这座城市的钥匙。

上到半山处的感觉真好，往下面的市区望开去，一切杂乱与烦恼都被踩在脚下。与山体如此接近，被绿色如此围拢，瞬间人就会神清气爽。在富人区要想租到合适的房子，并不容易。房价高的租不起，只有找最便宜的。还算运气不错，他们找到了一栋五层楼的房子，在地面上看却只有一层，其他几层隐在地平线以下。坐电梯不是往上升而是往下降。

他们下到了最底一层，单元门打开，呈三房一厅，还配有一个工人房，比较阴凉，有股潮湿味儿。他们四人等于一人一个单间。陈世民最年轻，他就住进了最小的工人房。有了自己的小天地，关上门，那天他特别高兴。

住在半山，很有面子。而他们享受的却是贫困者的生活。

安顿下来后的第一顿饭，吃得他永生难忘。他们当中有一位曾来过香港见过世面的人，自称什么都熟悉什么都明白，便带着他们几位“表叔”去超市买吃的（表叔是当时香港人送给内地刚过来的土老帽的谑称）。在他的指点下，这伙人来到一家超市。他特别强调要买生的东西回去自己加工，这样省钱。于是，他们挑来拣去，就买了些生肉、生肠等，还有一些罐头。回来捣鼓半天，好不容易吃上了一顿饭，结果，那些罐头打开来，怎么品尝味道都不对，有人仔细研究说明后，大家当场喷饭：原来他们吃的是狗粮罐头。这事成了笑话，什么时候说起来，他们都会捧腹大笑。

现在养狗的人那么多，狗粮罐头已不是新鲜玩意儿，可在当年的中国内地，哪有人见识过狗会吃这么精致的罐头。

陈世民总喜欢以自嘲的口吻说当初在香港，自己是如何的老土，有很多笑话，也有很多艰辛。吃住都是自己管。中午没有人请客，就得买盒饭。5 块钱的盒饭他们舍不得买，就去超市买面包，4 毛钱一片，买上两片要 8 毛钱，然后再到百货公司买一个小罐头：1 块 2 毛钱。这样，一顿饭仅仅两块钱就吃下来了，比盒饭节省 3 块钱。他们办公室里有咖啡和水，不用花钱。早上，也会有牛奶喝。只是到了晚上，他们就要自己弄饭吃了。四个人轮流做。每人每天出两块钱，下班后顺路去菜场买菜。他们摸准了要等下午去买，因为菜一早上来新鲜，价格很高，到了下午，就会打折。他们专门买打折后的菜。

拎着打折的菜，穿行在半山区的列提顿道上。街景如盆景，置身其间总让他有种恍惚之感。富人出入的时候，不仅仅是豪华车辆在闪光发亮，连他们的脑门子都是油光锃亮。在如此富庶豪华之地，他们这几位来自京城的建筑师却生活得很窘迫。他们每天要穿过这片富人区走去上班，公司在山下，是黄汉卿的公司腾出一间办公室给他们用。上班时下山，走一身大汗，晚上回来要上山，又要爬一身大汗。最尴尬的是他们要从汽车盘山道上横插过去。人家山路专为汽车修建，左旋右盘，而他们为了抄近路，却要横着穿插过去。不按常规的这种突如其来的横穿，时常惊得人家开车的停下来，盯着他们穿过马路。山路为富人带来的是优雅，为穷人造成的却是窘态。回到住处，房间没有空调，热得进屋就恨不得把全身脱光，甚至连皮都脱掉一层。幸亏客厅里还有电视，他们看电视也是为了学习广东话。

星期天没事做，他们也要去往办公室。华森第一个办公场所是在干诺道的诚信大厦23楼，这是黄汉卿的森洋办公楼，华森等于寄人篱下。尽管他们是由国家选派，但却以私营面目出现，自然势单力薄，加之公司太小很不起眼。最初的自卑感，一直在陈世民的心头郁积。

他去办公室要经过摩罗街，那里摆着一长溜地摊，琳琅满目。什么东西都有卖，热闹非凡。摊上主要摆些旧衣服和鞋子什么的。人家香港人不穿的旧货，就会整整齐齐地拿个纸袋装上，摆放在这里卖。一件衬衫也就一两元，西服五六块一套。他们当中有位老兄特别会买旧货，专拣便宜买，几乎每到晚上，他都要展示"成果"。几件破衣服被他从包里神秘地抖搂了出来，那份炫耀。他让他们这些"表叔"猜价格。他们猜得越贵他就越有成就感。衬衫、西装、面料款式都不错。这能便宜吗？当看到他们羡慕的样子，他高兴得不得了！得到心理满足后，便主动要带他们去买。为了不让他太得意，他们就故意说不去。

陈世民回忆说，有一次，此人欣喜地告诉我们，发现了一家特别好的店，卖皮鞋和西服的，才几十块钱，好便宜。我们心里发痒，待下班后就赶紧跟随他去了那家店。一看牌子，上面写着"30元起"，我们就以为那么好的西服和皮鞋只要30元呢。

结果人家说，那是起价，而不是定价。就是说，店里面只有一件东西卖30元，其他都是几百元甚至上千元的。这是店家的商业经，也是香港文化。闹了半天，凡是他们能相中的，都要500元以上，而标榜30元的谁也看不上眼。他们便大呼长了见识。

妻子托人从广州给陈世民捎来一套睡衣，他打开一看，当即傻眼。根本不能穿，极不合时宜。是那种绒布的，很厚，在香港这样闷热的天气要捂出多少汗！还有两件衬衫，也是很土的那种。妻子哪里知道香港人有多么洋气。他们都喜欢穿花色艳丽的衬衫，还得是名牌。陈世民被周围环境影响，他不可能再穿那种土里土气的衣服了。他很爱面子，他怕人家笑话。

1981年5月24日。上半天在家缝裤子。上个礼拜天在九龙买了条很合身的裤子，只不过长了点儿。由于语言不通，商店答应剪短。哪知一点头，就被剪去一截，草草把边一扎，十分难看，弄回来我得自己再缝，忙了整整一个上午。

接下来几篇日记也蛮值得回味：

5月18日。今天下了个决心买了一台HITACHI出的新型电扇，273元，比市价便宜50多元。主要是台式，不摇头，但风很柔和，内地还没有见过。定时、变速全有，尤其造型薄而轻，准备到深圳时给家里带去。不知带不带得过去。也许琳又要说我好赶时髦了。但质量确实不错。拿回来大家做了欣赏。买电视因钱不够，借了曾坚460元，他同意分期晚点还他也没关系。

6月4日。上午过海关离开深圳，再次进入香港，还赶上了吃中午饭。见到琳寄来的信。近日消瘦，体重减轻，血沉[1]加快到50，她很疑心是癌症。见此顿觉晴天霹雳。弄不好我在外工作只能半途而废。但愿能逢凶化吉。

陈世民刚到香港时，天天都在盼着家书。虽然有电话，但半年也通

---

① 血沉，即红细胞沉降率，是指红细胞在一定条件下沉降的速度，可以反映身体内部的某些疾病。

不了一次。通过写信，他与妻子定好了周末晚上，家人会去北京电报大楼守候，他在这边将电话打过去。那是1980年6月9日，有日记为证：

> 七时半与北京通电话，琳、亮（儿子）在电报大楼守候多时了吧。时隔半年才通上第一次电话，终于听到他们的声音了，还是很慰藉的，尤其琳的声音柔和亲切，可能激动得哭了，也忘记该说些什么，真是担心她的病，有时半夜睡醒也会想到此事。听她讲没有问题，但还是很担心，昨日写信告诉她，如果真的有病，我可以放弃这头工作回去照顾她，让她放心。这也是我的责任，听天由命吧。

采访时，陈世民讲到这一段，很是动情："我哭得都不知道说什么好了。本来想多说点话，长途电话那么贵，好不容易打一次，但当时脑子一下子就空白了，那边也没有说多少话，大多时间都是空着的。"

两边都在哭，泪水无声传递。彼此都怕对方难过，电话就在这一分一秒中静静地空着，空得心慌。

他当时特别难过。分居，孤独，怨气，简直太不容易了！

即使生活条件再苦再难，他也能够克服，但让他深感焦虑的是自己到这里来究竟为了什么？华森建筑与工程顾问公司倒是成立了，但没有项目可做，岂不等于空架子摆设？香港建筑有他们自己的圈子，你一个从内地进来的建筑师，如何能融入人家的圈子？

自从踏上香港那天起，陈世民都是用足了每一分钟的。每天除了抓紧一切时间学习外语，学习广东话，他还想方设法钻研业务。他渴望尽快融入香港。他去参观各种建筑，出入各种高档酒店、大商场、高档住宅小区，但凡能去看的建筑，他都要去的。他要求自己尽快熟悉香港的建筑，尽快缩短与香港建筑师之间的差距。

然而，他仍然打不开局面，为此一筹莫展。

说到这里，不能不提到一个人，这个人对陈世民了解与认识香港的建筑设计，提升自身的建筑理念，起到了重要作用。他就是钟华楠先生，广东新会人，梁启超的同乡。他很有学养与见地。《建筑师》杂志主编杨永生介绍陈世民认识了钟华楠，以及另一位香港建筑师潘祖尧。

钟华楠和内地建筑界联系最为密切，他频繁地被邀请参加各种会议，每次会上都请他讲话。他倒也不推辞，讲起话来幽默，风趣，毫不造作，机敏中还有一种打动人的真诚。

有一次杨永生主持会议，让他讲，他就说，到内地来的次数越多，就越不好讲话了。讲什么都不再让人感到新鲜。改革开放的步子太快了，西方的洋玩意儿一下子都涌进来，人们什么东西都见识了，已经没有了新鲜感。刚来内地那阵儿，讲什么都受欢迎，随便放上几张在国外拍的幻灯片子，加上一点说明就可以大受欢迎。可是，现在不成了。西方世界已经没有什么神秘可言，尤其是给大学生们讲课是一件很让人犯难的事。

他讲到有一次在山西太原的一所大学讲课，一个学生向他提问什么是解构主义，一下子就把他问住了。知识分子是要面子的，他当时尴尬极了，不能说自己不懂，可是，要解答也解答不了。他的机智帮他摆脱了窘境。他装着听不懂对方的话，就把这个学生的问题绕过去了。回到香港后，他无法原谅自己，越想越觉得对不住那位学生。他放下手头的工作潜心钻研解构主义，直到彻底弄明白了，才给太原这所学校写了一封信，老老实实地承认了自己当时不明白，回来后才研究明白的，并向那位学生致歉。他讲述这件事时，是在一次百余人的会议上，其坦诚令人惊讶。这就是真正的学者精神。据说这种情况在一些大学者的身上也有过，一时回答不上难题，回去查找典籍，直到弄明白了给人一个答复。这是中国传统学者的真性情。

“60年代初，我从英国回到香港。建筑师的创造力与金钱诱惑之间的矛盾，我个人也与之战斗过。我的同学都成了百万富翁，可我却依然故我。我认为，建筑师应有他的使命感。30年来，我的使命感未曾改变，也始终不悔。”钟华楠如是说。

钟华楠在香港拥有自己的建筑师事务所。这个事务所1964年开业，门面不大，在闹市之中倒像个清幽的文化沙龙。空间显窄，壁上有书画，来人一律由他亲自沏茶，是那种功夫茶，桌面很小，杯子更小，两人面对面坐着，像下围棋。香港回归前三个月，我有幸去香港，去了他的事务所，就这样面对面地喝茶聊天。当时感觉拇指大小的杯子，端起来有点好笑，对于习惯了用大茶缸痛快喝茶的东北人而言，对这种小口抿的东西，实在不习惯。

香港公司很小，很灵活，很适用。钟华楠的就是这种小公司。香港工作人员特别周到细心，一切材料都给你准备好了，而且还要写个小字条放在你可见到的案头，一条条嘱咐，注意什么，准备什么。办公方式和效率与计划经济体制下完全不一样。钟华楠上班，上午十一点到公司，安排一下，跟客人吃饭，下午三点再回去。七点出来吃饭，回去睡一会儿，晚上十点起来工作画图。第二天，把一些黄条贴在每一个人的案头，然后，又出去吃饭。

但这套流程对于内地的设计部门是完全行不通的。陈世民来自皇皇大设计院，没见过香港那种小事务所。大设计院是按照苏联模式下来的，几套体系管你：党组书记、支部、党小组；院长、副院长、室主任、组长；总工、主任工程师、助理等。更主要的是多领导制约，复杂而庞杂，而在香港这地方当建筑师，没有这些东西，没有庞大而死板的体制。仅这种机制，就让陈世民耳目一新。

香港人讲斯文。有一次，钟华楠请他吃饭，在半岛酒店。酒店才几十个座位，但管理人员却有一百多，且都是科班管理学校毕业的，有着非常好的敬业精神。他不是坐车去酒店，而是要坐船过去，然后再狂走一阵，走出了一身大汗。到达餐厅，热得直喘，他便将袖子挽了起来，领口也解开来通风透汗。这一下子，马上让周围的香港人以一种异样的眼光瞅他。他旁观周围，没一个穿衬衫撸胳膊挽袖子的。他们各个都是将衬衫领口和袖口扣得紧紧，再热都要扣紧的。

还有喝汤，千万不要喝出声音，而他初来乍到时，把汤喝得很响，笑眯眯的钟华楠捏着一个老式大烟斗，点着他说，满餐厅的人都听到了你“忽隆”的喝汤声。

钟华楠经常请他吃饭。香港人非常准时，六点吃饭，他们出门时，就会给你打个电话，告诉你我现在出门了，如果交通堵塞的话，可能会晚到多少时间。非常礼貌周到。约会前，秘书会提醒你。早上一定会给相约之人打上个电话，再确定一下。这是做秘书的基本功，还要提醒老板应该带什么材料。许多细节都替老板提前想到了，非常细致周全，这就叫现代化，叫效率，叫香港的高端服务。

这就是陈世民在香港真正学到的文化，每个人都把自己的时间利用率发挥到最高境界。陈世民后来要求他的秘书也这样做。

有一回钟华楠给他打来电话，说他会晚一会儿到，嘱咐他到了那里，先在酒吧等一会儿，因为那家餐馆有规定，要等到人齐了，才能一起入座。这让他颇感新鲜。于是，他就坐在那个酒吧里等。酒吧很舒适，他以建筑师的眼光打量，装饰很搭调，尤其服务人员笑脸相迎为他服务，让他格外舒心。还有音乐环绕，空调温度凉爽，坐在这样的地方，每根神经都会舒展开来，就是等上一天，也不会烦躁。

这是他第一次这么仔细地体会酒吧格调。在内地时，他曾为几内亚大会堂设计餐厅，他想，外国人嘛，都喜欢喝咖啡什么的，便利用门口那个空间设计了一个酒吧。结果，“文革”中他因此成了“封、资、修”，遭到了严厉批判，铺天盖地的大字报，批判他设计酒吧就是资产阶级享乐思想在作怪。酒吧竟成了资产阶级的代名词，简直十恶不赦。

他将这个事儿跟钟华楠说了，钟华楠笑抖了大胡子。他的胡须非常茂盛，似乎每一根都蓄满幽默与智慧。尤其当他冲你笑时，小眼睛里面的光泽释放出一种生动的睿智。

钟华楠与陈世民的投缘，主要是因为他读过陈世民刊登在《建筑学报》上的两篇文章。1979 年第一期上的《试谈公共建筑创作中的几个问题》一文，文章中讲到的例子很生动：建筑设计最可贵的就是标新立异，而这在“四人帮”那里则是要遭棍子的。比如把大厅里几根柱子用黑色石料装修，就犯了“给工人阶级脸上抹黑”的弥天大罪，甚至要把设计人员“穿黑袍子”游街；圆形体育馆的造型被说成“像马桶”，便要迫使设计人员去劳动改造……文章中还列举了有人把楼房的层数与某次政治会议的次数联系起来，硬是把建筑造型与严肃的政治活动扯到了一起。有的把政治宣传画表现主题的手法搬到房屋上代替建筑造型与必要的艺术处理，甚至标语口号、红旗火炬成了最重要的建筑中心。邮电楼脱离不了电报大楼的形式，火车站因循着北京站的格局；房屋造型大多沿用老一套的中间高两边低的对称的“山”字形，结果一些建筑虽然用途各异，但外形雷同，形式单调，缺乏个性。

现代建筑创作任务不能仅停留于平面布局和立面处理，要按照一个完整的空间来设计。这个论点陈世民早在 20 世纪 80 年代初就提出来，可见他的非凡之处。即使现在，不少建筑师也没有很好地按照一个空间来设计建筑。我们画图还是平面就平面，立面就立面。解读一个建筑就是解读一个空间。这种文章在当时相当于建筑界的拨乱反正。他是走在了国内学术界的前沿，等于引领了全国建筑设计业。

钟华楠喜欢研究这些东西，对建筑的共同思考与探索，构成了两人友谊的基础。在他看来，那个年代的内地建筑师封闭保守且僵化，能够写出这样有见地的文章，实在是难能可贵。钟华楠对陈世民文章中的观点有的赞同有的不赞同，有的他不明白，便让陈世民给他详细讲讲。他们就是在这种对于建筑学术的研讨中建立了深厚友谊，也互相给予了营养。

钟华楠认为陈世民在“适用、经济、美观”三者关系的论述方面，还没有展开来深入进去，相比而言，《建筑学报》1980 年 2 月号的《“民族形式”与建筑风格》一文，思考得更深一些。

陈世民始终在探讨民族形式问题。一个建筑师，一辈子在建筑文化上面都需要表明一种态度和立场。当年就是这个局面。大批判、“资、封、修”，爱国就是爱民族形式。当时的中国思想文化战线，虽然一再强调思想解放，但仍然很僵化，思维方法简单盲从，只看你的方案有无民族形式。有就会采纳，没有就不会采纳。简单化，一刀切。这是一个极端。如何继承传统，是建筑界学术思想争论不休的问题。在这样的建筑文化背景下，《建筑学报》重点推出这种文章，并不容易。而在那样的人云亦云语境中，陈世民就曾尖锐指出民族形式不是万能钥匙。

《“民族形式”与建筑风格》全篇驳斥了“民族形式”的提法。陈世民由“民族形式”的局限性，论述到了“民族形式”的危害性，得出结论：“建筑艺术的美只能来自形式与内容的有机统一，来自目的和手段的和谐一致。”

他强调：“并非任何类型的建筑采用‘民族形式’都能有好的效果。把‘民族形式’当成一个口号应用是不科学、不恰当的。不如直接改用‘建筑传统’概括历史遗产，改用‘民族特色’或‘民族风格’取代‘民族形式’作为新建筑的设计要求。”

他认为："'古为今用'不是简单地停留在对某种传统手法与形式的模仿上，而应侧重于对形成我国古典建筑风格的各种因素的分析研究，以便有助于寻求如何反映当今社会面貌、民族习惯，以及发展着的材料、技术特点，复杂的功能与新的审美要求等方面的客观规律，从内容与形式、技术与艺术、物质与精神合乎逻辑的统一中去获取灵感与启示，促进新的建筑风格的创造。"那么，对新风格的创造，又应持有一个什么态度呢？他提出"新风格的创造必须要顺应建筑科学技术的发展"。

他主张"多样化的探索需要提倡"，"重点在于创造新的风格"，而且强调"新风格的创造必须顺应建筑科学技术的发展"。结尾处钟华楠画上粗杠："建筑正在经历着一场革命，难道建筑风格还能停留在小改小革上，在'大屋顶''民族形式'上打圈子吗？难道对传统形式的守旧，不正是对创造新的民族风格的束缚吗？……再也不能用陈旧的形式、不合时代潮流的艺术标准与审美观念来限制它们了。"

陈世民后来又写了一系列关于民族风格的文章，也都引起了钟华楠的共鸣。尤其面对一边倒的崇洋风，他感觉十分有必要论述清楚"传统的和民族的风格"问题。在《外资建设的现代化与民族风格问题浅谈》一文中，他呼吁："民族风格不容忽视，现代化并非'时髦化'。民族风格与现代建筑的使用功能并不是互相排斥的。外国的例子很多，如南太平洋的草顶旅馆，北欧国家的木屋旅馆，都很受游客欢迎。浓郁的民族风格和亲切的地方特色，实际上也是建筑功能之一。因此，关键不在于是否有矛盾，或者会不会影响使用功能，而在于针对民族风格提出什么要求，而相应地采取什么表现方式。"

贝聿铭也一直有自己对民族风格的执着坚持。幸亏贝聿铭呼吁，北京市政府才决定禁止在故宫周围一定范围内盖任何高楼。而沈阳故宫就是被一个骄横的金色高楼破坏了天际线。

贝聿铭的视线是无法遮拦的。他走到北京街头时，看到这几十年来受苏联影响的痕迹特别鲜明，而这几年来，国际风格已经有点呈泛滥之势。随之引发连锁的民族主义反击，一些西式建筑硬被加上了中式宝塔顶。他认为“太荒唐了”！他说“就好像穿着西服的人戴上斗笠。中国建筑已经走到死胡同。现在有两个方向，一是盲目仿古，一是全盘西化，哪一条路都走不通。于是他决心探索一下，走传统的中国百姓之路。中国的建筑应该自然而然地生根于这样的历史文化之中。于是他把老家的民宅“搬到了香山”，这样的香山饭店引来建筑界的不同声音，但至少是纯中国的，打破了贪大崇洋的大酒店做法。在香山饭店落成典礼上，一位高官不屑地说香山饭店看上去“很中国”。贝聿铭知道当时政府想要的是西式风格，所以，这个评价并非褒义，但他说：“听在我耳里就是褒扬。”

建筑风格与流派，一直是钟华楠先生思考和研究的问题。1983 年，中国建筑界邀请了三位著名建筑学专家来内地讲学。英国建筑师拉斯登和美国哈佛大学建筑系教授 John Andrew，这二位都是世界著名的建筑师，再一位就是钟华楠。三位从不同的飞机上走下来，却奇妙地同时到达北京的建国饭店。当他们坐在饭店宽敞的大堂里耐心地等待安排房间时，坐在钟华楠旁边的拉斯登问他准备讲什么题目，他说：“主人给出了个‘当代建筑流派’的题目。”拉斯登一听就蹙紧眉头连连说：“这是不可能的！”也许出于礼貌又补充道：“你若讲，一个星期也讲不完。”钟先生说，趁我们等房间的这一段时间，我给你说一下大纲如何？对方马上表示出极大的兴致。

“当代建筑设计有四大流派：第一是现代派。”他见对方点头，接着往下说，“第二是现代派的延续。”拉斯登一听这个题目便抢着说：“我就是这个题目。你的第三是什么？”钟华楠不紧不慢说：“第三是反现代派，第四是地方主义派。地方主义包括民族主义、区域主义和第三世界。”拉斯登那张学者面孔一下子充满笑容：“我从来没有听过这么清楚的说法，有了这个提纲，便很容易讲了。你很聪明！”钟华楠马上说：“我很不聪明！你可知道，我是花了整整三年时间才想出来的。”

那次会上，钟华楠的发言赢得满堂喝彩，他的学识得到了这位英国学者的由衷赞美，从此两人成为很好的朋友。

钟华楠不仅天资聪慧，还肯下功夫钻研。同样，陈世民也具备这个素质，他的这两篇文章都是经过反复推敲，下苦功夫写出的，文风很扎实，而且里面提到的许多问题，都是钟华楠感兴趣的，也是他们两个人对北京和香港两地不同文化语境下的建筑差异的热议话题。他们有争议，有碰撞，他们持有完全不同的建筑理念。反差之大，令陈世民颇为惊异。在香港他感到随处都是差异，从社会主义一步跨到了资本主义，什么都感觉不适。吃饭穿衣买东西之类的差异，已经算不了什么，最大的也是最难缩短的差距，便是建筑设计理念与思想认知方面的，这是个复杂的议题。然而，通过多次“交锋”，陈世民从钟华楠那里终于有了理论和思想上的提升。他真正弄明白了我们的建筑设计究竟差在了哪里。

同样面对一个项目，同样要做好一个设计，却是两种完全不同的态度和做法。钟华楠他们这些香港建筑师，总是要先把你要设计的那块空地周围的一些东西都弄清楚，诸如山呀水呀，地形呀，周围房子呀，还有人的活动空间和习惯呀什么的，哪怕一棵树、一根草，都要重视。这要花费很多工夫的。然后，他们再回去进行细致的分析思考，才会形成一个构想。假如这里是山，他就会在设计时开大窗户，因为要有宽敞的视野看山；如果是水，也要影响他的构思，哪怕是个水井，他也要尊重，补一块地面出来，要跟这个水井结合起来。这边若是路的话，他就要考虑最好开个门。门开在哪里，不是先入为主，而是根据环境需要，哪怕一个最微不足道的细节也是由环境决定的。这样的话，人家设计的东西，就是跟周围环境密切结合起来的东西，这样的楼房作为商品设计出来，自然会受到市场的欢迎。他们的设计，相当于找到“种子”，而后把它“种”在那块空地上。

这个“种”出来的建筑，与周围环境和人的关系一定是和谐的，圆融的，是具有自然的美感的结合体。

赖特也主张“建筑物应成为大地上的自然风景，应该与它所处的环境相协调，甚至增加环境因素，使景观更美”。

而我们内地建筑师呢，在长期封闭的情况下，总是先入为主，或曰“主题先行”。我们要先想出一个东西，可以绞尽脑汁去想，想出的这个东西一定是受到政治方面的影响，或者是某位官员一句话，你就围着打转转，跳不出框框。比方说我们一想到要盖的这个房子，领导的意图是要宏伟的庄重的高大敞亮的，我们就先想好一个模式，去套用。先想好这个模式无论是圆的，还是方的，几何体形都是要根据主观臆断，根本不管周围环境，大有唯我独尊之意。有山也好，有水也好，都得为我的设计“让步”，周围的很多房子是不是协调，这也可忽略。建筑就是房子，而不是环境，反正我就是要把这个建筑做好，一切都得以此为中心，这样才会让领导满意。所以，这样的建筑是硬栽上去的。这样的建筑与周围环境的关系肯定是不协调的。

一种一栽，完全不同的两种理念，两种指导思想，非常鲜明，如平地与半山。这个对陈世民的影响太大了。他认识到自己的差距。

他不无感慨地说：“我跟钟华楠在香港进行了很多次讨论。他代表的是西方建筑教育，和香港建筑师们的世界。人的正确思想是从哪儿来的，不是天上掉下来的，我们的设计思想却往往先入为主，像是天上掉下来的。这完全不同的思路，对我影响太大了。所以，我觉得到了香港这个地方，从经济物质上的对比，到建筑上的对比，都差距很大，尤其在思想上的对比，我觉得差距就更大了！”

中外许多专家学者曾盛赞过钟华楠，为他的建筑作品，也为他的文字功力，更多的则是倾倒于他的智慧和学问之下。多次接触交谈，陈世民从钟华楠身上看到了一个具有国际视野的建筑师的人格魅力与精神境界，他不仅拥有丰富的建筑经验，更有令人钦佩的学问功底。从而，陈世民更加坚信：一个好的建筑师必须要有崇高的人生追求，绝不仅仅是认真学建筑，做建筑，更需要认真扎实地做学问。只有具备了丰厚的文化底蕴与艺术修养，才可能走得更高更远。

许多人在日后看到陈世民搞了那么多建筑，具有超人般的能力时，几乎都说他是在香港学到了建筑方面的真本事，包括设计风格呀、画图呀，还有经营、办公司、赚钱呀什么的，却忽略了一个重要而实质性的东西，就是他在香港学到了文化，获得了思想。当然，这不是简单的平面的获取，他是举一反三，在原有的内地那些年的辛苦努力基础上，尽最大可能地吸收了香港的新东西、新思维、新理念、新的建筑空间——

《追求新的建筑空间》便是他在香港写的一篇重要文章，此文刊于《建筑学报》1986 年第 4 期。与此前的文章相比，他站得更高，思路亦愈加开阔。读这样的文章，对于当时国内一些处在相对封闭狭窄思维状态下的建筑师来说，会有豁然开朗之功效——

通常，建筑的艺术效果是通过其给人的空间感受来展示它的精神功能的。在建筑的发展史上，许多成功的作品尽管所依赖的建筑材料和工程技术早已被现代的材料和技术所取代，但其建筑空间所发挥的感染力却至今犹存，因而传为佳话。因此，不妨可以说，建筑师在从事建筑创作时不宜局限渲染某一类建筑风格，刻意继承某一种传统，着眼表现某一种材料技术，或者模拟某一个成功作品，而应力求探寻作品的空间效果，追求新的建筑空间，讲求给人的空间感受。

新的空间是什么？是对人的发现。强调建筑与人的关系，无疑是追求新的建筑空间效果时不可忽视的因素。他在香港一边发现建筑外在的闪光点，一边探寻文化艺术的内涵。如果与外在的参观各种建筑，拍摄各种造型的艺术、材料、空间变化相比，他的这种理论与思想的学习探索，有其更大的受益性。正是这种受益，使他坚定了建筑师的梦想，明晰了追求的方向和目标。更重要的是，他掌握了先进的建筑理念和创作的指导思想，并在日后蓬蓬勃勃的建筑作品中酣畅淋漓地体现出来。

他在香港绝不是学了点皮毛，而是学到了精髓，掌握到了骨子里，因而，在华森这几年，他是全身心投入到一个有深度的学习与实践之中。他不是摸着石头过河，他是昂起头来，呼啸着扑向了大海。这个大海不是爱琴海也不是维多利亚湾，而是挨近零丁洋的地方——

二、南海酒店："中国不是没有人才！"

蛇口真小。在西方文化中，蛇是受贬损的邪恶形象，如同撒旦，因诱使夏娃偷吃禁果而被上帝谴罪以腹行路，但在中国文化中，蛇则颇为受宠，不仅被称作小龙，人们还将其与龟联系在一起，使之成为长寿之玄武。据说在道教中，蛇的地位颇高，为四象之一，属水神，主北方。可见东西方文化之差异。

80 年代初的蛇口，吸引了世界的目光。其西北方向不过一箭之地，可达虎门。现在有京港澳高速，沈海高速，将两地连得更紧。虎门与蛇口，面对的是同一片海域，都是改写中国历史的地方。只不过前者是被迫撕开的口子，鲜血是战栗而冷凝的，而蛇口则是主动张开了通往西方世界的大门，也会有血汗，但那是热的沸的。从 1840 年到 1980 年，140 年的云烟雾气，总是会让这片海面迷蒙混沌。不知丽日晴天时，能否从蛇口透过珠江口而望见威远炮台的残余硝烟。

蛇口被称作中国改革开放的最前沿阵地，也被叫作“试管婴儿”。这样叫不仅是因为它小，还因为它太脆弱。

蛇口对中国改革开放的作用，发端于招商局。招商局是李鸿章于 1872 年奏请朝廷创办的，是中国民族工商业的先驱，在百年历史中，对中国的发展有着特殊意义。

袁庚是招商局第二十九任董事长。据耿全回忆，他是 1979 年初秋，和香港海通有限公司的同事们一起跟随招商局集团由香港赴蛇口。香港招商局早在 1978 年就在中央和广东省委批示支持下，开发建设蛇口工业区。所谓“试管婴儿”备好了试管。他们到达蛇口，乘坐交通艇驶进后海湾海域时，突然有人大叫起来：“看海面上那是什么？”艇上人一看，海面上漂着一具尸体，肿胀得面目全非。袁庚看了后，表情沉重地给船上人讲偷渡者的故事，有的人偷渡成功开庆功会，有的人就这样寂然死去，这些人只为追求好一点的生活，甘愿拿命冒险。

“当交通艇快到蛇口海面时，突然接到通知，要求推迟靠近码头，因岸上要开山爆破。紧接着就传来震天动地的开山炮声，裹挟着冲天而起的烟尘。上岸后看到到处彩旗飘扬，蛇口的建设大军正在开辟新天地。”

耿全笔下的开山放炮，是为了填海造田。一片空旷中，除零星渔村留下的小土楼之外，这里的第一个建筑物，是一个油漆仓库。人字形的顶盖，简易房子。等到海虹厂建好后，这个简易房子成了生活服务公司的仓库。到了1981年，才有了海虹新厂和办公楼。他没有提到铁皮房，追溯深圳的建筑文化，不能不提到这种铁皮房。就像石油人的干打垒，或西北沙漠中的地窨子。既是打工仔的婚房，也是经理老板蛰伏出没或施展宏图的办公场所。还有鱼骨天线，简陋的歌舞厅，乐手的炒更，歌星大腕的酸甜苦辣，拉洋片般演示着沉浮人生。

城市到了这步田地，急需一个壳，一个结实的壳体，不仅能挡风遮雨，更要漂亮美观，洋气，别让对岸的港人笑话。

蛇口在当时与全国的关系，在我看来，就像一个小小的发动机，很不起眼，却试图拖动庞大的母体。拖得动拖不动权且不说，发动机的声音却总是会打破百年抑或千年的平静的。

这里刚刚开始建设时，从照片上看，像两块质地粗糙的布，连洗都没洗就铺在这里。水是蓝颜色的布，陆地是沙黄色的，也有红颜色的。如果将树木说成是布的花饰的话，那么这个花饰也不精致。建筑呢？就根本谈不上是建筑了，只能说成是临时性的小棚子。而建设初期的蛇口指挥部，就是一栋简易小楼，薄板、铁皮楼梯。谷牧说：先给你三千万吧。当时的三千万概念，连谷牧自己可能也不清楚。那不过是建一栋楼的钱。从当时的计划经济到今天的市场经济，无疑是一场巨变。而且，很难找到其变化的轨迹了。

我几次去过蛇口，说它是个快艇还不如形容成一个蛋壳，一个孕育新生命的奇异壳体，在艰辛的蠕动中，新生命将会破壳而出。这个壳虽小，但可谓举国瞩目，也被全世界关注。

小小蛇口之法，立的过程惊天动地。《特区条例》先后改了十三稿，后来是惊动了叶帅，才促成了该法在全国人大会议上的通过。

复杂的政治环境，需要复杂的应变能力，还需要胆识和应对智慧。

姓资姓社的“蛇口风波”，“时间就是金钱，效率就是生命”的口号，还有奖励奖金制等，这一切都造成了空前的震荡效应。

“我可以不同意你的观点，但我誓死捍卫你发表不同意见的权利。”袁庚就是这样的智慧老人。蛇口与袁庚是连在一起的。据说他本来叫袁更，因为字写错了才成了袁庚。他在年轻人眼中是这样的：“形体高大，气势威猛。他出现在蛇口公众视野中时，通常是偕一帮人从招商大厦里走出来，或者走进南海酒店。他通常扮演主讲角色，边引路边‘导游’，蛇口在他的脚下如同一座博物馆。每一件物什，都浸有他的心血。他精神矍铄，气宇轩昂，脸上挂着习惯性的笑容，眼睛保持笑眯眯的状态，1986年他69岁。这个年纪的老人，皱纹成熟而坚毅，在眼角形成秩序。”[①]

有人这样评价袁庚：他是一个既能带来良性民主空气，具有超强把握能力，又善于做正确决策的人。

袁庚善于把握时机，既把握自己的人生命运时机，也善于点化他人的命运时机。他在任期间，给好多人才提供了机会，其中华森公司和陈世民的时来动转，袁庚功不可没。

陈世民与袁庚的相识，是在1983年初，经徐光国的引荐。1983年的深圳，交通和通信均很落后，还没有一部直拨电话。当时的总书记胡耀邦前来深圳视察，他对梁湘讲了不要当白衣秀士王伦。这话，给了梁湘莫大的动力，从而促成了深圳与英国大东电报局的签约，引进6000门瑞典AXEIO程式控制电话交换机投入使用，使深圳有了自动电话，无须再通过转换台了。

梁湘与袁庚都冲在改革开放的前沿阵地，都是有作为的人。他对陈世民直言，打算在蛇口建一家高档大酒店——南海酒店。之所以想盖高档酒店，是因为招商的需要。尤其为了满足南海油田的开发，极需这样一个

① 参考高扬《历史丰碑》。

高级大酒店与之匹配。为实现这一构想，他多次与香港总商会人士霍英东先生商谈，邀请他投资。袁庚接见陈世民，也是希望加速落实这个事情。

南海酒店是华森建筑与工程顾问有限公司的奠基项目，在这个项目之前，华森虽然在香港挂牌经营，但接不到任何像样的项目，小打小闹有过几回，一年下来也赚不了几万块钱，像肉丝塞牙缝儿。华森的开销已有50万了，而这50万都是黄汉卿垫付的。用陈世民的话说，华森公司、华艺公司的悲哀就是虽然人进了香港，但是没能真正进入香港建筑界。因为你没有人家规定的执业资质，你不够资格。因此，他们只能往回撤半步，到深圳这边寻找机会。相当于香港、深圳两边都跨着，两边受益。

据说，南海酒店这个项目一开始时，公司并不想让陈世民来做。似乎有人捷足先登，方案没有被认可，才轮到陈世民的。但据袁镜身回忆："当时，华森建筑与工程顾问公司的总经理是程文生，他是一位精干的、善于起用人才的企业领导者，他同副总经理黄汉卿商量之后，决定把这个任务交由陈世民来做。陈世民接到这项任务，真是又喜又忧，喜的是能负责设计这样一座高级建筑，是自己学习提高的机会，也是多年的愿望；忧的是这样一个重担压在身上，责任重大，能否搞好呢，却也有些担心。"

不管怎么说，陈世民还是与南海酒店有缘。他赢得了袁庚的信任，很快拿出了一个构想，给霍英东讲解，霍英东对陈世民印象不错，但他儿子却主张由美国建筑师波特曼来设计。陈世民为了适应双方合作，便来到波特曼在香港的公司工作了一个月。而霍英东在投资问题上却仍然没有明确表态，一再推托。

此前，霍英东在广州投资了白天鹅宾馆，那是中国内地第一家五星级宾馆。但它是宾馆，而不是酒店。内地第一家酒店，大概就是南海酒店。宾馆与酒店现在看来似乎没什么区别，但在那个年代却异常敏感，酒店是香港那边的资本主义叫法，而我们这边的社会主义叫法是宾馆，即使是白天鹅这样的资本家投资修建的高档五星级，也只能叫宾馆而没有叫大酒店。真正第一个叫开了的大酒店，就是南海酒店。特殊国情下，宾馆与酒店虽两字之差，却可以上升到“大是大非”。

有人称白天鹅是第一个来广东试水的境外来客，也是引起最大争议的建筑。霍英东能够投资这栋著名建筑，离不开时任广东省委书记任仲夷的鼎力支持。于是，“共产党怎么可以跟资本家签约呢”这样敏感的问题引发热议。这个由著名建筑师佘俊南设计的40多层庞然大物，昂然成了广州城之最，也成了最招风的大树。1982年试营业时才热闹！一位建筑师跟我说，霍英东按着香港方式经营宾馆，开业时，让美女穿着露大腿的旗袍在宾馆门口站一溜，那裸露的大腿像一道鲜嫩的光线，有着足够的杀伤力，还有门童穿着斑马裤。这些新鲜风景突然出现在广州街头，令人驻足瞠目。五星级宾馆里的餐厅尽显豪华气派，各种银制餐具、牙签、带套的筷子、餐巾等西洋玩意儿，令从未见识过资本主义餐桌文明的广州人大开眼界，也让一些小偷小摸、顺手牵羊的贪心人暴露了人性的弱点及丑陋性。当时，人们还很不适应文明规范，穿着带铁钉的皮鞋堂而皇之在“白天鹅”身上走动踢踏，将高档的大理石地面都踢出了伤疤，难以修补。这下可让宾馆管理者大动了肝火，于是，规定了“几不准”张贴出去：衣冠不整者禁止入内，皮鞋带钉者禁止入内。这一禁令大伤了内地人的自尊，人们不禁想起当年英租界的标牌：“华人与狗不得入内。”这在当时的广州城掀起了轩然大波。霍英东为此很苦恼，他甚至开始后悔投资内地建高级宾馆了。

或许正是在这样的背景下，霍英东放弃了投资南海酒店，反正他是放弃了。陈世民说霍英东是个很谨慎、很低调的人，请他去中山开会时，就跟普通老头似的，唯一不一样的就是拿了个包，里面装满文件。开会时，霍英东把个鼓鼓的大布包往桌上一放，占了桌面很大一块地方，然后就从包里往外掏文件……

霍英东放弃了南海酒店的投资计划，但这并未影响袁庚的信心。经过努力，袁庚很快组织了一个投资组合：香港汇丰银行、中国银行深圳分行、香港美丽华酒店集团和招商局。这四个股东，各占25%股权。

1983年4月23日香港《文汇报》发表消息《南海酒店昨签协议》，文中详述了当时场景：“出席签字仪式的有招商局副董事长袁庚、发展部经理梁鸿坤，汇丰银行执行董事文敦、海外事务总经理毕根、中国业务部总经理罗素，中国银行深圳分行总经理罗显荣、副经理张鸿义，美丽华酒店董事长杨志云、董事利国伟、董事副总经理杨秉正等。”这个“等”字后面，不知有没有华森的建筑师陈世民。因为当时是否让华森来做设计，还是未知数。

汇丰银行的股东坚持让美国波特曼事务所来搞设计，而袁庚却坚持找国内建筑师设计。袁庚的影响力给陈世民带来了机会。

袁庚对南海酒店的要求：一定要有特色。既不要照搬香港的，又要摆脱内地千篇一律的模式。袁庚认为香港的设计太商业，而内地当时纷纷在搞度假村，千村一面，单调乏味！

陈世民琢磨着这个“要有特色”的要求，开始了构思。这是一次痛苦的过程，一次脱胎换骨的过程，更是一次涅槃的再生。他首先是要和自己搏斗。多年在国内形成的那种“先入为主”指导思想，那种“栽”建筑的习惯，会在不经意间冒出来，那是一种思维定式，是条条框框，原以为早已打破了，却不承想在具体过程中却会碎而不灭，再度冒出来干扰他的构思。

是先考虑建筑，还是先考虑地形？这是前边他跟钟华楠先生论证过的完全不同的理念。虽然他已经对此有了深刻认知，却在具体方案的构想时，仍不免重蹈覆辙。

“起初所做的方案大多在建筑本身的造型上变化，用环境去陪衬建筑，做来做去都不理想，摆脱不了条条框框，离业主的要求有相当大的距离。后来，还是转回来，认真分析环境条件，围绕海与山的走势确立起了初步的构想，进而发展成现在的建筑格局。”

这是陈世民建成南海酒店之后说的话。一个建筑的构想，肯定要解决好建筑与环境的关系。陈世民懂得不能“栽”，只能“种”，问题是如何去种？这是需要下大气力去调查研究那个环境的。

陈世民多次到蛇口码头进行现场考察。这里自然环境的优美自不待说，可眺望对岸香港的新界元朗。南海酒店背靠微波山，工业区绵延的群山成为它的背景。在城市的建筑布局上，因处在连接蛇口南北两个发展区（工业区和生活区）之间的枢纽位置，南海酒店成了城市建设上的重点建筑。建筑总面积 3.4 万多平方米，占地约 3.5 公顷，其中主楼 4300 平方米，辅助建筑 1100 平方米，游乐场 3600 平方米，道路和停车场 5000 平方米，庭园 2000 平方米，绿化带 15000 平方米，总建筑投资 2 亿余元港币。主建筑包括地下室共 11 层，自室外地面起总高度 38.6 米，拥有客房 424 间，8 层还设有 12 套不同情调的豪华套间和 1 套总统级套房。地面中部还设有大堂及咖啡厅、中餐厅、商店及商业服务设施等。

为了搞好这个建筑设计，他在山头上观望。当时推土机正在轰隆隆填海，破坏着海面的宁静，但他好像从中看到了一叶属于他们的圣洁帆船，正朝他缓缓驶来。他的眼前猛地一亮，一个灵感火花让他捕捉到了酒店的构思。仁者乐山，智者乐水，山水同时出现在眼前，这样的环境，怎能不让他亢奋！这是具备建造世界一流酒店的上佳环境。

能够还原他最初的构想的，是一张草图，上面有着简单的速描。草图让人体会到了构思之美。建筑师面对大海，帆船乘风而来。帆船的联想，凝固了这片最初的空间，从而形成了对酒店两端山墙的设计构想。通过此联想而演绎出南海酒店的标志：海面上有一座带风帆的建筑。而风帆下面的四个波浪，恰好代表投资南海酒店的四家出资股东。

看陈世民的草图，是一种享受。速描风格，很有章法，标出的眉批，也颇有味道，画龙点睛。诸如“对帆船的联想，值得抓住”“利用色彩造型、新与古”等，言简意赅。

我也曾见过柯布西埃构思朗香教堂的草图，他说过这样的话：“某一天，咯噔一下，内在的自然的创作过程完成。你抓过一支铅笔、一根炭条、一些色笔（颜色很关键），在纸上画来画去，想法出来了。”他对朗香教堂的最初创意是，将此当作一个声学器件，为了与上帝沟通。他在草图上标出：“朗香？与场所连成一气，置身于场所之中，对场所的修辞，对场所说话。”看来，中外建筑师在接手一件建筑设计案时的最初设想，都是在草图上画出的。朗香教堂最初建筑造型设想，其实就是一个可以吹响的海螺。

一个建筑的构思形成，如同一部文学作品的构思。不仅需要艺术家的生活阅历与文化底蕴，还需要有灵感。陈世民是个细心的人，也是个有阅历的人。他到香港虽然没有做这种公共大建筑，但却对香港的建筑有了深切的体验。尤其对香港的高档酒店，他做过多次深入细致的考察和拍照。

具有“购物天堂”之美誉的香港，其酒店比任何一个城市都耀眼。从 70 年代算起，香港有 52 所酒店，13347 间客房。到 80 年代中期，酒店增至 58 所，共有客房 20757 间。1986 年底，正在或计划兴建的酒店有 17 所。

对于投资商而言，建设一个酒店，要先拟计划，经设计、动工兴建再到落成后装修开业，至少要三年时间。这属于长线投资。因此，判断旅游业增长幅度，计算资金借贷、使用和回收情况，以及估算建设经费，研究什么地方建成什么样的酒店才有竞争力，是以豪华享受为主，还是以舒适廉价为主，都需要酒店投资者事前进行权衡并做出周密的可行报告。

美国权威财经杂志《机构投资者》每年均办一次全球50所最佳推荐酒店的选举，名次根据世界100名银行家的评审而定。这些银行家每年平均有70天因公干在世界各地住酒店。他们对酒店拥有发言权。香港丽晶酒店连续两年居于世界第二位。

这只是对酒店经营的研究，而香港酒店在建筑上与世界其他城市酒店相比，有什么特征，更是陈世民所关注的。他到香港第一天就买了一台日产小相机，揣在兜里到处拍照。他拍下各种酒店全貌以及可能拍到的细部，认真加以研究。香港是一个资信高度发达，竞争激烈，人口高度密集的繁华商业地区，因此酒店带有强烈的现代信息、社会和商业特征。他将此概括为八个方面，如注重位置的选择与景色的妙用，配置购物商场，将有限空间用到极致，管理与服务的系统性等。

其中他尤其注重酒店的景色妙用，景色不但是用于养眼的，也是一种点缀。香港群楼拥挤之处，一定是景色最美妙的面海之地。那些错落拥挤的高楼像无数巨人在贪婪地探身海景。香港的海湾和太平山，是一切建筑特别是酒店建筑十分注重和千方百计要加以利用的视野空间。

海景不仅能为酒店建筑空间组织带来特色，同时也能为酒店经营带来好处。有美的海景的餐厅，尤其到了夜晚，酒吧能招徕众多的顾客，延长其逗留时间，增加顾客消费。沿港湾两岸而建的酒店无论是公共部分，客房部分，还是餐厅、酒廊都把海景列为争取利用的最佳目标。所以，香港最好的酒店，几乎都是建在具有海景的地方。

尖沙咀的丽晶酒店大堂，有一个两层高的空间，面向海湾。在这里的宾客可饱览香港太平山下自东面太古城，直到西面西营盘的港岛区全貌。又可观赏海面各种船只穿梭往来。等到华灯初上，眼前突现无数明珠瑰宝，璀璨夺目，简直使人流连忘返。这个大厅只有两层空间，但海景一边均被底层的咖啡厅、一层的酒吧和二层的酒廊所占据，每个下午几乎都是座无虚席。这样的大堂视觉设计，将五星级酒店的气派神韵演绎得淋漓尽致。

然而在香港建酒店，即使再好的海景，也不可能有南海酒店这样得天独厚的优势和条件。

“南海酒店的建筑环境甚为优美，就在蛇口六湾一个突出海岸的地段上，填海所形成的带形场地，靠山面海与香港的新界隔海相望。”陈世民有了这样的观感后，如何“解剖”这个环境，找到整体的东西呢？

他认为酒店主楼与 42 米高的微波山并峙，如果主楼建得太高，势必要压倒山势，破坏均衡感，同时与邻近的蛇口工业区不相协调。他将主楼构思成扇形平面，环山而筑，也就是先把主楼平面用五个矩形单元和两个锥形插入体组成弧形构图，围山面海展开，而在建筑剖面图上，采取层层后退的手法，顺势沿山挺立。主楼分三段，A 段与 C 段高八层，B 段高十层，为了利用土地，还加建地下室，主楼高度为 39.5 米。

这仅仅是一个粗略的构思。接下来，酒店与山的关系如何安排？微波山与建筑对应的立面很陡，像一刀从头顶劈下来，与建筑的关系生硬而冷漠，如何能够让两者产生亲切感呢？

他在主楼靠山的一面，在 B 段第九层建有一座连接对面微波山的公路大桥。桥高 28.9 米，旅客可以由此上山迈步走向山林美景，融入大自然。等于让看多了海景的客人，转身再享受山间野趣。这条天道也可以引导山上游客直接进入酒店享受设施和服务。

同时，他还在主楼对面山峦斜坡上建有人工瀑布，瀑布从顶部源头 16 米高度开始，以 7.5 米的阔度，经四层灰色花岗岩顺势飞溅而下。层层延展，扩张成 26 米长的水幕，寓意滚滚财源涌入酒店。这面湿润的墙，因为水的流动，让墙体有了生命活力。这不禁让我联想到赖特笔下的塔里埃森石墙，一面有呼吸的墙，因赖特尊重了它们在自然状态下的性质而闻名于世。

如此一来，建筑语汇丰富多彩，有山有桥有水，山也活了，水也活了，建筑空间也活了。建筑与山的关系被天桥和瀑布紧密衔接在一起，彼此不可分割。在正面除主楼倾斜呈层叠后退之势外，又将一组低层的亭廊安置在主楼前临海的宽阔绿化场地上，成为主楼和海岸之间的过渡空间，好似主楼建筑一直叠落延伸到海边，同时又让海滩上的树丛、草地扩展到建筑之庭院内，建筑与绿化相互穿插、彼此渗透，人们可以在丰富的景观世界里尽情享受，恍若寻梦，翩然而行，流连忘返。

为了增强建筑与山的联系，特意将进入酒店正门的车道移至山脚下，把酒店大门面山正对瀑布开设，这一反常规的做法，是很有魄力的，却恰恰变成了酒店的一个特色。酒店的南端与蛇口对外客运码头毗邻，北端直接朝向蛇口住宅区，为此在南北两端将公共走廊延伸出去，用两个开敞的四角亭收头，这两个四角亭就成了酒店室内空间和室外空间的过渡，把两端的环境勾连起来。

如此这般依照环境的自然条件来组合建筑的外部空间，是陈世民的一个自我超越，是他在香港学习体验的最重要收获，也是他告别昨天，走向新建筑的可喜转折点。因为他真正找到了建筑与环境的关系。建筑配合了环境，而环境使建筑增色，两者互为依存，互相借力，相辅相成，相得益彰，这正是最佳的选择。因此，这样的构图方案，成了南海酒店不可替代的建筑特色，就是说，它只能是南海酒店的，是种上去的，也可以说是“长”出来的，如果离开了蛇口搬到其他地方，这个酒店设计就不复存在了，亦无什么特色可言。这种唯一性，决定了卓越的审美特质。这就是他与钟华楠多次“论道”而得到的“真经”，他从此与过去的建筑理念告别，并由此得出了这样的结论：充分注重环境对建筑空间的协调作用，乃是避免建筑创作单调和重复的关键所在。

建筑与环境的关系找到了最佳结合点，那么，与人的关系是怎样的呢？现代建筑中，人是建筑的主体，现代化的酒店中，客人应是建筑空间和一切服务设施的中心。让客人从进入酒店空间起，即感到亲切、舒适、高尚和便捷，从而让为客人提供服务的职工，易于从事管理和服务，提高效率。那么，要为南海酒店的旅客创造什么样的服务空间？陈世民很善于动脑子。他先从什么人可能前来入住着想。客源无非有四种：从事南海石油开发的外国厂商代表及高级工程技术人员；到特区从事投资，经营商业的公务人员；外国旅行团及回乡探亲人士；前来进行技术文化交流的专家、学者。这些客人大多是整天从事紧张的商业交往，或是暂时离开繁忙商业社会而出来度假、旅游。如果是紧迫的环境，深暗的房间、耀眼的灯光、嘈杂的餐厅及纯商业竞争的味道，对这些人显然是不合适的。那只会加重其精神负担，延续其烦恼心绪。而南海酒店所要达到的，是一反商业社会紧迫、喧嚷、压抑的空间格调，为客人提供轻松、淡雅、宁静、富有人情味儿的服务客间，让客人走到这里，便会敞开心扉。因此，围绕着大海，做足文章。

在做海的文章时，陈世民颇具匠心。他是分步骤进行，或者说是分乐章演奏的。我多次去过南海酒店，每次感觉都有所不同，但有一点是不变的，那就是进到这个空间里对海的向往和享受。其实，从山脚下的酒店大门下车，便会被山壁上垂挂的瀑布所感染，水流成叠，有种舒缓感，会缓解一路奔波带来的急躁。酒店大门口略有些狭窄，但一迈进大门，便渴望着极目寻海。客人在大堂前厅办理手续时，会自然透过大堂、咖啡厅的流动空间而间隔观察到外面的天空与大海。这时候看到的是犹抱琵琶半遮面的海，调动了观者胃口的诱惑与向往。当办好手续被服务员带着乘梯穿行于走廊时，客人会有一种走在一座豪华邮轮的舱内之感，因为建筑的空间有轮船装饰感。

“及至打开房门，客人通常会在一脚踏进门里时，被整幅落地大玻璃窗摄取的海湾景色所惊动，会情不自禁地‘啊’一声，放下行李直冲到花草环绕的阳台上去饱赏大自然的风光。”陈世民写下这样的文字，简直是诗化的散文句式。从字里行间，完全可以看到他是个多么有性情的人。他在设计时，仿佛已经看到了迈进房间的客人那张惊喜的面孔，仿佛听到了那“啊”的一声惊喜。用心、用情、用力——建筑师能够做到这个份上，算是做到家了。

陈世民说，即使不是住在朝海客房的客人，也会在梳洗之后，下到大堂，穿过亭廊而徘徊在花园和海滩上。当你进到咖啡厅或餐厅时，你品尝的不仅是美味，还有大海的气息。

试想，如果陈世民不到香港，不感受香港人的高端服务理念，他怎么可能这样细腻入微、丝丝入扣地分析入住客人的心理需求呢？又怎么可能以此安排建筑的各个服务空间，组合有层次的空间序列，乃至建筑的细部处理，从而增加建筑空间的感染能力，把人与建筑的关系安排得如此自然妥帖呢？这样的思维方式与建筑理念，在当时的内地建筑界，无疑是凤毛麟角，具有引领作用的。这不仅是陈世民个人建筑生涯的一次升华，也强烈地影响了整个内地建筑界。

南海酒店建筑构思新颖奇特，从主楼的横切面看去，临海方向的房间由低层开始，逐渐向上收缩，像一片扬起的风帆；靠山一面的楼梯层则像一支桅杆向上延伸。房间层与楼梯层的夹缝，由玻璃幕墙连接起来，整个建筑就像一艘帆船破浪而行。

这种行进感，是五组客房的推演，单元呈弧形排列，圆弧呈碗状的阳台是最出色的建筑语言，犹如梯田排列层层叠移，像音符一样有序，谱写出这个海上大酒店的韵律。外形与海面映衬，既是诗，也是音乐。尤其阳台造型，陈世民自己说，那是借鉴了新加坡当年的香格里拉酒店的碗状，而我却感觉不像碗的造型，倒更像珍珠。记忆中那是80年代中期，我头一次来深圳时，就有幸去了蛇口，就参观了这个建筑。那时的海水与酒店距离非常之近，从海这边看去，酒店的阳台呈弧状排列，那充满韵律感的阳台，在阳光下像饱满而闪亮的珍珠，半隐半露，那个印象太深了。这片白色质地的珍珠正好对应着一条泊在岸边的大船——明华轮。1983年由广州远洋运输公司调拨给蛇口工业区的这艘观光船，有着光荣的历史，那是因为1962年，法国总统戴高乐亲自为此船的下水剪彩。而1984年1月26日，邓小平视察蛇口工业区时，健步登上九层高的明华轮，欣然提笔写下“海上世界”。南海酒店与明华轮把这个海面空间装点得非常华丽，阳光万里，碧空如洗，令许多游人流连忘返。后来我又数次来到这个酒店，每次都有新的发现和感受。

有一年春节，我乘船去珠海，从海面上回望，整个南海酒店的外观十分漂亮。这五组挂满“珍珠”的建筑立面，可以说像一个展开来的华贵屏风，犹如乐曲的五个乐章。

陈世民说这样的方案，前后经过半年时间，才被通过。据袁镜身记载：“这座酒店新颖独特的设计，受到了兴建单位的一致好评，特别是袁庚董事长对其更是倍加赞赏。这样便于1983年9月25日，由中国土木公司第二工程总队开始动工兴建了。”

那一年，陈世民48岁。

按常规，华森设计顾问公司是只管设计，而不管施工的，也不可能管施工。施工有专门的队伍。但陈世民则不同。他不仅要设计出方案，还要负责将自己的方案变成真正的建筑物。这个就是香港建筑师的服务方式，对建筑任务从设计到最终建成，要一跟到底！这对于他而言，是全然陌生的。他从未有过将方案变成真正建筑物的经历与经验。从设计图纸开始，一直到交钥匙进驻。这种全过程体验，多少工种？多少程序？作为总指挥的陈世民，把设计、施工承包、现场施工监督，以及工程费用开支全部统筹起来，向南海酒店有限公司董事会负责。两年多时间里，国内外28家承包公司，10000多种材料和设备，几十份合同，统统要经他之手组织协调起来，其复杂烦琐难以尽述。

这种工程总承包形式，在当时的内地也是没有的。国家计划委员会发文推广工程总承包也是在其后。陈世民是内地第一个“吃螃蟹”的人。他整日里奔波，在香港与蛇口之间，在这庞大而零乱的工地上。多少个夜晚睡不好，这期间的两个春节，他都没有离开工地。

工地上干活的是两拨人马，完全不一样的管理模式，完全不同的风格与面貌。

陈世民很纳闷：内地这个施工队伍，有总经理，还有书记。一级挨一级的领导，还有经理，还有支部书记，下面还有工程队，队里边还有支书，等等，一系列的领导，还有更大的官——局长。而香港的公司呢？他们到了工地一窝蜂，见不到领导，只有一个头儿跟陈世民接洽。他只看见他们闷声不响地一天一夜都在干活，也没有那么多的政治动员，没有人吆五喝六，去盯管你。唯一的那个当头的，连话都说不清楚，从来也不开会。需要做什么，他三句话就交代完了。后来，陈世民就问他们，你们这是咋回事？他说我们很简单，你陈总给我一个什么东西多少钱，然后我就去把它分解出来，你张三今天做什么，明天李四做什么，后天王五做什么，你做这个事情是多少钱，所以你找两个人做还是找三个人，是一个承包制，进行分包；所以他为了能够拿到这个，可以从早干到晚；所以我刚才对员工提出来的，时间就是金钱。他们当然抢着干了，还用你去动员吗？

在拆模板时，所有的墙体都鼓出了大肚子，因为模板歪了。这是非常糟糕的事情，很没面子的。面临这样的事情怎么处理？“中土”的一位局长马上找到陈世民希望他高抬贵手给予放行。理由是咱们都是内地人，这事是常事儿，捂着吧。陈世民想，这样的事情怎么可能捂住呢？越捂越坏的。质量问题是大问题，必须要严格对待。他跟负责监理的美丽华股东商量该如何处置，美丽华这边不愿得罪人，就又推到陈世民这里让他处理。

陈世民是建筑师，有着职业的认真度。在这个工程中，他什么都要管，尤其他更看重施工质量。他最不能忍受的，就是出现质量问题。虽然都是从内地来的，大家都不容易，但是，越是这样，就越应该高标准严要求，否则，你还怎么样带好队伍？

那个局长的心情他是可以理解的，但是，局长的做法他是极其不赞同的，就像一个家长，如果不严格要求，就会起到坏的作用，就会对孩子的错误予以纵容。他必须沉下脸，一不做二不休，不能顾及任何面子，否则，下一步的施工质量更加无法保障。于是，他干脆发了一份停工通知书。这对“中土”是一个很大的打击。

那位局长闻讯后，马上请他吃饭，还抱有幻想，希望陈世民能够放他一马。但陈世民的态度也让他不能不退却。既然出来混，那就要有真本事，就要拿出最好的态度，最好的产品质量。这就需要严格把好质量关，出了问题只能停工整改。

陈世民说他那时特别较真儿，一看到不好现象就立刻冒火，立刻给予严厉批评。

经过这次打击，“中土”又派了一个新的经理，开始了整改。陈世民等于给这家公司上了一课。由于这种毫不留情的举措，才使后来的施工进展顺利。

陈世民那时要经常回香港的，当他从香港过蛇口来，差不多要晚上才能到工地。而一到工地，马上就会发现问题，马上就拍桌子发脾气。管工程人都会变得粗暴起来。这对只在温室里画图的建筑师而言，是不可思议的。

“我太太来看我，到工地，老肖对我说，你让她坐下来喝杯水吧！”陈世民那时连请太太喝杯水都顾不上。

他们还跟他太太说，你在工地要小心，你在明处人家在暗处，人家蹬块砖伤了你都不知道！为什么会这样？她并不懂。因为陈世民对工程要求太严，骂人太多，弄不好，也是会遭到暗算的。

“我们华森当时还没有办公楼，租的农民房子。每天晚上钻进蚊帐睡觉，根本没叠过被子。蚊子叮得厉害，就用报纸缠在腿上。那时候我们进行了比较，还是比下放劳动那时强，再苦也算不了什么。韩工过来看我，跟我一样，在蛇口钻蚊帐。她那时也相当艰苦，她从北京那边过来为深圳剧院做音响设计。每天一早就从蛇口去深圳上班，乘那种破旧的中巴车，边开边敲车体，吆喝下面乘客上来坐。一遇到人就会突然中途停车，根本不管到没到站。她第一天晚上到深圳来，我在蛇口，相距30公里。她是出差来深圳的。她要来，我也不知道去哪里接她。她也没找我，而是找市里重点工程办公室，可人家全下班了。去找个地方住嘛！北京当时出差补贴一天一块钱。她去找路边警察。警察就领她去找酒店，便宜酒店全都满了。警察便领她到家里去，警察儿子还不高兴呢！怎么领来了一个女的？我后来还写了一封感谢信。那时候警察多好。当时没有手机，第二天她才找到了南海酒店工地。我想，当时要出了什么事儿就麻烦了。”他深长的一声叹息。

那时候他太太过来如何挤进他住的那种农民房子？又是如何在沾着压死蚊蝇的血斑的硬床上入眠？她是否会遥望对面的工地，期盼有一天能够住进这高档的大酒店呢？！

南海酒店工地前后经历了三年的施工期。多少个日日夜夜，陈世民肩负着从未有过的责任与压力。他的身影在工地上随处可见，总是那么精神百倍，那么不知疲倦。他还像年轻时一样，工作起来不要命，没黑没白。走路还是那副架势，笔挺着腰杆，步履矫健如飞，机敏神速，说话也还是那么果断，绝不拖泥带水。但是，与他在一起的人却突然发现了他的变化之处——开工时，他一头浓密的黑发迎风傲立，却在这三年间不知不觉脱落了，稀疏得像一层烛光映透的纸张，透出了头皮的暗红。等到建筑物竣工之时，他已经谢顶了，额头光秃得像个沧桑老人。他在镜子前惊愕时，泪水悄然而下。

袁镜身记载："正是由于他协调组织得好，整个工程进展迅速，于1985年8月全部建成了。这是多么令人高兴的事啊！可是，一场意想不到的灾难降临了。"

许多年之后，陈世民说到这事情，仍面露悸色。那一次他在北京从天气预报中得知深圳刮台风，便坐卧不安了，第二天一大早乘机赶往深圳蛇口的南海酒店，眼前一片狼藉，外面被狂风暴雨洗劫后的"惨状"历历在目，大树倾倒出一派颓相，雨水从大堂的顶棚上面一直淌下来，淌到大堂里，把样板房的地毯全都泡坏了。

当时袁庚正巧带着几个人在大堂里参观，一看到他，劈头盖脸就是一顿痛训，雷霆万钧。没有赶上昨夜暴风雨的陈世民，却劈头遭遇了袁庚的雷霆之怒："陈世民！你是怎么搞的！你看看，你看看，这成了什么样子？！我要向全世界宣布南海酒店建不成了！"

袁镜身记载的是，袁庚把华森设计公司的总经理程文生和陈世民召来，恼火地质问："你们怎么设计的呀？我要向全世界宣布，届时不开幕，你们要负全部责任。"

袁庚当时说的话，袁镜身和陈世民的回忆稍有不同，但"我要向全世界宣布"这句却是言之凿凿，可见袁庚当年的气派。

陈世民当时被吓住了，他平生第一次领略到首长这么大的脾气。他当即表态说，我们尽快来处理这个事情。总经理程文生主动替他承担了责任，并和他一同找了施工单位一起检查。原来是在施工时把阳台和房间门的防水层漏掉了。按图纸每个阳台都补了防水，并浇上水做试验。

陈世民回忆，他被痛训之后，在院子里又碰见了袁庚，袁庚便问他怎么样啊，虽然脸色是硬的，但声音是软的。那意思是对发火一事表示缓和，也是一种歉意的表达。他说，我觉得面对这件事，我的处理还是对的。我们及时寻找解决问题的方法，台风是不可抗拒的因素，领导对事情要求很严格也是可以理解的。

陈世民还记得一个细节，谷牧来蛇口，袁庚陪同谷牧，见到陈世民时，显得非常客气，马上给谷牧介绍。谷牧与陈世民握手，夸奖了南海酒店。

陈世民的第一部专著《时代·空间》中有幅照片，是在刚刚落成的南海酒店工地上拍的。照片上的陈世民不像一个建筑师，倒像个工段长，或者材料工程师。因为他站在一堆乱石间，一脚高一脚低，而他的两手则放在支撑架的腿膝部，身体也顺势寻找到一种不平的平衡。这张照片上的他很清瘦，面色黝黑，一副苦相。照片下边标的字是："作为项目经理，我还负责施工进度和质量，随工程进展在地盘度过了无数个日日夜夜。"

记忆最深的还是南海酒店的装修。当时没有人相信他们可以完成装修。即使在香港，这样的建筑完工后也是要交给外国人去装修的。外国人见多识广，做这种高档的室内装修已经相当有经验了。而陈世民却从未搞过。股东不相信他。争执结果，先要拿出八个房间做样板，外国人做四间样板房，陈世民他们华森公司做四间，然后进行比较。至于评委，找的是世界权威，不是从国内找，而是在外国找。

陈世民当时找了两个学工艺美术的学生来帮着他做。他感激香港美丽华大酒店的支持，派人陪同他到世界各地参观高级宾馆，以开眼界。他看到了好多高档次的五星级酒店的内部装饰，结合东方特点，与学生做起来得心应手。他的装饰理念是室内装修与室外主题的大海相呼应，做成夏威夷热带酒店的风格特色，格调清新典雅，赏心悦目。他还大胆地将中国古典太师椅改制为沙发，充分体现了中西合璧。

等到中外各自的四个样板间都做好了，开始 PK 时，外国评委们拉开架式观看、评比，他们几乎众口一词地欣赏陈世民样的样板间。有评委感到十分惊喜，其中一位英国评委当即拍板盛赞陈世民装修的样板间，并鼎力推举。他说，他还以为这是外国人装修的呢。他离开时，陈世民把他送到码头，他站在那里对陈世民感慨道："看来，中国不是没有人才呀！"

陈世民感慨："南海酒店创作实践过程中的经验与教训，磨炼与痛苦，铺垫起我设计生涯中的一个里程碑，她使我获得了从建筑之设计到交付使用的全部知识，获得了丰富的设计经验，学会了如何去管理一个大型工程项目，体验到作为总建筑师如何去面对困难和挑战。"

南海酒店是中国第一家叫作"大酒店"的豪华空间，而陈世民也是由此将自己打造成了中国建筑师中的实战第一人——将设计才能与管理才能融为一体，再加上装修一条龙服务管理，这等于是一个全能运动员，能够经受全方位考验，并且能够胜任，在当时的中国内地建筑界，他的确是第一人。

没有人会知道他经受了多少委屈，扛住了多大的压力。他怎么也不会想到，在南海酒店工程到了后期时，费用已经超支了 80 万。

他就给董事会写了个报告。结果，董事会突然召开，四家股东全都到齐了。会上，董事会提出要弹劾他。美丽华这一方就突然冲陈世民来了，质问他是怎么管理的？超支 80 万，就用设计费来赔。

接下来他们挑的第二个毛病，是房间的壁柜进深不够。这是因为混凝土没打好，当时也没有建酒店的经验。但令他奇怪的是，美丽华是监理公司，他们弄了个报告，事先也没有给他这位管工程的建筑师看一眼，就突然在会上提出，弄得他束手无策。一个内地的建筑师，既不是搞工程管理的，也从没有这方面的经验，突然面对英国的工程管理模式，这是多大的差距！他一下子就背上了沉重的包袱。

他为此寝食不安，仔细去想，找原因，如何维护他自身的利益。他觉得这中间是有很多原因造成的，他们是故意用这个来压人。他首先想到的是政治原因，是对内地人的一种排挤。不管什么原因，他就必须要为自己找说法。他给他们写了一个报告，并且也到董事会上力陈：

“董事会给了我多少钱？一亿八千万，可是谁说过就让我使用这么多钱？我把钱管得很严，每一笔钱都经过董事会，都是你们批的，现在执行期间超支了，责任是谁的？你们谁给我规定了我不能超支？即使是一亿八千万，它的5%是900万。1%还是180万。我们做工程，一般都有3%到5%是不可预见费用。我80万才占多少呢？微乎其微的一点数字。难道你们说我就不能有一点预计的费用？这不公平嘛！你们这些董事，每个人见到我时都说，老陈你要把工程搞好，搞得好点呵，但你们却没有人替我想想呵！”

他接下去继续慷慨陈词：“再说壁柜的事，你们看我图纸，上面画的尺寸是对的。可能是我的监管不力，但你美丽华是监管公司，也派人在工地，为何发现问题不及时跟我说，而是现在跟我算总账呢？”

他说得气势逼人，一时令他们哑口无言。

陈世民说，他原来对董事会蛮尊重的，每月开一次会，吃一顿饭，他去会上讲讲工程进度情况。大家都对他很友好。但是现在，他感觉这些人并不友好。将这些东西扣到他身上，真是别有用心。

那几天正巧他太太从北京过来看他，她一进门就被陈世民吓了一跳：怎么突然一下子瘦了这么多，脸色灰扑扑不像样子了，简直成个小老头了。太太问他遇到什么事了？并帮他分析。经过认真梳理，他还是想明白了原因：利益使然。

几家股东开始都想掌管施工权，管工程自然能有好处嘛。汇丰银行开始要管工程，大家不给他管，美丽华有监理权，他们认为工程合乎标准，就能验收，他们要是认为不合格，就不能验收。他们用了陈世民和“中土”这帮土包子。记得他们有一次要用很贵的空调，用很贵的德国进口的砖，陈世民就去跟招商局领导汇报，他强调说，那个砖很贵呵。空调哪里没有？何必偏要到美国去买？其实，他这样汇报是很傻的，根本不知道深浅。人家就是要通过使用这些“贵”的东西，才会得到个人好处，结果让他这么一汇报，坏了人家的财道。本来都是他们定的嘛，只不过采取建筑师负责制，要他批，走一下过程而已。他又何必这么较真呢？

唉！他感叹：要是像现在这么有经验，肯定会批的。对我们也有什么好处嘛！所谓的好处就是到美国买空调时，我可以跟着走一趟。这个潜规则不懂，就会得罪人，人家就会给你小鞋穿了。

他想想自己真是傻透了！那么抠着省着为工程节约费用。到头来却搬起石头砸了自己的脚。错就错在他不该那么死心眼。

交学费吧！行规、潜规则，不懂行吗？行业的水深着哩。

由于他的据理力争，超支的80万并没有算在他陈世民头上。而房间壁柜出现的问题，也及时得到了修整。

这个从无到有，从里到外，从始到终都与他相伴的大酒店，鲜亮地耸立在蛇口海边，把海面衬托得波光闪耀。它近乎残酷地让他完成了从一个计划经济建筑师到市场经济建筑师的真正蜕变。它也就此照亮了陈世民的人生，照亮了他的建筑梦。南海酒店不仅是陈世民个人设计生涯的里程碑，也是中国建筑师的里程碑，它更是中国改革开放的酒店业的里程碑。它像一盏造型新颖的灯塔，屹立在中国南方的海面上。

南海酒店开业的时候，场面隆重而豪华，群贤毕至，高朋满座。谷牧副总理也到场了。他盛赞南海酒店建得好。装饰一新的酒店大厅，高敞的、有层次的空间，在开业典礼的时候，显得格外亮眼。这里的每一个角落，都渗透了陈世民的汗水与心血。谷牧副总理为此要热情接见陈世民，却不承想陈世民临时不见了。

庆功宴席在热烈的节日气氛中开始，来宾喜笑颜开纷纷举杯庆贺，独独少了陈世民。他是功臣，是酒宴的主要角色呵，四个股东方面的代表，都希望此时向他表示感谢和祝贺。而偏偏此时到处找不见他。他到哪里去了呢？

谁也想不到他此时已经无法承受庆功的气氛了，正一个人悄悄躲在酒店的一个角落里。他在捂着脸哭。男儿有泪不轻弹，但男儿真的有了装不下的泪水，不弹怎么办？统统吞进肚子里行吗？三年间，陈世民有太多的感慨太多的辛酸！这个硬汉，早就想哭一回的，没哭的原因只是他没有时间和机会去哭。

他经历了不平凡的忧与乐，在双重压力下，终于挺直了腰杆，朋友们说:“在你没获得香港建筑师牌照前，你已经争取到了一张国际认可证。”

领略了大世界大风景的人，才可以去创作大作品。南海酒店无疑是那个时代的大手笔。

很为陈世民高兴，这座酒店在建成 20 多年之后，全国建筑界搞了个中国一百年一百个建筑作品评选，南海酒店榜上有名。全国那么多城市，那么多建筑，有很多城市没有作品入选，而深圳建了那么多楼群，也仅一座南海酒店获此殊荣。这既是对陈大师的肯定，也是对深圳的肯定。

建设部建筑设计院办公室有一份简报，1986 年第二期，简报确实够简的，油印的，那个时代印刷的汉字，墨迹不匀，但每个字都是认真敲打上去的，字字动人，对南海酒店的成功，做了最真实的报道。题为“精心设计，为国争光”。

那时候，南海酒店确实为国争光了，也为袁庚争光了！袁庚每一次带海外重要客人走进南海酒店时，脸上都会洋溢着一种得意的笑容，他希望人家好好看一看这个酒店，也希望人家能够赞美这个酒店，就像赞美他的孩子。

南海酒店花了两个亿港币建成，建成后试营业时，余秋里副总理作为第一批入住贵宾，在这里接见李光耀之子及参加石油会议的中外人士二百多人。副总理第一个光临酒店，他很兴奋，很欣赏酒店的格调空间，并说要请中央其他负责同志来看看。一天早上他在酒店碰见陈世民，高兴地拉着他的手夸奖道："这个设计很不错，很有特色，我看很成功的嘛！"他希望多请些香港人士过来看看，他是希望将我们自己设计的作品尽量向外展示！

他十分关心华森公司的情况，并欣然题写了“为国争光”四个大字。陈慕华、姬鹏飞相继而来，也对酒店盛赞有加。姬鹏飞说，想不到蛇口会有这么好的一家酒店，具有国际水平！

谷牧来深圳，一到蛇口，就由袁庚陪同仔细参观了南海酒店，袁庚将陈世民介绍给谷牧，谷牧赞赏地说，不错，比我预想的好多了，出奇地好呵！

袁庚问谷牧，比北京长城饭店如何？谷牧回答很干脆，我看比长城好！接下来他说，我随总理出访非洲十一国，没见到哪一个国家有这么好的总统包房。接下来又说，昨晚香港的一位房地产老板一直在谈这个酒店，大加赞赏。

袁庚说，很多外国人来参观，都怀疑这个酒店是不是中国建筑师设计的。霍英东也过来看了，连说难以置信。袁庚提议：看来应该刻个碑，写个说明书！

袁庚确实有远见。只不过如今的南海酒店仍不见立什么碑。只是在顶层幽暗的走廊墙壁上，搞了一个《南海名人廊》的宣传板，上面有不同时期来过这里的国家领导人照片，有1985年来的国务院港澳办主任姬鹏飞，1986年抵酒店下榻的国务委员、国务院特区办公室主任谷牧，1987年时任中央政治局委员的习仲勋，按下榻时间先后，还有班禅、彭真、田纪云、宋任穷、朱镕基等。还有大幅南海酒店正面彩色照片，以及一些记录了当年的建筑工地场景的照片。我仔细分辨着，可惜在众多照片中没有找见陈世民的影子。

酒店业是当今世界发展最快的行业之一。豪华中的豪华，风光中的风光。全世界最好的酒店在哪里？是哪一座？谁能说得清楚？恐怕难求一致答案。迪拜棕榈岛亚特兰蒂斯酒店、希腊阿奎拉瑞瑟蒙海岸酒店、意大利卡萨安吉丽娜酒店、巴厘岛乌布玛雅度假村、新加坡民丹湖度假村……这些超一流的酒店，引领着人类的享受登峰造极。然而，当人们有幸去那里尽享风情时，又有谁会记得这等豪华酒店究竟出自哪位建筑师之手设计的呢？

三、左冲右突：姓“社”还是姓“资”？

陈世民回忆初到香港那些日子的感受，使用率最高的词就是：反差。他在来香港之前，是从来不会谈生意经的。

成立华森时，虽然说是股份制公司，牌子也是这样挂的，但森洋股份只占小股，微不足道，所以华森公司实质上还是社会主义计划经济那一套，还是国营企业。一切管理都来自北京，来自国家的大设计院。在他的感觉中，他的头儿除了身上穿的衣服有所改变，其他什么的，没见变化，好像还在北京坐办公室。完全是计划经济管理模式，尤其是人的头脑意识，怎么就那么僵化，不肯改变呢？

如果说陈世民在生活上尽快打造自己，增加必要的修饰和文化素养，是为了能够适应香港社会，免得被人看不起，那么，他在业务上的发奋努力，就是他渴望提升自己，尽快找到一个建筑师的真正感觉。他珍惜机遇，珍惜环境。在华森的一行人中，数他最年轻，也数他最抓紧时间。

“夜总会，我一次都没去过。”他多次强调这句话。虽然他经常从灯红酒绿的夜总会旁边经过。

由于所有往来文件都是英语，与香港人打交道，到处都遇到语言问题，就逼着他学英语。香港人根本不懂说普通话。为了尽快过语言关，陈世民报名去英国文化协会学外语。那里开办外语班，是要收学费的。公司不给出这笔钱，他陈世民想办法赚了一笔设计费，并从中提出一部分作为自己的学费。

来香港之前，他激动得整夜睡不着觉。他怎么也不会想到，到这里来会这样不舒服，外部环境与内部环境均让他倍感压抑。

在香港必须要靠自己，而不能靠任何人。如果你有能力有本事，别人需要你，那么就会主动地想方设法来找你，你不想见都不行。然而，如果你没有能力，没有资源，人家就会把你遗忘。人家为什么要找你？没有利益何必要接近你？所以，在香港就是要体现出每个人存在的价值。

陈世民想，毕竟是国家派来香港的，也不能整天无米下锅吧。他打算主动去联系，主动找米。香港的王董事务所很出名，做得规模很大，很令业内人士羡慕。陈世民便主动给这个事务所写了一封信，如何下笔，他颇费了一番脑筋，字斟句酌。他诚恳地希望跟他们取得联系，去他们那里看看。他把信发出后，便数着日子盼回信。结果，三个月过去了，如同石沉大海。

看来这个事务所很牛，根本不把他们当回事。陈世民不死心，就又给另一个事务所写信。这个是王欧阳事务所，在香港也是有名气的。他这次写信，遣词造句更加谨慎客气。他是希望通过这封信彼此增加了解，建立联系。

信发出后，他又一天天盼着回复。一周过去了，没有回音，两周过去了仍然杳无音信。但功夫不负苦心人，在第三个礼拜眼瞅着就要过去时，他终于收到了回信。这是人家对他们的认可，令他非常欣慰。回信很客气，并且他们还派了一个人带着陈世民他们去参观了希尔顿大酒店等重要的建筑。此前，陈世民已经十分关注香港的著名酒店，如尖沙咀的丽晶酒店、中环的文华酒店，还有那些大商场、那些空间，他都去看过，他穿梭在这些豪华的空间里边，仔细记录，归纳出了他们的空间特点是什么。他在后来的书中都对此做了详细记载。在这种参观当中，他进一步体会到香港的建筑与内地的多种不同，他也从与对方的交流与探讨中，增长了很多见识。最令他欣慰的是，他们得到了王欧阳事务所的帮助，事务所答应有个项目给他们做。

努力工作的人，终归是能够得到尊重和认可的。新来的领导观察了陈世民好久，见他不仅没有叛逃的迹象，而且还那么拼命地工作，深为感动。

话说这时，陈世民正在全身心投入南海酒店这个项目中。

那几天的香港，天气与他的心情一样压抑。他一有机会还是要往外面跑。

香港的建筑是看不完的，对他有着无穷的吸引力。他乘坐机场大巴，去机场参观。途中，却突降大雨。大巴车前挡风玻璃被狂浇时，疾速下滑的水如塌陷一般。他没有带雨具，担心下车后会被淋湿。却不承想大巴一直开到了机场候机厅门口停下来，头上方有一大片雨棚，根本淋不到雨。下车后，大巴车的脚踏阶直接挨近地面，箱子根本不用拎，可直接拖出来。全部入口都是玻璃自动门，拉着箱子进去，太舒服了。这种细腻的感觉，给他留下深刻印象。

那时候内地还没有具备这样服务设施的机场。他下到底层的出航部分，看到大群的接站人在等候着从两条通道里出来的滚滚人流，然后门口出租车络绎不绝地及时把人输送走。对面就是多层停车场，给他印象最深的是人流、车流交错有序，紧凑而舒畅。

正是这样的印象，这些细节，为他日后设计深圳火车站做了铺垫，令他在复杂空间处理上，充分关注上下车人的方便程度，从中体现出难能可贵的人文关怀。

他在后来出版的《写忆·空间》一书的开篇写道："每当在这些建筑空间中实地解读时，便会体验到它的空间功能分布、空间序列组成、空间与环境渗透性、空间装饰效应等，都散发出一种高超的资源运用与整体环境的整合力。一些优秀的建筑所整合出来的空间，不仅与当地人们的生活方式相匹配，与文化传统相呼应，与时代科技相合拍，而且营造出一种超强的精神震撼力。当你一旦深入到这类建筑，常会感到心情激动，流连忘返。即使离开后，还能禁不住手写笔画地勾勒出那些新鲜的记忆与体会。"

在香港的那些日子，与后来他徜徉在世界各地建筑经典之中时，他就是这样一次次地一笔一画地记录着他所感受到的"整体环境的整合力"，他是工作学习两不误，用足了每一秒钟，却只是耽误了给妻子写信。

妻子韩琳也是建筑师，他们那么久未见面了。说什么他也不会想到，突然有一天，妻子竟然出现在他的面前——

她事先没有告诉陈世民要来探望他，本是想给他一个惊喜的，结果自己反倒被丈夫的住处惊呆了。完全想象不到他的工作室竟是这个样子！她如梦初醒般不敢往前迈步了。

这么小的屋子，竟塞进了两张床！原本陈世民一个人住，就已经够挤的了，北京那边又陆续增派了几位，看似为了加强华森在香港的力量，实则是添了麻烦。华森的牌子挂出去了，也像香港人那样把牌子做得很大很醒目，老远就可以瞅见，然而，业务开展得却不见起色。到这里来混的人，也不能不说是个好地方、好机会。其中就有混了几年，打道回府的人。而像陈世民这种卧薪尝胆，为建筑梦想而拼命努力，分秒必争的人，也确实鲜见。他在这个公司里，像落潮之后的海滩上兀立的一块礁石，最容易接受风吹浪打，也最容易被人们关注。羡慕嫉妒恨之类的各种情绪，也纷至沓来，给他带来的伤害是无法想象的。这还是后话。

居住的条件，因新来者插足，而变得愈发捉襟见肘。他们四个人的单间，统统都被安放进了床位，变成了双人间。就连他这间最小的屋子也不能幸免。两床相对，中间的缝隙窄得腿都难插，真不知道他们每天如何站直身子下床。就是在这样的小屋子里，堆满了资料，天上地下铺满，这使闷热中的屋子，更加闷热。没有空调，只有一个小小的电风扇，旋转得很滑稽。

那一瞬间，韩工她看懂了丈夫的香港生活。这哪里是花天酒地的资本主义生活呀！她做梦也想不到丈夫会是在这样一种艰苦的工作环境之中，她非常心酸。

想到他一个人在这里，每天都是埋头工作，正是炎热的夏天，热得光着膀子，图纸上沾得一层汗湿；想到他买新式电风扇自己不用而捎到北京家中，想到他一次次把很多好东西往家里买，而他自己却什么也享受不到，甚至连口吃的东西也找不到，尽管他们夫妻同患难，共甘苦，但那是在下放改造的非常时期，现在一切都好起来了，哪里会想到他来了香港这样让人羡慕的地方，却在受这份洋罪！这是何苦？！她的眼泪止不住流了下来。她劝他：我们回北京算了。别在这里受洋罪了。

陈世民安慰妻子，他说这只是暂时的困难，只要把工作局面打开，一切都会好的。

他在香港确实学到了很多细微的东西，他不仅善于发现，还善于总结。他将这些新鲜东西都记在日记里。

“上午与下午均与西南设计院同志开会，研究海丰苑的设计问题。明显看出内地做设计的同志一是缺乏经验，看来是缺乏高层建筑的实践，当然对香港特定的使用条件更不熟悉；二是大手大脚惯了，对面积的精打细算和利用，层高空间的利用不够细致；三是各工种协调性差，强调各自的合理性；四是图纸表现比较粗糙，可能在有些地方又太烦琐。这是我们经常犯的毛病，但在外面干了一阵子回过头来看就更清楚了。”这是6月1日的记载。

12月20日中午12点05分，他记下了第一次在九龙见到一身英式装束的女警察，很神气。他边走边瞅，都走过去了，还回头瞅了几眼。

12月21日，在到九龙去的路上，首次搭乘了香港地铁，他左顾右盼，找不见服务人员，也不知怎么买票，完全是自动检票，而后乘自动滚梯下到三层，在他眼前过厅和站台都比较开阔，非常舒服。车速很快。

第一次参观太古城新村也有清楚记载：“太古城新村，这是香港正在边建边售的住宅区，看上去挺像样子，参观了一个样板间，有家私陈列如下（他画了一张详细的室内平面图），塔式住宅24-5层，沿周边组织布列，临海一边面北有码头通往香港九龙，住宅形成内部院落，底下两层是停车场。上部是花园……”

那时候，他可能还没有想到日后他会落户香港，而他选择的住宅正是这个太古城。太古城是香港名人喜欢居住的地方，陈世民在这里领略了许多名媛。他看到过张曼玉素颜在一家小店里吃早茶。他就坐在她的对面。她发现他在盯着她瞅，倒也未去理会，他好奇心所致，问她是不是张曼玉。她告诉他：是的。他说她有五十多岁了吧，老太太了。他笑谈这些，像个老顽童，充分体现出他性格的另一个侧面。

听陈大师多次说到太古城，北京三里屯也有个太古城，显然是受到香港文化的影响。由此，我多次萌动去太古城看一看的念头，却始终不曾得到机会。前年的一天，我终于在香港街头有了闲暇，于是便去了太古城。那是一些陈旧了的楼房，城的概念是一圈楼房，而非城墙什么的。海在哪里呢？没有找到。我在周围转了几圈，与想象中的那个太古城有很大的不同。我也不知道陈大师曾经居住在哪一栋房子。而那些昔日的明星，更是难以撞见。由此看来，人与建筑的关系，并不是一个简单的可以融入的关系。要想亲切起来，就一定要与记忆密切相连。

陈世民的记性真好，而且每件事都有笔记。在他的工作日记中，记载了一次跟钟华楠先生同行四川的经历。

“快下班时，头儿找我，说钟华楠正式发出邀请，希望我陪他旅行，兼做广州植物园设计方案。”在别人看来旅行好似一趟美差，7 月中旬，正是四川的炎热季节，艰苦程度可想而知了。

7 月 4 日的记载：

> 中午与钟华楠、张肇康吃饭，介绍他们认识并正式通知钟华楠旅行计划内地已同意。席间谈到民族形式问题，他们认为内地搞民族形式是先有形式，然后凑内容，是受传统束缚太深，这种途径不对，应该是先把建筑的功能、环境、适用的问题解决好，再看哪些地方突出民族特色。

7 月 13 日，陈世民开始全程陪同钟华楠旅游参观。他们一行启程离港赴广州，然后去了云南。一路上，钟先生游山玩水，而陈世民却一直惦记着工作，特别是关于广州植物园的设计方案，令他心里不踏实。到四川游三峡时，在去往白帝城途中，滚滚长江，一片壮阔。顺流而下的船走得飞快。天气太热，闷得受不了，加之船舱里他的床旁边就是厕所，气味熏人，船驶出不久，他就昏晕起来，几次想吐，硬挺着，因为他要利用这个机会跟钟华楠讨论植物园方案。

钟华楠叼着大烟袋锅子，烟雾在长胡须间断续地飘浮着，话语却一刻不曾停歇。他提醒陈世民：不要先设想一个什么样子再去凑，而是要从环境、气候、地形使用要求的分析上着手，出来是什么样子就是什么样子。他正要接下去进一步深究，却不承想从心底涌起一阵恶心，只好用手捂住嘴，躲闪开来。吐出来之后，心里并没有舒服，因为话题中辍了，他的植物园方案仍然让他如鲠在喉。

他是个绝对不会浪费时间的人，即使一路美景美不胜收，他也仍然心系方案。当然，这一路上除了辛苦之外，他从钟华楠身上学到了很多东西，尤其在建筑文化与建筑理念方面，他获益匪浅。

7月24日：

> 今天一天会，定下来建筑的修改，空调、电气房的位置，此次来成都的任务算是完成得很好。他们去什么望江楼、武侯祠、杜甫草堂，我一个都没有去看。

既为工作，也为朋友，只是苦了自己。那么多美好的景点，他都一一错过。其实，即使他步入了景区，也是无心观赏的。除了工作，还是工作。

南海酒店为华森挣来了一千多万，而当第一笔七十万设计费到账后，程文生便马上决定在蛇口买一栋住宅楼，他们都迁进去了。从此，华森有了基地，有了大本营。

在香港那边呢？他们也适时搬出了属于黄汉卿的森洋公司的诚信大

厦。告别了原有的办公室。那是寄人篱下的地方，仅有两个办公空间，从电梯出来，一步就能跨进来。外边看，一个玻璃窗终日用帘拉严，那是头儿的房间。他们其他几个人是在里面的一个房间，像藏在那里似的。而搬到了鳄鱼恤大厦，好楼盘好地点，23 层的大厦，尽管在香港叫大厦的建筑不一定就大，而这个楼却算得上体面的大厦了。在中环那里，出行极其方便，从地铁口一钻出来，就能乘电梯到达公司了，真是扬眉吐气。

200 多平方米，很现代的办公空间。差不多等于每人拥有了一间办公室，还有一个像模像样的会议室。会议室平时不怎么开会，闲着，他们就在那里吃饭，说说笑笑，倒也乐在其中。

鸟枪换炮了，体面多了！至少一进门的感觉就天壤之别。门口有了一位小姐替他们守摊，小姐相当于秘书，每天以一种礼仪式的笑容迎接他们，使他们枯燥的生活有了亮点。心绪焦躁时，他会踱步到窗口远眺海景，从大厦任何一扇窗户望出去，都能把香港尽收眼底，尤其能越过建筑物看到海面的宽阔与亮丽。每当他立于窗前观望时，心胸便会因此而敞亮开阔起来。

华森日子好过了，队伍也扩充到十来个人。总经理程文生在南海酒店这个项目中，不仅看到了陈世民卓越的设计才华，也看到了他超群的经营能力。因此，程文生交给他一个新的任务，让他牵头成立了华森公司装修公司。在香港既然不能揽到设计项目，那就多搞些装修，装修来钱快。

他们在大厦下面又租了个办公室。招聘几个人。招聘过程中，陈世民这位装修经理并不情愿去做这个事情。他觉得搞装修，有点类似室内设计师，这有点偏离自己的建筑梦想。他的理想是搞大项目，搞独特的设计方案。然而，在香港市场搞设计，简直寸步难行。人际关系融不进不说，资质也不被认可。人家一定要英国大学毕业的建筑师，学历要求相当苛刻。香港大学嘛，也还可以。至于清华大学，香港当局政府都不承认。

资质问题，一直是华森和后来的华艺公司为之困扰的事情。我们内地人到香港做建筑，受限的地方太多了，最大的受限，就是你作为建筑师的执业资质。除此之外，就是对香港的规范不了解。还有一个，就是你没有执业经验，你要在人家的事务所工作一年以上，经过人家的考试，才可获取经验，拿到资质，人家才会认可。但你就算是拿到了资质，也未必能拿到项目。这就是人家的地方保护。

何况，你跟香港那些财团没有关系，更加无法开展工作。而在内地，其优势就显出来了——你在内地有你的人脉关系，而且你头上又有香港的光环。这便是陈世民在华森也好，华艺也好，选择了深圳作为大本营的战略决策之英明所在。

当内地成了一个巨大的令西方人眼红的建筑市场时，他们香港人也想挤进来，取得内地资质，这时候，便是两厢情愿的事情了。我们想出去，他们想进来，正好搞互换嘛！陈世民说第一批 10 个人，他就是第一批的。如今，他还是香港建筑会的会员。

香港有 10 个建筑师获取内地资质。我们内地也有同样的人数获取香港资质。然而，陈世民虽然获得了香港资质，却还是不能在香港执业。他必须在香港一个公司待上一年，还要经过他们面试，才可以“出徒”。而他那么忙，怎么可能去那里待一年呢？这就是陈世民在香港遭遇的尴尬。他可以去加拿大、日本等世界各地搞设计，做项目，风风火火，却不能在香港独立做设计。因而，他在香港那么多年，仅留下一件作品：沙田宝福灵堂。

这个建筑还是在 1986 年他被迫离开华森，到了中建总公司香港海外公司时接手的。这是一个仅有 2200 平方米，功能独特的小建筑。这个项目与钟华楠事务所成功合作。陈世民承担全部设计图，而钟华楠事务所负责报批及对各专业事务所的统筹工作。工程经历了两年设计建造期，于

1989 年正式竣工。

此建筑依山就势，尽显唐宋神韵。五层古塔下穿插了别致的庭院小品，有对传统的继承，也有创新布局，在香港同类建筑中独树一帜。托鬼神之福，沙田宝福灵堂建成后，成为香港售价最高的灵堂。

四、不同人生：创造力与活力成正比！

从上一代过来的知识分子，大多属传统型的，过于规矩。王先生就是这样的。他与陈世民读书时就在一起，在香港时也在一起，后来他被招到华艺建筑顾问有限公司工作，一直到退休。他的年龄比陈世民小一岁，但看上去一头华发，已经是十足的老先生了。

但凡称作老先生的人，会有几个特点：举止典雅，说话慢声细气似乎没有足够的气力，走路步履轻慢像怕踩死蚂蚁；反应迟缓，谈话时显得注意力不集中；对眼前的事情容易淡忘却喜欢回忆过去年轻时的事情……我将这位老先生与陈世民进行对比，他们同样都是建筑师，同样都是新中国培养的第一代建筑系毕业生，同样是从事建筑工作，但为何彼此差异如此之大？从穿戴到谈吐，整个形成反差：陈大师穿的是一件皮夹克，立领的，很时尚，夹克皮质薄如绸缎，衣领处还系一条丝质围巾，一看就是有档次的那种牌子。而这位刚刚从香港过深圳来的老先生，着一件普通面料的上衣，说不清楚牌子。裤子是那种老式的肥裆，与 20 世纪的内地人打扮相似。他是从华艺顾问公司香港那边的公司退休的，而且一直定居香港。若从 1979 年他去香港算起，如今他已经有了 30 多年的港龄了。但从他身上依然弥散出 20 世纪内地知识分子气息。

他说话声音很弱，要仔细去辨。

王先生比陈世民早一年到的香港。他岳父在香港生病，当时无人照顾，他便跟太太来了香港。他说他跟陈大师的老伴韩工是中学同学，也是大学的同班同学。韩工在学校时非常出众，文体活动都出尽风头，有众多男生打她的主意，而陈世民那时候很不出名，却赢得了她的芳心，这让他们这些男同学感到羡慕和费解。

那个年代他非常活跃，参加很多政治活动，不过他那时候功课也很好。他是学生会主席，毕业后便留校任教。但是，不久的反右他被打成“右派”，从此，他再难活跃，更遑论潇洒。

陈世民刚到香港那几年，经常与他见面，并深得他的同学情谊。当时和他们经常在一起玩的还有徐光国，中海公司的。三个人年纪相仿，既是同行又都是四川老乡，自然有很多共同点。他和徐光国两人经常到他家吃饭，很喜欢他太太做的四川菜。每逢节假日，他们都为能够在他家吃上一顿正宗鱼香肉丝和麻婆豆腐之类的四川菜而快活无比。后来，他们条件好了，香港也引进了正宗的川菜，他们的口味便高了，再去家里吃他太太做的麻婆豆腐之类，就感觉不到有多么好吃了。

王先生那时在香港的一家建筑师事务所做建筑师。他与陈世民交谈，发现他的天地很大，思路很开阔，虽然刚来香港，有些生疏，但他雄心勃勃。他认为陈世民做的是真正的建筑师的事儿。他说：“我很羡慕他。内地来香港的建筑师没有牌子，是不可能做到大项目的。但他却充分利用时间去看各种建筑，拿一个相机到处拍照。一边增长见识，一边广泛接触香港社会，寻找发展机会。”

他说这些年，他从陈世民身上学到了好多东西，是他在学校里和香港的事务所里学不到的。他称陈世民是他的老同学、老上司、老朋友，也是他的老师。

我直截了当地问他：“假如你也有陈世民的条件，会不会也能成为陈世民这样的建筑大师？”

他非常肯定地说："不会。"

"为什么？"

他说自己哪方面都不具备。毕业之后，陈世民去了北京的建筑大设计院，他就很羡慕。尽管他也是作为优秀生而留校的，但他仍然向往北京大设计院。此后，他给院长当了秘书，又做过建筑系的书记，但是，他一直没有像陈世民那样一进北京就赶上了中国建设的第一个高潮期，并且从身边那么多高水平的建筑师那里学到真东西。因不同的环境造成了两个站在同一起跑线上的人的差异。客观上的原因容易说得清，主观上的原因，就更为复杂了。

他评价陈世民有四能：能吃、能玩、能睡、能干。吃，胃口又好，自己吃不过他；能玩，卡拉OK呀，跳舞呀，都是他的强项，像这些我跟他一块去，我就坐在一边看，他能引吭高歌，唱得好，一嗓子《康定情歌》，激情满怀，额头闪亮，很能打动人的。能睡，是到哪里都会休息，一到飞机上他就能睡着。先睡一觉，等大家都感觉困倦时，他却睡醒了，起来工作画图了。能干，这是公司上下共同认可的。你就看他出的这些书吧！那么厚的《空间》（陈世民出版的三部大书《时代·空间》《立意·空间》《写忆·空间》）。还有这个城市到处都能看到他设计的大楼。他原来的事务所，我看过，羡慕得很，过两年一看，又搬家了，搬到这么大的地方，羡慕得很啊！他现在这么大年纪了，却还在做大项目，而且越做越大。香港的大建筑师，我看也没有他做得这么大工程。他现在还有这么大的魄力，能抓到重庆这么大的项目，能拿下来，真是了不起！

他谦称，陈世民与他最大的差别就是对新生活的向往与兴趣，这个是一个人的磁场，是影响力，感染力，也是人格魅力。这个恐怕是做好一个现代建筑师最重要的一环。

因为建筑师要与业主打交道，最需要人格魅力了。而何为人格魅力？首先就是要有活力。没有活力哪来的魅力？没有活力怎么可能赢得业主的信任，将手中的地交由你来构想与设计呢？！陈大师这把年纪，有许多年轻的朋友，这些人是房地产开发商，他们跟陈世民是忘年交，见面吃饭喝酒，说说笑笑，像铁哥们儿那般，就把该办的事情给办了。所以，他总是能够揽到大项目，总是处于工作运行的高端状态，总是精力充沛。

中国房地产联盟的秘书长钟彬也是位年轻人，他说："我觉得陈大师第一个特点就是特别年轻，人家说 60 岁的人 30 岁的心，他 70 岁的人了吧，但是我觉得他非常年轻，对新鲜事物的热情，对人的热情，跟他们那个年代不相符，不匹配，这个可能跟他的阅历有关。从高层然后又到低层，然后又到香港工作，横跨了研究、创作、管理各个领域。我也接触了很多建筑师，包括老一代的、青年一代的，陈大师是一个罕见的人，在生活观和意识方面，他老人家是很有一套的。我觉得他还是比较开放的。你说你生活很保守，视野也不可能开阔，所以说，他整个都是开放开阔的，而且你看他的朋友都是年轻人。"

这就是活力，一个建筑师的创造力与这种活力是成正比的！

在成都曾见到过一位中年房地产商，他也是 80 年代在香港跟陈世民相识的。见他们如此熟悉，我让他谈谈对陈大师的印象。他说陈世民有他做人的原则，又有他的灵活性。他不是那种传统意义上的老年人。他很节俭，也很懂时尚。他兼收并蓄，有包容性。他儿子找了个洋媳妇，他允许了；儿子离婚了，他也默认了，没有表示反对。而且，他也跟洋媳妇相处得很好。这是一种文化的包容吧。这个很说明问题。

接下来他说到了在香港的一些生活细节。那时候，他经常带老陈去名店买衣服。第一次他买了好几万块的东西，陈世民一件也不买，只是看，摸，因为一件最便宜的西装也要六七千块。第二次逛商店时，陈世民犹豫了半天，终于一咬牙买了件登喜路牌子的西装，穿了好几年。后来，他说他们俩逛商店买名牌时，角色换过来了，他买我不买了，他一下子就买了十多万块的衣服。

由不舍得买5元钱的盒饭，到买名牌，这显然是一种突破，说成质变或一种质的飞跃也可。建筑师由土变洋的过程，也是蛮快的。

袁镜身是最有资格谈论陈世民的，他等于是看着陈世民一步步成长的。陈世民从一脚跨进北京工业设计院起，便进入了他的视线。陈世民到香港、深圳创业腾飞这些年，袁镜身也来到了这片热腾腾的土地，他被深圳市政府聘为顾问，参加过很多重要的规划。他还参与了华艺公司的组建工作。从北京到香港，再至深圳，他对陈世民简直是“一路保驾护航”。

袁镜身有篇长文谈陈世民，题为《青出于蓝，而胜于蓝》。这篇文章很详实地记载了陈世民在中国大建设的发展进程中，是怎样发挥作用的。各个历史阶段中，国家的命运，陈世民的命运，他娓娓道来，颇有见地。

> 陈世民天资聪颖，接受新鲜事物敏锐。但他懂得一个人的成长，只靠天资聪颖是不行的，更重要的是要靠自己的刻苦努力。他在学校时就有一种理想，将来要成为一位有作为的建筑师。

> 一个刚出校门的青年，到了工作岗位，觉得一切都是新鲜的，可学的。怎样学习业务呢——那时国家发出了“向科学进军”的号召，他白天工作，晚上学习，参加了训练班，听苏联专家讲课，结合工作向有经验的工程师请教，开始画简单的施工图、建筑大样图，后来参加学校、幼儿园、电影制片厂等大大小小项目的设计实践，1955年还参加了北京使馆区的首期工程，开始承担一座小型使馆的初步设计。

袁镜身提到了陈世民建筑生涯中的第一个项目：卫生部生物制品研究所山西分所。这个项目将近 10000 平方米，包括各种研究室。陈世民担任了设计总负责人。因为要研究生物培养，还要求具有恒温和无菌的操作条件，技术上颇为复杂。怎么办呢？“他亲自跑了山西分所选择场地，同建设单位同志研究了建设条件，编写了设计任务书。回来后又到北京生物制品研究所进行调查研究，学习卫生界的生物知识，这样掌握这项工程的基本特点——尤其难得的是，他作为一个青年建筑师，要组织和协调各工种的富有经验的工程师们在一起配合，组织几个青年建筑师合作，没有虚心求教和踏实的工作，是很难在半年多的时间内，完成这项设计的。”

由此可见，陈世民在那时候就得到了全方位锻炼，这也说明了他在南海酒店的复杂工程项目中能够走向成功绝非偶然。

袁镜身说陈世民能够参加“十大建筑”设计是最大的一次锻炼，让他站到了国家级的平台上，长了见识。“当时决定要建一座电影宫和一座大型歌剧院。这两项建筑的设计，工业建筑设计院委托总建筑师林乐义率领六名技术人员来承担，陈世民就是其中的一位，他也是林乐义十分赞赏的一位得力助手。但是过程却不是一帆风顺的。院里开始委托他配合一位主任工程师为国家歌剧院提供一个设计方案，他们没有同外界接触，也没有去走访调查，只按常规画了一个方案，陈世民用铅笔加水彩画了一个简单的透视图就送去了。当他们被邀去首都剧场参加方案评审会时，竟然发现北京市面上的其他建筑设计院，如清华大学等单位，已经一马当先，不仅方案介绍、构思连篇，透视图也画得又大又逼真。而他画的又小又草，很不起眼，方案也没有多大特色。”

这件事，令陈世民永生难忘。院里当时是让龚德顺和陈世民去做方案的，龚德顺是设计建设部大楼的那位建筑师。他对陈世民说，你去画张图吧。陈世民很听话地就去画了一张很小的图纸。结果拿去投标，一挂在墙上，与人家清华大学的图摆在一起，对比强烈。人家是彩色的，很大的图纸，像一幅参展的画，非常漂亮。他简直不敢朝自己那张图看上一眼。当时，梅兰芳也来了，文化部部长也来了，他们都在观看这些歌剧院的设计图。他说："我一看那场面，差点钻进地下。我画得不好，黑乎乎的。"

他感觉自己的画法太笨拙了。看人家的，要用蓝色渲染，要画四遍。这四遍下来，还要用电吹风把它吹干，否则，半天不会干的。

从那以后，他下定决心要画好设计图。一年多练下来，他也可以画出同样大的透视图。图大了，很多人习惯钉个钉子在轴心，拿着尺子边量边画，但他可以在心中感觉到这个点，很快起草，练就了本事。

袁镜身在洋洋数万言中，细数陈世民一步一个扎实进取的脚印后，对他能够成长为建筑大师的原因，归纳为四个方面：

一曰：善学各家之长，来补自己之短。"林乐义总建筑师是在法国、美国留学、工作多年，见识很广的人，对于国外近现代建筑颇有研究。在设计思想上很注意创新，善用现代技术和'洋'的形式。陈世民在林总的指导下，不断工作和学习，在合作中他经常主动争取多画图，多实践，有时讨论完，就用晚上时间将林总和有经验建筑师的想法，通过自己的手表达出来，积极学习林总的创作思想和绘图技巧。反过来又成为林总的得力助手。"他还提到了戴念慈对于中国古建筑的研究，在设计中运用中国建筑特点和现代建筑相结合，这些方面，都让陈世民从中受益。还有龚德顺、杨芸也都是有经验的建筑师，都曾直接领导过陈世民的工作，他从中学到了不少好的设计思想和作风。

二曰：手笔勤快，善积材料。70 年代后期，陈世民一直担任中国建筑学会创作委员会秘书，经常参加建筑创作的学术会议。在会中常看到有些建筑专家很注意写生，特别是南京工学院的杨廷宝教授，那么大年纪了，还是手执钢笔，走到哪里画到哪里。他深受影响，也养成了勤动笔写生的习惯。中国建筑工业出版社的《建筑画》，第一期就发表了陈世民的建筑画。有人说他的图画是事后画的，补的。殊不知他在这方面下了多少功夫。他在飞机上、在船上，只要有机会就会拿出本子来画。有一次开会游漓江，他坐在行进中的船上，手不离笔，就那么一路画下来，画出了美丽的漓江两岸风光。他练基本功是舍得花大力气的，而且长年坚持不懈。画不到想不到，想不到就画不到，要做到得心应手，从而练就草图勾画真本领。

他还善于搜集和整理资料。设计是一种设想，但它不是空想。要依靠大量资料和科学分析来完成。“他在做电影宫和歌剧院方案时，跑到图书馆搜集国外有关资料；在做国宾馆方案时，就搜集了有关高级宾馆的设计资料。同时也把自己的手稿、创作方案，都整理汇积起来，作为自己学习和设计的参考。”

这个习惯，他从 20 世纪 50 年代，一直坚持到现在。在他深圳卓越大厦四层的那间宽大的事务所办公室里，满墙都是高耸的书柜和资料架，那上面有他几十年的图纸和各种资料，还有他不惜高价购买的许多经典书籍，有关于国内外建筑的厚重的图文并茂的套书，有吴冠中等画家的画册，也有世界著名建筑大师柯布西埃等人的著述及各类世界文学名著。他在接受采访时，总是习惯在桌面上铺开一张大纸，然后用一支绘图笔，说到哪里，就画到哪里，话到笔到，笔随话行，每次谈完，他都已经画出了数张草图般的笔录，而后，他会让秘书收起来存档。他的有心还表现在不久前出版的那一部巨著《写忆·空间》。里面都是他的设计图纸。这绝非简单的图纸的综合，而是丰富多彩的建筑师生涯的勾勒，60 年下来，一个完整的甲子，其间，多少草图，多少心血，还有游历多个国家的飞行的标示图，像一幅军事地图一样，做得很是精致新颖，跨洋过海，每一次都有记录，上面还有小方格标明年月日。都柏林、芬兰、挪威、蒙特利尔、西雅图、辛辛那提、开罗、卢克索，等等。字迹非常之小，令人称奇的是他已年过古稀，看这样的小字却不用戴老花镜。老天爷真是格外垂青于他，居然行走如风，且眼不花耳不聋。

三曰：注意总结经验。“在每一项设计告一段落或者完结的时候，他总是把资料整理出来，仔细分析一番，哪些地方是成功的，哪些是不好的，有什么经验教训可吸取。对待别人好的设计，同样也是采用这种方法。”文中举例说到 1979 年陈世民有机会到上海、南京、广州等地参观那里的一些新的建筑，这次参观，是“文革”之后一次非常重要的开阔眼界的机会，陈世民格外珍惜，并从中学到了好多东西。他完全是用笔去记录，用心去揣摩去领会，并且能够举一反三，写出高质量的文章，刊在一流的建筑杂志上。

袁镜身还提到陈世民到了香港工作以后，“有了更多的机会去美国、日本及加拿大等国家，每次在长途飞行中，都要将学习考察的心得写成笔记，将自己的见闻归纳总结，将新鲜的感性认识分析提高。几年来写下了 20 多万字，大大提高了创作水平”。

四曰：注意理论探索。“建筑设计只有实践经验是不够的，还必须有理论上的提高。”他从陈世民的几篇颇有影响的文章中，分析了他的理论水平。其实，这几篇文章只是陈世民的理论研究的一部分，是前些年的事情。进入 21 世纪以来，陈世民面对更加纷纭复杂的建筑市场，他洞察秋毫，又写出了很多见地不凡的理论文字，这些文字有发现，有思辨，有胆识，无论纵的横的论述，他的文章均有一个特点，那就是结合他的实践，从不空谈。而正是与实践相结合的理论，支撑着他在更加广阔、更加激烈的市场中，老黄忠般的不坠青云之志，继续拼搏在新时代的建筑发展的前沿阵地。

他的成功，时常会被人们误读或者偏颇理解，仅仅归纳为他的市场理念与经营能力，殊不知他从来就不曾停止过对于理论与思想的研究探索。作为中国建筑行业的先行者，他至少体现了两个方面的意义：实践与研究。当国人惊呼“狼来了”时，他早已与狼共舞多时，且积累了好多宝贵的经验。这将在本书后边详尽写到。

有一部纪录片记下了陈世民大半生的经历，片名为《天道酬勤》。这四个字，是他一生的写照。可能有人比他聪明，比他有学问，也可能有人比他运气好，比他能吃苦耐劳，但是，将这多个方面的综合打分，集束式的能力归到一起相比，他无疑是国内建筑师中的佼佼者！

袁镜身讲到了他的勤奋好学。讨论方案，会开完了，谁去整理一下？凡是上点年纪的人，当然不愿干了，数他年轻，他就说我来。因为他觉得这样他会受益最大。人们走后，他就去把那些讨论方案整理出来，又拿来，再讨论再改，改了后他又拿去整理，如此一来，他就比其他年轻人多出很多参加重要项目的机会，多学了很多东西，其见识也自然比同龄人更多更高。

他获取知识的另一途径，就是喜欢读书。因为当时经济拮据，遇到好书却因为贵而舍不得买。有一次，他看到别人桌上放着一本书，随手翻开来，就放不下了。那本书是关于华沙重建纪念馆的。铜版纸张，触摸时有如高贵的瓷质，印刷非常精美。那些建筑照片和一些图纸，还有好多建筑师的手稿，都是他最喜欢的。他惊叹这个作者把街景都画出来了，还是铅笔画。他喜欢得不得了。他觉得自己平常要做的就是这些，就跟在学校里老师教的那些东西一样的。看到人家做得这么精美，这么细致，再加上华沙的异国情调，他简直爱不释手。但是，一翻到背面下角的定价，他便将书放下了。定价 3 元，当时对他来说是个大价钱。他舍不得买。

书是放下了，但心却一直放不下。他坐回自己的桌前，颇有些心神不定。自觉不自觉间，就会朝人家桌上的那本书瞟上一眼。这样犹豫了三天，最终，他还是没有抵制住诱惑，去书店买回了这本书。

他在第一年实习时，每月工资是56元。第二年就转正了，工资开到62块。转正时，他的职称是技术员。

为什么陈世民舍不得花3块钱买书呢？这是因为他当时已经结婚了，他不是一个单身汉，有人管着他了。他要想花钱，也不能拿起来就花，他要跟她商量，他要养家糊口，要有责任感。

袁镜身认为陈世民成长于五六十年代，成熟于七八十年代，现在（指20世纪90年代以前）他已经成为一个思想开放、经验丰富的高级建筑师和设计企业家了。20世纪90年代中期他成为"建筑设计大师"，人生越上了巅峰。

笔者对于陈世民的了解，大多是从杨永生那里。

杨永生跟陈世民老早就相识了。当年他们都是在建设部的大楼里办公。那时候杨永生是中国建筑工业出版社的革委会副主任，后来创办了《建筑师》杂志，他们之间交往更多了。陈世民去香港时，杨永生将他的老关系钟华楠和潘祖尧两位建筑师介绍给他。陈世民表面从未说过感谢之类的客气话，但他在行动上却表现出了感谢和尊重，让杨总一直不忘。杨总说有一次开会，间歇时有一堆人在聊天。陈世民说他要去俄罗斯，一位戴眼镜的年轻人便马上提议说："好啊，你把我们杨总也带上吧，他给你做翻译！"此人当时在《建筑师》杂志做副主编。陈世民没有回应，脸色一下子沉下来。因为当时不仅杨总在场，其他还有好几个人也在场。杨总坐在那里看见陈世民把年轻人叫到一边，说了些什么。年轻人后来告诉杨总："他批评我了。他说杨总那么资深，那么德高望重，我怎么会让他给我当翻译？这多不尊重人家啊！"

杨永生回忆往事，对陈世民的做人方式，有着很深的印象。他说陈世民的成功跟他会处世会做人密切相关。对他有过帮助的人，他都会感激不忘的，尤其对于袁镜身、林乐义等老一辈，他来北京时都会去探望的。我曾亲眼见过已经发达的陈世民，在深圳盛情接待当年打交道的老朋友时的情景。只要他听说对方来到广东的音讯，哪怕是在广州，也会将电话打过去，邀请人家过来深圳玩玩。即使他有那么多方案缠身，忙得星期天都不得休息，他仍然要抽时间宴请老朋友。

“你写陈世民，一条线是写他的管理、经营；另一条线是写他的设计，还有一条线就是做人，如何成功做人。”这是去年我在杨总的家中采访时，他的殷切嘱咐。

我很欣赏潘玉昆的一篇评论文章，是评陈世民的《写意·空间》一书的。

“我们这一代建筑师有幸经历了中国建筑事业发展的高峰期，经历或目睹了壮阔的城市化过程，经历了改革开放的巨大成就。”潘玉昆认为陈世民领会到了在市场经济剧烈竞争的设计环境下方案设计的关键作用，以及建立灵活的有别于当时国内普遍的大而全的设计机制的必要性和可能性。两个方面的先行意义：一是设计理念方面，他是建筑设计方案先行理念的倡导者和实践者；二是事务所机制管理方面，他是股份制或民营事务所机制最早接轨西方的先行实践者。潘先生以这两个方面的归纳，准确勾勒出陈世民的人生价值。

国家大型建筑，往往不强调个人而是重视集体的能力，像人民大会堂这样的项目，究竟建筑设计者是谁，到现在还有争议。那时个人是不能成名成家的，那种思想本身就属于资本主义，这顶大帽子会压得所有具有才干的人都退缩。甚至到了 1980 年，凡超过 14 层，1000 万投资的项目，都要到北京审批，项目立项，必须赶上每年仅一两次的全国设备订货会议。而深圳特区则不然，特事特办，就为建筑师提供了一个宽松的设计环境，一个可以施展十八般武艺的大舞台。潘先生认为陈世民获得了历史性的机遇。

太多的竞标，所有项目都是通过竞标。竞标靠实力，实力靠人才和组织管理机制。华艺让他带出了一个高水平的特别能“战斗”的设计团队。很多作品都是他的一个设计团队完成的，而设计团队，是有步骤，有分工的，总是他最先出思想和构想，然后去引发团队的议论碰撞，激发灵感火花，他把自己的思考过程，及时传递给团队，像博士生导师一样，既是工作，也带有培训性质。重要成果中的透示图，他必须亲手画出来，他画的东西与电脑出图永远不可同日而语。

“这种卓越的基本功令人惊叹！”潘玉昆发出如此感叹。

是啊，现在建筑师一律电脑绘图，陈世民从杨廷宝等上一代建筑大师那里继承下来的这种画图的基本功，将会失传，会成为绝唱，就像电脑打字会让作家失去手写稿一样。

第二章　咬定青山

一个新生命的诞生，总要伴随着人们的欢乐。其实，这种欢乐常常会遮蔽生命孕育过程中的痛苦，以及分娩之时的剧烈痛楚，还有新生儿的拼命啼哭。人的肤浅在于只渲染新生命带来的快乐而忽视或干脆省略了那种本质性的痛苦。

当然，痛苦与欢乐总是相生相伴，怎么可以严格将两者剥离开来？

华森之后，便是华艺。他们相当于孪生兄弟，都姓华。一些人搞不清楚这两个公司之间究竟是怎么个关系，诸如陈世民究竟是属于华森，还是华艺。即使像杨永生这般熟悉陈世民的人，在介绍我去见陈世民时，居然一会儿说他是华森的，一会儿又说他是华艺的，我盯着问他究竟是哪个公司的呢？杨总索性说他两个都是。那就是等于双跨？

杨总表示也不能说不对。但实际上呢，又不完全是这么回事儿。华森是中国最早面向境外的试水婴儿，这个婴儿没被维多利亚湾的咸水淹死，却长成了胖小子，已经学会劈波斩浪，奋力游泳了。

这个时候，第二个儿子华艺设计顾问有限公司在阵痛之中，也即将临盆。如果说华森公司是顺产的话，那么华艺公司则是难产，或者说是剖宫产。

华森是应运而生，是自上而下的指令，有巨大的国家背景。华森的股份制还没有摆脱国营企业的性质，正如杨春茂所言：干不好可以卷铺盖回来。这是没有风险的。因而，华森的所谓股份制带有“伪股份”色彩。实际经营管理方面呢？也没有摆脱大设计院的干预。光从总经理的更换方面，人事安排方面，就可见国家公有属性的特点。这种人员安排，均由上级定，没有任何公司自己说了算的余地。公司再努力图发展，也不如上边领导一句话管用。甚至上边主管部门领导的变动，都会直接给华森带来影响。华森的事情，华森的人员使用，并非由华森公司自己做主，而完全听由上级。公司即使在香港，也是风筝而已，你飞得再远再高，也有根线扯住你，想让你高飞你就能高飞，想让你降落地面你就得乖乖下来。无论你是条龙还是条虫，概由上面领导说了算。

无论是华森还是陈世民本人，都无法摆脱这种来自体制方面的强大掣肘。

而华艺则不然。华艺在初创时，并非自上而下，恰好相反，是自下而上运作的。其属性完全是股份制企业。而公司成立之后，所有内部管理机制，也完全是按现代股份制企业方式运作。因此，可以说华艺才是中国改革开放初期，少数几个股份制设计企业之一。然而，当这个公司发展到一定程度，羽翼丰满之时，却无法飞离地面，因为它同样被一根线牢牢扯住，只不过这根线平时被忽略了而已。到头来，华艺跟华森有着同样的归宿，归于上级领导。在人员安排等诸多方面，又被上面插手，就连创办人的去留，都是上面说了算。到头来，华艺比华森更像国营公司，更温顺地归属了国有体制。这是后话。

不管怎么说，在 1986 年的时候，要成立这样一个公司，其难度是不可想象的。

一、在阵痛中诞生的华艺:“反正我们不是干反革命！”

从 1980 年去香港算起，到南海酒店正式营业，一晃六年过去了。这六年无论是陈世民还是对于华森，都是一路挣扎着过来的，都有着刻骨铭心的记忆。

那时候股份制的概念并不很清楚。华森像一块小舢板，试验性地从大船上游离开来。它不管游到哪里，仍然还是大船上的一块板。华森的命运，陈世民的命运，不再由袁镜身说了算，他已卸任，而新换的这位当家的，一上台就改弦更张。他不满意老领导重用的人马，自然对陈世民有所“考虑”，欲将他召回北京，然后，换上自己得力的人。

体制就是这样，领导想让你过来，你就过来，想让你回去，你就得回去。哪像现在的年轻人，动不动就跳槽，那时你一切都是属于组织的，你跳得动槽吗?

陈世民非常闹心，左右为难。他绝不愿回北京，他的事业正在香港、深圳这边蓬勃发展，势头正旺，不仅有南海酒店的影响力，还有海丰苑住宅小区，这是第一个将香港人的居住模式引入深圳的项目，而且也是首先在香港销售的项目，这个项目对深圳住宅发展而言，是开了先河的。还有正在建设中的深圳金融中心，这是一个市政府十分重视的大项目。从这个项目开始就直接由主管城建的副市长亲手抓。陈世民希望趁热打铁，做出更多的设计以实现自己的建筑梦想。而这时要把他调回北京，就相当于让一个正在连战连捷中的将军偃旗息鼓，半路退回。他是绝对想不通，也绝不甘心的。然而，不回去又能怎么办呢？小胳膊能拧过大腿吗？他陷入了痛苦的深渊。

关键时刻出现了一个人——曾汉文。此人是香港体育协会的总干事，在香港有着一定的身份。他还有自己的绿园工艺公司。他是陈世民在香港为数极少的好朋友之一。他们在工作上也多有往来。南海酒店的绿化工程，就是由曾汉文的绿园工艺设计公司通过投标方式，全部承包了下来。

曾汉文为人热情豪爽，自幼就酷爱园林艺术和雕塑壁画，他很希望能够将中国园林雕塑方面的业务引到香港，也希望陈世民在这方面多做些事情。于是，他对陈世民的下一步选择，自然非常关心。他问陈世民到底打算怎样？是回北京还是留下来？

陈世民说不想回去，但又不知道该怎么办。于是，曾汉文就提议陈世民调到中国雕塑壁画公司（简称“中雕”）去。他说，你也很喜欢艺术嘛，何不去那里发展！曾汉文是希望陈世民能留在香港，也是想日后能与陈世民合作多做点事情，他很佩服陈世民的才干。

调进中雕固然是一步棋，也确实可以留在香港做事。但是，陈世民不大情愿，因为他毕竟是学建筑的，他的梦想就是搞建筑设计，而不是去搞什么雕塑壁画，如果那样的话，岂不等于放弃了自己毕生追求的建筑理想？

曾汉文就劝说他，不管做什么，先能够留下来再说，走一步看一步嘛。

陈世民脸上愁云不散。他与妻子商量，韩工立马表示不赞成他去搞什么雕塑壁画。她认为那是不务正业，是前功尽弃。这让陈世民更加郁闷。

但是，不去搞雕塑壁画，那就势必得回到设计院。真是左右为难。

在这件事上，袁镜身态度明确，他不希望陈世民就这么回去。他觉得你陈世民好不容易在香港搞了这几年，有了一身本事，回去可惜了。对设计院来说，好不容易有人出来熟悉了国际上的东西，熟悉建筑行情，就这么回去了，太不值了。所以，他当时也想把陈世民弄到深圳去。

能够让陈世民留驻香港，有一个人起到了关键作用。他是中国房屋开发总公司的董事长曹大澄。他认为一切皆因雕塑结缘，如果不是南海酒店的雕塑，他就不会认识陈世民，甚至可以说，后来的华艺是专门为陈世民开的公司，是一种因人设岗的模式。陈世民在蛇口南海酒店工地当项目经理时，他随肖桐副部长到工地考察。第一次见到陈世民。当时陈正在讲解设计、施工和绿化。曹大澄当时就认定此人极为聪明、勤奋，敢创新，是一位不可多得的建筑师，日后有机会合作，肯定是最佳搭档。

果然曹大澄有着非同一般的眼光。

当时南海酒店工程进行到室内装修部分，需要找一家雕塑壁画公司，于是，就有人介绍了曹大澄的中国雕塑公司。陈世民与曹大澄头一次相见时，绝没有曹大澄想得这么多，更没有想到日后会拴在他这条船上。

因壁画而结缘，也因壁画走到一起。还是袁镜身向曹大澄推荐了陈世民，而陈世民又在曹大澄与曾汉文之间牵线，他们便相约春天在北京饭店见面。因为彼此都有一个共同的想法：为了留住陈世民。

曹大澄的思路非常清楚，他想在香港成立一个中雕的境外公司，让陈世民做总代表，负责香港业务。这个想法一抛出，便得到袁镜身和曾汉文的赞同。于是，他们就商量好下一次还在北京饭店聚齐，开会商议筹建中雕的境外公司成立的相关事宜。

几个人在北京饭店这么一议，这事儿似乎就定下来了，如此容易。而几十年在建筑界打下基础并为之呕心沥血的陈世民，却绝没有那么轻松。他感到有一种无法言说的痛，背上了沉重的包袱。当真就要调出设计院，他有一万个不舍。从迈进北京那天起，他就在设计院工作，那里面记录了他的青春年华，他的奋斗汗水，还有他的理想，他的未来。却不承想从今以后他将梦断北京城。莫非从此就不再搞设计了？

至少有两个星期，他都被这件事折磨得痛苦不堪。韩工也不愿意让他就此转行。她说你可真是太可惜了，你这么有能力的建筑师，却要去给他们推销壁画商品？！

陈世民无法反驳妻子。他自己也舍不得放下手中绘图的笔。但一想到新领导对他有成见，认为他是走白专道路的。如果自己回到这位领导手底下，那还会有好日子吗？顶多当个副总建筑师，把你架空起来。什么项目都是他愿意给谁就给谁的，计划经济嘛！

他跟妻子整天关在房间里摆龙门阵，反复权衡究竟该何去何从。可到底也拿不定主意。

北京饭店的会倒是如期而至。曹大澄、袁镜身、程文生、曾汉文都来了。刘开渠、吴作人等知名雕塑家、画家也都到会了。陈世民将妻子也带来了，他跟妻子研究了好几天，下不了决心，索性就一块来吧。

北京饭店大厅敞亮，视线高阔。曹大澄昂着头迈步到这里。他兴致勃勃地说，这个饭店刚建好时，要搞室内装修，需要一批画作。当时正是"文革"后百废待兴的阶段，画家们都被"文革"大棒驱散了，不知躲藏到哪里去了。他那时身为建设部办公厅主任，想方设法打听到了这些人的下落。趁此机会，他把这些艺术家们从牛棚、从各个不为人知的角落里扒拉出来，请到了北京饭店。北京饭店是什么地方啊？是党和国家领导人经常出入、接待外宾的地方！你想想，对于刚刚经历了大苦大难的画家们而言，能够住进这样高档的大饭店为其作画，那是从地狱一下子升到了天堂啊。

这些画家由此对曹大澄感激不尽。而曹大澄也俨然成了他们的恩人，有了这么多的人脉资源。他能够去搞雕塑壁画，与这个颇有关系。曹大澄既不会雕塑，也非画家，却能成为中国城市雕塑指导委员会副组长（组长是刘开渠），凭的是什么？

一晃十几年过去。曹大澄在北京饭店的墙壁上寻找着当年的壁画，也寻找着当年的感觉。在曹大澄的如意算盘中，只要陈世民到位，就会让他的中雕公司走出一片新天地。他深信陈世民会给他带来好运。因为雕塑壁画要跟着建筑走的，房子先建好，才会有壁画生意。所以，他急切希望成立一个中雕的境外公司，而陈世民是不二人选。就让他当境外公司总代表，代替他曹某人在香港开辟雕塑业务。他既不需要亲自出马，又可以把事情办了，岂不美哉！

那时候批准一个境外公司，其难度是超乎想象的，简直就是不可能。然而，曹大澄却让这种不可能变为可能。他信心十足地来了个先斩后奏。未经批准，就要把公司立起来。

面对刘开渠等这些雕塑界大师们的热切目光，陈世民有些犯怵了。他说，我怎么样为你们服务呵？我又不是干雕塑这一行的。至于在香港怎么样开辟事业，承揽活计，他更是胸中无数。而且，他感觉有种难言之隐：一个堂堂建筑师，明明干得好好的，仅仅为了躲避调回北京，就转行搞起了这个？

曹大澄很清楚陈世民在想什么。为了让陈世民没有后顾之忧，打算先把陈世民的关系调到中国房地产开发总公司，给他个副总经理、总建筑师的位置。

肖桐也是积极赞同陈世民继续留在境外发展的。因此，他支持曹大澄将陈世民从中建总公司调到中房总公司。在曹大澄为陈世民办调动手续时，肖桐也跟设计院那位新头儿打过招呼。

调一个人说复杂也复杂，说简单也很简单，事在人为。如果不是曹大澄而是换另外一个人去张罗，可能就调不成陈世民了。因为设计院的那位新头儿说什么也不肯放人，只因有了肖桐副部长打招呼，他又不敢得罪，才勉强同意。然而，当曹大澄真正去办调转关系时，一位副院长和一位基建处长却亲自出面阻拦，又提出了附加条件。他们对曹大澄说，你们中房是个大公司，属下还有材料公司，我们要互相支持一下嘛！他们当时正在建员工宿舍楼，他们就说：你要给我们 50 吨螺纹钢，再给点料，我们就把陈世民让给你们。这是一个交换条件，你看怎么样？

古时候有“五羖大夫”一说。所谓五羖大夫，说的是春秋时代百里奚的故事。百里奚是秦穆公的谋臣，他是秦穆公用五张羊皮换来的。从此，秦穆公像拣了个宝，对他委以重任。秦穆公在百里奚和蹇叔的辅佐下，令秦国一天天强盛起来，为最终成就霸业奠定基础。

“秦穆公用五张羊皮换了一个百里奚，我们用50吨螺纹钢换了个陈世民！划得来啊！”曹大澄说到这里竟哈哈大笑起来。

这是我在与他近两个小时的交谈中，第一次见他如此开心地大笑：“这个事情，陈世民都知道的。”

没错，陈世民说到这件事时，也笑了。他把这个当成了一个笑话。不管怎么说，他调到曹大澄那里，等于升官了。从行政级别而言，那是副厅级干部。因为曹大澄是中房的董事长，他陈世民是总建筑师。曹的行政级别为正厅级，他就是副厅级。他说，他的任命上面还盖有建设部党组的章，清清楚楚。

陈世民虽然升职为副厅级，但他在退休时，却一无所有。他在自己一手创建的华艺公司退休下来，却没有一分钱的退休金。据说，华艺公司有规定，凡是在深圳华艺这边退休的，退休金等一切待遇都有，而在香港那边退休，就什么都没有了。

我曾就此问过陈世民，既然你是副厅级干部，怎么什么也没有啊？他淡然一笑，曰：我也懒得去找，不去找那个麻烦了。

可叹：一个没有退休金的功臣。

曹大澄不像陈世民这样淡定。他很在意自己的作为。说到华艺公司到底是谁创办的时候，他说：“老陈很谦虚，说是我创办的，我那雕塑公司容纳他嘛。我说是陈世民创办的，是他提议创立的华艺公司，我不是干设计的。成立之后，我相信外行不能领导内行，不管怎么说，我认为每个人有长处短处，内行就有他的长处嘛，这就开始放手让他干。老陈自己也承认，说对他最大的支持，是我不干扰他的工作，你愿意怎么干就怎么干。他这个人勤奋，头脑清楚，有创业精神，我既然这么认为，那就按着这个路干不就完了嘛。指手画脚何必嘛，没必要，人家都比咱们聪明，搞设计人家内行，这老陈一干就干了 20 年。”

曹大澄回忆当时的情况说，中雕公司当时还没有驻香港的境外公司，要想在香港开展业务，必须要打报告请求批准建立一个境外公司。从香港那方面来说，获得准许证是相当容易的。而当时内地对在香港办公司控制得相当严格。要想办成，未经外贸部批准，是绝不可以成立的，即使你硬性成立，也拿不到政府的编制。为了让中雕公司获取内地“准生证”，曹大澄先斩后奏将公司牌子高挂在香港之后，转身又回到北京，给经贸部打报告，请求批准。他对这一套驾轻就熟。

曹大澄在报告中陈述了中雕壁画公司在日本和科威特都有项目，在国际上的前景如何之好，如何会有一个大的发展，希望批准中雕公司正式成立。结果，经贸部驳回了他的申请。他们认为雕塑在香港根本就没有市场。但是，曹大澄说当时已经骑虎难下了。因为，中国雕塑壁画公司已经在香港“成立”了。人也有了，连董事会都有了，钱也借了，办公室也都落实了。不批准怎么办?

曹大澄直接将报告递交给副总理谷牧。以前，他在谷牧手下工作过。谷牧管经济特区，对深圳、香港的情况非常熟悉。他将报告递到谷牧手里时，觉察到谷牧的神态在黑框眼镜的遮蔽下显得深不可测。很快，谷牧将镜框往上推了一下，这是一个他熟悉的非常好的兆头。果然，谷牧提笔在上面批下:“请魏明副部长考虑酌办。”

曹大澄深谙官场之道，他揣起这个批示，春风涨满，健步如飞般赶到经贸部，响亮地敲开了魏明副部长的办公室。

魏明正在低头看文件，也没有顾上看他曹大澄一眼，那是一种轻视。

但是，当他看到曹大澄将报告一把推到自己眼皮底下时，不免一怔，定睛瞅着谷牧的批示。顿时，他朝曹大澄抬起头，像不认识他似的。那是一种惊讶抑或钦佩？他没有再问什么，拿起笔，匆匆在上面签了字。

牛人呵，曹大澄！就这样，中雕境外公司在香港合法化了。一切都如他曹大澄想象的那般顺理成章。

曹大澄确实很敢干也很能干，还敢说大话。他在没有获取上级批准时，就敢率先宣布中雕境外公司在香港成立。他有一句话让人们印象很深，他说，反正我们不是干反革命的，我们干的是正经事，有什么好怕的？！

说是这么说，但没有获得批准毕竟名不正言不顺，做起事来心里也不踏实。直到办好了批件，曹大澄凯旋香港时，大家才把心放下来。

陈世民虽然以这种方式继续留在了香港，却离开了他的建筑师岗位，被迫天天为雕塑和壁画跑市场，他颇感郁闷。从某种意义上说，陈世民等于将自己的命运交给了曹大澄。

当一个好建筑师，这是他梦寐以求的理想。他一直有这个追梦情结，实在是难以割舍。为了留在香港，竟付出这般代价！因为有了这种被迫“转轨”，才会有后来的华艺，因此说，华艺公司是在阵痛中降生的。

没有中雕，就不会有华艺。中雕相当于老子，华艺是派生出的儿子，只不过后来儿子迅速长大，远超过了老子而已。中雕海外公司挂牌那天，也是中雕海外公司的第一届董事会召开之时，地点在香港乘兴大厦 12 层。一个单元，两间房子，门口再间隔出一个台，端坐一个如花似玉的小姐。好多艺术品就摆放在台面上，是一种陈列。参会的人除了陈世民，还有曹大澄、袁镜身、程文生、曾汉文等，以及著名雕塑家刘开渠等一些社会名流。刘开渠在仪式上剪彩，备受关注。那天还来了很多记者，场面煞是热闹。

会上，袁镜身认为光搞雕塑壁画没有建筑设计，陈世民派不上用场。

他本身是那么好的建筑师，而且正是大有作为的时候，不去干建筑设计，未免太可惜了。于是，他提议干脆再搞一个设计公司，就让陈世民一手来操办，有用武之地。在场的人一致赞同。就这样，这个公司应运而生，取名华艺。华嘛，自然也是中华了；艺，取之中国雕塑壁画艺术之“艺”。香港华艺建筑设计顾问有限公司是专为陈世民而设。为一个人而设置一个公司，这在中国建筑设计界，也算是头一份吧。

曹大澄说，华艺在香港开张了，但那是私生子，没有真正“上户口”。到了 1990 年，香港开始清理内地公司，没有手续的一律要撤回原地。华艺在香港有合法商业登记，但在内地没有“计划生育”指标。按规定也是要撤回的。曹大澄为了使华艺留在香港，免受清理，又跑到北京“救火”。他找到周部长想办法。他跟周部长说，华艺已经跟日本那边有了 200 万美元的合同了，这在中国建筑设计行业还是第一家，全国可能还没有具备这样水平和能力的公司，在这个关键时候怎么能撤呢？

“在我的努力下，建设部通过经贸部，正式给华艺补发了文件。由此，华艺公司才得以名正言顺地继续在香港开业。回来我跟老陈说，咱们的‘私生子’可上了户口了！这一干就干了 20 多年。我这个人办事就是我信得过你，你干，我不干涉，一般小事我问都不问，你把人家套住了，人家没法工作。干设计你给我干，你是我的子公司，我从北京给他调两个青年学生搁到他那设计公司里了，一个叫陆强，一个叫陈小寅。

“1988 年我派陈小寅到加拿大参加枫华苑酒店设计，这小子装成难民不回来了，在加拿大白求恩的老家待下了。枫华苑酒店剪彩的时候我去了，我说你小子跑归跑，没关系，我不在乎，外国这饭不好混，回我香港华艺来接着干吧。他说我还没有拿到绿卡呢，我过两年再回来。我说随你便，反正你到香港我不会处分你，你跑就算跑了。

“第二年，这小子没出息，失业了。加拿大失业每个月还能领 1000

块钱的失业救济金，我说你太没出息了，1000块钱就不回去了。你回去是建筑师，留在这儿算难民。他在那儿什么活都干，泥水工也干，想不到在干一个临时活时摔死了。很可惜。那小子手头不错的，搞设计是一把好手。”

我问他华艺原本是股份制公司，后来怎么变成了国有企业？

曹大澄说那是1989—1990年的事情。“在国有资产登记时，已经有很多人采取挂靠的方式了，华艺也可以这样做，交钱就完事了，何必白白送给人家？我硬是把华艺交给了中建公司。把这个公司变成了国有资产。这是个大事。当时交接的是公司的全部财产，包括人，所有权，车队，宿舍，价值七千多万吧。开句玩笑。如果当时挂靠一下，每年给国家交个千八百万的，那现在可就不得了了。我要是不‘保守’的话，就把它开成私人公司了，可以多赚很多钱。我参加共产党60年，是拿着国家出境证到香港来的，这个项目是谷牧批准的，我怎么能随便就把这个公司变成私人所有呢？当然，如果当时要改成私人公司，也是合法的。”

曹大澄究竟属于哪一类人呢？官员？企业家？艺术家？似乎都能沾点边儿。他活得很强势，至少不窝囊。他是一个敢踩钢丝，也会踩钢丝的官员。华艺公司原本是纯粹的股份制企业，却硬是让他曹大澄以七千万资产交了公，他还认为这是他对华艺的最大贡献。然而，对于华艺而言，往回改，改到体制内了，比华森还“正统”，这有利于它的未来发展吗？这究竟是一种进步抑或退步？倒是华森的发展令人惊讶，居然真正成了民营企业。在2007年的民营设计公司排行榜上，华森稳居前三，而华艺则不知去向。

二、奈良的古建筑:“唐有李世民，今有陈世民”

华艺是中国建筑设计行业首个中外合资的全股份制企业。经济核算方式为:独立经营独立核算，自负盈亏。这样的体制，让陈世民没有束缚，可以最大潜能地发挥自己的才干。

说到华艺创业初始，陈世民的艰难程度，绝不亚于刚被投放到香港之时。甚至比那时的压力更大，因为角色的不同。在华艺，他是唱主角的，相当于一个人挑大梁。一方面要担任总经理，负责公司全方位运营；另一方面又要担任总建筑师，主持所有项目的设计，甚至处理施工图中的每一个细节。在人员上，华森那时候毕竟还有好几个经验丰富的同事，而且还有头儿，他只不过是个建筑师，只管分内的设计事情，相对单一，而华艺设计顾问公司却面临应付各种复杂的局面。既然是为他量身定制，那么，就是他一个人的舞台，他要唱的是独角戏。唱得好与坏，全看你老陈的章程了!

陈世民对华艺的最大贡献是什么呢？不仅是一个总建筑师的作用，还是一个公司的缔造者、组建者、领导者，他决定了公司的机构与管理模式，这是开创性的，对于早期的摸着石头过河的时代，他摸准了石头，成功地过了河，而且在河对岸树起了一面大旗，猎猎作响，引人瞩目。

他将华艺公司跨香港和深圳两地，两边办公，两边受益。香港做窗口，深圳做基地，这便是华艺开启的模式，直到今天也是在沿袭这个模式。既适应香港和深圳的两地市场，也适合内部管理运作，确保公司有效运转。他还强调公司要按国际水准提供服务。

多年以后，陈世民谈到华艺发展壮大的经验，最主要的一点还是管理机制:必须精干！华艺公司从创建之日起，就选择了不办大设计院、不搞重叠管理机构的新路子。公司领导既是管理者，又是生产者、技术骨干，身兼二职，始终把优良设计和善于经营放在首位，同时，仅聘用必不可少的一职多用的行政人员，确保公司没有闲人。经营方面要按国际标准提供服务。尤其尊重业主意愿，讲求经济效益。

华艺15年走过的路，证明公司的架构是新型的，经营见解和原则是清晰的，凡是坚持得较好的时期与项目，其设计过程都较为顺利，项目管理也井井有条，作品有特色，公司发展健康；反之，则困难重重，波折甚多。

这个管理模式是陈世民在抓掉了一根根头发，一砖一瓦摸索着创立的。那里面浸透了他的浓稠心血！从这个意义上说，他不仅是个好建筑师，也是个好当家的，他的管理才干与设计才干同样杰出，令人赞叹。

陈世民在深圳成立华艺公司时，由于得到了副市长李传芳的支持，手续办得非常顺利。那时，中国的改革开放尚处于初级阶段，却是深圳城市发展的提速阶段。他们一迈步便处在港深两地激烈的市场经济环境之下。华森那时等于一枝独秀，深得市政府的倚重。而华艺起步时，华森已财大气粗。除此之外，全国其他地区的设计单位纷纷登陆深圳，开办了各种分支机构，分院或分公司之类，全国都看好了深圳这块大蛋糕，都想切割一块。一时间涌来的200多家设计公司，构成了千帆竞发、百舸争流的局面。深圳似乎成了中国建筑行业的“黄埔军校”，设计单位突然冒出这么多，竞争更趋激烈。

由于南海酒店的平台，陈世民与深圳方面的领导有了接触。所以，他来到深圳直接去找副市长罗昌仁和规划局副局长郭丙豪先生。他们对组建华艺公司非常支持。郭局长亲自出面给他介绍项目，工商银行和建设银行的大堂装修，为华艺起步打开了局面。

那时候，香港深圳两边都很艰苦。中国雕塑公司当时在深圳设立了一个办事处，由侯文虎主持。而陈世民就在那里租了一间小房子作为华艺在内地的第一个办公地点：罗湖区人民路国贸大厦对面的海丰苑二楼。小房子十五六平方米，没有人员，就从中房公司调来了两个年轻的建筑师，在深圳搭起一个班子，开展设计业务。创办初期为节省开支，舍不得住宾馆。生活环境和工作条件异常艰苦。天气闷热，白天画图汗湿不止，夜晚却要把堆放图纸的桌面清理干净，铺上单子倒头便睡。桌面很硬，硌得腰痛，有时会在梦中被硌醒。翻身时桌腿吱嘎作响。陈世民受过最艰苦的锻炼，“文革”下放曾铺层草就睡在泥地上。他感觉睡桌子上比睡泥地上好多了。至少不潮湿。

虽然就这么一家小公司，店面小，人员少，项目小，却是完全新型的，没有国内大设计院的依托，也没有现成的章程、模式可以遵循。它是内地第一家在港深市场经济大海中完全依靠自身力量去开拓、去摸索前行的公司。这个公司对于整个中国的建筑设计的发展，起到了排头兵作用，是中国当代建筑史不可不写到的一笔。

华艺在香港遇到的最大问题，就是中国建筑师和工程师没有签字权，也就是前面说过的资质问题，在深圳这边也面临一个资质问题。作为一个建筑设计部门，拿不到资质就没有签字权。你给人家设计建造一个项目，没有签字权怎么行呀！所以，拿到资质是当务之急。建筑设计顾问公司拿不到资质，就相当于医生开诊所不具备给病人看病的资格。

陈世民到建设部去为华艺争取资质。所谓资质就是一个甲级设计单位的证书。他找到当时建设部设计司的司长吴奕良。吴奕良说话不紧不慢，但却以不可动摇的条文回拒他。他告诉陈世民，要想拿到资质，就要达到条件。你的公司要有 4 个注册建筑师、4 个结构工程师、4 个水电工程师，还要达到 80 个人的编制，只有具备这些基本条件了，才合乎规定，才能前来申请资质。

陈世民当时才七八个人，也就七八条枪。听吴司长这样一说，他脖子都涨红了：他说你这是死的教条嘛。规定还不是你们做出来的？你说共产党要打天下，是不是要等到什么装备都齐全了才开始打天下呢？还不是边打边扩招壮大的嘛！你总不能人数不够就不去上阵吧？你不能要我一定配备 80 个人，没有项目，挣不到钱，我拿什么去养活这 80 个人哪？！

这番话将对方说得没脾气了。但吴司长还是说要按照规定办事，不能破例。陈世民就跟他磨，他讲了香港的方式，所有建筑师事务所都是几个人在做。都没有这些结构师、水电工程师什么的，只有建筑师拿到了项目，做好方案，才会去聘其他项目经理做结构、水电什么的。这些人是随时可以招到的。

陈世民见还是不能说服对方，就搬出了当下正在着手做的大项目：日本奈良中国文化村。他问对方：你就说我接活不？这么大个项目，200 万美元。如果你不给我批，我就没法干啦！你说我做不做吧，这可是有国际影响的项目。

吴奕良终于被陈世民说服了，破例给华艺开了绿灯，陈世民拿到了甲级设计公司的证书。这有多不容易呵。所以，陈世民一直感谢吴奕良。

华艺成立后打的翻身仗，就是拿到了日本奈良的中国文化村项目。这个意义与南海酒店之于华森相差无几。而这两个关键性的设计方案，都是陈世民的力作，显示出他旺盛的创作力。

说到这个项目，还要从原子弹说起。众所周知，二战期间，美国在日本的广岛和长崎投放了两颗原子弹，迫使日本投降，结束了战争。向往和平，这是世界人民的意愿，也是长崎的意愿。20 世纪 80 年代，胡耀邦去日本访问，到达长崎参观时，日本方面提出：请中国送一座关于和平主题的雕塑，安放到长崎市的和平公园，耀邦同志一抬手，爽声答应。回国后，耀邦同志就找人落实此事。具体任务便落到了中国雕塑组头上。

刘开渠和曹大澄分别为雕塑组的正副组长，两人自然是这次任务的主要参与者。他们先是带着雕塑家们去长崎考察，见到了那里的市长。长崎市长是位汉学家，长得很像中国人。他非常精通中国历史文化。此人思想进步，能从人性的高度去看待战争。

“和平少女”这个雕塑，至今还耸立在长崎的和平公园。据曹大澄讲，刘开渠组织了“一帮人去搞这个雕塑，其中就有潘鹤”。他说：“潘鹤不是美术学院毕业的，从来没有学过雕塑，也没有学过画画，却成了大雕塑家。”

潘鹤确有传奇色彩，但年轻时曾学过画，还曾认识岭南画派创始人高剑父。不管他是否科班出身，他的人生经历确实相当丰富，生命力也相当顽强。1976 年患腹膜炎病危，腹部开刀 8 次。就在这期间，他为中国人民革命军事博物馆创作《大刀进行曲》。

据载：1986 年《和平少女》石像，由专船运送到日本长崎国际和平象征区，潘鹤前往日本现场指导安装。另外制作 1 米高《和平少女》石像作为国礼，陈列于长崎反原子弹博物馆。

曹大澄认为能拿到奈良中国文化村的项目，是由这个著名的《和平少女》雕塑结的缘。和平少女在长崎立起之后，中雕公司在日本便有了一点知名度。当时中国驻日本大使馆的教育参赞杨行虎找到他说，日本奈良计划修建一个中国文化村，你们搞古建筑也应该能行，你看看能不能承担设计中国文化村。

一听这话，曹大澄马上拍胸脯：我这儿就有建筑设计公司！保证没问题。

1986 年 7 月初的一天，陈世民在北京钓鱼台国宾馆的会议室里见到了日本客人。她是奈良日日新闻社东京本社的专务董事东海林洋子，一位很有气质的女士。他们坐下来后，商谈邀请中国房屋建设开发公司为奈良设计一个永久性的建筑——中国文化村，用以纪念奈良建县 100 周年、设市 90 周年。

东海林洋子微笑着邀请陈世民去参加 1988 年 4 月 24 日至 10 月 23 日在奈良国立公园举办的“丝绸之路博览会——奈良 88”。对陈世民而言，这真是一件令他兴奋的事情。他是这样写的:“获悉此事，我心情振奋，立即连夜起草大纲，构想建筑内容。奈良是日本文化古都，已有不少唐代建筑文化，且是国际旅游城市，因此，中国文化村一定应该具有中国传统建筑和文化特色，并拟选择含元殿作为文化村主题建筑，展现盛唐建筑风貌，与奈良古都建筑环境相协调，再次谱写中日两国人民文化交流的新篇章。”

一个月后，陈世民和曹大澄还有当时华艺的合伙人也是股份董事的曾汉文，一同登上飞机，赴日本奈良进行首次考察。他们一落地奈良，所到之处受到的欢迎是空前的。日日新闻社社长服部明行先生和东海林洋子一路陪同，热情周到。奈良县知事、奈良市市长均接见并出席宴会。奈良的日日新闻做了大篇幅报道。

陈世民没有沉浸在欢乐的气氛中，而是抓紧时间到现场察看测量建筑用地。用荒郊野地形容这块最初用地，似乎不够准确。这里有繁茂的树木，随地势起伏如浓妆的绿浪。天空很蓝，有轻盈白云陪衬。在一片裸露黄土与乱石的凸凹地面上，还能看到一小片一小片的野花群，在倔强中绽放着金黄。这些细部，都被细心的建筑师用相机捕捉到了。

陈世民这位建筑师在接受任何一个新项目时，总是要亲临现场感受体验测量建筑用地，从年轻时一直到年迈，他亲历现场就如同作家贴近生活。他要根据这块用地来构思设计方案。看完用地，他根据地形与周边环境，连夜绘制了一套以含元殿博物馆为中心的总体方案图，将设想具体化。日方对此深表满意。

此后，双方多次互访磋商，彼此建立了良好的友谊和信任，这种信任体现在后来的华艺发展进程中，那便是曾汉文退出股东之后，日日新闻社成了华艺新的合伙人，有力支持了华艺公司在海外的业务开拓。

1986 年 9 月，中日双方在北京正式签订“奈良中国文化村建设委托书”。10月底，陈世民向日方提供了全套设计及透视图、模型照片。

奈良古称平城京，是一千二百年前的古都。奈良古城的规划是仿唐长安布局，按1∶10比例建设的。公元634年，唐太宗李世民在长安城外东北高地龙首塬上修建著名的大明宫，大明宫的正殿就叫含元殿。大唐帝国举行盛大仪式、接见异国使者均在此，现仅存遗址。陈世民在奈良开始修建以含元殿为主题建筑的中国文化村，几乎也是在日本古代城市规划的相近位置上，这是一种历史与现实的巧合，这将中国文化村的历史意义彰显得非常突出。

这个项目在奈良引起了当地人巨大的关注。日本朋友认为：奈良有着极其丰富的中国历史文化元素，是古代日本人对外交流的中心。海上丝绸之路的开通，和鉴真大师东渡扶桑，是日本民族振兴史的原点，而奈良乃是古代海上丝绸之路的东方终点站。奈良至今保存着大小唐风建筑1000余座。

日本报纸上说：唐代有个皇帝李世民建造了长安古城，并将古城文化留在了奈良，现在又来了一个陈世民做中国文化村，这是一种天意的巧合。

李世民与陈世民，一字之差，一时间成了奈良的热词。

中国文化村得到中日双方政府高度重视和支持。中国国家领导人都不同程度地过问了这个项目，国务院总理还为之题词。这是日本本土由中国建筑师设计并承建的第一个大型工程项目，是中国走向世界、进入国际市场的最初的成功。

陈世民陆续花费了八年心血的作品，一经展示开来，犹如一幅高远深邃的历史画卷，以立体的感受铺展开来，仿佛携雷挟电，其恢宏雄阔壮美令人震撼。

尤其中轴线的那个长而阔的直通含元殿的大台阶，将千年华夏历史，盛唐帝王气象，席卷而来，极具冲击力。最初构想中，犹如迪斯尼中间要设立一个古城堡一样，在中国文化村中心位置要搞一个主题建筑含元殿。含元殿是唐代名殿，可惜早已被历史云烟湮没，在西安已寻不到蛛丝马迹。日方希望按原尺度 80% 的比例重现历史真迹。复原含元殿意义重大。陈世民得知建筑科学院历史研究所的傅熹年一直在致力于含元殿的研究，是这方面卓有成就的专家，便登门拜访。

陈世民前来拜访时，傅熹年还不是院士。他对奈良中国文化村这个项目也很感兴趣，并积极参与了对含元殿的认证研究。之后，陈世民又在深圳组织召开了专家论证会，傅熹年、潘谷西、杨鸿勋、王世仁等七八个专家参会，会上专家们一致赞同含元殿作为主题建筑的构想。这期间，傅熹年教授做了很多实质性的工作，并主持了含元殿的复原设计。为了这个项目，陈世民他们先后完成了 200 多张施工图，并做了模型。

陈世民对含元殿的功能方面分组说明：第一组是以含元殿为主体作为展示中国历史文物、文学艺术和风土人情的博物馆；第二组是以唐代长安西市命名的商业贸易市场；第三组是以长城为主线引导的饮食、娱乐设施。通过这几组建筑，从不同侧面展现一幅生动形象的中国文化风俗画卷，使之成为兼具现代生活特色的东方游乐园。

既古典，又现代，既东方，又西方，从形式到功能，从文化到娱乐，从游玩到饮食，简直就是打造了一个现代生活的人间天堂。而建筑外在造型又是一种盛唐神韵：宽阔的高台，花砖铺砌的龙尾道，“飞重檐以切霞”的正殿，带平座的副阶，阙状的翔鸾阁、栖凤阁，舒展的两翼飞廊，唐式的细部和色彩，形神兼备，展现了浓郁的唐代建筑风貌。

陈世民为设计中国文化村付出了巨大的辛苦。那方案居然做了八年。是他从事建筑设计半个多世纪以来，花费精力最大，耗时最多的作品。

为了设计这个项目，光奈良就跑了多少趟？他算了算，至少 15 趟，还不包括后来去的。这是一次马拉松式的设计。

他感叹道："八年来我们每时每刻都期望它早日建成。从 1986 年起，华艺公司的陆强、林毅、罗清、徐显棠、盛烨等诸位建筑师作为我的主要助手，都曾长期地为文化村进行工作，花去了很多的时间和精力，大家都由衷地希望能为中日两国的文化交流谱写一曲新的篇章。"

令人遗憾的是，这个项目最终没有建成。陈世民的八年心血与期盼，只是做了一个作品，而没有成为产品。

中国文化村这个项目没有白做，除了经济上收获了差不多几百万美金的设计费之外，还锻炼了队伍，相当于参加了一个古建筑文化的研习班，建筑和文化水平均得到了提高。对于羽翼日益丰满的陈世民而言，做完这个设计，他更加自信，还有什么更难的项目不能做呢？

陈世民找到当时的一些照片说："这是我在北京家里面，我一向是这样的，半夜都在干，就说这张草图，当时我们就说应该有主题建筑，主题建筑是什么？是含元殿。所以，我们请了很多专家，议论这个。这是我根据当时唐城的范围，后来把地改了，又改这样的草图，后来第三次总体规划，就是这个，画了这张图，我画了一套图，就是这个地方，你看又改成这种（陈世民在纸上演示）。这个是 1992 年，那时候天天叫我们修改。这是我们到日本去，每次去日本都是这样很长的会议，这一本书前前后后讲得很仔细。"他翻动着《时代·空间》这部著作，有些意犹未尽的样子。

任何建筑师都少不了会有这种停留在图纸上的建筑，只不过多少不同而已，这并不是建筑师水平高低所能决定的，有些建筑师自己并不一定满意的作品，建成后反响却不错，为其带来声誉，而建筑师最满意、最能体现其最高水平的设计，却只能锁进抽屉，这就是职业的悲情吧。面对这种现实，陈世民后来要求他的事务所的年轻建筑师们，要以正确的态度待之：方案没有变成建筑物的，一定要做成作品，而变成建筑物的，就要是具有艺术品位的商品。他要求事务所要把每一个方案，当成作品来精心对待。

奈良中国文化村这么好的作品不曾变成建筑，实在可惜。

据悉：没有建成的主要原因是日本经济突然间低迷所致。

三、深圳大舞台：他把一个城市托在肩上

深圳是个年轻的城市，是专为中国改革开放而诞生的城市。自80年代初期开始，连续几届有魄力要干事的市长，让一批有识之士找到了实现梦想的乐园。而建筑师则是这个城市的首选人才。陈世民从香港一脚踩回深圳，如鱼得水。陈世民说，他赶上了好时候，赶上了深圳最重视人才的时代。

上文说了，深圳最缺的就是建筑师，就是像陈世民这样既有北京于新中国成立初期搞十大建筑的积累，又有香港的国际大都市视野，更有聪明的头脑与顽强的进取精神，因而，他在这个城市的发展前景，就如城市本身一样，充满机遇，一片辽阔。他已经完全能够适应市场经济，能够从容驾驭大项目，适应大时代，从而，他进入了深圳建设大军的主流潮头、核心部分。

深圳那时候总喜欢喊“杀出一条血路”。喊得人们热血沸腾，浑身是劲。

陈世民最喜欢这句话了。如何杀出一条血路？就是要挥动大砍刀，而他在一些项目中遇到难题时，他就会借助罗昌仁副市长这把大刀，砍开沿途的羁绊。他很了解罗副市长的脾气，只要是对工作有利，他都会支持

你的。他跟梁湘一样，是个工作热情非常高的人，也是一位能力非常强的人。

陈世民是一个历经“速成式”教育却训练有素的本土建筑师，而用他来建造中国第一个也是唯一一个速成式城市，那简直是再合适不过了。深圳这种全新的建筑模式，原本就与陈世民的速成式建筑学相辅相成，他们互为选择，互为融合，他们的使命与归宿有着必然的一致性。换句话说，这座城市在等待他、期盼他，而他更是在等待与期盼着这座城市。他们不谋而合，他们相知已久！陈世民的丰富的建筑人生，既是新中国的一部建筑发展史，也是深圳城市的建筑史。

没有慢板的演奏

深圳是人类历史上快速聚起的千万人口城市，不过 25 年的时间，城市人口已达 1200 万。深圳无疑是改革开放以来，领跑中国的城市，也是跑得最快的城市。

我曾经为这座城市写过一部 30 多万字的书《城市·大演奏厅》，我将这个城市比作一个大的演奏厅，而每一任市长，都是舞台上的指挥家。我提到了梁湘、袁庚等人。梁湘被深圳有良心的人称作“苦官”，在民间，他享有崇高的声望，不定在什么场合就会遇到一个人充满感情地谈到梁湘。

而梁湘的名字，与另一位改革开放先锋人物袁庚连在一起，成为特区双雄。尽管他们的职位不同，一个是市长，一个却是蛇口招商局的副董事长。这个副董事长是个多大的官呢？若按我们的行政级别套，该是副局级还是正局？招商局嘛，不过是一个局的架子而已。

袁庚的作用与影响力，皆因他的个性魅力，包括他的胆识，他的智慧，他的高瞻远瞩，他的无私无畏的襟怀，当然还包括他的诸多传说。类似他听说上级要提拔他当市长时，赶紧跑去找任仲夷，诚恳要求打消这个想法，千万别提拔他。任仲夷为之惊讶：哪里有这样的人呀，大老远跑来，专为拦挡提拔自己升官，人家都是跑官要官快跑断腿了。

陈世民能在深圳干出一番事业，越上建筑时代的潮头，跟他遇到梁湘、袁庚、罗昌仁、李传芳，还有王炬等人是有直接关系的。这些人赏识他，需要他，为他提供机会。这是他的缘分，也是深圳的缘分。

在深圳处于最紧张的画蓝图的时候，也就是深圳建设速度最快的时候，陈世民常常是这边正在画，那边就已经拿去施工了。边画图边盖。就像导演，剧本没写完，先开拍。城市建筑快速增长，城市的激情，带来了建筑师的激情，深圳市的重要建设项目，都得经过他。

这是因为南海酒店让深圳折服。罗昌仁抓住南海酒店这个典型成功案例，在深圳推广透视图，推广他的项目经理制，当时 5 个人管一个工程，现在要 30 个人。罗昌仁在大会小会上宣讲他，推销他。当年的建筑很死板，陈世民让深圳管建设的领导开了眼界。他经常在下午时就会接到秘书的电话：陈总你在哪里呵，市长找你。

印象最深的一次，罗副市长找到他说：陈世民，我们明天要开常委会，要搞一个圆岭小区，你有什么想法啊？当时就在饭桌上，罗副市长急得顾不上吃晚饭了。陈世民说，你们先吃饭吧，我来做。结果，他创造了奇迹，就在饭桌旁边画出了草图。他画了八条路，像八条龙，分别把住宅弄到这八条路间摆放。

罗副市长看了非常高兴，连说可以。这顿饭他才吃出了味道。第二天，就把草图拿到常委会上，后来就盖起来了。这就是后来的园岭小区。

罗昌仁对外地来的人才很重用。还有一次他直接打电话给他：陈老师，我们修了一条路，带你去看看。车就过来接上他，跑向北环路。当时北环路刚刚修建，车在上面跑得飞快。这是深圳第一条快速公路。到了梧桐山下，罗副市长跟他登上山，俯瞰山下城市，一片豪情。

他感慨那时候的市长没有架子，要见市长方便得很。现在见一个处长都难。那个时候当官的一心扑在工作上，罗昌仁那么投入工作，最后连他自己老婆的工作都没安排，致使老伴一直对他很埋怨。

陈世民是深圳城市规划委员会委员和顾问，起到了智囊团的作用。他的建筑，是不同市长们在不同阶段的政绩标识，像一顶顶迎风招展的高帽，戴在显赫之处。南海酒店是罗昌仁时代，深圳火车站是李传芳时代，麒麟山庄是王炬时代——

他曾感叹地说："罗昌仁副市长给我们任务，要杀开一条血路。建筑是重要领域。作为建筑师我们怎么杀开血路？我为何感激他呢？他是我手里的一把刀，砍旧的东西，刀很锋利，很有用。"

深圳发展速度快，深圳领导变化的速度也快。几十年间，走马灯似的换了一茬又一茬，你方唱罢我登场，真是铁打的衙门流水的官。有的人含冤九泉，有的人身败名裂，有的人虽保全了名誉，却也落了个伤痕累累。

陈世民的命运与这些人相比，皆有不同。他也经历过大的委屈，陷入过深深的沮丧，他的舞台也曾被拆过，但是，他可以自己重新把舞台搭设起来。在深圳大建设大发展的那些年间，那几十栋巨人般的建筑，一个个从他的手中蹿升起来。你到他的办公室看一下，有着好多玩具式的建筑模型，有意大利石料，有汉白玉，还有各种木质地的，都是高楼的模型。当夕阳西下时，这些造型各异大小不等的楼模便被阳光倾斜着照亮，而窗外的城市那片水泥大厦，也如同这些楼模，被同样的夕阳镀着灿烂，它们森林般默立，更刺眼的还是那些玻璃幕墙。

只要你进入这个城市，你就躲不开陈世民，你可以躲开张三李四你所不喜欢的人，你却绝不可能躲开陈世民设计的建筑。在那条百里长的东西走向的深南大道上，陈世民的作品可以像国际象棋子一样排列成串，如果你将深南大道当作一段五线谱的话，那么，在谱线上的建筑，就如同排列开来的音符，按节拍错落。诸如国际科技大厦、赛格广场、和邦大酒店、金融中心、蔡屋围商住大厦、深圳发展银行大厦、对外经济贸易中心、艺丰广场、金田大厦、海丰苑、天安国际大厦、商隆大厦，等等。你怎么可以想象，短短几年间，平地上冒出了这么多雨后春笋般鲜嫩光亮的“巨笋”。这是一个摞在轮子上的城市，没有慢板。

如果你是乘火车来到这个城市，那么你第一眼感受到的深圳火车站舒畅的空间，就是陈世民成功地将香港的航空港空间理念，引入了深圳火车站。

深圳火车站这个空间设计上的便利，是我在全国其他城市的火车站所没有享受到的，既省时省力，又保护了旅客的自尊。这才是真正的现代化的东西。

这个火车站开始并非由陈世民设计。广深铁路公司在面向全国的招标中，已经选择了机械电子工业部深圳设计研究院的方案。但是，市政府与建设局的领导班子不满意。他们对这个城市的门脸项目，期望值太高，希望能够搞得更好、更现代。所以，1989 年元旦刚过，深圳市建设局黎克强总工程师，罗湖口岸火车站建设领导小组汤耀治、何家琨主任，铁路局火车站建设工程小组丁望总工程师等四人，受李传芳副市长委托，特邀陈世民以顾问专家身份，再做一个方案。但是，陈世民拒绝了。

因为人家的方案已经是竞赛评定，别说重新做，即使做重大修改都会得罪人，何况还未动手就已经接到了一封警告信，让他别插手。再说，深圳近年来新建筑千姿百态，他能否搞得更好，更具现代化，他也没有把握。

这四个人被拒后不甘心，又一次找他，请他吃饭。他们动员他说，你是深圳的建筑顾问，又经市局领导的直接邀请，面临的难题再多，也不该推托。他们张口闭口提到李传芳副市长对他的重视，让他听起来很温暖。李传芳是重庆建工毕业的，是陈世民的校友。她是工程公司项目经理出身，负责国贸大厦，创造了三天一层楼的深圳速度。高楼建起来了，她也声名鹊起，获得了荣升机会，攀升到副市长的位置。李传芳是女市长，很细心，所以，对方案要求很细。

陈世民再也不好意思拒绝了，硬着头皮接受了任务。

好在他对火车站建筑并不陌生。早在 1959 年，北京火车站就是他所在的设计院设计的，当时他虽然不是作为主要设计人员，但毕竟耳濡目染过。这个建筑将五十年代的火车站站房建筑提高到一个新水平，大有带动新中国建筑业行进的意义。然而，继北京火车站之后，国内各地不顾环境条件地模仿甚至复制，出现了一批大大小小的“北京站”。令他惊讶的是，这个多年来成为火车站建筑的固定格局与框框，居然会影响到深圳火车站的这个中标方案，怪不得市里面领导不满意。深圳与北京有着巨大的差异，而深圳火车站的形象与老北京火车站，完全应该是南辕北辙，不应有任何相似之处。他确实感觉应该做一个现代化的火车站，而不需要有北京古典火车站的任何影子。这样才能与深圳这座现代化元素极高的城市相匹配。

那么，究竟什么是现代化呢？由于他多次到美国、加拿大、日本，以及欧洲各地开阔眼界，且深受以钟华楠为代表的香港事务所的影响，加上到美国波特曼事务所的一个多月的深入考察，他感受到了什么叫效率：小小一个公司，两个秘书，全是电脑。谈业务时，双方刚坐下来，秘书就已经拿出夹子，拿出了你们彼此过往的信件与材料，非常有序。公司所有的文件，装订得整整齐齐。所以，陈世民感言：“我们办公司，很注意装修，注意很多细节，就是从香港学到的。所以，我当年对现代化的理解，不是玻璃幕，不是自动扶梯、不锈钢，更重要的是效率、效益及服务质量。现代化不是表面装饰材料，也不是空口号，而是最具体的细节细部体现。”

因此，他在火车站的总体布局、交通处理、空间组织、环境设施、内部装饰等诸方面，综合体现了这种效率。尤其把那种现代化的航空港理念引入火车站。“时间与效率”，这才是现代化的主要标识。让南来北往的人流提高效率，省时间，方便快捷，才是一个现代化的车站。而大厅的豪华装修、设备和设施的自动化程度，仅仅构成了建筑的因素，却不是现代化的含义。

这种认识，令当时被一片钢架和玻璃幕晃花了眼而趋于盲从的人们，恍然大悟。

陈世民在火车站的图纸上标有这样一行小字：“经过三天冥思苦想，可以上床睡觉了！”

新方案出台后，在建筑高度问题上引发争议。陈世民基于环境条件和建筑功能安排，认为 38 米最合适，但是，建设单位则要求建到 50 米。主要依据是广州火车站高度不够，缺乏宏伟感。怎么办？他的智慧让他采取了阶梯式方法。最前边的一层 38 米，往后层递加高，就像人退着往后走坡道，越退越高，直至加到 50 米高。这样看上去，与广场就协调多了，也获得建设单位的赞同。

时势造英雄，城市大发展为建筑师提供了用武之地。陈世民为深圳这座城市留下了许多精彩之笔。在这个城市的核心地段，那片带尖的高楼群中，有个曾经最直接解读深圳这座城市的建筑，也是出自陈世民之手。

发展银行高度为 182.8 米，像天梯一样，最直观地体现出“发展”的喻义。这不仅是一家取名为“发展”的银行，也是这个城市发展的意义体现。发展才是硬道理嘛！

谈到这个作品的构思，陈世民是这样说的：“我历来认为建筑创作过程并非仅仅建筑师的个人构思过程，业主的参与，将建筑师的构想加以发展和提高，亦是十分重要的环节。在邀请我做方案的多次接触过程中，我发现发展银行的一些领导和负责人员，除了照例要求这座大楼‘别具特色’之外，还很强调大厦的建筑风格要体现股份制银行而非国家银行的性质和自身形象，并要求具有‘发展’的眼光，使大厦能有较长的使用期而不只是三五年的适应性，更为难能可贵的是，他们还提出‘不吝啬花钱，希望有座类似香港汇丰银行建筑特色的大厦’。”

他抓住了“个性、科技性、时代性”这“三性”，谨慎选用建筑语言，组合建筑空间，这便是发展银行大厦方案立意的起点。

为了真正体现建筑的个性，陈世民对周围已有建筑进行了分析比较，决定采用梯形砌块基本形态。为了表达科技性，他除了沿用统一柱钢组合简洁的体量和内部空间外，还用了一组倾斜向上的外表为不锈钢的巨型构架，传递出了21世纪的高科技的审美观。在时代性方面，让空间说话：营业大厅设计为五层高的空间，非常敞亮，以此强化了开放性和群众性的时代特征，还在西端竖向分台错列出三个玻璃天庭，内中设置树木花草，结合开敞式的办公楼层，构成共享空间，使传统的单间分隔的办公环境转化为现代的讲求舒适、自然、有效率的空间，并富南国特色。在建筑立面处理上，将银行通常使用的花岗岩柱廊的传统语言做基身并与不锈钢玻璃墙等现代建筑语言搭配，形成一种对现代银行的建筑学陈述。

陈世民每建一个作品都要先在纸上勾勒草图，这一点与许多建筑大师的做法是一致的。柯布西埃就是这样，在构思作品时，先用铅笔在纸上画，而最初的建筑造型就是这样勾画出来的。看陈世民的这些草图，确实很有味道。“建立分层组合的共同空间，将是本方案的特点。”这是在他最初画出的发展银行草图的胚胎上面留下的文字，正好这行字写在天梯式的斜坡旁边，作为说明。他还在草图空白处写出：“做个深圳特别的建筑！”而这排字与三角形的“天梯”建筑顶部正好在一个纬度上。

每一个方案，都有这样的草图勾勒，都有一排小字标出时间、地点，及他的构思来源，像一部新颖的图文并茂的书稿。虽然看上去每个建筑只有几幅图纸，但在设计过程中，为了最终完成这几页纸张，他却画了无数张草图，这些草图有厚厚一摞，折叠起来可比秦砖，只不过比秦砖轻一些，有蓬松手感。每一个成形方案都是在累累草图的基础上，最后生发而成。可想而知，这是一个怎样繁重而烦琐的劳动过程。

陈世民他们华艺公司做出的这个发展银行方案，与华森建筑工程顾问公司、深圳市第一建筑设计院、大地建筑事务所一同参加投标，由以朱振辉副局长为首的评委会 14 人，对方案进行认真评议投票，结果他们华艺全票中标。评委们的评语是："该方案造型新颖，简洁大方，具有时代感，平面设计符合功能要求。"

中国城市脚步，就像被裹住的小脚一样，伴随着那个老人到深圳画了一个圈，"裹脚布"就算打开了，小脚被解放了，开始了奔跑。被包裹得太久，脚步已失去稳健，竟至踉踉跄跄。而陈世民就是在这个时候，抓住了机遇，在深圳开创了一个属于他的深圳建筑时代。

他曾感叹：一个激动人心的创作年代，也是他实现梦想的年代。

深圳的高度

1994 年的深圳华侨城大礼堂里，《建筑师》杂志举办学术活动，就是在那个时候，我认识了建筑大师陈世民。一个建筑师的成长经历与一座城市的崛起，有着密切的联系，就如同捆绑在一起，既有冥冥之中的暗喻，也有现实的巧合。

那时候，他人到中年。看上去非常忙碌，肤色黝黑，脸膛黑里透红，尤其突出的是额头，明亮着、宽阔着、高爽着。他的眼睛很小，而且见到这些外地来的同行们，他总是以微笑相对。他的微笑对当时的我来说无非两种内容：一种是他是东道主，显而易见地欢迎各路朋友；其二呢，便是他在忙碌中，那不变的微笑沉积着一个成功者的自信与得意。

那是深圳建筑的黄金季节，也是陈世民人生中最忙碌的季节。那一年，正好是他们华艺公司成立八周年。他们在深圳科学馆举办了建筑设计作品展览。有300多人参加了展览的剪彩。其中有建设部、中建总公司、深圳市政府各部门的领导，及港深两地的房地产开发商。还有我们这些前来参加“建筑师杯”的建筑师和艺术家们。庆祝晚会够隆重热闹了，而陈世民也大出风头。他有那么多作品参展，那些效果图陈列在大厅里，光彩夺目，像水彩画家的作品。许多人对这些效果图流露出惊讶与惊叹之色。

晚上的庆功会更热闹，刘尔立董事长在会上宣读了建设部关于授予陈世民“中国建筑设计大师”荣誉的决定，赢得一片热烈掌声。华艺公司还依照文件精神给他颁发了奖金。但这个日子还有另一层意义：陈世民从事建筑设计40周年。

一个人做出了这么多建筑方案？前来观看的大多是计划经济体制中培养出来的建筑师，他们与市场经济打拼出来的建筑师有着悬殊差异。我清楚地看到了两者间的巨大差异。他们那震惊的表情，那疑惑的神情，还有他们的议论，他们很难相信这些作品是出自陈世民一个人之手。

会不会像有些画家那样，一旦成名后，让别人代他作画并签上自己名字？在国外建筑师中，也有以建筑师名义出现却并非由他亲力亲为设计的事情，比如，波特曼在世界各地的建筑作品中，就有他事务所其他建筑师做的，而他只是终审时签署上自己的名字而已。当时，我也不能不去这样揣测和怀疑陈世民。及至20年后，面对已然苍老的陈大师，我小心翼翼地述说了当年的想法时，他坦陈道：是的，一直有人不相信我一个人会做出这么多的建筑。这个不奇怪，他们不会知道我是怎么工作的。

那些年，陈世民不断地绕着地球飞，从东到西，由中国建筑市场做到了世界建筑市场。他非常会利用时间，在起飞的那一瞬间，颠簸之中，他是无法摆开纸张画图的，所以他赶快闭目睡觉。等飞机飞到高空平稳了，他就会立刻睁开眼睛，放下小桌板，开始工作。去国外的飞行时间要十几个小时，这正好是他安心工作的时间。等到飞机降落时，他的方案已经做好。步出机场，呼吸到异国空气时，他就将做好的方案寄回国内。这种邮寄方式的工作，他早已习以为常。那时候还没有电脑，假如有的话，传递起来就会更加方便。

他是个工作狂，是拼命三郎，他带着华艺的一帮年轻人没日没夜地做方案。在做奈良中国文化村的同时，他也在做大量的其他项目。从深圳辐射到上海、南京、广州、大连、哈尔滨、长沙、天津、北海等地。其中属于他直接设计草图和主持设计的作品就有十多个，就是说，又将有一批“巨人”从他的手中诞生：深圳宝发大厦、深圳蔡屋围商住酒店、深圳和邦大酒店、南京千帆大厦、广州国际大酒店商贸广场等。试想有十个大作品等待着他去完成，这就相当于一个作家已经开始了十部长篇小说的创作，而且，出版社正在那里急等着发稿。在这样的情况下，他怎么能不玩命呢！

陈世民已经进入了他建筑创造的高峰期。他在深圳如鱼得水，甚至可以呼风唤雨。用他的话说，这一年是他“设计事业上最为重要，思维最为敏捷，设计思想最为成熟，作品最多的一年，也是最激动人心，实现梦想的年代”。

他把一个城市托在肩上，他的脚步有多快，城市往上长的频率就有多快。看他的走路速度，就能看出深圳的速度。

这一切辉煌的由来，便是他从香港迈向蛇口的第一步走得好，就是南海酒店的成功带来的机会。其实，从南海酒店建成那一刻，他就已经成了深圳建筑界的核心人物。当时他还在香港办公时，深圳主管建筑的副市长罗昌仁就赶到香港，去邀请陈世民做项目。深圳当时的建筑市场很乱，鱼龙混杂，政府相信陈世民的水平与能力。

陈世民记得很清楚：“当时到规划局办事。我们坐马车进来后，是走着去规划局的。普通的四五层小房子，想不到会在这里规划出这么大的一座城市。规划局局长当时蹲在地上用炉子烧饭吃。炉子很简单，上面烧的饭也很简单。艰苦创业嘛。局长把我安置在酒店住下。那是一个大车店，不仅简陋，而且满院子都是牲口，像在农村，牲口刨蹄，打鼻响，夜里影响睡眠。”

等到深圳负责建设的副市长找到他时，他就告别了“马车时代”，开创了华森和华艺的大时代，也进入了他实现建筑梦想的最佳人生时光。

赛格广场是深圳的地标性建筑，塔式主楼像一个款式新颖的直筒背包，飘在市中心的上空。我在陈世民的《时代·空间》一书中没有找到这个作品，却在另一部《立意·空间》中发现了它。陈世民在开卷篇中强调立意的重要性：“可以说，建筑设计的重要阶段是方案设计，方案设计的关键在立意，立意则受创作理念指引。当今是一个文化多元化时代，有各式各样的创作理念作为建筑师立意空间的理论依据。我自己就是依据‘环境、空间、文化、效益’四要点并重的创作理念来进行立意的，同时也把它作为检验和评价创作成果的标准。”

这个项目是深圳市继20世纪80年代的国贸大厦、90年代的地王大厦后的第三个标志性的超高层建筑。五家投标竞争，陈世民中标。他为何能中标？就是他的建筑理念比那四家方案都好、都先进。

陈世民的理念好就好在他对于“环境、空间、文化、效益”四者关系的科学理解与运用。

他方案的独到之处，在于最大可能地做好环境与空间，并从中得出最大的效益。在环境与空间的使用方面，他把主体塔楼挪到后边了，前边留出一大块很完整的地方做裙房，商业价值高。他把裙房最大化，体现了效益最大化。这还不算，他把地面一层做成了商业裙房后，因地面不能走车，他把停车场做到了地下。但他并没有像通常设计方案那样把停车场做在地下一层，而是在一层只做了一个车道，转一圈儿，转到地下二层，那里才是停车场。他把腾出的地下一层面积也做成了商业空间。他等于做了两个地面。地面和地下首层价值最贵了，为此，他的方案大获业主和规划部门赞赏。这种公共空间应用，颇有社会效益和经济效益，做到了效益最大化。

不仅如此，他的空间出新还在于一个广场。要不，如何叫赛格广场呢？既然商业层做在一楼，那么，他在一层上面做了一个灰空间，就是做到了二层楼处。通常别人做方案是要做到一楼的，而他却做到了二层。这就是他比别人高明之处，也是他的理念先进之点。腾出了一楼的宝贵地盘，当年的门市房一平方米就卖到了 20 万，现在还不涨到百万？

华强北人太拥挤，他为了疏通才做了一个广场。他没在地面做广场，等于把广场擎起来，在二楼处与对面过街天桥接通。这个灰空间，非常敞亮，对于建筑外部造型也增加了艺术美感，这便体现了文化的内涵。对于街头人流中感到拥挤的行人而言，见到这块灰空间，就像于天昏地暗中突然看到了一个通透的山门。太重要了！所谓灰空间，是指室内室外结合部。这样的方案，无论是规划部门还是那些董事长都高兴，他们晚上要拉陈世民喝酒，高兴得不得了！

可惜这个灰空间现在看不到了，被封起来，变成了电子市场。当时，他们要这样做时，请教过陈世民，陈世民坚决反对。他们就请陈大师吃饭，陈世民不去，对方又说变成市场后给他一些柜台。那是非常值钱的柜台呵！陈世民拒腐蚀永不沾，给什么也不要。他认为这是公共空间广场，属于老百姓的。这也是他最得意之笔。然而，他们不听他的，一意孤行，气得陈大师便给市领导写了一封信，说明不能封死，否则出了问题他概不负责。

结果，这封信被存档了，没起作用。这时候，我们的建筑大师显得非常无奈。那么好的一个创意，竟然被堵死。

现在，那里人山人海。走到那里根本透不过气来，几乎走路都困难，遑论建筑中所体现的人的尊严感。

赛格广场主楼 72 层。全高度（天线钢针端高）345.80 米。在 1995 年，陈世民就搞这么高的建筑，国内罕见。当时全国的摩天建筑有上海的金贸、深圳的地王，还有广州的中兴大厦，再往下数就是赛格了。在拥挤的城市空间中，这个赛格塔楼以轻松的白杨树般的俊秀身段，摆脱了地心的沉重吸力，为天际线带来了舒缓而飘逸的旋律。主塔楼采用的八角形简洁明快，内部空间灵活紧凑，带金横线的幕墙、动感观光电梯，以及多细节的塔顶，塑造了一种现代简洁的建筑风格。这种风格极适应发展提升中的深圳性情，摆脱羁绊，建成后，与城市一同潇洒跨进新世纪门槛。从巴台农神庙和古埃及金字塔的巨石墙体缝隙中，人类渴望摆脱被压抑空间的沉重感，而简约风格的现代建筑如飞毯般飘升起人类对轻松的诉求。赛格广场，正是这样体现轻质与飞升的塔式立意，为这片城市带来新颖而时尚的空间对话。

这是中国人自行设计与施工的摩天建筑，它代表着时代的高度和深圳的高度。由于地盘小，原来想用的钢筋混凝土就会把地面占了，为了节省地面空间，陈世民决定采用管内装混凝土的方法，使得柱子苗条了，地面空间也省出来了。我曾问过陈大师，赛格与地王大厦哪个更高，他说，计算楼高有两种，一个是楼体本身的高度，另一个算法是加上楼顶的塔座和天线金属杆高。从天线金属杆标高看，还是地王大厦更高。陈大师说到赛格楼顶上的那个金属架子安装时，还有一个惊险的故事。

楼建好以后，楼顶要安装铁架子。当时的铁架子有 100 多米高，要使用焊接技术才能立起。可是，当铁架子高高立起来时，却突然出现了晃动，两边晃着，越晃越厉害，把在场的人都吓坏了。赶紧打电话将他这位设计大师请到现场。他赶过来一看，那铁架子确实晃得可怕，随时都有可能掉下来，情况十分紧急。赛格是在市中心的华强北，那里人员密集，一旦掉下来，其后果不堪设想。谁都不明白这是怎么回事，谁也想不出什么好办法。这时候，陈世民果断地决定将铁架子割断一节。割掉后，真就不再摇晃了。但由于割掉了那么高的一截，现在的赛格就没有地王大厦高了。

赛格广场在深圳的意义就像一块耸入云端的招牌，一柱擎天，桀骜不驯，坐落在深圳最具活力的地段，既见证了电子市场最繁华的场面，也为这个地段带来了信心与豪情。但是，让建筑师深感遗憾的是裙楼中那原本开放的广场空间，属于市民的“共享空间”却已被封堵，改作了室内电子产品交易市场。这一短视而狭隘的改变，把这个建筑的呼吸堵塞了，也把那个原本拥挤的空间变得更加不透气，几近窒息，从而失去了原有设计的一大特色。所以，一个好的建筑不仅取决于建筑师的巧妙设计，也深受使用者和管理者水平的限制。

赛格广场是当时中国的第四高建筑，它不仅获得了中建总公司优秀方案设计一等奖，还荣获2000年国家科技进步二等奖。赛格广场为城市提升了高度，也为建筑大师的筑梦空间提升了高度。

金融中心

陈世民说：“数年奔波，未有休闲的时候。虽然很想再回到那些自己设计且已建成的建筑物去看看，却总也抽不出时间，即便有时驱车路过，也因他事在身无法如愿，作为建筑师未能温故知新，常感歉然。”

2012年的一天，陈世民终于来到了他当年设计的一栋著名办公建筑：深圳的金融中心。他之所以选择这个时机前来，是因为他风闻这栋建筑面临着要被拆掉的命运，这不禁使他愤懑不已。再不过来看看，或许真就见不到了！

这是1986年竣工的楼盘，现在，它与周围的建筑相比，尤其与一街之隔的大剧院背后的巨峰京基大厦相比，确已陈旧。但26年的建筑，再显陈旧也并不是一个老人。它是一个壮年，壮得像一棵大树，仍不失其顶天立地之威风。只不过它再也长不高了，尤其那个京基大厦，将它比得粗壮矮小起来。

1983年，在陈世民完成了南海酒店方案之后不久，主管建筑的罗昌仁副市长就亲自来到香港，到了华森公司，去见陈世民。罗副市长是个大忙人，他能抽出空来上门，肯定是有什么重要事情。果然，还不等陈世民让座，副市长就将挑明了来意：要陈世民为深圳的金融中心项目拿个设计方案。

金融中心的位置极好，在深圳大剧院对面，君临荔枝公园。当时有四个兄弟设计单位已经做了八个方案，而这八个方案均不够理想，因此统统未予采纳。但是，这可急坏了主抓建设的罗昌仁。他开门见山地说："我们争议了半天，也下不了决心，还是过来请你出山，再做个方案试试吧。"

这期间，他因南海酒店装修事宜赴美考察。他在美国一边考察，一边又对金融中心的平面布置、立面造型与周边环境的关系处理等问题，做了进一步的研究。他在纽约看到了万国宝通银行，很高层，他认真观察分析，突然触发了对金融中心的空间布局的联想，立刻有了灵感。

金融中心这个项目，其难点在于三个业主单位（中国工商银行、晶都大酒店、财税部门），哪一个都想以自己为中心，都想占据最重要位置。那时候盖房子流行挨着马路建，三个业主都在争挨马路的位置，那么，究竟谁占据主要的临街位置呢？他将这三个建筑合而为一，相当于三个背靠背的椅子，组合为一个大太师椅。从不同的方位看，每一家都是在中间，都是处于主要位置，而其他两个都是配合。三个业主处在和谐统一的一体中。这样，便调解了他们各自争锋的问题。

考察回来，陈世民在北京休假，就猫在家里做这个设计。他从环境与空间进行深入探究。陈世民做设计，总是要有自己理念的。

他认为在“实用、经济、美观”三者排序中，现代人首先强调的是美观。美观其实是个文化问题。过去强调节约的，经济在先，其实我们讲经济应该讲效益而不是简单的节约。你该投入的就要投入，要有一个评价的标准。当今社会很看重实用。什么叫实用？我们创造这个环境，是要舒适的，办公是办公的舒适环境，居住是居住的舒适环境，学校是学校的舒适环境，你环境好了，就是实用的，就是放在第一位的内容。第二位就是讲空间，空间无非内部和外部的。我们的房子围起来，中间是一个空间，外面也是一个空间，空间与空间之间的搭配，就跟人的行为方式发生了关系。

现代设计的先驱、英国维多利亚时代的艺术家威廉·莫里斯在 100 多年前，就认为所谓美，便是顺应自然;所谓用，即是体现功能。他在《装饰艺术》中指出:“要使人们愉快，必须强调有用……无用不可能是艺术。”在他眼里，17 世纪以来英国宫廷那繁缛矫饰的装饰，只是为了显示而存在，而不是人们喜爱它，因此过分的装饰是无用的。装饰纹样应该在不失自然规律与基本特征的前提下，尽可能做到简洁化、形式化。这些精辟的论述，是莫里斯在艰苦而漫长的探索实践中积累形成的。

在陈世民看来，一个办公楼走进来，这边是领导和管理人的空间，走到那边是另一个空间。如果说要绕一大圈才能来到老板房间，这个空间就不好了——任何人来都是要把整个屋子穿过，才能找到老板，这样的空间就成问题了。这里不是皇宫，皇帝批阅奏折时，要在一个幽深的不易找到的地方，曲里拐弯，且充满肃杀之气。由此说，实用，基本上就是一个空间的组织问题。

美观是文化，你让这个房子看起来很现代，很美观，赏心悦目，大家心里就很高兴，就体现了一种文化价值；你说这房子做得不好看，很难给人带来愉悦，或者这个颜色跟人的习惯发生不了共鸣，那就是不美观。

最后就是经济上产生效益。这个效益是通过什么？通过环境、空间、文化来产生的，所以这几个东西又是一个辩证统一的关系，为了效益你就要去搞环境，搞空间，搞文化；倒过来，你要是这几个东西搞好了，最后的结果，还是效益比较好。人家说房子盖了，钱花得也不多，效果很好，用起来好，看起来好，管起来好，即四好：好看、好用、好建、好管。这是陈世民的研究成果，也是他自觉遵循的理念。实践中，他凭借这个理念，完成了很多美妙的设想。

陈世民待在北京家里埋头于金融中心的方案设计时，罗副市长这边等不及了，他要到北京去。陈世民只好提前飞过来。当时深圳还没有机场，他飞到广州后，罗副市长派专车将其接到鹏城，当晚新苑酒店的一个小会议室里，领导们对方案及模型进行了审核。他记得市委书记周鼎说："这下可好了，我们不用再为这个项目开会了！"

这个方案有许多可圈可点之处，首先是三个单位的摆放方位：朝深南路的中国工商银行面朝东北角；西南角是晶都大酒店；而财务局和税务局的大门开在东南角。三个方位，开三个大门。门庭都很气派。为了充分体现环境和空间意识，他将临街的建筑推后，为城市让出空间。

为此他说："我发现深圳城市建设初期模仿香港，在规划中往往先将要建的高层建筑沿用地四周道路高高耸起，街区中间留下一块不明不白的'大杂院'，既浪费了空间，又对城市环境极不尊重，忽视了人的生活环境的改善。分析这种情况后，再对照国外一些城市重点建筑，大多以广场绿地环绕的空间组合方式，显然两者差距甚大，其根本问题是对环境的认识。”

深圳模仿香港，这是出于当时深圳人对香港的一种膜拜，处在一种盲目的状态下的膜拜。但是，陈世民是清醒的，是内行。对香港的好的一面他学习吸收，差的一面他有批判的意识，他绝对不盲从。这一点也是他与钟华楠气味相投之处。钟华楠曾撰写过很多文章批评香港城建中的问题。真正的香港商界爱国之士，对深圳发出这样的提醒：“深圳建设应该是香港的明天，而不应是香港的昨天。”这就像当时要办朝阳工业，不要办夕阳工业一样。陈世民将这种香港式的“大杂院”完全敞开还给了城市行人，这就是有远见的环境意识。

他将金融中心的总体布局与香港方式反其道而行之，将数栋高楼聚合在一起，沉稳地放在了街区中央，背靠背的方式，采用多向组合办法，突破大楼沿街站立的布局，为城市让出了空间。将“大杂院”改为花坛、广场、步行街。作为建筑师，他没有把眼光局限在建筑物本身，而是抓住了城市环境与城市空间去展开构思，这是真正为深圳的城市建设做出贡献。

我曾将金融中心比作一首协奏曲，协调了三栋楼三个单位，各自为政，三足鼎立，各霸一面，相当于各自演奏了一个乐章，合在一起就是三个乐章，完整的A大调协奏曲。

金融中心的三足鼎立造型扎实而不失秀美，可以从不同角度感受到造型艺术的韵致。

他在草图上留下这样令人回味的标记：“此构想得到罗市长、郭局长及一批总院工程师的赞同。”时间：8月13日。

8月2日：“灵感大现，有了这个构思：三组成为组合体，却各自为主，各有独立的出入口，各有独立的一方天。”

建筑师汤桦很赞赏这个金融中心，他认为这个建筑给深圳以信心。他大概是指这种“三足鼎立”的造型，让处在风雨飘摇之中的深圳有了稳固的定力吧。那时候的深圳，风起云涌，连连遭遇责难，分管特区工作的首长开会批评深圳：“摊子铺得太大，好大喜功。”会后责令大砍基建。

砍基建确实对深圳发展影响巨大，据说当时跟梁湘对着干的一位市领导积极贯彻砍压基建精神，责成计委主任前去让特区发展公司把已经打好桩、做好基础工程的大厦砍掉，特发公司无法执行，因为建这大厦所需的 3 万吨特种异型钢材，早已与日本签订购买合同，即使不要这些钢也要付款给日方，那这个钱由市政府来付好了！主任回去禀报给这位头头，市政府哪来的这笔巨款？只好作罢。

所幸，金融中心躲过被砍，它已稳稳建成，吹不倒也砍不掉了。这座建筑比周围的建筑都显得更敦实、更厚重，它象征着城市的发展前景，也给城市带来了稳定和信心。

然而，这么重要的建筑却总是被一些人琢磨，前些年就有人要给这组楼穿上玻璃幕，改换新装，遭到陈世民的反对。他认为建筑就是要尊重历史，就是像书一样，出来了，就是一种版本，你可以再出新版本，但是你不能拆了旧版本、改变旧版本。他强调要有对历史文化的尊重。而他的早期建筑，诸如南海酒店的内部改造，也让他伤心不已。那里面的空间装修他花费了极大的心血，他的作品就像他的孩子，随便粗暴地更改，他特失落。幸好，那一次金融中心没有被穿上玻璃衣服。

陈世民没有想到，躲过了一劫只是暂时的，而眼下，人们纷纷传说京基集团要收购它，要拆掉重建一个与京基相同高度的巨人，在大剧院的上空过街驾起一座玻璃天桥，横越深南路，让两个巨人连成一体。陈世民不想去评价这个设想是否切实可行，但，他容忍不了这种巨大的浪费。还不仅如此，他认为这是一个新兴城市，历史不过 30 年，而这个大楼正是改革开放历史的见证。他认为，从深南大道远远看过来，这个空间很舒畅。在规划上体现了一种改革的思想。这个改革的东西也是去西方考察学习得来的。一个城市的整体感，整体概念在这里体现。

他认为金融中心是中国最早的城市综合体。有金融大楼，有办公楼，有酒店，下面还有大的商业中心。他在裙楼那边还配了个小餐厅，现在是夜总会娱乐，上面还配了一个大的多功能会议厅，周围有公园。所谓城市综合体，过去是很分散的，这里商店，那里娱乐，再那里公园休闲，而这个金融中心把这些元素完全集中了，跟城市中心对应。这个概念也是蛮超前的。

陈世民在1988年初动手构思的天安国际大厦，也是类似金融大厦的一个重量级建筑。当时他是受深圳物业发展股份有限公司董事长、总经理马成礼先生所托，开始策划并构想方案的。当时正逢房地产市场低迷，为确定规模颇费心思，可谓踌躇万般。令人想不到的是三年后房地产市场如龙抬头，价格大幅上涨，到了1992年10月天安大厦首次公开出售，竟创造了深圳市场销售的最高价格。

它像一座浑然天成的现代版城堡，一派富丽堂皇。圆筒状立面主体像从外星搬来的闪光柱体，一根比一根高出一截，层递着排列到顶端，没有加戴任何帽子、亭子什么的，干净利落的楼顶处理，其简洁明快的现代气息，为深圳那片繁缛的商业区闹市带来了舒畅的天际线。这个建筑的草图是陈世民在从温哥华返回香港的飞机上作的。草图的粗铅笔线条勾出的圆柱半弧状更显灵秀，而实体建筑多了几分肥壮与憨实，由于配饰外墙板的金鳞金翅，倒也让这个庞大躯体在臃肿中透出几分豪华的贵相。这便满足了业主要求建造综合性豪华建筑群的意愿。这个豪华建筑群里包括酒店、办公、公寓、商场，以及各项服务设施的裙房。这实际上是一个建筑综合体。天安大厦与国贸大厦毗邻，占尽了地理优势，也享尽了20世纪

90 年代的风光。1994 年深圳优秀勘察设计评比中，天安以独特的个性获得二等奖。

天安国际大厦与金融中心遥遥相对，相隔十年。深圳发展太快了，看上去它们均已容颜受损，过了盛年。然而，它们在这座城市的地位与价值，已经充实了这片空间。这样的建筑是不能轻言拆除的。因为它已经进入了改革开放的城市历史，完全有保存价值。

陈世民面对自己设计的作品犹如面对自己的孩子，一心抚养着这些孩子长大，希望他们长得壮硕伟岸起来。随着时间的更替，有人要改变这些建筑的衣着面貌——前几年南海酒店内装修被大改，改得他心痛，而外面填了海面，他更难过，但毕竟那是小改而不是全拆。这回听说要把整个金融中心全拆，无疑是让他深感痛惜的。何况拆除的目的，只是为了在这里再树起一个京基，一个新的高度。

我曾写过一篇城市何以热衷于建高楼的文章，除了容积率等一些客观因素之外，我调侃为这是一种缺乏自信的标志。为何世界最高建筑都出现在亚洲呢？应该与亚洲人身材矮小不无关系吧？目前京基大厦高度已经是深圳之最，还要扩展过来，再建一个深圳新高，形成双峰并峙？追求亚洲第一，甚至世界第一，是一种暴发户心态。深圳后海那里华润集团的春笋巨人已落成，据说是取华润商标的大写的“人”字形，高达 500 米。而媒体又爆料长沙望城将建造一座高达 838 米的世界第一摩天大楼，超过迪拜的 808 米！可怕的高度。

建筑绝不是越高越好，现代化也不是越亮越新越好。欧洲最有价值的城市，是最旧的，是多少年都没有一点变化的。怀旧，是人类的恒定情绪，而喜新只是满足一时的欲望。因为新只有刺激，而没有耐人寻味的积淀。何况新总是会变旧的，渴望建筑最高楼的人们，仍然还在发烧之中。

陈大师动情地叹息一声，悲哀呵！迈步时表情异常沉重。

四、在国外打官司：没想到国际接轨接“鬼”了

时值1988年，在华艺公司成立两周年之际，陈世民接到了加拿大蒙特利尔的一个酒店项目：枫华苑。这是在唐人街上兴建一个中国风格的大酒店。唐人街处在市中心，在这样重要的地方建酒店，所遇到的麻烦是中国建筑师无法想象的。可以说，加拿大这个项目，让陈世民吃了不少苦头，也让他真正见识了西方世界。

蒙特利尔位于加拿大东部，是一座文化名城。上溯到17世纪初，法国著名探险家塞缪尔乘风破浪航行到北美洲寻找新殖民地，无意间，惊喜地发现了这个地方，将之视为“上帝的礼物”。于是，法国人开始大量移民此地，这就是加拿大最大的省份魁北克的由来。蒙特利尔是魁北克最大的城市，因受法国文化的长期浸淫，素有“浪漫之都”和“小巴黎”之称。

陈世民第一次飞往这里，是从温哥华转机到蒙特利尔的。蒙特利尔机场那时叫多佛尔国际机场，后来加拿大政府以前总理皮尔·埃利奥特·特鲁多的名字命名该机场。

机场距蒙特利尔市中心大约20公里路程。坐在车里的陈世民一直注视着窗外，感受着这片拥有皇家山和圣劳伦斯河的美丽地方，从眼前如画般掠过。

进入市区时，看到许多古老的建筑与新建筑并峙。市区分为新城、老城两部分，这也跟巴黎相似。东北部老城街道狭窄，多为法式建筑。西南部为现代化新城。多米尔广场一带集中了全市商业、金融、行政、文教、娱乐的精华。他喜欢老城区的老建筑：尖顶的教堂，有哥特式的，也有巴洛克式的。这些建筑给他带来了浓郁的欧洲古典风情。

穿过最繁华的街道圣凯瑟琳街时，他惊叹这里的城市现代化进程：如

此大规模的琳琅满目的商业街，让他恍若行进在巴黎街头。

在加拿大蒙特利尔市中心建一个中国式的大酒店，这个方案的报批过程充满了戏剧性。

事情起因要追溯到 1987 年的 10 月，一封来自北京的电函传到了陈世民之手，上面清楚地告诉他，在加拿大蒙特利尔市中心有个酒店建设项目，加拿大方投资者资金有限，正寻求中国的合作伙伴，要求陈世民进行联系并权衡是否可以投资。

两个月后，在珠海的一家酒店里，陈世民与代表加拿大方面的澳门人士张振威、曹伟健先生及中房海外部陈平先生见面并进行实质性商谈。结果，陈世民决定到蒙特利尔考察一番。他于 1988 年 2 月底，首次跨越太平洋，置身这里。

蒙特利尔市政府的最高行政长官为市长。在我们的经验中，报批此项目，只要市长首肯，那就一定 OK 了吧？所以，陈世民一到这里，就首先去拜见了蒙特利尔市的市长。

走进市政府大楼，他一眼就看到了蒙特利尔的市旗，由四朵很精致的小花组成，分别代表最早期建设蒙特利尔的英格兰、法兰西、苏格兰和爱尔兰移民。这是 1642 年那个时代的历史标识，当时这里为法国殖民地，叫作玛利亚城，后来改作蒙特利尔，自然，移民来源已经远非这四朵小花可以涵盖的了。

市长非常热情地接待了中国建筑师。他额亮发疏，大胡子，蓝眼睛。神采灵动，像一汪富裕的湖水，而且更像一个艺术家。他的办公室有着老房子的历史气氛，墙壁与地板间的沉淀与主人的气质非常和谐。主人把陈世民拉到办公室的阳台上。阳台有着石质护栏，雕着棱角的柱栏间弥漫着古建筑的气韵。他的手往前方一指，胳膊上的毛发在阳光下浓密闪亮。

他说，你看看这个——

陈世民看到了阳台下的城市，那片新旧交错的热烈簇拥着的建筑群落。蒙特利尔的老城在维修和保护方面都很成功：雅克·卡蒂亚广场，市政府等都基本上保持着原貌。他看到了圣母院大教堂、圣约瑟夫大教堂，也看到了很多现代建筑，如蒙特利尔地铁，玛莉亚城广场大厦等。这是华裔建筑师贝聿铭 1962 年兴建的玛莉亚城广场大厦。这个现代作品将贝聿铭的风格高高耸立于这座城市的上空，非常醒目。陈世民想到下一步，这座城市将会有自己设计的作品，与贝聿铭先生的作品一同耸立在这座异国的浪漫之城，不免泛起内心的激动。

市长说，因为你们中国人很聪明能干，前几代人出来的时候，就在这中心位置占了这么大一块地建房子，建成了唐人街。很了不起呵。

是啊，中国人早年到国外打拼，都很贫穷，居住的唐人街当时并非城市中心位置。因为当时的城市很小，后来城市扩大规模了，就成了中心位置。至少在北美这些国家，唐人街都居市中心。

市长夸中国人，夸中国人早年到这里闯荡的前辈，也让陈世民感到欣慰。蒙特利尔的华裔人口为八万多人，占总人口的 5.1%。市长这么看重中国人，是由于民主的力量，他想争取到华人的选票。

市长对陈世民说，我要在这里盖一个酒店，你给我加进一些中国的东西，中国的元素，让人一看，就是中国的建筑。他毫不遮掩希望通过这个建筑来赢得中国人喜欢的想法。

陈世民第一次来，是考察地形，调查了解情况，进行各种可行性研究，这期间，他多次往返，对这里地形与文化有了深刻感受。他清晰意识到，要做的这个酒店，是一个受城市规划制约，体量不大，高度将受到限制的低层建筑，正好处在现代高楼建筑群中。等于要在巨人的膝下，做一个特别的建筑。要想将这个建筑做得不被巨人遮挡，引人注目，有相当的难度。

经过反复思考，他决定做一个中式风格比较浓的方案。他认为：这是在西半球，在与北京相对应的地方，正好时差 12 个小时。所以，应该在这个地球的另一面，让我们的华夏子孙感觉到中国建筑艺术的魅力。

陈世民把构思草案拿给市长看，并给他讲解：选用一个中国传统的四角状阁楼，和一个八角亭置于顶部，像中国传统建筑一样具有丰富的轮廓线和优美的屋顶曲线。再将上部三层逐层收缩退进，增加一排栏杆加强阁楼和八角亭的稳定感和层次变化。此外，再选用金黄色宫殿式琉璃瓦和墨绿点金的彩绘梁枋，并辅以红色门窗框及白色大理石栏杆，这种强烈的中国式造型与绚丽色彩，与身后那些铝板式咖啡色现代建筑形成强烈对比。

由于他初次来蒙特利尔时天寒地冻，发现人们很少停留在室外，但著名的地下商业街和一些公共场所却人气很旺，五光十色，这种气候环境带给他的联想是：在酒店中设置一座带有中国特色的室内庭园，并相应组织酒店公共设施，一定收效奇佳。于是，他设计了在玻璃天棚覆盖下，以中国式庭院为核心，四周有餐厅、酒吧、多功能厅等围绕，辅以流动空间的处理手法，上面有阳光照下来，里面是一片水面，有小桥，有亭子，诗情画意，很有中国元素。你再看这楼顶，十层高，有两个塔式帽子，这是典型的中国符号，歇山顶，琉璃瓦。

市长看了这个图，听了他的讲解，面露喜色，认为他的想法非常好。陈世民以为市长喜欢就算是通过了。因为在我们中国城市，市长看了挑不出毛病，就 OK 了，还会有什么？所以，他兴冲冲地去找那个审批官员，结果对方一看图纸，当即把眉头堆了起来，还连说几个“NO”。他解释道：我们这个地方是中心区，规划上是有严格规定的，这里建酒店只能是八层高，而你这个图纸是要建十层，这个是不可以的！你只有把这个改一下，改掉两层。

陈世民据理力争。说按周围的环境，十层楼是不高的，周围还有 40

多层高的摩天大楼嘛！如果减掉两层，就显得太矮了。太矮的话，这个建筑就失去了应有的气魄了嘛。何况，你们市长都同意了。

陈世民以为抬出市长，就会让对方臣服，哪知人家告诉他，市长同意是没有用的，只要你违规了，就一定要有城市规划委员会批准才行。

城市规划委员会由 73 个委员组成，是拥有最终决定的政府机构。他们每年只开一次会。如果你想用这个方案，你就要抢在开会之前，去拜访这些委员，要征得每一个委员同意。如果他们同意了，到时形成一个决议，就可以获得批准。陈世民苦笑道，我来不及呀，投资方是要开工的。你跟市长研究一下，帮帮忙嘛！

审批官员耸耸肩：对不起，我帮不到你。

要一个个去游说 73 个委员，一圈下来少说几个月。陈世民就又去跟他商量，他想了一下，指着方案说，这个上面不能有亭子，陈世民说中国房子没有这个亭子，就没有中国味了。后来他就翻书，终于认为可以有亭子，但他强调里边不能进去人。原本陈世民要把亭子做成咖啡厅的，但按他的规定就只能改作设备用房，总算把楼顶保留下来，算是通过了方案。

从图纸看，这个设计非常精彩！原来十层，追降为八层，但陈世民采取特殊手法，用四个角的标高来定室内标高，两个地方高，两个地方低，等于偷了一层，看上去八层，实际里面是九层。

他感叹：加拿大是法治国家，而不是人治，不是市长说了就算的。哪个当官的说了都没用，最后就得改成这个样子。八层楼，局部九层，这个是没有办法的办法。但是，你可不要以为加拿大这样讲法治的国家，就会一切都那么公平合理，都会让你舒心，让你高枕无忧，你所遇到的都是正直善良的好人。那里也有陷阱，也需要提防。他说他们在那里差点吃了大亏。

当时他们到国外搞建筑，他是总建筑师，当地的设计院给他做施工图，做结构水电的配套，所以，他差不多是每一个月或三个月飞过去一趟。包括日本奈良中国文化村的设计，也是他们与当地设计院配合。到了2000年，却反过来了。外国建筑师进来了，全是主角，而我们中国建筑师全是配角，这个是位置的置换。所以，想到那时候他在国外唱主角，当总建筑师，陈世民就有种满足感。

总建筑师是唱主角，总体驾驭项目。蒙特利尔当地一家公司配合华艺来做这个项目。他们各方面都做得很好，施工质量方面也没得说，哪里会想到，结果还是出了问题。并为此打了一场惊心动魄的官司。

陈世民平生第一次打官司，就是跟外国人在外国打上了。他认为对方明摆着是在欺负中国人。

这个项目其实并不大，只因他们在加拿大没有签字权，所以，方案经过业主讨论认可华艺后，要求华艺一定要请一个加拿大建筑师事务所合作。你不懂法规，不明白建设程序，你还不是加拿大的注册建筑师，不能报审，你没有这个资质。所以，必须要有第三方。这就是JPA公司。作为项目合同，是要交银行的，不能直接跟陈世民签合同。签好合同，JPA公司再把钱转给华艺。收入的每一分钱都要经过他们公司，才能转到华艺账上。

因为当时陈世民没有在国外搞建筑的经验，对加拿大各方面也不是很熟悉，所以，当初签合同时只能搞这种“曲线救国”。现在我们国内公司出外搞建筑，都是自己直接跟外国投资方签合同，而外国建筑师到中国来，也是跟国内公司直接签合同，不需要再多出一个中转公司了。而那个时候却不然。因而，多出了一个中间环节，相当于多了一个中转站，便多出了许多意想不到的麻烦。

陈世民说，我当时没有想到：假如他把钱扣了，我怎么办呢？本来这个费用，对于他们公司也是不多的。但后来，由于加拿大经济低迷，他们收到钱就想赖账，不打给我们："他故意找一个理由要扣掉我们的设计费。到最后，我们催要得紧，他还说我这个地方做得不好，那个地方没有弄好，找碴儿扣钱。因为加拿大是个很严谨的国家，我就跟他争执起来，最后就说怎么办吧，我们双方选择要么进法院，要么进仲裁，后来选择了去仲裁。实际上，这是他们自己经营得不好，想拿我们做垫背。"

陈世民是总建筑师，合作方 JPA 公司拥有签字权，一切图纸要经过他们认可。合作过程中间，华艺这边先派了两个人过去，后来又派了四个人。光设计这个阶段就派去了四个人，跟他们共同合作。他们派了一个项目负责人。实际上大量的图纸是华艺派去的四个人按照加拿大要求画的。

从工作关系上而言，他们两家是合作，分工很明确，他们签字报批，负责人联系管理这个项目。而这个项目经理要对陈世民负责。再由陈世民完成建筑图纸，由他们负责申报，完成结构和设备的图纸。水电结构图等都是他们负责找人做，他们等于是在统筹。按要求，用款时，每笔钱出来，就直接分给华艺一部分。这样就有两份合同。彼此还是很严格地按合同办事的。加拿大用的都是银行的贷款，他是监管的，要按合同一笔笔付款。

他们也是事务所机制，跟华艺一样的，两家事务所的合作，在机制方面是"接轨"的。当问题出现时，陈世民幽默地说，我们是第一个跟国际接轨的事务所，结果接"鬼"了。

为了这个官司，他准备了足足两个月。准备仲裁文件，核对赴加的仲裁信件和资料。从他的记录中查看：

1 月 24 日，整个月都在准备这些东西。1 月 29 日，修改去加拿大的复信与材料。要求秘书全力帮助做完，很多的信件来往和材料。

1992 年 3 月 23 日，从香港经东京飞加拿大，晚上到达蒙特利尔。

律师接站，第二天开了一天的会。

回忆当年这个经历，陈世民感叹：亏得我们在境外做事情很细心，每一步都有电传，你来的信函是什么时候，全部都有电传，全部都有图纸。这是在香港时学到的“信文化”起到了关键作用。香港钟华楠他们事务所做事情，都是这样，往来每一步都有信件，非常认真到位。

陈世民翻找当年的图纸，很快在工作笔记上查到了相关记录，靠这种严谨的“香港事务所作风”，保存完好的材料，让他救急。

仲裁要看所有程序。设计有方案，每个阶段都要报审，如果设计没问题，设计费就要给，要根据施工进度给钱。中国市场是要完工后一次性给付。而那边银行却是一个月一给的。业主签了字，给银行，银行给 JPA 事务所，他们再给华艺。这样运行一段后，有一阵子华艺一直没收到钱，陈世民发现问题了。

陈世民把当年的东西全翻找出来。来往的传真、图纸都保留得完完整整，清清楚楚。证据充分。最后对方说，他派人管工地了。陈世民说我也派两个人到工地管理。最后下来，仲裁官认为陈世民是对的，而对方是违规的。他们败诉。

然后，对方无条件把扣的钱补给华艺。但他说他们经济上困难，退款想分成十个月，陈世民便放了他们一马，但说利息你一定要付的。

此后，他们每个月给一张支票。直到给完。

1991 年 11 月，枫华苑假日酒店正式开幕营业。开幕典礼仪式上，酒店大堂格外明亮，所有的阳光都那么光鲜，照在哪里都格外亮眼。蒙特利尔市长用法语和英语发表热情洋溢的讲话，感谢陈世民带给蒙特利尔这座城市一份“富有特色和文化气氛的礼物”。在许多美好的感谢语中，市长三次提到“陈世民”的名字，令陈世民无比欣慰。他为酒店付出那么多的心血，多少个不眠之夜，多少焦虑与煎熬，甭说打官司付出的代价，仅大厅公共设施布局他就五易其稿，并与酒店管理公司做过多方商谈和修改，可谓倾心倾力，鞠躬尽瘁。终于，他的作品得到了市长的首肯，也得到了这座城市人民的喜欢。

这个时候，他陈世民如果想移民加拿大，可谓再容易不过了。只要到移民局去一趟，就可以了，那时他正好60岁，花甲之年。然而，他不愿意去做二等公民。而他带去的6个人中，有4个没有回来，做了二等公民，其中还有一个作古了。就是那个最早调到华艺的两个年轻建筑师中的一个。这两个“元老级”年轻建筑师，一个现在做了华艺的副总经理，一个却葬身加拿大。

说到这个年轻人时，他深感痛惜。他说此人很有才干，如果不死，到现在做到总建筑师是没有问题的。

“唉，每个工程都有很多故事。每个人也都有好多故事。”他为此叹息。

一晃十年过去。陈世民又有机会去加拿大蒙特利尔出差。这个城市有他的熟人朋友，还有让他惦记的他的枫华苑假日酒店。远道而来的建筑师，走近他的建筑作品，就像一个编导面对银幕上即将播放的他的电影吧？酒店在蒙特利尔经风沐雨，经过多雪的冬天，依然昂首挺胸，那标志性的红色，依然那么鲜艳夺目，成了这个城市建筑大家庭中不可或缺的一员。作为建筑师的陈世民，他最关心的是它是否受人欢迎。离别这么久了，他赶来看它，就像去见一个远在异乡的亲人。

由于有了枫华苑假日酒店这个建筑，唐人街拥有了自己的标志性建筑。远远地就能看到那两个中国式顶亭，像两片加州的巨大枫叶，飘落在楼顶上，随着视线而错落有致。底层的柱廊，红黄色的门窗，与墙面共同组成了酒店的华丽外表。陈世民走进大堂，走进了那个拥有小桥和亭子的地方，有种久违的亲切感。他希望在那里订个台，款待当地的朋友。结果，他订不上。那里所有的台子都坐满了人，即使偶有空桌，也已被别人订出了。他等了三天，还是没有订到座位。

五、悲情时分：分成两半的子爵

在中国建筑界，陈世民确实赫赫有名，他不仅是一位才华出众的设计大师，他更是设计行业里的一个响当当的总经理。

1986 年成立华艺时，他白手起家，是个光杆司令，但是经过八年的打拼，华艺飞速发展，业务范围遍及加拿大、日本、泰国等国，以及香港、澳门和内地的一些主要城市。总建筑面积 400 余万平方米。华艺在深圳乃至全国都是响当当的一块牌子，成了令人羡慕的公司，而陈世民也自然成了令人钦佩的建筑师。公司业绩做得越大，他这个总经理就当得越大。

然而，陈世民并非那种八面风光的总经理，而是个辛苦的埋头拉车的"车老板"。相比之下，曹大澄这位董事长才是春风得意的"大老板"，随时可以跑到北京跟更大的首长吹牛他们华艺如何如何，横竖都能炫耀。

曹大澄很精明，也很会当领导，他经常对陈世民说：你是拉车的，我是坐车的，咱们俩不同。

"他永远是这句话：老陈你是拉车的。为什么呢？他把公司交给我了，他从来不管，他喜欢跟那些艺术家搞关系，他喜欢那些，有空就看小说，你说他真的不管？你太小看曹大澄了。他那眼睛盯着你呢。他是办公厅出身的，有几十年的党龄，他知道他该做什么该管什么。"

在陈世民眼里，曹大澄很会当这个董事长。第一，他会利用他的社会关系，去摆平好多事情，找部长，找党组，这个是他的特长，他是从政治上去布局；第二个呢，他把握公司重大的财务、合作这些事情。在他看来，陈世民人品很正，管账不管钱。会计拿东西来找陈世民批，所有的钱都是经过他签字而出去，但是陈世民绝不去限制一块钱两块钱，所以他长期不会贪赃。如果他管账管错了，签字签错了，那是他工作上的失误，但是，他没有往自己口袋里装一块钱。曹大澄是个很认真的人，如果他陈世民有什么小动作，他早就不会容忍的。曹大澄的政治手腕很厉害。他把业务这块全交给你了，采取一种高明的管理方式。对他而言，能够遇到陈世民这样有能力、有经验的人，把公司业务做起来了，还做得那么有声有色，把车拉得那么快，那么稳，让他这个坐车的美滋滋享用，何乐而不为呢？

正因这样，曹大澄任华艺董事长期间，是华艺公司发展最快的时段。陈世民有着充分的发挥主动性和创造性的空间，对陈世民来说，能遇到这样一个领导，也是幸事，他为此感言："我们相互搭档共事多年，实在难能可贵！"

曹大澄说："咱们中国官场有个毛病，你干好了他眼睛就红了，就想法要占你这个位置；你干坏了没人理你。"

他净说大实话，其实每个人都有能说实话的一面，只不过看他在什么情况下，在台上时，就不一定说，在台下，肯定会说的："我在香港工作的一个月工资开到 3000 块，5000 块，开得很高，那时候港币又比人民币值钱。中建总公司派一个副总经理带着个人事部部长，到我们那儿去。因为我们挂靠到中建公司，我和老陈就得给他汇报工作。上级来了嘛。这里面很重要的一条，中建公司一分钱没有投资，是我们借钱成立的。这些官们来了，又要吃什么鲍翅，又要吃香港饭，我们都招待完了。没过多久，他们又来了，说大澄同志你都 62 了，按照规定 60 就该交班了。我说废话，我这是香港，这公司我们创办的，我交给谁啊？他软了，他说有个中建海外公司的副总局长，北京一局的，因为他56了，上来之后干两年又得下台，就没地方放了，放你华艺行不行？我说行啊。我能怎么办呢，对不对？

“他说这么办吧，把他安排来当董事长，你老人家当顾问，公司照样开接着办，我说行啊，顾问好啊，顾得过来就问一问，顾不过来就别问，什么都不问，问多了也麻烦，我大概1992年就当顾问了。公司1986年成立，我干了6年当顾问了，顾问一干干了9年，到2002年才算离休，我1946年参加革命，东北联军，我是东北人。齐齐哈尔，所以我们这个地方说话都冲，我们当土匪有本事，像南方人那样温和我没那个本事。因为当时是这样子，人痛痛快快就过完了一辈子，何必嘛，我说你要我愣是退下来我不干，你安排可以，反正我底子打好了，这么大个家业打好了。”

华艺本来是股份制公司，但仍然要受中建总公司管。由他们派董事长，这与当年的华森已经没有什么两样了，而陈世民这位功臣，又一次因这种体制式的人员安排而遭受重创。

62岁的曹大澄自从当了顾问，华艺的“曹陈核心”便宣告解体。内地安排有难处的官员，转身香港，倒也不为过。香港挣钱比国内多，又换了新环境，他当然高兴。由于此人在内地当官当得时间太长了，所有的习惯都保留下来，并从北京带到了香港。他以不变应万变，结果刚来就闹出了一个大笑话：他出去好久了一直未见回来，华艺的人便去找他。结果发现他一个人孤零零地站在一栋楼前，呆呆地等着。人家问他等什么呢？怎么不回公司呀？原来，他不会走路了。他坐专车坐习惯了，不知道公司该往哪里走，又怕走失，便只好守着那里呆等，等车过来接他。其实，从这个楼到公司不过几分钟的路程，甚至一拐弯就能瞧见公司办公楼的。而他居然呆等了一个多小时。大家都感觉这事儿很好笑。笑咱们的官僚文化。

华艺公司董事长是一把手，是法人代表。总经理是二把手，是“拉车的”。这位呆然等车的董事长虽然旧习惯多一些，但毕竟还未对整个公司造成多大伤害。而在他之后派一个什么样的人来呢？

如若再被动地接受上面派下来的人，还不如主动争取一个熟悉的、人品好、能力强的好领导，能够真正支持华艺，又能为华艺下一步发展做贡献。

当时有几个人经常从上边下到他们公司来，跟他们混得很熟。都是中建总公司的人，给他们的印象都不错，大家在一起时，吃吃喝喝，跳跳舞，唱唱歌什么的，嘻嘻哈哈，一团和气，相见甚欢。其中有一个人是办公厅主任，跟陈世民接触更频繁一些，他们成为很要好的朋友。所以，陈世民就希望他能够来当董事长，一定能对华艺公司有帮助。于是，陈世民就到北京去，找到中建总公司的党组书记，当面要求将这位朋友调过来当董事长。

由于陈世民前去说服了党组书记，这位办公厅主任如愿而来，当上了华艺公司的董事长。

他来的时候，陈世民亲自乘坐奔驰去接他。此时的华艺，简直就是一支建筑界的“王牌”大军，纵横港深，影响世界。

坐进奔驰车里的新董事长，一路行进在繁华香港，面露喜色。他本身是个讲排场会享受的人，因此，公司安排到一个非常体面的酒店为他接风洗尘。把杯问盏，相见甚欢。而后是卡拉 OK。灯光虹霓，觥筹交错，如梦似幻。直至夜深，大家才余兴未尽地散场。俗话说，没有不散的宴席，但陈世民万万没想到这宴席散得太快了！人心怎么能说变就变，令他毫无防备。

坐到董事长位置上的这位朋友，跟平时出差过来检查工作简直判若两人。

从第二天开始，新董事长好像有意无意在回避着他。即使两人相见，也没有了昔日的满面笑容，好像满腹心事。起初，陈世民完全没有留意，仍然像个老大哥似的关照这位老弟，替他想得很周到。办公室的安排，各种福利，奔驰车专享。这一切安排，并未换来他的友好和善意。

某天晚上，中建总公司的人过这边来了，他们照例要请吃饭，饭后去桑拿。在桑拿的蒸房里，室温非常之高。陈世民感觉烫脸，就往门口这边凑。这时他发现这位新董事长跟上级来的人正坐在一起说着什么，从神态上看，好像是在说跟他相关的事情，他立刻采取回避态度。

当然，三个人在一起，你俩悄悄说着什么，总会让第三者起疑心的。次日再相见时，他便会把头一低，像在找地面上什么东西似的，故意避开。

那些天，正是陈世民最忙的日子。公司里边的事情千头万绪，设计与管理的双向忙碌，加上他要申办的个人事务所之事，人一忙，就会将这些疑惑通通抛到脑后。陈世民不会想到新董事长确实在低头时寻找东西，那就是机会。等到他去北京出差时，正好给对方提供了这个机会。

陈世民去北京出差时，正巧总公司派下来一个调查小组，这个小组是负责搜集情况，回去汇报的。由于总经理陈世民不在，便让这位颇有心机的董事长等到了时机。

中建总公司正在忙着进行内部改革。这个改革也涉及中建总公司管辖的整个系统。改革在当时是一种趋势，也是一种时髦。在这种浮云流水般的“改革”中，有人寻到了投机的机会。而封建宫廷式的权力争斗，也会借尸还魂。于是，不同人物纷纷粉墨登场。

中建总公司是个庞大的机构，下面分设一局二局三局……还有五大设计院，东北院，西北院，华东院等。这些都是过去的机构，面对新形势也需要改革。他们希望建立一种事务所的系列，因此，上面派调查小组到华艺这个走在改革前沿的设计公司来了。

新董事长正好借用了上面这个调查小组到来的名义，召开了大会，开始了他的“改革”活动。他在会上讲了许多冠冕堂皇的话，也说了些他想说的话，这种话，让下面听众听出了弦外之音。矛头是针对陈世民总经理的。

其实，他在会上讲的意思再明显不过了，就是希望已经到退休年龄的陈世民总经理离开华艺去办事务所。这是一个人人皆知的敏感问题，在座的所有人都知道华艺是陈世民的心血，就像一个将军亲手创建了自己的队伍，而外派来的一个政委就想将这位将军的指挥权收回，让其靠边站，这并不是一件很容易摆平或搞定的事情吧。

陈世民从北京回来，马上察觉到气氛不对头了。新董事长趁他外出期间搞了很多名堂，背着他跟公司里面另外两个人密谋。这两个人都是因陈世民将他们调来而改变命运的，尤其那个从北京被调过来的人，他们在这样的大是大非面前，跟他搅到一起去，变成了陈世民的对立面。然后，他们在陈世民不在场的情况下，先定调子，开完了会，等陈世民回来一早上班时，新董事长就约陈世民谈话，说是跟他反映汇报一下这几天的情况，说他们开了一个会，大家谈了一些意见。他把别人的意见给陈世民转述，其实就是把他的意见说成是大家的意思：要么去办事务所，要么就安心在华艺干下去，要陈世民做出一个决定来。

其实，华艺与事务所两相兼顾，这明明就是上面的精神嘛！他想不通这位想赶他走的人，恰恰是他煞费苦心到北京要过来的“神”。假如不是他去争取的话，上面是不可能派他过来担任董事长的。而他过来后，吃香喝辣，什么好处都得到了，也不需要操心劳神，安心坐稳陈世民拉的车就是了，却为什么一定要将他撵走呢？即使不把他陈世民当作恩人，也可以把他当成最省心的劳动力吧？陈世民尽管远离官场，远离权力角逐，但还毕竟是个阅历深厚之人。他不仅经历过“文革”，从小就参加过土改。他既扛过棍子，也别过手枪，他曾跟随县长显赫一时。是可以踩着县长脚印走上官道的，但是却选择了学业。他读书并没有读呆，知道什么叫夺权，什么叫作靠边站。

“人心的事情太难说了，亏得上天有眼，我就这样开始创办了事务所。”多年之后，陈大师一提起当时的事情，如在眼前。“你说他跟我两个挺好的，他赶我，无非也是一种冲突嘛，也是利用了公和私的这个概念，来夺我的权，来想控制这个事情，所以他挨了好多骂，后来好多人骂他，说你这个家伙，这么笨，陈世民把你弄去，生活也挺好，过得挺舒服的，你本身又不是技术干部，你把陈世民赶走了，这个摊子你怎么去经营，对不对。结果他这一弄之后，把在中建总公司朋友之间的信誉全部荡涤了，很多人看不起他。人家说要不是陈世民把你弄去，你在原来那个地方退休下来，不就是个处长嘛。真忘恩负义！”

尽管这个事情来得很突然，让陈世民内心愤愤不平，但他没有当面表示出来。他压制着内心的波澜，神色平静地回到办公室立马起草，给中建总公司写了一个辞职报告。

第二天，他去深圳面见中建总公司的总经理。正好总经理在深圳出差，他就将复印的一份辞职报告当面交给他，并跟他汇报了这件事的经过。

总经理一听这个情况，马上就从沙发上站起来，很生气地说，胡扯！哪有这回事，总公司根本就没有这个意思！于是，总经理派了郭副经理与企划部经理来到华艺，召开全体干部会议，表明态度：总公司没有让陈世民退休的意思，一切说法都不属实。华艺改革方案是在初级阶段，根本没有经过中建总公司讨论，中建总公司的改革原则是，既要发挥华艺的金牌效应，又要发挥陈世民大师的名人效应，要从中找到结合点，有不同的认识是正常的，不要急于求成。陈世民的建筑师事务所是总公司同意的。事务所可以运作，如果与华艺有关系，可以以合同协议方案解决，如果事务所半年内不运作，按有关规定要注销。总公司不同意陈世民提出辞去总经理和副董理长职务。

当时还有一份文件，陈世民如今保存完好。文件纸的名头是显赫的“中华人民共和国建设部”。

第一条是对华艺的指示，第二条是针对陈世民事务所的。“同意成立陈世民建筑设计事务所，实行‘两个牌子、一套机构人员、一个财务核算体制’，即‘211 模式’，待取得经验后，再进一步完善深化。”

这个决定一宣布，那个新董事长的夺权阴谋被粉碎了。他耷拉着脑袋闷在那里。轮到上级让他表态时，他勉强挤出笑容说支持上级的决定云云。

于是，陈世民从 1996 年到 2000 年，为顾全大局，经历了漫长而痛苦的过程。既要做好华艺总经理，又要去做陈世民个人事务所，两相兼顾，看上去这是个难题。

说到陈世民事务所，不能不提到吴奕良。只因他一句话，才有了陈世民的第三个创业阶段或者说是陈世民的“第三人生”。

陈世民曾经因华艺的资质问题与吴奕良不打不成交。吴奕良是中国建筑师改革开放的最有力倡导者与推动者，他支持在国内搞起了建筑师注册制，他也积极推广了美国的事务所模式。他对陈世民说：“你是建筑大师了，应该申请创办一个事务所。”陈世民当时丝毫没有这样的想法，因为华艺融入了陈世民 15 年的心血与希冀。他是在没有一兵一卒的前提下，支撑起门面，一扇门、一块板地将这么大的一个公司支撑起来，每一个细部都有着他的记忆和心血。现在家业兴旺发达了，成了一个闻名海内外的大公司。中建总公司的领导视察工作时，见到他做了这么大的贡献，便说，你是总经理，又是总建筑师，你在干两份工作嘛，所以，你应该拿两份工资。于是，经过研究，他陈世民就堂堂正正拿到了两份工资，就连那么争强好胜的曹大澄董事长，也是睁着大眼赞同的。而这么一个功臣，新董事长却在他面前摊牌：要么去办事务所，要么干好华艺，二者只能取其一。这么个摊牌，让陈世民无论如何没有思想准备。15年呀，他已经与华艺荣辱与共，融为一体，难舍难分了。

再说，快到60岁了，已经功成名就，他不想又一次从头开始创业。因为经历了华森与华艺的创业，他深知其中所有的艰辛。从当建筑师那一天起，他就将人生的梦想定在建筑设计上面。他要多做建筑，做好建筑，如果说做建筑作品如同堆积木一样堆出人生高度的话，那么，他的梦想绝不是只在半山，他是要登顶的。高峰处对他弥散出真正的诱惑。至于办不办个人事务所，挣多少大钱什么的，这与他的人生梦想相比，太微不足道了。所以，他当时对吴奕良的劝说并不往心里去。只因吴奕良的积极，还有当时全国各地都在纷纷成立建筑师事务所，他才顺水推舟地办了事务所，却意想不到地顺利。手续虽然办好了，但他并未去操作，不过是一张纸制执照嘛，天长日久已落上了灰尘。

可是眼下，情况复杂得出乎他想象，也只能按着“1+1大于2”的所谓“211”指示去做了。他说：“那可真是难做了。两套麻绳，说你办事务所是为自己，但是你要把华艺公司办好，就是脚踩两只船，那就只好放弃事务所，去做好这个华艺。你想象得出这个建筑师的难处了吧！”这让我想到卡尔维诺的《分成两半的子爵》。那是因为战争，让一个活生生的子爵被炸成了两半。而这两半都在活下去，一个人分成了两半，等于变成了两个独自的个体，在两个完全不同的意识支配下生活。其中一个大善，而另一个则大恶。作家的深意在于说明，即使是同一个肉体分开来，也有截然不同的人生。这种分成两半的人性，是战争带给人的灾难，是惨烈的强迫性结果。而陈世民的“1+1”并非他自愿，也是被动性的。公与私，在中国相当长的一段时间里，其天使与魔鬼之属性，还不就是那分成了两半的子爵吗？

对陈世民而言，更难的是国内房地产经历了浮躁膨胀之后，突然冷静下来。一些大型公用项目、综合性大厦纷纷停建，这使长期从事大型公用项目为主的华艺公司突然措手不及。这期间一些主要项目又被外国建筑师抢占了市场。严峻的设计环境，使华艺公司走向困境。而这段时间公司因更换董事长引起的不应有的动荡，外患与内忧，已经使华艺公司面临着十分严峻的局面。陈世民又一次陷入两难之中。

前边说到的内忧暂时解决了，外患如何应对？陈世民组织骨干们立刻拿出应对措施：除继续完成好手头的赛格广场、发展银行等重点项目之外，将公司经营目标进行战略性转移，转到以设计住宅项目为主上来，市场也由国外转向国内。调整公司内部管理机制，将三名年轻骨干提拔到副总经理的位置上来，充分发挥作用。将华艺香港公司向深圳转移，节省开支，发挥效能。华艺内部机制也做了较大调整：组建一个总部，三个分公司。总部下设经营部、总设计师室及人事、财务和行政各部门。但总部各岗位的成员又都是香港、深圳、南京这三个分公司的成员。因此总部是虚拟的机构，有管理三个分公司的职能及对公司资产的决策与分配权力，但又没有重复的管理人员和大量薪酬支出。由于随着市场与项目转动，适时调整自身经营与管理模式，公司转危为安，年实收产值由2500万元，上升到3400万元。投标中标率也由30%提升到50%，就是带着这样的成绩与希望，华艺迈入了2000年。

为了建筑梦想，他可以委曲求全，尽忠效力。

跨进21世纪的第一年，华艺迎来了创立15周年纪念日。从那场辞职风波到继续为华艺拉车卖命，陈世民成功地摆脱“外患”，将车拉到一片光明的千禧年，这对他来说又是一个巨大的考验与磨炼。

15年纪念，肯定要搞庆祝大会的，而且这次庆祝应比8周年时更加隆重。随着庆祝大会的临近，公司上下一片忙碌。这时候，人们只看到总经理出入由奔驰车接送，开会踩红地毯戴贵宾花、讲话掌声如雷的光鲜一面，却很难知道他内心的忧伤。

为了纪念这个15周年，华艺编选了一本纪念册《华艺设计》。总经理陈世民为这个纪念册撰写序言《前进，更新，实践》。这篇文章内容丰富，观点鲜明。分五个部分讲到了华艺15个春秋。作为开创者，拳拳之心跃然纸上。

在华艺公司成立15周年时，陈世民还撰写过一篇《华艺公司成长始末》，两篇文章都写到了华艺15年来的成长经历，几个关键性阶段：从最初在香港注册成立，两三个人，发展成为目前拥有香港、深圳、南京三间分公司，180余名员工的精干、有效，能按国际水平提供服务的综合性建筑设计顾问公司。特别是1995年，公司效益有显著改善，人均年产值由初期的5万、10万增加到40万元。创收一个多亿，积累了4000余万元固定资产，并自行投资发展了位于深圳市福田中心区的“华艺设计中心大厦”。从最初租借一间十五六平方米办公室到拥有一栋30层的设计大厦，这是鸟枪换了原子弹。

15年来，华艺公司设计项目共250余项、总建筑面积超过1870多万平方米。其中包括大型住宅区40多个，酒店10余座，银行4家、综合性大厦、办公楼90余栋。高层与超高层建筑170余幢。如果将这些建筑组合在一起，相当于建造了一座新型的豪华城市。而华艺公司由最初租借狭窄的办公室，换来了亮堂堂的现代办公大楼。公司资产总计7200万元人民币，其中流动资金2520万元，长期投资350万元，固定资产净值4300万元。

华艺公司先后获得省部级以上优秀设计奖15项，深圳市优秀设计奖20余项。华艺公司的足迹遍及北京、上海、天津、广州、深圳、南京、大连、哈尔滨、长春、武汉、贵阳、香港、澳门等地，以及加拿大、日本等国家，成为海内外知名的建筑设计公司。回顾华艺风风雨雨的 15 年，陈世民跟他的公司一道，既收获了喜悦，也不乏痛苦和悲哀。但无论外部环境和内部环境发生怎样的变化，怎样的不利因素，他都在咬定青山，为实现建筑梦想而奋力攀登。这是一个人的奇迹，也是改革开放的深圳特区的无数奇迹之一。

华艺公司成立 15 周年庆典，出席人员除了中建总公司的总经理、党组书记等领导之外，还有一批知名建筑大师：马国馨、彭一刚、齐康、蔡镇钰、何镜堂、钟训正等，袁镜身先生也出席了会议。庆典活动包括三项内容：新世纪建筑创新论坛，华艺设计顾问有限公司成立 15 周年设计作品展，庆祝酒会。

建筑创新论坛上，陈世民发言的题目是《前进、更新、实践：华艺发展的主旋律》。他从华艺的体制，讲到了管理和经营，认为："15 年来尽管公司不停地进行改革、调整，以便与市场对接，但精干、有效、按国际标准提供服务的理念仍然坚定不移地保持着，今天看来是卓有成效的。"

他说在新世纪面前，"我们认识到华艺公司应以品牌为核心，推动企业发展，以品牌意识保持企业的竞争力，但品牌的理论基础是设计理念，为此我们还在进行总结，将以环境、空间、文化和效益四要素作为自身综合性的设计理念，作为我们在新世纪创作构思的出发点"。

发言即将结束时，陈世民情绪激昂高亢："为了前进，必须更新，通过实践，再创造新的前进目标，我们通过新的目标努力更新自己，勇于实践，努力将华艺公司办得更好！"

晚上的庆典现场一派金碧辉煌，仍然在深圳华侨城。就像纪念华艺八周年庆典的 1996 年，大厅中摆放了足有 50 张酒桌，一派歌舞升平，喜气洋洋。领导照例讲话祝词。

老书记张青林是位举止沉稳的人，在华艺颇有威信。每次华艺有什么重要会议，都要请他过来，大家对他非常友好，都喜欢听他讲话，他每次来都要站出来讲话。他口才很好，往那一站，满面漾着光彩。讲话既有理性有分寸，又不乏饱满的热情，所以，每次他都讲得很精彩，都赢得人们发自内心的热烈掌声。然而，这一次张书记走上台时，一改往日风格，声音低哑着说："我给大家介绍一位我们中建公司新来的领导，总经理——"

随着他的目光，人们看到一位额头光亮的中年人从主桌边站起来，朝大家示意，颇有几分得意。老书记说，他是来主持中建总公司工作的，我们大家都是在他的领导下。大家还在等着张书记往下讲时，却不承想他转过身走开了。

老书记只撂下这么一句就离场了，在场人觉得莫名其妙。在大家狐疑的目光中，陈世民意识到，华艺公司的命运已经改变了。

新领导登台致辞。他说，我这个人从来不打牌，不下棋，不打高尔夫，打高尔夫是资本主义的行为嘛！我只讲工作。

台下一片瞠目。

陈世民的心一沉，仿佛听到了挽歌。他在华艺的路，算是走到尽头了！

回忆告别华艺的情景，陈世民眼中盈满悲怆："那天告别会上，我记得在那个地方开了一个会，意思就是为我退休的告别会。我坐在那儿，真不是滋味儿。那位新领导就表扬了那么两句，然后就让我讲话。我就说，我有个发言稿，就不念了，给你看吧。后来我很特别地说了一句，我说人总是要下台的，关键能否做到下台时于心无愧。"

新上任的年轻领导，雄心勃勃，要改制和重组，人才重组，资源重组，要在地产里面做大做强，竟然要把华艺并到中国海外公司去，要上市。一个设计公司并到承包工程去，这算什么？！

他陈世民成了牺牲品，在香港就地退休，待遇什么的全都没有了。曹大澄退休，享受副部级待遇，陈世民却没人管。他退前就是副局级干部，却一退六二五，什么都不存在，裸退。

从 1986 年以来，这 15 年间是华艺上升最快的 15 年，也是陈世民建筑生涯最辉煌的 15 年。他等于耗尽 15 载心血精心打造了一艘大船，经过那么多风浪，具备了提速航行的能力，而他这个造船人却被撵下了大船。

他拂袖而去，回到属于他自己的办公室。这真是一间够气派的总经理办公室。宽大敞亮，而且刚刚装修完，全是高档的装饰材料。办公台案后面的那个大书柜也是新的，更新的墙面上还挂着叶如棠部长的一幅书法。屋子里的油漆味儿还没有散干净。这无疑是他这么多年来，所有办公条件中最好的一间办公室。可惜还没有来得及欣赏，更没有来得及享受，这里就换人了。

他拉开柜子，开始收拾东西。那么多的资料，那么多的书，搬动起来很沉。而且，每一样东西翻开来，都会带出一串回忆，而这些回忆在这个时候出现，便更加让他伤感。

他触摸到了一封信，是日语的信封，一下子想到了华艺在香港召开的首次董事会。当时与会者看到第一笔价值 35 万元的合约已签订，大家有多么高兴啊。而就在那个时候，日本东海林洋子女士正通过中国大使馆介绍，邀请他们去日本设计奈良文化村！这个更大的喜讯，让人们一下子看到了旭日和曙光。未来的华艺呀，一定是璀璨而光芒万丈的！他记得非常清楚，那个日子是 1986 年 6 月 26 日。

那几年，他拉上一位副手，几乎天天为改善公司的办公条件奔跑。他们去找市领导，希望能够要一块地，作为基地。主管建筑的副市长和国土局长很给他面子，同意给他一块地，让他自己在福田区随意挑选，结果，他就在上海宾馆附近挑选了一块3000平方米的地，自己去搞设计，又去银行贷了300万美金。这个30层大楼就建起来了。上面做设计室，下面做商铺。后来把大楼卖了7000万，很划算的。接下来又买了航天大楼整个一层楼，还买了20套宿舍。1995年华艺在不利的经济环境中取得了一定的成绩，1996年更困难，面对严重的经济萧条，他反复思考：华艺的定位在哪里？1996年4月1日，由东京飞香港的飞机上，他对自己说：你怎么领导华艺发展，向哪里发展？！这一年，他主持召开了华艺发展史上最重要的会议，第一次提出改革方案：一律实行聘任制，向国际靠拢。改善经济架构，加速人才培养，使华艺迅速跨入国际设计事务所行列……

可是，你为华艺做的事情再多，最后却是这种裸退，一分钱的退休金没有。这也是他在位时的立下规矩：凡是在香港退休的，不享有退休金。他等于用自己的刀砍了自己的腿。

他突然感觉胸闷，像被什么东西堵塞了，便走到窗前推开了窗户，他想透透气。

熙熙攘攘的城市浪花般跳跃，车水马龙，一片欢腾。错落有致的楼群，近的远的，层层叠叠，沉缓地朝他飘移过来。最熟悉的各种造型，不同的建筑材料构成了他们不同的面孔，但此时，却都是一种关切的表情冲他而来。那是他的作品，他的亲人，他的高大巍峨的孩子们哪……“天若有情天亦老”，建筑亦有情啊！此时，他一下子从心底翻涌出一种从未有过的感动和伤悲，泪水潸然而下。

15年，300多个项目，多少个不眠之夜，熬干了多少心血？多少荣誉人们能看到，可多少委屈只能他一个人苦咽。吃多少苦他全不在乎，但这些委屈和伤心却可以瞬间将他击垮。他在窗前站了多久？没有人知道。他都想了些什么？更没有人知道。那些曾经鞍前马后的下属，那些整天跟他赔笑脸专事溜须拍马的人，也都不着边了，躲着绕着他，尤其让他难过的是，他一手提拔的十多个人，他的副手、他的助手、他的秘书，竟没有一人关心他，过来看一看他，送一送他。连点起码的安慰都没有。世态炎凉，让他痛彻骨髓。

十几年过去，那位年轻气盛的从不“资本主义”的领导，下场可悲，他的所谓“上市合并”之类的“政绩”，只不过是瞒天过海，胡闹瞎折腾而已。

华艺经过坎坷，现在变得异常敏感，他们的老总曾经是陈世民一手栽培的人，却拒绝接受采访。我为此深感困惑。华艺原本是改革开放以来，真正意义上的全股份制企业，是中国建筑设计行业的第一个排头兵，也是第一个走出国门到海外与“狼”共舞的设计部门。可到头来，却变成了国营企业，回到了从前。而华森，则完成了股份制，成了名副其实的民营设计单位。

陈世民从办公室离开时，没有一个华艺的人前来送行，只有司机替他把东西搬下去。接下来回到香港，发生的事情更是不堪。

“很寒心啊，突然就来了一帮人，对我进行审计。所有的账全翻查了！我是一个中建总公司下属的部门经理，退休时，给国家创下了7000多万元资产，那么大的一个楼。我一个人白手起家创造的。最后，他们没有发现任何贪腐，只在我的抽屉里翻出一个相机，包裹得好好的，还没开封。他们就审问我这是怎么回事？”

说到这里，陈世民沧桑的眼圈盈动着泪水。他像匹辛苦奔波的老马，突然间被卸下鞍子，弃置一旁，功劳完全不被顾及。不仅如此，那些人在审查他的过程中，让他的自尊心大受损伤。

“外面以为我办华艺，一定发大财了，其实没有，都是国家的，坐的奔驰车也都是公家的。外面的人很糊涂，华艺是中建的股份公司，算国家的嘛，它占80%，我们两个，也就是陈世民和曹大澄，分别只有一个股，但是我们这个股是代表国家的，不是我们自己的，而且我们写了宣言，就是我们的股份是代表中建总公司的，一切股权是股份制所有，我们个人没有的。我们个人只是拿工资。工资也不高，新华社在海外统一工资嘛，局级干部的标准。当时哪来什么外快，哪有奖金分红什么的，都不敢。那个年代谁敢？”

被审计那些天，陈世民心情抑郁，正在生病。身体一向很好，一直拼命工作的他突然患了心脏病，在香港的玛丽医院接受治疗。一些昔日往来密切的朋友或下属，像突然被隔离开了。

傍晚，他支撑着爬起来，与老伴到海边散步。香港的海边无论什么时候，都弥散着温馨。这么多年了，他们夫妇离多聚少，但每每到了人生的关键时刻，拿不定主意或者情绪低落的时候，老伴都守候、陪伴着他，不离不弃，相依为命。他们是同行，同学，共同走过了半个多世纪的风雨人生，他们有着更多的理解。

突然被宣布退休，连应有的尊重都不曾得到，老伴对此也感觉憋气。但她还是劝陈世民退下算了，别那么拼命了，该好好享受人生了。她希望陈世民就此罢休，回家安心养老，好好陪陪她。

陈世民只能苦笑。要知道华艺在最艰苦的创业初期，中国银行打算在香港办一个房地产公司，连房间都装修好了，以200万年薪聘他去做房地产老总，但他没有接受。还有他在做蒙特利尔枫华苑假日酒店时，加拿大方面也有人希望他留下来，条件也很诱人，但是他不为所动。他不是不想赚钱，而是因为改换门庭会离他的建筑梦更远。他绝不会因为钱的诱因而舍弃这个贯穿终生的梦想。而在实现梦想的过程中，无论吃多少苦，受多大的委屈，他都在所不惜。

该怎样评价陈世民和他的华艺时代呢？他是中国建筑界的先行者！他也是从体制中不断挣扎，不断蜕变的受益者和受难者。华森给了他机会，他来到香港最大的改变是强化了商品意识。他明确提出建筑首先是商品，其次才是工程艺术品。（个别特殊类型项目除外）这一点上，他比内地的一些大设计院的资深建筑师们至少早醒悟了十年。那些人回避建筑的商品特征，不敢正视市场经济的社会现实，对商品这一概念缺乏正确认识。实际上，现代社会对商品的艺术化要求越来越高！要达到这种要求的难度也越来越大。

我们常说与国外接轨，但怎样才是接轨？从陈世民的蜕变中，可以找到轨迹。当国内建筑界一片惊呼“狼来了”时，陈世民早已淡定自若地面对了，他早就熟悉了狼，并且与狼共舞了多年。他为此撰写的文章，让中国建筑界为之惊叹。

著名建筑评论家曾昭奋先生说：“如果我们把陈世民的十年奋斗做一简单的追踪和透视，就会发现，他所选择的道路和奋斗方式，跟大设计院的院长、老总不同，他要比后者经历更多的艰苦，付出更大的代价；他又与许多年轻的建筑师不同，因为他必须抛开已经存在和似乎习惯了的老关系、老靠山、老经验，以及原来的生活方式和工作方式，面对新的市场和新的世界，差不多到了 50 岁的时候，才又一切从头开始。”

陈世民从华艺退休，没有拉出一兵一卒。一切确如那位朋友所言，他等于什么都没有了，连退休金都没有了。

铁汉般壮硕的陈世民原本有一颗强大的心脏，但他也会心力衰竭地躺在玛丽医院。人是脆弱的，再强的人也还是脆弱的。怪不得他在《时代·空间》那部书中会写下的这样一段话——“谁也不知道在南海酒店开幕式曲终人散之后，我曾坐在酒店大堂一角泪流满面。我庆幸自己以顽强的意志力度过了项目经理角色的考验，终于成长为一个有着国际设计施工管理经验的建筑师，但我也为自己的命运而悲伤。”

从华森到华艺，两番创业，几度辉煌，犹如山巅与深涧般的起落挣扎，总算让他明白了命运，明白了体制，也明白了眼泪。

有委屈，有不平，有沮丧，但他没有颓废。幸亏老天有眼，让他还有一个事务所。这一回，才是他真正该为自己挣钱的时候了！

一切又都要重新开始。

第三章　周公河宽

熟读中外建筑史的曾昭奋先生在1994年底，认为中国“大设计院的设计体制正在悄悄发生变化，从大的星球中正陆续飞出许多碎片；经过不停地变化、旋转、组合，我们建筑设计市场的星空中，将会出现一个新的群星璀璨的壮丽局面”。

他认为实际情况是已经出现了一些耀眼的星星，陈世民的华艺就是其中之一。

作为总建筑师和总经理的陈世民，一方面从事着繁重的建筑创作，要拿出足以击败竞争者的设计，另一方面又要保证整个公司的正常运作和繁荣兴旺，构筑社会主义市场经济环境中的一个经济实体。他一人两用，超能量发掘着潜能。在许多情况下，陈世民的建筑创作并不是建筑师理想的单纯的直接演绎，苛刻的条件和蛮不讲理的意志，会使它成为冷酷无情、令人痛心的苦役。

就像作家最终要靠作品说话一样，建筑师也要靠作品立德立言。纵观陈世民那些年的创作，他力求创新，但并不猎奇。华艺时代无疑是他创作的井喷期。建筑设计是智力型生产。设计人员的知识、经验、思维方式对项目的完成质量起着关键性作用。由于市场经济不断发展，技术日益进步，改革设计思想是一个长期不断的任务，设计人员必须不断主动地更新自身的技术认识。陈世民的聪明与才华还有勤奋，不断为他带来了新的灵感，新的作品。

仍然处于许多大设计院的包围之中，相当于在高山间穿行。面临着各式各样的设计机构，大设计院拉出的“游击队”和地下炒更族，新成立的私人事务所，外国事务所，以及其他进入中国内地的分支机构的种种竞争与挑战，面对各种不正之风：走后门、拿回扣、竞相压价等不公平竞争的干扰。一切压力都在刺激着他。他必须精心打造一个团队：一个具有中国特色的，与国际接轨的，按国际水准提供服务的事务所。

如果说他真正扼住了命运的咽喉，把人生交给了自己，还是从 60 岁开始的。因为只有建立了陈世民事务所这个民营企业，才算摆脱了体制的羁绊，摆脱了官本位给他带来的烦恼，摆脱人际间的权力纠缠，然而，他能够从此获得真正的自由吗？

一、早晨从中午开始：建筑竟然是第三志愿！

这是 2011 年 12 月的一天，深圳宝安机场。我与陈世民大师约好早晨 7 点钟在候机大厅会合，乘坐 8 点 20 分的深航班机，前往西安。为了赶时间，一大早 5 点钟我就起床了，这一天便显得漫长起来。

深圳机场可能是我光顾最多的机场。前几年我在东莞客居时，每次也都从这里飞向其他城市。这个机场的建筑，对我来说已经没有任何新鲜感了，只不过每次都需要认真核对一下，在两个并列平行的玻璃盒子间我究竟是奔向 A，还是 B。

宝安机场原来叫黄田机场，因坐落在黄田这个地方，但香港人忌讳黄田与黄泉发音相似，便改叫了宝安，谐音“保安”。深圳机场安在哪里，早在特区成立初期市领导班子就着手规划了。在后海湾、长安、黄田、同乐村、内伶仃岛等几个场址间反复比较，并请了一家国外公司具体做选址方案，做了很多科学的论证，还聘请了中外专家，陈世民也在这个论证专家之列。当时上面有不同意见，要将机场改址后海湾，这是他坚决反对的。理由再清楚不过了，距市区只有几公里，全世界新建的机场也没有这么挨近市区的。香港启德机场就因为离香港岛和九龙太近，干扰太大，才迁往远离市区的赤鱲角去了。再说，后海湾那里已经建了深圳大学，飞机整天升升降降，对学校将造成多大的干扰呵！陈世民他们这些敢讲真话的专家，为了深圳的未来，跟当局陈述理由，最后，终于让机场没有改建到后海湾。

说到这个事情时，陈世民很欣慰，他作为深圳政府的顾问，敢说真话，敢负责任，从未昧着良心说违心话。

我先到了候机大厅。稍等片刻，陈大师也来了，还有一位随行秘书。我们先换登机卡，过安检，然后就来到登机口，等待登机。

我非常珍惜这次跟陈大师的同行，因为半年前就一直在约定，去雅安和重庆看看。雅安是陈大师的故乡，重庆是他读大学的地方，在那里，有他经历过的最难忘的爱情时光。我们同行的这个计划，一直拖至临近年尾，才得以成行，这期间主要是因为他太忙了。

我们的登机口在39号。而靠近39号的座位都坐满了人，我们便挪到旁边的一个登机口，寻到了几个空位坐下来。利用这个难得的空闲，听他详述后来的故事。

从哪里讲起呢？他一时惘然。

我希望他讲讲小时候的事情，话题轻松一些，宜于旅途。

于是，这个身穿皮夹克，颈部挂有装饰性丝巾，浑身洋溢着现代气息的老人，便在候机的座位上，面向室外，目光迷离于那片巨大的停机坪间，深深陷入了对往事的回忆。时而会有一架飞机升起或者降落——

“我的祖籍在雅安。我祖父是个秀才，我从没有见过他。我父亲呢，读高中的时候就到成都去了。高中毕业后就考取了出国留学资格，这在当时很不容易。所以，父亲就去了上海，就读一个出国的预备班。那么，后来为什么没有出国留学呢？”

他就是这样一字一板地回到了他的故乡，他的过去，他的家族。

父亲没有出国留洋，是为了他的至爱亲人。因为他在即将开拔的关键时刻，舍不得家了。父亲意识到妻儿还有祖母都没人照顾。祖母就他这么一个儿子，眼巴巴瞅着他，依恋着他，他怎么可以抬腿就远走高飞了呢？那会给她带来多么大的失望呵！再说，妻子已经为他们陈家生下了一个儿子，当他得到此消息，马上就从上海赶回来了。家人围着他问还走不走了，他望了望窗外，坚定地摇了摇头。

窗外是一条大河，一片细雨迷蒙着河面，迷蒙着天空。父亲的表情也有种扑朔迷离之感。那时候，陈世民还没有出生。

父亲回来后，是当地的大知识分子了，他当起了教书先生。后来，成立了雅安中学，父亲就做了雅安中学的校长。在陈世民的童年记忆中，当校长的父亲整天忙着筹建这所学校。父亲找了一帮人到家里来，弄来了一堆竹竿，他们就在院子里比试着搭房子，父亲是在为雅安中学搭设教室。父亲和这帮人在反复研究着，应该怎么用这个竹子和木头把房子搭起来。父亲在研究搭房子，让他感觉十分好奇。此前，他完全不知道房子是人自己搭起来的，而且还这么多人在摆弄竹竿，上下左右，好热闹。他觉得非常好玩。这个便是最早植入他心中的建筑形式。

而父亲，绝不会想到这个在院里乱跑乱动，晃着个光头大脑袋的小儿子，居然会由此对盖房子萌生了兴趣，日后还学起了盖房子专业，而且居然盖起那么多摩天大楼，成为闻名天下的建筑大师。

陈世民认为，他的建筑梦，可能就是从这个地方开始的。这是梦的基因。

在他的印象中，父亲是个很执着的人，建好了雅安中学，便当起了教导主任。学校办得很好，雅安中学现在还是当地重点学校。

雅安是一个极有特色的小城，民风古朴，历史文化悠久。青衣江穿城而过，为两岸带来千种风情。当地人大多选择临水而居，父亲也是这样，在雅安郊外的一个小村租了两间房子安顿下来。那房子就在周公河边。这条大河，给陈世民带来了童年的美梦。

“记得很清楚的，从路边一进门，上个大楼梯是四合院，中间一个院子，这个两边厢房，主人房就在中间，然后旁边是一个厢房，边上都是住所，一条走廊，这个又是租给谁住的我就不知道了，反正把这个房子租给我们。我们就在这个走廊上做饭，吃饭，中间是天井，前面就是一条河，周公河，让我很留恋。我就喜欢在河滩上玩儿。每天，我母亲做完饭，就跑到大门口去叫我。你还玩，回来吃饭了！我就‘噔噔噔’跑回去，跑上这个台阶，就端碗饭坐在门口。

“门口台阶比较高，可以看到河面。河的对岸，是一个二十几米高的崖坳，在我家门口讲话，唱歌，那边都有回声。我们要进城，就要坐渡船，摆渡过河。过了河，再爬那个崖。小时看这崖高得不得了。这崖边上呢，还有一棵很大的黄桷树。树上结的东西一吊一吊的，这个东西可以做肥皂。爬上这个崖坳，就可以进城了。每次从崖坳大台阶爬上去，都是我最高兴的时候。

“我父亲之所以在这里租房子，是因为这个村离他要去筹建的中学比较近，走来走去很方便。即使那么近，他还是住在学校里边，只有星期六和星期天才回来。”

每当到了星期六或星期天的晚上，陈世民就会不声不响地趴在窗口一直朝崖嘞张望，他盼父亲回家。有些时候很晚了，渡船都没有了，父亲就会孤零零地站在对岸，眼巴巴瞅着家门却回不来。这时父亲就会喊他，他跟着母亲赶紧爬起来去找那个开船的，然后登上船，悠悠地驶过去，把父亲接回来。母亲这时会围着父亲忙前忙后的，一家人其乐融融。

母亲最大特点就是吃苦耐劳，当时经济也不富裕，父亲给她的钱，她在花销时每一笔都要记账，他问母亲写这个干吗，母亲说，将来你父亲问起我这个钱怎么花的，我要告诉他的。

那时候没有什么娱乐，母亲一个人每天待在家里忙家务。她的头发后面缠起一个发髻，就是家庭妇女装束。祖母差不多也是这种梳妆。

“我那时五六岁，特别贪玩。母亲总跟我讲，你不要那么贪玩嘛，你将来长大了可怎么办哪！她跟我讲司马光砸缸，什么头悬梁锥刺股，这些传统的文化。你看我哥哥去读书，然后去上大学去了，我在家里，所以就数落我一个人，她成天就是灌输这个。我父亲呢，也不希望我天天只知道玩，因为他是搞教育的，所以我想他可能觉得教育应该从早抓起，当我五六岁时，他就给我补课了。学校有很多老师嘛，就请他们到家里给我上课。有教数学的老师，给我启蒙讲一讲，还有教语文的我都记不得了，但有一个我记得最清楚，那就是美术老师。美术老师教我画画，教我画鱼，两条鱼这样吊着，两条鱼，铅笔画的，叫我跟着画，这个给我印象最深。”

由于接受了学前教育，上小学时，陈世民直接插到二年级。小学校园在雅安城里，他们家当时还在乡下，他就住到父亲那个临时的宿舍里边。一个单间宿舍，既是办公室又是宿舍。父亲爱好打麻将，四川人都爱打麻将，晚上的业余生活就是去打麻将，打完麻将回来，他就会跟儿子谈话，要求他读书要认真啊，写字不可潦草，要一笔一画呀，父亲很会教育人的。那段时间，是他跟父亲接触最多的日子。

父亲每天穿得整整齐齐，四个兜的中山服，每天早上出门前总要照照镜子，然后，把这个兜里有些什么掏出来看一看，这个细节被儿子捕捉到，并也模仿成了自己的习惯。因为母亲也是给他做了干部服，他觉得兜里边没什么可装的，就找一些纸装在这个口袋里边，有时候他就学父亲的样子，也掏出来看一看。他觉得这样很有派头。

大概过了几年以后，他们就搬到城里住了。那时，刘文辉成立了西康省，为了培训干部，办了一个干部训练团，就把父亲弄去当教务主任。在雅安城住的房子也是四合院格局。左边有一个房间，中间是一个弄堂，房顶是木制的，没有梁，由椽子与木板榫成，没有钉子。然后一个小的院墙，大门，中间有一个开敞的厅堂，他们就在这里吃饭，父亲也在厅里会客。小时候，他就对建筑印象深刻。

父亲当了几年教务主任，得到了刘文辉的提拔，去西昌县做了县长，也就是现在我们的火箭基地。那一年他刚好 10 岁，跟父亲分开了，从此，再也没有见过面。

那时候县政府的办公条件与现在没法比。办公是在一间民房，土坯碎石垒砌，没有水泥勾缝。我看过一张西康省义敦县政府的照片，黑白底色已经被岁月浸黄。骨瘦的县长，就立在县政府门前，如果不是那块写有县政府字样的牌子挂在那里，就像站在农家的院门口一模一样。房子太衰老了，浑身裂纹，为了防止倒塌，有两条长长的原木斜刺里架起，支撑着正面的门垛。令人难以置信的是，跟这张照片挨着的还有一张照片，是一个小学校的校舍。校舍前席地而坐的是一排服装整齐的孩子，后排的站着，但无论是坐着和站着的，都笔挺出一种精气神儿！他们列队的层次，正好与身后的建筑映衬。

县政府的办公地竟与小学校舍形成如此悬殊的差别？据说当时就有人问过县长：

“为什么县政府的房子总是不如学校？”

县长答：“刘主席有令，政府的房子比学校好，县长就地正法。”

刘文辉一向重视教育，他还兴建了成都建国中学。而陈世民的父亲，这位走马西昌上任的县官，办公府也不会比这个多处裂缝、用原木支撑的义敦县府好到哪儿去。

父亲去当县长了，等于撇下了他们。当时没有电话，据说要想从雅安到父亲那里，坐滑竿轿子，也要走上一个礼拜。父亲等于是出远门了。他感觉很失落。家里就剩下他们三个人，母亲、祖母加上他。哥哥去成都上大学了。

有一件事让他刻骨铭心。母亲给他做了一双新鞋。一针一线纳的底子，布的鞋面呈现出一种朴实之美。刚穿上那天，就赶上了童子军上街游行。脚上穿着新鞋，他用劲跺地，颇为神气。偏偏那天下起了大雨。雅安这地方只要一下雨，就会下很长时间，地上全是泥水，一双新布鞋，就那么踩在泥水里，一天下来，衣服鞋子全泡坏了。回到家里，他像个泥人，把母亲气得发了脾气，狠狠骂了他一大顿。人家有的同学当时就把鞋脱下来，光着脚游行，可他只顾神气没有脱，到最后狼狈不堪。

讲到这里时，陈大师笑了。他旁顾左右，忽然站起来说，我们是不是该登机了。我这才发现旁边坐着等待登机的那些人，全都不见了。我们慌忙起身奔到登机口，检票的服务人员朝旁边挨着的那个登机口一指，让我们去那里。结果，我们跑到二十几步外的登机口时，一个穿黑色制服的人看了看我们的机票，对着手里的报话机说：这三个乘客来了，把他们的行李拿下来，让他们赶下一个航班吧。

我们惊呆了。起了个早朝，却赶了个晚集？

接下来的时间怎么打发？我们找到一个酒吧坐下，受挫的心情，需要恢复与调整的。我提议他还是继续回到故乡吧。

“再往下呢，就要说到雅安一个教堂了。雅安那个教堂是青砖砌的，我跟这个教堂的关系始于我哥哥。哥哥大学毕业，跟他太太一起回到了雅安。”

哥哥像父亲当年一样，学成归来，也是很想出国留学，也是最终没有成行。其原因都是因为家庭。家里生活太困难了，难以支撑，母亲指望他回来。命运在两代人身上，有着惊人的相似之处。

教堂是外国人建的，哥特式风格。尖顶的。中间有一个塔，上面敲钟，窗户都是彩色玻璃的。教堂里边有唱诗班，一唱，整个教堂都响都有震颤感，让他非常吃惊。少年睁大好奇的眼睛，四下里瞅。两侧的袖廊，穹顶、彩绘、十字架、灯光什么的，完全是一个陌生的世界。

教堂里有个传教士，外国老太太。她个子高高的，走路非常古怪，每次出门来到大街上，总是要沿着路的右边走，明明可以提前拐弯的却偏不拐，路中间也没有任何车辆，更没有大城市马路中间的隔离栏，但她就那么古板地按规矩行路，走到最安全的地方，才直角横穿过马路。而那时候路面根本就没有斑马线。她拐过马路后，再往回走。她是在习惯性地按规矩走路，但他们这些当地没有交通规则意识的孩子们就取笑她。

他当时那么喜欢去教堂，并不只是喜欢听唱诗班唱歌，而是另有原因。他发觉每次去，里面的人都会发给他一个小卡片，拿着这个卡片，就可以领到好吃的饼干之类。饼干真香真甜！

那时人们很难吃上这种饼干，还是外国的饼干。因家境贫困，他差点辍学，幸亏他哥哥说，就是砸锅卖铁也要供弟弟上学读书。他比较懂事。为了挣点钱攒学费，晃着小小的身子骨去河滩背石头。他把石头装进自家编的竹背篓，咬着牙挺起腰，坚持背到工地上。一方也就几毛钱。他的吃苦耐劳就是从这时候锻炼出来的。有一段时间，他一直坚持背石头，挣了一点小钱。从此知道钱是用血汗换来的，对钱的理解便完全不同了。

哥哥见他又懂事又爱学习，还能吃苦，为了鼓励他，买了一支钢笔送给他。他第一次见到那么高级的钢笔：吸墨水的那种，有个细细的胶皮小管，把那个墨水吸进去，因为笔尖是钢的，就叫钢笔，很贵重的。哥送他的这支笔，笔尖是金的，让他感觉很神气。

他将这个珍贵的礼物每天带在身上，没事的时候，就会拿出来写上两笔。结果，有一次去背石头的时候，不知怎么就把笔弄丢了，到处找也找不见，特沮丧。回到家里生怕哥哥知道。母亲发现他情绪不好，就问他怎么了。他开始不肯说，后来就哭着说了，母亲当时就埋怨他：你看你，好容易给你买支笔又把它丢了，你为何不好好保管，真不懂事！

第二天他见到哥哥了，却不敢正视。他以为哥肯定会骂他，但是，他什么也没说，就又把一支新的钢笔摆放在他面前的桌子上，还轻声说："没关系，再买一支给你。"哥哥脸上挂着笑意。他好感动。

他说小时候哥哥对他非常好，印象最深的就是哥哥带他去传教士家。从小他就羡慕环境漂亮的房子。那个外国老太太的家很神秘，外边一个围墙，围了一个院子，好像一个弄堂走进来，四面都是草坪，有一棵树，平房。四面是落地的玻璃，很简易，有100多平方米吧。一进去就是客厅，很宽敞。有洗衣房，厨房，卫生间，格局很好，很讲究，也很干净。每一个屋我都进去瞧瞧，就是跟别人家里不一样。

传教士老太太喜欢下午喝咖啡，相当于现代人的下午茶。她会叫上一帮人，就在她那儿聊天。他非常喜欢老太太的家，对这里的洋人生活非常感兴趣，其中起码有三样东西吸引他：一是看地理杂志，美国出的，那上面有好看的房子，城市，还有西红柿出奇地大，特别地红。地理杂志风光也非常美，色彩鲜艳。还有汽车什么的。每次去，他都很喜欢翻那个杂志看。第二，去的人都会有一杯咖啡，几块小饼干。吃起来好香啊。他每次都含在嘴里舍不得一下子吞咽。第三就是看人家那个房子。地上有地毯，也有镶的花砖，厨房的餐具摆设，那些花色品种样样新奇，还有窗帘。雅安普通人家住的是穿斗式房子，可是这里却完全不同。那个窗帘一直从棚顶拖到地面。还有落地大玻璃，那么明净通透。他这里瞧瞧，那里望望，像掉进了梦里。

又一趟航班登机了，广播很响，就像专门为我们而广播似的，震耳欲聋。盖住了他的谈话声音。看看时间还有，他喝口咖啡接着往下讲。

读高中那年，他参加了土地改革运动。这是发生在中国大地上的一件轰轰烈烈的大事件。他小小年纪便过早地进入了社会，目睹了人生中善与恶的真实冲突。对他个人而言，参加土改还给钱，比背石头好多了。大概有半年时间吧，他参加了土改的全过程，包括发土地证。发完土地证，然后选村长，把干部都安顿好了才撤离。这是他第一次认识农村，第一次跟土地发生关系。后来下放劳动，一直到后来做设计，对土地的认知，对土地资源的珍惜，都与这第一次土改不无关系。

据载，1949 年 10 月 31 日，中国人民解放军从青海玉树进入西康德格。12 月 9 日，刘文辉同邓锡侯、潘文华在彭县发布投诚中共通电，刘文辉就此起义，成为民主人士。

解放军开进雅安那天，中学生陈世民夹在学生队伍中，兴高采烈地打着标语前去迎接。他们站在青衣江上铁索桥的桥头，第一次见到这么多解放军。还有好多军用的绿色卡车，吉普车都是部队缴获的美式装备。最显眼的是一辆小轿车，缓缓开进，在十字路口就走不动了，满街老百姓上前围观。战士们个个都戴着钢盔，席地而坐，一排一排都坐在自己的背包上，很整齐。那些车停在雅安的大街上。车前的挡风玻璃被阳光映得一闪一闪，晃眼，陈世民额头也映出一片闪亮。他的身边站着一个女孩子，藏族服饰，红扑扑的脸，像秋日的红苹果。一双很大的眼睛瞥着满街的汽车，还有小轿车。她不停地指点着，一会让陈世民看这个，一会儿又让陈世民看那个，看来看去，都看花眼了。她告诉陈世民说，坐小轿车的那个当官的是军长。陈世民问，你怎么知道的？女孩子娇嗔地一歪头：不告诉你！

这个女孩子是他的街坊邻居，两人经常在一起参加活动。那时候的进步活动非常多，撒传单，听共产党的报告会，上街游行什么的，女孩子总是喜欢跟他在一起。她爱说爱笑，嗓音非常清亮，笑的时候，在陈世民听来就像周公河里的流水声。他们还在一起唱歌，唱《解放区的天是明朗的天》《团结就是力量》等歌曲。她还会唱好多藏族歌。她唱出的草原辽阔美丽，令人沉醉。跟她在一起，陈世民感觉每天都那么快乐。

改天换地了。满街的老百姓都喜气洋洋，可是，陈世民回到家里，却听到了一个坏消息：一路跟随刘文辉走过来的西昌县长，却没有被划归到起义的队列，没能够回家，而是进了劳改营。这为一家人埋下祸患。不仅陈世民一直背负着政治上的压力，他的哥哥也因此受到影响，“反右”时被打成“右派”。他父亲的问题也一直到“文化大革命”之后，才得到平反，才承认是起义人员。而他父亲在结束三年劳改回到家中，因心情抑郁而卧床，不久，与世长辞。

这期间，陈世民专心读了两年高中，本来要读三年的，应该是高三之后才去考大学，但这时国家急需人才，就让他们提前毕业了。在读高一的时候，就开始往前赶课程。陈世民说，他这一辈子都是在往前赶，在恶补。

他们那个班有16个人，全是要考大学的。一辆破旧的卡车，过来接他们。16个中学生争抢着抓住车厢挡板爬将上去。行李当椅子坐。他带着一个破皮箱，边角磨得泛白，还有一个饭碗。这是他搞土改时的全部装束。

大卡车一路晃晃悠悠，颠簸着把他们拉到了成都的一个孔庙里，这就是考场。

陈世民赶上了新中国成立以来全国第一次统一招考大学。成都的考场设在这样一个陈年孔庙里，显得幽深神圣。走进去，他看到一个很大的庙堂，大红立柱子，格外醒目。桌子摆放成一长溜，每人坐一个位子，监考老师就在两面过道晃来晃去，充满紧张气氛。

高考时他遇到的最大问题，就是填报志愿。每个同学可以填报三个志愿，每一个志愿可以选报三所大学。校方发给他们一个本子，里边有好多学校可供参考。他翻这个本子，翻得眼花缭乱，竟不知该怎么填报志愿。

他填的第一志愿是天文，第二志愿铁道，第三志愿一栏就拿不定主意了。这个时候他就征求班长的意见，这个班长是个女生，姓段，他俩上中学的时候一直是同桌。她说：你为什么不报建筑呢？

什么是建筑啊……她一指那个本子，告诉他里面还有建筑系。他听人家说建筑要求具备一点绘画基础，他当年画过鱼，在学校经常画一些黑板报。女班长说，你有这个天赋，应该去学建筑。

“她提醒了我，我就填了建筑，选了重庆建工学院。当时是院系调整，刚刚建立的重庆建工学院。所以，我跟这个建筑结缘，其实是很偶然的，就是通过我这个女同学给了我这么一个意见，没想到发榜的时候，真就是这个第三志愿录取了我。”

当时发榜统一发在《人民日报》上，考生们焦急地在那里等着。报纸拿来时，密密麻麻的小字，他就趴在地板上在这些铅字中寻找自己的名字。他跑到天文学院里去找自己的名字，当然没找到，又在铁道学院里边去找，还是没有找到，正在失落时，突然有个人喊了声：“陈世民！你在这里！”果然，他看到了自己的名字。

“看来，我的成绩可能考得不算太好，就落到第三志愿里了。要是我考得好，就跑到天文学院去了，或者考到铁道学院去，现在去搞高铁了，那人生的命运就大不同喽！”

陈世民讲到这里，突然头顶上响起了广播，飞往西安的航班已经开始登机。

从早晨五点起来，直到中午才上了飞机。我在关闭手机时，注意了一下屏幕上的时间显示：12：05。

二、一日长于百年：初心不改

差不多飞行了三个小时后，到达咸阳机场。一下飞机，陈大师的手机就响了。对方声音很急促，大师说刚下飞机，然后，连声说好的好的。这样边走边接听电话，来到出站口时，从一堆接站的人中闪出一个年轻人，很热情地上前跟陈大师打了招呼，我也不知道这是哪路神仙，跟着走就是了。小伙子一手一个地替我们拉着箱子，走进停车场。

坐进车里，陈大师才说西安有个会，已经开上了，下午发言，现在人家正在那里等着他呢！

我心里暗想：莫非他专门是为了前来参加这个会，才绕道西安？然后再从西安去重庆和雅安？什么会这么重要呢？

从机场前往西安这段路，与几年前相比感觉似乎缺了点什么。两边的田野一路掠过，显得有些空旷。我突然意识到，那些大坟包变少了。记得此前从西安到机场，一路上不禁为那些小山似的坟包震撼，竟分不清哪里是坟包，哪里是山丘了。有朋友说，秦川大地，辽阔宽广，但凡鼓起的山包，那就是坟墓。有一大片坟墓，巨阵般闪现在眼前，里三层外三层，连绵起伏，煞是壮观！这里埋葬着多少古今将相啊！那时候会感慨：“古今将相在何方，荒冢一堆草没了。”毕竟，还有荒冢在，却缘何眼下瞅不见那连片起伏的坟山了呢？

驶进西安，发觉这个城市变阔了。与过去的古旧容貌相比，像换上了一件新亮的披风。

陈大师健步走在前边，引领者推开一扇高门，豁然便见一个很大的会议室，灯光辉煌，别有洞天。台上巨幅广告牌构成背景幕布，标明的是“21 世纪”关于住宅问题的战略对策之类的标题。还有参加者的名字，也赫然印在了大幕牌上。台上坐的一溜人都是要发言的学者或专家，不同于官方会议，既不是正襟危坐，也不见西装革履。他们坐在台上摆放的沙发上面，有的还半仰着身子。讲话者手执麦克风，身子前倾。主持者见到陈大师进来，立马声音激昂地予以介绍。会场响起一片掌声。

我观察四周，台上坐的人显然是被请来的，是要发言的。而台下坐的观众可能是买房的或想要买房的人。前排还有媒体记者席位。他们把我让在这排座位。

这样的房地产会议，是当地老板出资举办的。会期一天。上午参观这家房地产公司打造的文化小区，下午高端论坛。原本定的两点开始，因为陈大师的飞机延误，故推后一个半小时。陈大师等于来得正好。

前边几个发言，都在谈上午参观小区的感受。大多是赞美这位房地产老板的魄力与追求。这位老板还是建筑师出身。后来轮到这位老板讲话时，他介绍了一些情况。他说他们还有一块地，有最大的文化开发潜质，是老子骑牛入函谷关之地。又是某位大儒在此留下传世的文化遗产。他列数西安文化元素，从古到今，简直非此地莫属。他还说他们为打造文化小区的环境，如何精心。他们花近千万从南方引进一棵名贵的树木，栽到地上，就像对待婴儿一样，怕它冻着，冬天专门为这棵树做了地热取暖。下面一片唏嘘。这确实很精彩，能够下这么大的功夫去呵护一棵树。但是，值得这样去做吗？而且花这么大代价，万一成活不了呢？这只能解释为作秀，为树作秀。

轮到陈大师发言了。主持人说："下面请陈大师讲话，大家鼓掌。"陈世民接过话筒，笑眯了双眼。他第一句话就很幽默："大师，何为大师呀，年纪大了就叫大师。在座的各位，显然我的年纪最大。"闻者便笑。

陈世民的开场白很讲究，有一次他在全国性的会议上讲话，第一句话说："我不是来做报告的，我是来还债的。李总很慷慨，让我到他们公司讲一堂，恰好那天我又是被上帝叫过去，因为业主是上帝，跑去给上帝开会了。"

类似的开场白，听众会愿意听下去的。

他说今天来晚了，给大家致歉。因为飞机航班的问题。接下来，他从住宅建筑谈起，结合这些年的实践，谈了他的"五代住宅"学说：第一代是经济节约型（二十世纪五六十年代）；第二代是适用经济型（六七十年代）；第三代多元商品型（八九十年代）；第四代景观舒适型（九十年代至二千年）；第五代：生态文化型（当下）。这第五代住宅，是他在2001年时提出的。那个年代的住宅建筑市场空前混乱。他为了寻找到产品更新的方向，精心研究了中外人居环境演变过程，尤其当年他曾深入民间，对住宅有过深入细致的全面的调查研究，而后，他又在香港体验到人对住宅的根本需求。他并非是那种从书斋里研究出来的"五代"理论，而是从实践中研究总结出来的，因而这个"理论"更扎实，到今天也没过时。但是，他修正了一下这个生态文化范畴，说当下是处在一种回归状态。这种回归，是人们心灵的需要。陈大师说："在经历了浮躁的追求奢华的市场风潮之后，尤其是目前许多楼盘在追求卖点中挣扎的时候，冷静下来分析，我认为创造人居环境唯有提高环境质量，才是最长远、最根本的'卖点'。"

尽管消费者、发展商、建设主管部门各有各的着眼点，各有各的需要，但殊途同归，住房从生存空间需求上升到消费需求，都在着眼于环境。环境是根本，环境已成为消费者的着眼点、发展商的卖点、规划管理部门的重点，建筑师的创作点。

大师的发言差不多有一个小时，深入浅出，丰富而充实，非常受欢迎。在热烈的掌声中，陈大师走下台。会议进入讨论阶段。但陈大师没时间参加讨论了，他要去另外一个地方。

东道主老板对陈大师非常恭敬，他一直把我们送出来。他很感激陈大师的发言，陈大师的到来，确实使这个所谓高端论坛有了高度，而陈大师的名气与讲话水平达到了名副其实的被认可的效果。那个大老板说，当年他就在深圳听过陈大师的讲话，当年陈大师设计的"东方玫瑰花园"和"嘉汇新城"被评为十大明星楼盘，他对陈大师早有倾慕之心，只是不得一见。这次相见，希望能够在下一个重要项目中，能与大师合作。他知道陈大师在深圳地产界举足轻重。

陈世民欣然应允。或许这就是他绕道西安之行参加这样一个会议的目的所在。他希望能够跟各路老板合作，希望能够拿下更多的项目，尤其像西安这种希望打造文化品牌的项目。房地产老板希望做大做强，做成名牌，以昭示天下，建筑师又何尝不希望如此？！

我们上了一辆车。这辆车是哪里的我也不清楚，反正跟着陈大师走就是了。

车行至半路停下，上来一位女士。她冲着我笑，好像认识我。她拿着一个扁平的大纸盒子，放到轿车的后备厢里了。我恍然想起来了，她是陈世民事务所的吴工，我曾在公司里见过她。她也是今天专程从深圳赶来西安的，为了研究这个项目。车继续前行，停靠到一栋楼下。这是“成长集团”所在地。吴工从车后备厢里取出那个扁平盒子，我们乘电梯一直到楼上老板办公室。扁平纸盒包装打开，是一个建筑群落的模型，乳白色的，非常精致。这是由陈世民大师设计的西安青龙寺周边综合改造项目。想不到这么个小小的模型不过尺余，却裹挟着长安古城的浑厚凝重的历史文化。因为这里不仅有青龙寺、大雁塔，更有乐游原。

如何做项目？如何打造出一座梦中的城市？就像太阳城与失落之城那样，成为人们向往的旅游胜地。

太阳城坐落在非洲南部，它之所以名噪一时，除了是在贫瘠地区创造奇迹之外，与另一座城不无关系。那是1993年落成的“失落之城”（The Lost City），是太阳城受到世人瞩目的一大原因。有一个古老的传说，在西方拥有文明之前，来自中非的游牧民族，在“太阳之谷”（Valley of Sun）建造了一座空前伟大的城，其山光水色巧夺天工，令人赞叹，但后来的一场地震，使得该城市被熔浆所掩，成为传说中的失落之城。学会利用古老的历史文化，恰恰是现代建筑师的聪明所在。

由于传说中的失落之城位于山之巅、水之央，所以水塘、飞瀑、喷泉、丛林等景观便成为设计重点，建筑师极力营造出一种与之相配的空间，一片好山好水，使旅客乐不思蜀。

陈大师接触这个项目时，首先想到的就是这块融贯今古的名胜之地，让他内心激荡。他深知这是一块历史文化含量深厚的地段。汉宣帝刘询曾偕皇后出游至此，沉迷于美妙风光，竟至“乐不思归”，遂创造了游历佳话，令后人传颂。皇帝在此处建有乐游庙，由庙而苑，乐游苑叫成了乐游原。多好的名字。历朝历代无数文人墨客曾游历此地，登高望远，展阔胸襟，将长安城尽收眼底。陈大师为自己晚年能够接手这样的设计而亢奋着。

集团董事长还没到场，出来迎接我们的是副总经理。他将模型摆放在台面上，围着指指点点，而陈大师和吴工也都围在那里，观看模型。它相当于一个城市综合体建筑，地理位置十分优越。著名的旅游景点青龙寺坐落在项目的东北角上，20 世纪 90 年代初的时候，就听张锦秋谈到过西安的青龙寺，她当时说日本人对这个地方特别神往，因为历史上日本有个和尚，好像叫空海的法师就在这个青龙寺做过住持。而青龙寺如今成了世界闻名的旅游景点。这块地距大雁塔也近在咫尺，吴工算了写字大楼的朝向，她说，从大楼的某一方位窗口就能看到大雁塔。

两个月前，陈大师就与我相约去他的老家雅安走一趟，结果，他一直忙于项目，东奔西走，没有时间。后来他又去了敦煌。那是他一生最想去的地方。他本想在那里多待几天，了却一个心愿。因为年轻时，他看到戴念慈设计北京美术馆时，就使用了莫高窟的符号。从正面看去，北京美术馆的造型能瞅出莫高窟的气韵。所以，一下子就被美术界的专家们接受了，因为中国最具历史文化和艺术内涵的地方之一，就是莫高窟了，那是美术的高峰。所以，把莫高窟的符号融入美术馆，确实是戴念慈的灵感。从此，莫高窟成了陈世民梦中向往的遥远之地，一直向往了半个多世纪，才终于来到这里。大漠环境未免有些恶劣，但河畔崖壁上那些佛洞，神奇地闪着灵光，他知道那是当年有位僧人也是像他这样行至这里时，突见阳光照在上面，映现出许多佛像，因此，他便在这里开凿洞穴。

莫高窟是洞穴的奇迹。高大无比，气势非凡。那种融入大自然的鬼斧神工，是现代摩天大楼无法比拟的。这让他一下子就联想到了北京美术馆中间三层檐口的样子，两边是一个石墙，中间就是几层岩，后边就是一个莫高窟的感觉。周总理当时一眼就相中了方案，但他感觉两边栏有点太硬了，提出来两边加两条廊子，所以，就又加了两排廊子出来，这便是建成的美术馆的样子了。

按着行程计算，陈世民在敦煌差不多待三天就可以回北京的，而且启程时，他已经将回北京的票买好了，结果，刚到敦煌的第二天，重庆那边就叫他去开会，因为重庆有个两江新区项目，很大的手笔：2.5 平方公里的用地面积，位置也在江边。这样的项目他能够中标，令他欣慰。但他怎么也回不去，因为敦煌到重庆不通飞机。再说了，他盼望了那么多年，好不容易刚刚来到敦煌，却又要返回重庆，这让他非常为难。但不回去又能怎么办呢？那个大项目像一块巨大的肥肉散发着香味。思来想去，他只好编了个故事，让助手给那边打电话谎称感冒了，医生不让出门。事务所这边又火速派了两个副总前去，才算打了圆场。

重庆倒是打了圆场，他甫一放松，西安这边开发商告急了，他们急切要求陈大师 8 号赶到西安。房产商强调，区里所有领导专门要为青龙寺这个项目开讨论会。这个讨论会就将决定这个项目最终是否实施。这是关乎项目生死的大事情，要求陈世民无论如何也要赶去救火了。这个时候，即使真的有病，也不可能推辞。所以，陈世民风尘仆仆从敦煌赶到西安，向讨论会汇报了这个项目的构思。

陈大师的构思通今达古，灵感跳跃。他在西安这块唯一的最大的塬上做文章。他熟知这块位于西安市南郊大雁塔东北部、曲江池北面的黄土台塬，实际上是由于河流侵蚀而残留在渭河三级阶地上的梁状高地。塬面长约 4 公里，宽有二三百米，高出两侧平地约 20 米，这个塬与地面的落差，给了陈大师灵感。这是一个城市综合体的建筑群，融商业、金融、休闲娱乐、博物馆、公园于一体。在历史文化堆积的高台与 20 米落差的平地结合处，他要做出历史与现实的对接，塬上与塬下平稳延续，历史与现代互动，妙手著“诗眼”。他做出了建筑空间层次的延伸与灵动。他将古时的乐游原内涵接壤在一组现代建筑群的中心点上，将历史文化与现代实用性娱乐空间毗连，不仅是一种恰到好处的传承，更有新的开拓与创意。在大的框架出来之后，细化商业街，休闲广场，既有大商场，也有小作坊。写字楼、大宾馆，这些建筑物与人行道、广场交错有致。陈大师这个模型有多处亮点，他做出九个高点为超高层建筑，楼的造型如同青铜时代的鼎，九个巨鼎排出不同方位，意为九鼎之尊。

陈大师给区长讲述对这个项目的构思时，区长听得不住点头。然后，区委各方领导进行了讨论。陈大师在会上陈述他的概念，与会者都明白是怎么回事，都很赞成；如果他不去，派别人去是根本讲不清楚的。另外，不是建筑大师本人到场，分量也不够。这是一种身份与水平的对接。陈大师的适时出场，总算把西安这个事情圆了场。

拿到一块好地，是所有房地产商的梦想；而真正拿到了好地，你又该如何开发？

关于乐游原旧城改造项目，并不是发展商自己说了算的，有很多部门监管。当地规划局、区里领导和市里领导，层层把关。而对各层领导最具说服力的，就是建筑师的构思方案。建筑师的方案不仅要充分体现开发商的意图，也要充分体现当地文化与城市构想。建筑师的重要价值，在发展商那里绝不仅仅是画个图那么简单，他们要选择有威望、有影响力的建筑大师。建筑大师的方案要跟大师本人具有同样的影响力，否则，就不可能说服领导，真正批准他的开发项目。

眼下，陈大师的方案已经有了明显进展，模型都做好了。即便是这样，开发商还是横挑鼻子竖挑眼。副总经理说，那栋高档商品大楼不该放在左边，因为左边距地铁太近，从地铁出来的人都是穷人，不会愿意进高档名牌店的，而真正买这种高档商品的人，都是自己开车来的。副总经理挑完了毛病，董事长姗姗来迟。董事长高大魁梧，很热情地跟在场者一一握手。他显得深思熟虑的样子，伏在那里看了半天模型，如同临近大战前的指挥官在凝视一个地形图。他一会儿点着一处问这个地方有多大容积率，那个空间有多宽，那条路车辆如何分流。就在两周前，他专程邀陈大师去了一趟日本，在东京与大阪间考察了商业街和一些大的娱乐场所。尤其日本有一条商业娱乐街，他很看好，希望能够引到乐游原项目中。看得出来，他想得很多，也想得很大，他巴不得一下子将日本最好的东西连根拔过来，连泥沙都不要抖搂，就在他的乐游原扎根。典型的拿来主义，却还多了一些优柔寡断。

第一次看到建筑师与业主这么近距离地接触，即使陈大师这样的名人，这般年纪了，也仍然要听人家的调动。发展商让你做什么，你就得做什么，让你什么时候到场，你就得什么时候到场，这一切都取决于主人的意志。而对于陈大师而言，他首先是服务。他坚守着自己的角色阵地，他说，他就是在做服务的。

一个多小时了，陈大师就站在那里，听人家表达不同诉求，连杯水都没碰，面部始终保持着职业的谦和。这位董事长是第一次拿到这么大、这么重要的一块地，所以，他简直如获至宝，左也不是，右也不是，而且，他不断出国去见世面，去借鉴学习，他吸收也快，变得也快，方案刚刚定下来，他看到更好的，就又提出修改，于是，陈大师就在他的见识的不断变化中，不断地修改方案。这一次，还不知道他又会提出什么改动。没人知道方案什么时候才可以真正定下来。根据经验分析，到最后进入施工阶段，原方案能保留 50% 就谢天谢地了！

这期间，陈大师电话响了好几次，显然有人催他。陈大师提前告辞，留下吴工与他们董事长继续打磨细节。

董事长挽留我们共用晚餐，但见陈大师执意要走，也没有办法。陈大师说那边已经有朋友准备好，早就等候多时了。于是董事长说请我们消夜，陈世民苦笑了一下，婉拒。他出门后对我说，他们这些人都是夜猫子，专门白天睡觉晚上工作，尤其拖一下就到了半夜两点以后，他们精神头最足，没有人能跟上他们熬夜的能力。陈大师都这个年纪了。但留下的吴工，恐怕就要陪着他们吃夜宵了。

顾名思义，城市综合体是城市化进程中的产物。陈大师曾撰写《迈进城市综合体》一文，他从巴黎德芳斯新区谈到纽约洛克菲勒中心，再到柏林波茨坦广场，新加坡新达城及深圳华润中心，他文中配以大量瑰丽的现代建筑图片，图文并茂地诠释着“综合体”。还有他本人完成的城市综合体设计项目达 19 项之多。

他说：“我们正在迈进城市综合体。它之所以能受青睐，首先在于它有助于实现城市大规模、高密度开发目标，特别是市中心旧城区的改建，其次在城市化深化发展阶段，人们盼望在城市空间形成之际，城市生活亦能快速形成，城市综合体能较为有效地为城市居民提供舒适城市生活环境与生活质量。另外，还能快速成为推动地产经济的引擎并提升城市形象，创建城市的地标和名片。成功的城市综合体做好了，能有效地整合各项建筑资源并能彰显主管者与投资者经济效益乃至政绩和魅力。因此城市综合体将为中国的城市化进程谱写新的篇章。这是必然的发展趋势。”

中国房地产商会 2010 年的中国城市综合体专题研究报告中阐述：城市综合体是从城市性、开放性和集约性层面切入城市发展本质，把城市功能与城市发展之间的内在逻辑通过城市建筑实体与城市空间有机结合的一种城市实体，利用建筑空间复合化、集约化和开放化城市的商业、办公、居住、客居、展览、餐饮、会议、文娱等城市功能空间需求，并建立一种相互依存、相互助益的空间能动关系，从而形成多功能、高效率的经济聚集体。

在陈大师做过的诸多城市综合体方案中，重庆凯旋路方案首先面临的问题就是如方案开篇所言：“面对如此环境资源丰富和地势复杂的旧城改建项目，我们该寻找怎样的切入点？”

寻找切入点使用了“案例分析”。成都宽窄巷、上海新天地、南京新崛起的高尚休闲商业区、佛山岭南天地，这些都是有国际时尚气息的城市地标。

这四大案例分析，将中国当下最火的商业区尽囊其中，显然迎合了业主膨胀的胃口。从中也透示出当下一个建筑师需要博闻强识博览时空，需要海阔天空，需要大思维、大理念，还要有大分析、大手笔。

当然，这一切陈世民都可以驾轻就熟的原因，在于他从多年经验中总结归纳出的那八个字的理念，也可称作“八字方针”，四平八稳，对于建筑项目而言，小大由之。你看，他在此方案中就明确写上了“设计过程”是“面对如此环境资源丰富和地势复杂的旧城改造项目，从‘环境、空间、文化、效益’四个方面进行立体思考。以求创造出一个综合性的以文化产业为特征的城市空间”。

方案是越做越长，越大越精美，建筑也是越盖越高，越大越亮，一切随行就市。我为之惊叹的不是陈大师有何独创，而是他的适应能力、调整能力。因为他毕竟是从新中国成立初期走过来的人，每一个时代，他都是认认真真地走过来，所留下的脚印无法覆盖，而更新的脚印需要调整更新的步态。

天津营口道地铁广场，也是一个城市综合体项目。位置在天津营口道，下面是地铁站，系属核心地段。38 万平方米的现代办公楼、6 万平方米的商场。三栋超高层公寓 20 多万平方米，这些“综合体”都要与地下地铁相连。

这是 2005 年的事，当时陈世民要到伦敦，这边电话紧追而去。问陈世民，你是不是做个草图啊。在香港飞伦敦的飞机上，陈世民奋笔构思，一下飞机，画好了。标明小字 2004 年 1 月 6 日。到了 3 月 6 日，再来研究，呈示画面。不同的阶段，完善过程。这个建筑最难的地方，要求容积率 13，超高容积率。

他采取城市综合体方式，为了容积率，组织好交通，各种功能一定要巧妙组合在一起。办公的，住的，买东西的，一切都要最方便。采光还要好，绿化还要讲究，裙楼顶上天台花园，加了连排住宅。天台上还有会所。等于盖了一个空中住地。为了使公寓住得好，专门设计户型个性化。超高层首先要结构非常合理，户型大小相宜，可以互相结合。他花了好多心思。最妙的是，一个结构体系可变成很多种户型。楼电梯在中间，外面墙不能动的，房间通过不同的分割，出现几十种户型，市场部非常满意，楼盘果然旺销。全国房地产商会会长去看了后，大加夸赞，多次在大小不同的会上夸这个方案。

“然而，业主还是不放心我们。”陈大师为此耿耿于怀。最后，业主还是请了个国外建筑师，做件外衣（外墙）：玻璃幕墙、线条等。

建筑总是社会的派生物。最直接反映着时代与社会的进程。中国正在高速现代化进程中，集中体现在城市化发展上。而城市化进程相当于人们将牛车、马车、三轮车统统摈弃，而换上了一架快速飞奔的现代战车。城市综合体差不多就是这样一架战车。能否跟上去，这是对一个建筑师和一个设计公司的考验。陈大师以古稀高龄，又奋身一跃，跳上战车并挥鞭前行，带着他的 CA 事务所，一路风尘，北上南下，奔波劳顿，万般辛苦。

城市综合体是航母。宁大毋小，官员要大政绩、商人要赚大钱、市民要住大房子、城市要扩大空间。所以，城市综合体最大的特点就是一个“大”字。

城市综合体绝非仅仅是一个建筑方面的词语，它引领着现代人生活的走向：一种多欲望、多耗费、多浮躁的快生活基地，是对传统农耕习俗和民风的最彻底告别。它永远脱离了田园风光，就像永远疏离了质朴和纯粹。建筑空间的复杂性，就是社会的复杂性，比过去单一式的住宅建筑或者小区建筑要更加复杂，各种关系，横的纵的，上的下的，均要周全均衡，而平衡，则是这个时代最耗神的东西，因此，陈大师感觉格外地耗神，格外地累。

而陈大师的过人之处在于，总是有超前意识，有独特见解，他认为："中国北京、西安、重庆、成都也都具有相似的开发模式与特色。可在集中高层处寻求一种扁平组团的城市综合体。"于是，在他的创作中，便尝试做了"扁平组团"，这是与竖起来高楼巨厦相悖的一种空间新组合。

陈世民喜欢读柯布西埃的著作，旅行途中还带在身边。《明日之城市》中有这样的见解：为了人类的未来，为了解决大都市人拥堵问题，增加交通运输方式，增加城市绿化。他以巴黎城市中心为实例进行 300 万人的"现代城市"规划设计，这是西方现代城市规划理论起源的代表之作。他深情写道：

薄暮时分，香榭丽舍大道突然间变得疯狂起来。经历了夏日的空闲，城市交通变得愈加疯狂。烦嚣与日俱增。人们一走出家门，毫无过渡，即身临死亡地带：四周无数汽车风驰电掣。

如今我们已经忘却了生活的喜悦，那种延续了几个世纪的、任由自己静静漫步的幸福。我们就像被围捕的野兽，疲于奔命；秩序已改变，生活的规律被打乱，成为敌对之秩序。

20 世纪的觉醒将会是令人惊诧之事：至少对我们而言将会如此，说不定明天我们就会发现，新城市已是事实。新的构想将会不断发展，在不知不觉的某一天，我们将会发现自己已被移植入一个新的城市。

这些段落都是被陈世民划了道道的，他还注有标识与感叹：“移植一词很精彩：事实上，我们已经不知不觉间被移植到城市综合体之中。”

感慨陈世民身上这种过人的耐性和惊人的适应能力。这让我联想到居住在周公河畔的农家用来砌墙的那些大块的鹅卵石，它们被暴雨狂浇过，被激流冲刷过，被烈日暴晒过，晒红也晒黑，改变了外形，丢失了棱角，但是，原本的质地却没有改变。

三、事务所进行曲：“狼来了”，也是先来的深圳

当晚，我们被接到了西安一家非常有名的羊肉泡馍店。宴请我们的是“和黄”的一位经理。“和黄”，乃和记黄埔，是李嘉诚的公司。这年头经理太多了，我也分不清他究竟是一个多大级别的经理。不过，和黄的经理却是让我颇为看重的。说到陈世民与和记黄埔的关系，便要追溯到陈世民建筑师事务所的由来。

那时候，内地申办建筑师事务所是一种潮流。从80年代中期，就有建筑师在鼓捣这个事儿。1992年，中国建筑学会在北京华都饭店召开了理事扩大会，我应邀参加，这也是我作为一个文人走进建筑界所参加的第一个会议。就在这个会上，我见到了王天锡。他是贝聿铭的弟子，刚从海外回来不久。他当时信誓旦旦要建一个事务所，但也被各种羁绊所苦恼着。他不是第一家事务所，第一家事务所出现在深圳，是左肖思建筑师事务所。尔后，才有了王天锡等人的事务所。

那时候，陈世民对开事务所没有任何想法。用他的话说，他从来就没有想到拥有一个个人的事务所。

1996年年底，华艺公司在银湖搞了一个小规模招待会，陈世民记得那天他刚从四川赶回深圳。当时吴奕良恰好在深圳参加别的会议，就顺便将他请过来了。晚宴上，宾朋相聚甚欢，他给吴奕良敬酒时，吴局长跟他耳语起来。劝他这时候何不成立一家建筑师事务所呢。他说很多建筑师都在张罗这件事，你是很有名的建筑大师嘛，应该抓住这个机遇，这是下一步的发展趋势。他还将上面相关政策，及进一步开放搞活的信息透露给他。本来陈世民脑子里完全没有创办事务所的想法，但他让吴奕良说动心了。

为建事务所之事，陈世民还去咨询过一个人，那就是叶如棠。叶如棠当时是建设部副部长，非常忙碌，要想见他并不容易。因此，陈世民听说他在天津开会，就赶到了天津。叶副部长在开完会回北京的路上，才有空接见他。在颠簸的汽车上，他听了陈世民想办事务所的汇报，有点诧异：你华艺那么大个公司，做得那么好，为何还要再成立一个事务所呢？但他与陈世民交谈了一路，颠簸了一路，最终还是认为做个人事务所是一种趋势，将来对陈世民会有好处的，所以，他支持了陈世民建个人事务所。有了叶部长的支持，就是得到了建设部的批准。

1996年陈世民事务所拿到了所有批件，却没有开张营业。究竟要不要干事务所，一度让他摇摆不定。他多方征求朋友们的意见，很多人鼓动他去干，既然国家允许，而且提倡名人搞事务所试点，国外的建筑师不也都搞个人事务所的嘛。朋友们说的都是美好的一面，乐观的一面，只有一个人郑重地劝告他：你可要想明白，一定要面对现实，不可盲目乐观。干事务所意味着你从高处跌下来，等于净身出户。你在华艺拥有的一切转眼间都没了，你没有奔驰车了，你也没有总经理尊严了。没有资金，也没有人会搭理你了。你将一分钱都没有，一切重来。这个困难，就跟你当初创办华艺时一样，甚至比那时候更苦、更艰难！

这位说真话的朋友的铮铮之言，让他清醒认识到下一步的严峻。这位朋友劝他趁早下手，从华艺拉过去几个人，也带过去一些项目，免得太苦。但他不能这样做。他还是决定先做好华艺的事情，把事务所搁置一旁。直到上边明确要求他 1 + 1 大于 2 的“211”模式，他的事务所才算半启动。公私兼顾，他当然要公字当头。直到他“裸退”，才全身心投入事务所。这时他等于绝处逢生。

据载，1995 年，全国范围经建设部批准的私人事务所已达 16 家。当时由于注册建筑师、注册结构工程师职业制度尚未建立，勘察设计单位的改企转制工作处在初级阶段，因此再未扩大试点范围，私人事务所在全国的影响力依然微弱，并不是主流设计群体。而到了陈世民真正动起来时，民营事务所已增加到 200 家左右，市场竞争更趋激烈。这个时候，其他领域的各种事务所，诸如律师事务所、财会事务所等铺天盖地冒出来，中国等于进入了事务所时代。房地产市场投资重点也有了变化，从公共建筑转向住宅建筑，动辄几十万，甚至上百万的项目席卷而来。

目前国内建筑事务所分两类：一类叫建筑事务所，就是专攻建筑，没有其他；一种叫综合性事务所，就是既有建筑，又有结构水暖电气，是一种小而全的机构。内地现在大量的事务所是后者。而陈世民的是香港的模式，他说要是让他的事务所也走内地这种小而全的模式，他无法生存。而正是香港这种国际化的运营模式，造就了他，使他成为建筑设计大师。

进入 21 世纪，对中国国情具有最大影响力的事件是我们正式加入了 WTO 世贸组织。那是 2001 年 11 月 10 日，在多哈的喜来登酒店萨尔瓦会议大厅。随着会议主席卡迈勒击锤定音，700 多名与会者站起来长时间鼓掌，见证了一个伟大的历史时刻。

对于中国人而言，迈进新世纪的大门，也同时迈进了世界经济的大门。欢心与忧思共生，机遇与挑战并存。审时度势，这是陈世民一向的处世原则。几年前人们还在惊呼“狼来了”的时候，陈世民早已与狼共舞，且从中发展壮大了自己。然而，当狼群大面积进入，中国成了外国建筑师的试验田时，中国建筑自己却茫然无措，这种现实也同样让陈世民感到压抑和愤懑。类似情绪并不是来自外国建筑师方面，而是国内铺天盖地的崇洋媚外之风，这股风把几千年的土壤都弄得变了味道。在这样的环境中起步的事务所，着实压力不小。

陈世民十分清楚，建筑设计最艰难的是构思阶段，而创建事务所最艰难的阶段则在于树立起良好的信誉并生存下来。如何生存，才是困扰他的关键所在。新建的事务所不像华艺有那么亮的牌子，没见什么有说服力的业绩，不被很多人看好，到处都是国营的大单位、大设计院，他们等于在夹缝中求生存，人力、财力都不可比拟。即使有些规模小的设计单位，也有背景和靠山，日子也要好过些。可陈世民事务所一无所有。他无法像华森、华艺时代那样拿到大项目，无法跟大设计单位抢食，也无法跟外国涌进的“狼”竞争主要战场，只好退而求其次，找些住宅建筑去做。所以，陈世民进入了事务所时代，便进入了住宅建筑时代。

住宅是社会性的最重要的综合性商品，必定随社会的进步而不断地更新换代。住宅设计是在创造人居环境，既创造物质环境又为人提供精神环境。柯布西埃说住宅是住人的机器，陈世民很不赞同。他坚信设计住宅是在设计一种生活方式，其功能空间将随着社会文明的进步，生活方式的改进而不断演进。这种空间促进了社会的进步。就拿厨房来说，过去无非是一个炉子炒菜，极简单，后来有了餐厅，具备吃饭功能，再进一步，厨房分干湿厨房，再进一步，变成了多功能的活动空间，供孩子们玩耍，家人围坐讨论事情，比客厅更方便。厨房的演进带来了新的生活方式。当然变化不大的是卧室，还是那么一张床。

在技术上，住宅建筑量大面广，有它的经济性、贴近生活的细致性，技术叠加的复杂性，城市发展整体的协调性。

许多自命清高的建筑师认为设计商品住宅不够纯学术，商业味道太浓太俗气。这相当于站在岸上观望，而根本没有体会到水有多凉多苦。陈世民曾在《综合的环境观》一文中特别呼吁，不要认为住宅设计是一项简单的、甚至是很容易的工作。住宅与人的生活息息相关，与社会、经济、文化千丝万缕，每个参与投资开发的人几乎都可以做建筑师，握有高度的评判权，几乎每个人都可以观察入微，向建筑师提出千奇百怪的问题，对于建筑师而言，看似在重复那些小小的单元并把它们组合起来，实际比创作大型公共建筑更费心思、更花精力。陈大师说："我不知道为什么有的发展商一方面要求建筑师出精品，一方面却只愿支付世界上最低廉的设计费用。而管理部门有的主管人却不给建筑师一点弹性，要求必须按他们的理解来修正设计，否则就不能放行。"这种种阻碍说明住宅设计缺乏理想环境，而陈世民相当于戴着镣铐在跳舞。

回忆重新创业的情景，他百感交集。这跟他从华森出来创办华艺时颇为相似。只不过这一次比办华艺时更难。一是人才来源问题，二是他本人内心所承受的巨大失落感。

如果他听了朋友的话，把华艺的人带出来几个，把项目也弄出来几个，那肯定不会这样艰难。但是，他不会那样做，他没有从华艺带出来一兵一卒，一草一木。

然而，你不能说他从华艺什么也没带出来，他带出来了最为重要的东西，那就是他的建筑理念和思想，让他受益无穷。你很难分清"东方玫瑰园""深业花园"等十几个几百甚至上千万平方米的住宅区项目，是归于华艺还是归陈世民事务所。反正都是陈大师的作品。只要这些作品在，他的影响力就在，即使他一无所有，他也是个富翁。因为才华与经验系于一身，他走到哪里就带动哪里，他就是最大的生产力和提款机。何况，他这些年还积攒下一些人脉，尤其他的那帮四川老乡，在关键时刻都愿意出面帮忙。有位姓叶的朋友对他说，你办事务所，怎么不去找“和黄”的老板周维干哪？他是我们四川人。

这个信息至关重要，陈世民便在老叶的引荐下，在香港的香格里拉酒店拜见了这位周老板。此人是李嘉诚的属下，负责和记黄埔公司。李嘉诚下边的两个公司，一个叫长江实业，一个叫和记黄埔，后者简称和黄。是他两个儿子分别做的两个公司。和记黄埔做得也很大，有房地产，有船舶，有酒店，还有很多其他业务，是综合性的。他们在国内做房地产，就是始于陈世民跟他们的合作。

既有朋友介绍，又是老乡，彼此相见气氛融洽。周老板说，有机会我们一起合作吧。陈世民笑容可掬，举杯之间，更觉乡情可贵。然而，说归说，见归见，分手后就没了联系，也没有看到任何合作的迹象。这种关系，在香港只能算停留在浅表层，进入不了实质性操作。

陈世民虽然在香港待了十多年，但是，他仍然感觉很不适应人家和记黄埔的速度和效率，往来办什么事，开什么会，人家都要写报告。香港的名牌公司，相当正规。当时人家可能看不起陈世民他们这种内地来的人，只不过囿于朋友的情面，不好意思不见，无非应酬一下嘛，关系并未往深处走。要想真正迈开合作这一步，恐怕还是要等待机会，要有工程项目才行。

机会终于来了。深圳的国土局要搞城市中心区启动，陈世民是市政府的建设顾问。局长委托陈世民找找香港方面的关系，为中心区招商引资。那时候，深圳市政府的副市长王炬负责此事。他希望把香港大老板们拉过来搞土地开发。陈世民本来就是从香港过来的，他有这方面的人脉资源，而且恰好他已经跟李嘉诚的和黄有了交往。

此前，李嘉诚从来不在内地做房地产生意，这是很多人都知道的。

不过，1997 年，他倒是想来内地尝试一下。经周老板介绍，陈世民见到了李嘉诚。

巨富李嘉诚有副儒雅的外表，清瘦的面孔和低调的生活方式，体现着潮汕人的本色。他从不张扬显富，穿的鞋子最好的不过 400 元，乘坐的小车不是名贵车，他也从不坐名车。所以，在他部下工作的人都不敢坐奔驰等豪华车。有个建筑室内设计师，赚了好多钱，便喜欢开奔驰，但他每次去李嘉诚那里开会，都将车停在很远的地方，再走着去参会。他怕李嘉诚发现他的车那么好，暴富了，欠他的设计费会不给或拖延。香港有钱人，都是在围绕着钱打主意。这是闲话。

李嘉诚很友好地接待了陈世民。他知道陈大师在深圳这边人脉很熟，就让他到深圳这边来帮着找块地皮。他从不啰唆，说话简单明了：你去帮我找块地吧。

所以，他赶紧去见了王炬，把李嘉诚想找地的想法一说，副市长马上咧嘴大笑，豪爽地说：好啊，你去帮着联系吧。于是，陈世民又跑香港这边跟“和黄”说了王炬的态度，他为两边铺路搭桥。

为了促成此事，陈世民先安排了深圳国土局的局长在香港跟“和黄”周老板见了一面。寒暄一番，两人坐下来慢慢就谈到了正题。周老板认为可行，便汇报给了李嘉诚。李嘉诚何等精明，他一眼就看到了前景所在，当即表态愿意到深圳来做房地产投资。周老板就让陈世民先拿个方案。

当时的陈世民建筑事务所设施简陋，主要人员除了他们父女俩，还没有完成配备。陈婷不是学建筑的，所以，要干事务所，一切都要从头开始。陈世民让女儿赶紧学电脑，因为他意识到下一步电脑制图是大势所趋。这时候，周老板就派了一个经理过来。他们便在一起研究方案。

很快方案做好了，但“和黄”那边的周老板又没动静了。事务所办公室外边的大街上每天车水马龙，尤其上班的时间，好不喧闹，可陈世民的办公桌却安静得就像风吹过的水面，重又陷入平静，且毫无生气。陈世民心急，却也不便催问，就只能那么干等着，一筹莫展。“和黄”周老板也是看人下菜碟，很讲实用主义。他们跟你打交道，首先就要看看你是否有真本事，如果能印证你有真本事，他们才会尊重你。

偏巧这时，副市长打电话问陈世民，李嘉诚那边怎么没动静啊？他们到底想不想干了？副市长是个性子比较急的人，他让陈世民赶紧联系“和黄”那边。为了尽快促成此事，豪爽的副市长干脆拉上陈世民一同去了香港，他要跟“和黄”的周老板当面锣对面鼓地问个明白。

陈世民将他们安排在香港的海裕酒店见面。周老板以商人的热情迎接副市长。副市长开门见山地问他：我们市中心要搞开发，你们到底干不干哪，你们要是不干，我们就找别人干了。

周老板有点支吾着，说我们干啊，我们没说不干，主要是陈世民他的那个设计老搞不出来。陈世民深知这些商人之狡猾。他明知道周老板是在找借口推托，目的是要压政府的价钱。多亏那天他早有准备，已经带上了那张草图。他马上对周老板说：“我做了一个方案在我兜里呢。”

他边说就边把那张草图拿出来，递给他看。周老板有点尴尬地接过去，就说，这个可以啊，比较符合我们香港的特点。他把图纸递给副市长：你市长看看行不行。副市长接过来，干脆地说：“哪有什么不行的，我看这个可以啊！如果你同意，我们就按这个盖了！”

“好哇，那就这样了。我同意。”

副市长马上就在这张草图边上批了个字：“原则同意，具体请陈毅新同志办。”然后落款，还有年月日。

陈毅新是中心区办公室主任，当场搞定。

中心区开发，原来谈是给香港新恒基的，新恒基老板没看好，便分切给了三个发展商，其中有黄埔雅苑、深业花园，这两个都是陈世民设计的。

陈世民翻着他的布满图纸的大书，找到当年他为深圳市民中心区做的草图。他在做顾问期间，为深圳做的第一件重要的事情就是参议机场选址，他是力主正确意见的专家；第二件便是探讨福田中心区规划。那么好的一块地就撂荒在那里，当时大家都不愿搬去那里，眼见这块地不建不行了，要撂坏了。顾问专家们在一起研究时，陈世民提出把市政府先放进去，才会带动其他人过去。事实上，市政府迁过去，那里马上就盘活了，成了名副其实的市民中心。

1989 年 7 月，深圳市建设局副局长张克刚来到华艺面见陈世民，委托他以深圳城市规划委员会顾问身份，为福田区的中心区提供整体规划构想方案。同时受邀做方案的还有中国城市规划院，上海同济大学规划系，深圳规划委员会顾问，来自新加坡的陈清松和来自英国的鲍尔先生。陈世民的初步规划方案是希望中心区具备四大特点：现代化特点、地理环境特点、传统特点、文化历史特点。

1991 年 6 月，市政府要求将福田中心区规划方案继续深化，从中优化出一个具有独特风格的、有现代化水平的新城市中心区方案。同年八九月份，陈世民再次组织设计班子，进行方案深化工作。他本人在 8 月初由香港飞往蒙特利尔的飞机上，完成了一个新的构思，并拟定了具体措施，下了飞机便将草图电传给设计小组展开工作。作为建筑师，他是把区中心规划作为一个建筑整体空间来设计的。他提出“一条轴线、两个广场、三个建筑中心”的规划结构。而后，详述这个北起莲花山，南至红树林，用建筑空间和道路广场对称及不对称的布置，强调了轴线构图。这是从蒙特利尔城市规划中吸取的亮点。两个广场、三个建筑中心，他都有独特的构想规划。他的规划是站在世界发达城市的高度上完成一个大手笔，而且，经过了几年的反复打磨，已臻于成熟。

建筑界的破冰之旅，几乎都是从深圳开始的，而搞国际性的投标，也肇始于深圳。深圳确实先锋。“狼来了”，也是先来的深圳。从 80 年代中期，中国就在积极准备加入世贸组织。深圳尤其具备国际视野且雄心勃勃。

1996 年，陈世民他们受深圳市政府邀请，与美国、新加坡、法国、加拿大的著名事务所一起为深圳新市中心区（福田）提供城市设计方案。五家设计单位投标，只有陈世民一家是中国本土事务所。

作为城市建设顾问的陈世民，因对于这片土地的认知而具有独特的优势，况且，他还在香港多年，多次走出国门吸收世界的先进城市规划理念，因此，他做的方案等于兼收并蓄，集东西方文化之优势，是绝对具有竞争力的。他认为进入 21 世纪的市中心建设重点不应再是 20 世纪那种大高楼、大广场、大马路模式，而应转到创造空间宽敞、绿地质美、交通安全、空气清新、建筑悦目舒适的现代化的城市生态环境，摆脱现有大城市拥挤、污染严重的状态。设计方案容积率的限定、建筑高度限定，保证了空间的畅达；而将道路分隔的街区用绿化带串联，让舒适的建筑空间跨越街区流通起来，并相应设立驾空步行系统，将莲花山绿色环境引入市中心广场，这种以环境为主导进行城市设计的方案，受到大多数评委的赞同可以说是五个方案中较好的一个。

吴良镛先生特别欣赏陈世民的方案。他多次参与深圳的重大项目研究，当年罗湖规划未来深圳城市发展规模时，他也是到会的专家之一。这些年他对深圳更加熟悉。尽管最后市里主要领导采纳的是美国人的方案，但美国方案与陈世民的方案大同小异，而环境的理念更是趋于一致。

日本评委很推崇陈世民这个方案，因为从这个空间中看到了中国的风水，有传统的文墨。

笔者尤其欣赏陈世民“设立架空步行系统”的提法，这是陈世民在许多方案中的妙用。在重庆新区的一个CBD方案中，地面交通复杂而没法处理，但陈世民一个架空带，将地铁、广场、商区、人行道这些乱网死结一下子解开，有了诗意的畅达。这种“架空”当然不能说是陈世民的专利，就像三角形不是贝聿铭的专利一样，但被利用得巧妙，用到极致，就是大师水平。

现在的市民中心区的核心部分，就是这种架空式的通达，从书城的楼梯上到层顶，便是一条悬起的大道，光滑明亮，向北可直抵莲花山，从而实现了陈世民当年方案中“将莲花山绿色环境引入市中心广场”的设想。我经常参加书城晚八点的读书讲座活动，因为经常有作家朋友从全国各地过来，在讲座前的间隙，书城主人总是要带着作家朋友们登上这个房顶的大道，我注意到每一位作家脸上都有着惊喜感。漫步在灯光幽雅的悬空大道，一行人便会发出对深圳这座城市的由衷赞美。诗人会当即赋诗，歌唱家也会引吭高歌。

这个方案浸染了陈世民太多的心血。投标时，他头一次使用了华艺与事务所两家的名义。

福田中心区还是与陈世民有缘。住宅建筑这一块用地，有黄埔雅苑和深业花园，这两项均让陈世民一展才华。他有港深两地的经验，知道如何把香港的房子和深圳的房子进行优化，他知道深圳人的需求，把香港好的东西拿过来，跟深圳人的需要相结合，就会受到欢迎。香港的房子是立陡着往高处排，一大串排在一起，就是高密度，但空间太狭窄，他为深圳设计的房子呢，是高层低密度，楼体虽然挺高，但留出了很大的城市空间，就像他在做金融中心外部环境一样，以他的“环境、空间、文化、效益”为标尺，把建筑环境最大优化，将院落空间都留给城市，这一点是个突破，而这一点，正好符合深圳市规划的立意。

另外在户型单元上面，他也是把香港的东西做了很多改变，将每一户的面积放大，同时根据每一个楼的位置不同，朝向不同，去组织他的户型设计，所以这两点是有突破的。

由于他的设计考虑到了城市空间，不仅业主满意，也得到了深圳市政府中心区的赞赏。能够大手笔地去处理 40 万平方米的土地，正是政府部门希望的。政府觉得他们没有像一般楼盘那样，围着红线把房子排起来，把中间留个大院出来，留给自己。他们是把“大院”全部给了城市共享。

陈世民认为做这个东西一定要服从大环境，在这个大环境的前提之下去创造中环境和小环境。中环境是小区环境，小环境是居家室内环境。他把每一户的房间跟周围的环境结合起来，搞好中小环境。开发商强调“位置论”，说第一是位置，第二是位置，第三还是位置，但陈世民讲“环境论”：第一是环境，第二也是环境，第三还是环境。他从大环境到中环境，再到小环境。

他的见解当初并不能完全影响“和黄”，他们谨慎得过于保守。他们要求陈世民设计的黄埔雅苑，一律小户型，才五六十平方米。在香港能够拥有这样一个小房子，就已经很了不起了！最大的面积不要超过 100 平方米，他们认为这样的户型才好卖。但这是深圳哪！他们太不了解深圳了。深圳是一个什么样的城市？是一个挺起胸膛眼往高处瞅的新贵。这些来自八方的移民，带着刚刚拥有财富的亢奋，血脉偾张，购买房子时也带有炫耀的激情，他们怎么看得上“鸽子笼”呢？

陈世民号得准这座城市的脉搏。他坚持做好大环境、中环境的同时，坚持做好小环境。他主张应该做一些大户型的，因为这里地理环境如此之好，室内空间太狭小的话，则与之不相称。因此他提出 130 平方米、150 平方米，甚至 180 平方米、200 平方米的都应该有。而香港方面一听 180

和200的大户型，吓得要死！双方有了意见分歧。陈世民极力说服他们：鉴于他对深圳的了解，他认为深圳人跟香港人是不一样的，有钱人肯定要买大房子住的。然而，陈世民无论怎么讲，还是不能说服“和黄”，那就只能按他们的要求做方案。

作为期房出售的黄埔雅苑，还没等开始动工，就已经热卖起来，那是真正热卖。这座城市拥有过百万人拥入证券市场的壮怀激烈，也有着一掷千金大手大脚抢购豪宅的狂热。这批房子在深圳影响力巨大，就像当年买股票要先排队买认购表一样，买楼要先去买号，每个人要交5000块钱排队去拿号。只有拿到号，才有资格买楼。当时这种买法在深圳可谓创举，在全国也是头一份，开创了售楼的先例。

结果头一天就卖出了四五千个号，你想一个人5000块，四五千个号就是2000多万，还没卖这个楼，2000多万资金就收回来了。

开卖那天，大家都吵着要大的，不要小的，而且越大越好。越大出手越快，反倒是那些“鸽子笼”几乎无人问津。这一下子把“和黄”老板卖傻了。那天一大早陈世民还没有起床，“和黄”那边就打电话来了：老陈啊不行，人家都要买大的，怎么办？

陈世民对此早有所料，他自有办法！他意味深长地眯起笑眼，那里面透出智慧与善意的揶揄。他将原先的两个小户型打通，变成一个超百米的大户。这是他的预判，他意识到有可能会因需要大户型而无法提供，所以，他在做小户型的时候，提早做好了准备，间壁墙一打开，便是大户型了。这样一来，买者踊跃，期房被一抢而空。

黄埔雅苑是深圳最早的一批高档小区，这个小区无论是在建筑布局及设施，还是地理位置方面，都有引领深圳人生活之作用。许多人以能够在黄埔雅苑买到房子而自豪。买到这里的房子，就似乎与首富李嘉诚挨近了似的。不到一周，卖了大把的钱，令“和黄”上下欢喜不已。而且，价格是深圳住宅当时的最高点位。这样好的房地产市场，岂能不让李嘉诚喜笑颜开。

正是这样的出师大捷，让“和黄”把房地产业越做越大。李嘉诚通过黄埔雅苑看到了在内地做房地产的巨大潜力。他信心大增，眉梢一扬，便豪掷300个亿。白花花光闪闪地投放到内地，在数个重要的城市铺开来，开始了大面积的房地产布阵。北京、重庆、西安、上海等地，“和黄”大军浩荡进城了！而他们首选的建筑师，便是陈世民大师。因为陈世民让发展商的投资达到了效益最大化。

“环境、空间、文化、效益”四方面缺一不可，而最终要达到的目的，就是效益最大化！四者的关系，前三个是因，只有最后这个才是果。这个果是因为前三个因做到家了。比如环境方面陈世民动了很多脑筋。他首先将小区的整体布局与市中心的莲花山自然景观空间相结合，纳入他的自然大环境，而后又与市中心的交通、人文和公用设施环境相对接，整个小区的规划布局与中心区中轴线相对应，构成他的居住人文大环境，这个大环境不仅提高了小区的档次，也增加了环境质量和舒适度。在这个人文大环境中，他进一步做细：每个小区内实行彻底的人车分流，塑造上万平方米的花园式生态型生活空间，设置老少皆宜的生活设施，从而，在构造好的大环境里再构筑中环境的文化主题。再加之上面说到的户型的空间小环境，才最终能够达到发展商希望的效益最大化。这个让发展商满意的效益，无不是陈世民殚精竭虑的结果。

陈世民与和记黄埔这些大开发商合作，是对他的又一次锻炼。因为这个项目是采用建筑师负责制。陈世民不但要完成建筑设计方案，还要负责协调统筹各专业顾问一道工作。其中有奥雅纳工程顾问有限公司，园林顾问BCA，机电顾问TW，工料测量顾问DLS及其他单项顾问，诸如装修、标识、灯光等。这是内地最早与世界接轨的建筑师服务模式，于设计行业具有开创性意义。内地设计院的建筑师只负责设计，不负责施工以后的工作，图纸出来合同便终止，不再管了，将图纸盖成房子这一切过程都交由发展商。因而，内地大多数建筑师只是图纸设计师，只懂设计，不懂管理和施工。陈世民其实从南海酒店开始，就已经尝试过一管到底的香港建筑师服务模式了。

建筑师去管施工，是件很麻烦的事情。而事务所要与国际接轨，就要有国际的管理模式。他严格按着国际化模式，不仅搞好图纸设计，还要派建筑师到工地管项目，一管到底。这是一种完全彻底国际化的服务方式，因此，他们得到了“和黄”的信任，并建立了长期合作的基础。

1999 年的深业花园，虽然业主不是“和黄”，但也是一个最能体现环境观的成功之作。这个方案的总体布局首先要服从于市中心的规划框架，其次才从环境观念出发，把周围环境资源进行整合，这相当于在有限定的条件下，去发挥环境理念。这块空地最大亮点是毗邻莲花山。莲花山是深圳的核心风景山，犹如一个绿色的肺，为喧嚣的城市输送氧气。

开发商要求四好：好用、好看、好卖、好建。陈世民的切入点是要最大限度地利用好莲花山景观，把这个小区做成“园中有园”的小区。从草图上看，位置处于中心区，这边一条大路，那边也一条，背面是很高的中银大厦，三面闹市，只一面是莲花山。他这样布局：开口对着中心区，背靠莲花山。就是从窗户那一面，完全对着莲花山，避开噪音。而噪音这边没房子，只一个会所。这个布局非常舒适，让所有的住宅都是南北走向，没有西向房子。这是一个环境观念非常经典的小区，这个房子如果拿到别的地方去摆放，肯定不行，而如果倒过来开门的话，那就是破坏了人对环境的索取，所以，只能摆在这里，是“种”在这里的最佳设计。

构筑好了大环境，便开始着手中环境，即小区内住宅塔楼组合方式与周围大环境因素如何对接与平衡。而后是小环境营造：住宅分为 A、B、

C 三种单元类型，每类单元的户型均按其所在总体位置分别组合内部空间，既注重朝向通风，又注重室内比例与使用效应。

这个小区当年施工当年受益，首期 150 余户尚未推出，已被认购一空。深业花园还荣获了三个奖项：2003 年深圳市第十届优秀工程设计三等奖，以及 1999 年国际住宅与建筑科技展示交易会“居住小区优秀规划设计奖”和“优秀住宅户型设计奖”。

同年，陈世民在北京做的“世纪朝阳住宅小区”也有异曲同工之妙。在位于城东正对朝阳公园的地方，建一片豪华住宅区，引入朝阳公园环境资源是首要的考虑。借景用景造境，这也是陈世民的最大特点，所以，他在设计中，让绝大部分住户一方面拥有公园景观，一方面又拥有向南的受阳面，同时每户保持有两个以上的单边，获得良好穿堂风。这一总体布局对创造优越的人居环境，起到了至关重要的作用。此外，在打造中环境方面，他也动了脑筋，在小区北面对着朝阳公园宽阔的入口景观绿带及下沉式会所设计，不仅使内部庭院空间扩大，还与朝阳公园构成了有机连接，成为小区一大亮点。

陈世民不仅恰到好处地利用了环境资源，他还升华了这种资源，创造了最适宜人居的花园般舒适空间。从而，他不仅赢得了社会好评，也让投资商得到了最大效益，至于消费者嘛，花钱买这样的房子，获得物有所值的欣喜比什么都重要。

陈世民痛心疾首地说：“设计住宅是项艰苦的智力劳动，可以说几乎我所主持设计的每个项目都是在与开发商和管理部门反复商讨、激烈争论，更多的是在埋怨与压力下放弃了无数的周末和假日才得以实现的，有些项目是在同国内、国外的建筑师同行的激烈竞争中获得的，辛酸苦辣汇在一起。”

陈世民对住宅建筑有四大理念：一是以人为本，构筑人与自然对接渠道；二是把握时代，驾驭空间，勾兑一杯多元文化的美酒；三是用当代建筑技术发展成果，发挥空间组合优势，实现对效益和效率的追求；四是未来住宅建筑更具个性、生态性、信息性、文化性。他对中国住宅建筑是有重要贡献的。不仅贡献了良好的作品，还有宝贵的建筑理念和实践，尤其贡献了法典般的住宅建筑经验，这会让后人受益无穷。

陈世民在西安做的第一个项目是枫林绿洲。从这个项目设计方面也能看到他的先进理念。枫林绿洲位于西安高新区，120 多万平方米的用地。这个项目的业主不是“和黄”，却比“和黄”摆出更大的派头。他当时对陈世民放言：要建全世界最好的住宅。为此，他面向全世界招标，也托了好多家知名设计单位拿方案，结果均不满意。不知通过什么渠道找到了陈世民，这是委托性质的。他一张口就说：“陈大师，你给我做一个十年不落后的方案吧。我要生态、健康、运动、阳光四大主题。”

建筑设计最艰难的是构思阶段，而建筑事务所最艰难的则在于树立良好的信誉并生存下来。一切都事在人为，就看你陈大师如何去做了。

陈大师去察看这块地时，便在想，这个规划的结构如何来做？人怎么活动？绿化怎么搞？车辆怎么分流？重要的是要找到一个好的概念，才能保证十年不落后。

概念不是凭空而来，要从环境分析中得来。走过世界那么多地方的他，首先从西方人与中国人对住宅要求的角度进行分析：西方人居住特点，喜欢面临花园和绿地，而中国人的住宅是希望临街的，这是两个不同点。

陈大师画了三张草图：一张是欧美传统式的，红笔勾出的圆圈围拢，如花瓣环绕，中心是花园绿化。所有建筑，都是朝向绿地和花园的。这是欧洲人的生活习惯，住宅一定要面向花园，而中国人则不同，他们喜欢生活在街边上，要有街坊邻居。于是，他的第二个方案（草图）是长方形的，是城市街坊式小区，住宅沿街布置也有绿地，但不在重要位置，公共设施也是沿街设立。第三个草图：现代社区，组合型居住区。大社区，小组团，带状公共生活空间。居民公共设施带状休闲活动空间。这个现代居住空间，是东西方居住区的一个综合型并拢，或者说加入了现代人生活的改良，这在当时是极具前瞻性的，这就是陈世民找到的先进概念。

他给业主讲，这种“大社区，小组团”的结构模式，是将国外的花园式邻里单位，和国内传统的街坊式布局相结合的产物，结合周边城市环境资源，将全区划分为6个（其中一个独立）组团，组团之间一边为分隔组团的绿色生态谷，一边为组团之间的车行道及地下停车场通道。换言之，就是将住宅在分布的时候，用绿色植物隔离带和花园围拢环绕，托出一片宁静的诗意，另一面承继中国住宅及商店沿街布局，生活便捷，有着集聚人气的优势。其中塔楼呈南北向布局，成为拥有阳光、通内、自然生态的人车分流的居住环境。他主要考虑的是，家庭女主人在出门后，通过绿化生态谷幽径送孩子到幼儿园，而后仍然行走在绿荫之中去会馆健身，去美容院做美容，去菜市场买菜；而男主人离开家门，乘电梯直接下到停车场驱车离开小区，上班。就是说，车进小区走地下通道，人行小区走绿色生态谷。这样的小区，成为舒适步行的休闲环境，呈现出一种时尚的新生活走廊。

走廊概念在这个方案中有着诗意的呈现：生态谷由中央生态园和三条分隔组团的绿色新生活走廊组成。中央生态园由社区主入口的运动会所开始，分段设置多项运动健康设施。绿色生活走廊呈南北向布置，阳光直接照射大小广场、人行道、小庭院。生活走廊两侧设有居民商店、酒吧、文化健康设施、休闲设施、卫生医疗设施等，有如传统意义上的街道。建筑师在讲到会所时，使用了文学语言：“会所有如漂浮的一片枫叶。”

动静结合，空气与人气兼备，植物与商铺各得其所，要方便有方便，要安静有安静，要自然有自然，这样的方案他一讲完，开发商就激动地把桌子一拍：“太好啦！要的就是这个！”

从2002年开始设计，第一期住宅推出后，卖得非常之好。每天都有好多人前来，并不都是买房子的，也有专门过来参观的，他们喜欢穿行在绿化带之中，认为这里绿化带与生活带是活的，不是摆样子的，而是在美观与适用方面做到了极致。

古罗马的建筑师维特鲁威早在千年前就曾对建筑下过这样的定义：“建筑是组织人们的生活。”陈世民的“枫林绿洲”不是一般意义上的盖房子，他是在建社区，建造环境，在组织现代人的生活。他等于给了古长安一个十分现代的生活理念和空间，他改变了西安人从唐朝以来，没有多少变化的生活组织空间。联想到陈世民在奈良做文化村时，被当地媒体惊呼的古代有个李世民，现在来了个陈世民，不禁感慨良多。

这个项目被评为2004年“中国经典示范住宅”，获2003年全国人居建筑规划方案竞赛综合大奖。

陈世民建筑师事务所虽然起步艰难，但是从社会大环境而言，他赶上了一个千载难逢的中国住宅建筑蓬勃发展的大时代。房地产开发，成了最热门的行业，而一批万科、恒大、金地、远洋等大公司成为品牌，引领时代。全国的房地产龙头在深圳，而全国住宅最早的引领潮流者，也在深圳。深圳的几代小区建设，景观建设包括入室花园等，都被推向了全国。

“和黄”真有实力，他们在西安拥有面积惊人的一片地！“和黄”驻西安的经理说，西安高新区这里建的是综合式小区，跟其他城市的住宅小区截然不同。这里相当于建一座新城。就是将办公、商业、超市、住宅都混搭在一起。这样的做法并不先进，还带有计划经济的胎痕。

次日吃过早饭，我便跟陈世民驱车前往西安的高新经济开发区，去看他们的工地。

“和黄”带着香港人的城市理念，洋味十足地开进了这片皇天后土。在八百里秦川，按陈世民的设计正在施工的这一片工地，作为住宅区而言，实在是太大了！大得惊人！像一扇扇超大屏风，横竖成排地组合在无遮无拦的荒郊野地中。

开发商拿下地，建什么要听政府部门的，而建筑师如何设计，要听开发商的，当然也要听政府方面的意见。陈世民设计这个方案，首先考虑到的是这里的历史文化积淀之深厚。他按四合院的方式，将建筑做得天圆地方。根据西安的黄土色彩，建筑外墙面采用黄土颜色，有种回归自然的情怀。陈世民为“和黄”做这个方案时，并未得到他期望的认可。他们各种挑剔，图纸改来改去，几乎面目皆非。但改到最后，越改越不理想，竟又改回来了。现在走在这片建筑群中，陈世民指点给我看，他说他自己很喜欢那片一期的楼盘，那是黄土的颜色。现在正在做的是二期，楼的立面是银灰色，有着冰箱的那种质感，在阳光下，显得很亮，远远就能看到。这样的楼面色彩，确实够独特了。

陈世民走在自己的作品间，那是他创造的一个新城。他手执相机，走走停停，对着错落有致的楼群，不断拍摄。当年他到香港时，最先买的一件电器就是照相机，日本的，那是他的眼睛，他用来走世界，见识并记录了无以数计的建筑物，整体的局部的，让他不断地获取设计方面的营养。相机虽小，作用极大。

他来到一处工棚式的暂舍，屋里的几个年轻人见到陈大师纷纷站起来，目光里充满崇敬。这是工地办公室。有位中年女士很热情地迎上来。她是高经理，是陈世民事务所在当地雇的建筑师。她代表 CA 事务所常驻这个工地，一直跟到底，搞好服务。这就是陈世民事务所的“国际服务模式”。她向陈大师汇报目前的情况，尤其是遇到的一些问题。

在西安当地聘请建筑师坐镇服务，比从深圳派往这里更便捷，而且，因为是当地人，关系也熟。这位高经理很敬业，她带着我们进入工地。已经收尾了，脚手架什么的已拆。住宅小区有人在忙着园艺种植。陈大师看到这些新宅的门窗，特别是一楼作为商业网点的门是不锈钢材质的，他认为不好，跟高经理说了他的看法。我们又来到三期的小区大门口。这个大门是用钢架做成的塔式柱子，很壮硕，也很有创意。塔内可以高挂巨大的灯笼。我非常喜欢这个大门柱，塔式铁架子刷上红漆，既现代又秉承传统唐风。可惜这样的柱子业主方面并不喜欢，认为有些破费，原本小区的东西南北四个门均要做成这样的，结果被砍去了三个，仅剩下这一处了。陈大师认为打样的红漆颜色不对，过于红了，他希望刷成那种暗红色，深沉一些，也凝重一些。高经理点头称是。陈大师还看到一些石砖堆在一旁，他查问这是铺什么地方的，他认为石砖太薄，质量会有问题的，查问精细，眼光挑剔。这时候的陈世民完全不像建筑设计大师了，简直就是一个工程技术人员。

在三期住宅楼中，最受欢迎的，还是小户型建筑。这个房子设计最大特点就是窗户，从上到下，一块大玻璃落地。楼前无遮无挡，从这样的落地大玻璃窗望出去，八百里秦川，横无际涯，一片辽阔。这种大窗户，大视野，正适合古都人民的胸怀，因而很受欢迎。当全国的房地产普遍低迷之时，这里的楼房却依然抢手。据高经理说，这些楼还没有交付，已全部售完。

陈世民说，香港开发商跟我们内地开发商最大的不同在于，他们是算完账才决定做与不做。而内地的业主，是先拿下地，也不算账，管他三七二十一，先干就是了，等到干完后，才回过头来去算账，知道究竟赚了多少钱。这就是香港与内地房地产开发截然不同的方式。在这种完全不同的方式下，滋生着完全不同的商业运作模式与文化。而陈世民这些年，一脚香港一脚内地与两种模式打交道，拥有了水陆两栖本事。陈世民与中国其他建筑师相比，最大的特点，就是迅速的适应能力。

从“和黄”的经营风格中，能够让人联想到李嘉诚那双躲在黑框镜片后的眼睛，有着足够的耐心与谋略。他们对每个项目都算得精细。买完地，马上就会叫陈世民做方案。他们对做好的方案仔细推敲，生怕一不小心，会有什么疏漏。所以，陈世民在为“和黄”做设计方案时，总要格外认真仔细。他的建筑师事务所采取香港的模式：建筑师负责制。“和黄”的项目交给你，从设计到施工，全过程负责。建筑师不仅要负责设计方案，还要找人做结构、水电等方案。建筑师下到工地去监理，一管到底。这是建筑的服务机制，也是陈世民事务所跟香港事务所具备的同样功能。

其实，陈世民在接手“和黄”项目时，他的事务所当时在内地没有签字权。他们只是建筑专业事务所，没有结构水暖电气设备什么的，他们的建制是与香港和国际接轨的，却不与内地接轨，内地要求的是大而全。香港事务所是你只要有钱，就可以去雇设计队伍或施工队伍！而我们内地却不是去雇，而是你自己必须要有，有活没活，你都要养活这一批人。所以他们常常会闲得无事可做，因为项目初期阶段根本没有他们可做的事情，只有等到施工阶段，这批人才会找到用武之地。这就是计划经济体制养闲人的原因。陈世民一再强调精干，尤其他学到的香港文化精髓就在这里，因此，他无论在华艺还是在自己的事务所，他亲手制定的管理方案，都将精干强调到了极致。可以说，他这支设计队伍，是国内最精干的。他也是国内最早向烦琐而僵化的建筑设计体制挑战的勇士。

没有资质，他是无论如何没法做项目的，因此，就像当初为华艺争取资质一样，陈世民又去北京跟建设部争要资质。这是他跟吴奕良打的“第二仗”。

这一仗，他是为了自己的事务所。按内地规定，一定要有 80 个人的队伍。还要分别有水、暖、电气等工程师，结构师什么的。但陈世民是按香港建筑师模式去干的，香港没有任何一个建筑师事务所会养这样的80个人。所以，他上哪里去找这么多人哪！他好说歹说，吴局长只能勉强同意他们做试点。中国很多难办的事情都是从试点开始的，这是打开僵化局面的唯一缺口。

这一试点，麻烦就多了。陈世民的香港方式，与内地的“特色”缺乏对接的默契，他只能做建筑设计，而结构设计、水电设计等诸方面都得由香港方面的事务所找人来做，还有室内设计师也统统是来自香港方面，这可以说是综合兵团，也可称作杂牌军，而他陈世民等于率领这样一个联合舰队开进上海滩。由于这些公司是“和黄”方面找来的，而不是他陈世民分包出去，所以在配合方面，远不如由他来分包组建更默契，他要把这些东西理顺。所以，那一段时间，可把陈世民忙坏了。他让陈婷每个礼拜都拖着箱子跑上海。爷俩忙得脚打后脑勺。那种战地磨炼，让陈婷迅速成长起来。所以，那一段时间对陈婷日后当公司总经理还是颇为有利的。算是打下了扎实的基础，令她火线成长。现在，每每遇到棘手问题，陈大师还不免感叹:陈婷要是拿出像当年拖着箱子颠儿颠儿地跑上海那股劲头儿，就好了。

那时候，父亲的额头成熟得闪亮，犹如一轮太阳，照耀着女儿奔向机场。女儿红衣如火，飘动似风，拖着箱子，激情四溢奔向宝安机场。

上海滩那时候已经开始了“后青春期”的骚动。其房地产业与深圳相比，无疑是滞后的，但后来居上。大上海毕竟是个洋气十足的巨人，拥有着巨大的不可思议的能量，一旦苏醒，稍加翻身便会带来惊天动地的效应。全中国，全世界，都看到了上海房地产步入了激情时代。

就在上海房地产刚刚走向红火的时候，“和黄”也跑来凑热闹了。他们财大气粗，高价在上海乌鲁木齐路路南买了一块地，马上找到外国建筑师去搞规划方案。建筑师在和业主打交道时，首先要拿出一个对于这块地的规划使用方案。上海那块地究竟用于酒店呢，还是公寓呢？抑或做别的什么用场？为这块地而来的外国建筑师不止一人，名气一个胜过一个，他们比试着，拿出好多方案版本。但，不知为何却迟迟不见效果。几年过去了，那里依然撂荒着。

日出日落，那块地由闪亮如金似银，而逐渐伴着落日黯然无光。精明的“和黄”，怎么能够不心急如焚？眼睁睁看到高价之地一天天瑟缩在那里，原本可以日进斗金的，却在日日赔钱，赔的不仅是钱，还有他们对大上海的信心。

“和黄”一直没有让陈世民插手这块地的原因，是家族文化所致。即使陈世民为他们披挂上阵，他们仍然更垂青外国建筑师。等到他们遇到了实实在在的麻烦，确实难以为继了，这才找到陈世民。

他们先给陈世民提供了一个小小的质地并不精良的建筑模型，它已经过很多只手捏摸了差不多三年了吧。该白净的地方已经成了黑灰色，还有灰尘无孔不入。陈世民拿过来左看右看，仔细端详，悉心揣摩。他在核计，为何这块地早已经买过来了，却一直没有派上用场呢？陈世民管撂荒叫晒太阳。他说那么好的一块地，光晒太阳就晒了好几年了。

乌鲁木齐路算得上黄金路段了，其实，在上海滩哪一块地不是金光闪闪？精明的“和黄”为何会让这样一块地，只是闲置着晒太阳呢？

陈世民带着职业的疑问，亲赴现场考察，一眼就看明白了症结所在。这块地在路南，而真正的问题却是出在了路北，就是说在它的对面。路北边是一片老区，遍布陈旧的宿舍，却透示出不可侵犯的尊严。原来那是老干部的宿舍。陈世民注视着楼体的沧桑与昏暗，像面对那些老干部瘦削而苛刻的面孔。因为“和黄”要盖高楼，显然那会遮挡住人家的太阳光照，所以，便遭到了坚决抵制，让你无法盖房子。面对这种情况，外国建筑师提供的方案再好，也是做不成的。

“和黄”在面对老干部挡驾时，同样束手无策。就像当初他们在北京遇到了消防难题找到陈世民解决一样，这回也是希望由他来解困。

陈世民可谓经验丰富，于是，他深入现场，层层摸情况。先到区政府调查了解情况，而后又挨家挨户去老干部家走访，查看不同时间段的采光情况，他从不同角度测定阳光移动曲线。经过一系列周密细致的调查研究，他清晰意识到要想建大楼，解决日照的事情是关键所在。如果按照原来老外的方案实施，那将会影响到 110 个窗户的阳光，这 110 个窗户被遮挡，等于遮了人家 100 多双眼睛，人家肯定不会答应的。

陈世民为了尽量不让阳光遮挡对面，采用层递式方法，将楼群由矮及高，等级排序，疏密得当。这样的方案一出，上下满意，左右平坦。经过精心测算，最终经陈世民之手做出的方案，仅仅影响到四个窗户的光线。这四个窗户属于两户人家的。由 100 多个缩小到四个窗户，仅两户人家，算得上奇迹了，可见陈世民的本事。

两户人家对于“和黄”这样的大富翁来说，赔偿就行了，用不了多少钱的。最难办的事情解决了，被遮挡光线的那两户老干部因得了赔偿款，也欣然同意你建楼群了。

由于采光合理，设计精妙，房子顺利建好了。是否好卖，这还是要经受市场检验。

那时候国内住宅已经进入到景观舒适型阶段。都是大户型的，景观非常之好，在大房间里，就好像能够将上海滩的豪情美景收入囊中。这样的房子是深受拥戴的，因而越卖越高。

有一天，老板打电话给陈世民，那口气听得出有股难掩的喜悦，他说，你知道我顶层一户卖了多少钱吗？你猜。他让陈世民猜。陈世民说我猜不出。对方马上说：五万！五万一平呵！你知道吗？别的楼层才一万多一点儿。你知道我们怎么卖的吗？对方又卖了个关子。陈世民故作沉吟，对方马上说，有天来了一个人，问我们顶楼卖什么价钱，我们也不开价，让他自己给钱。你知道吗，他把手掌往你面前一摊，就打出了五根指头，五万。我们简直不敢相信：五万一平方米啊。卖出了上海的最高价位。

卖大发了！“和黄”在撂荒的地上发了大财。这一切，他们认为是陈世民的功劳。连亏损的那部分，这一下子都找回来了。仅这栋八万平方米的写字大楼就赚了大钱。在今天来看，这个大楼已经价值几十个亿了。

“和黄”是陈世民事务所的大主顾，而陈世民是“和黄”的财神。从深圳的黄浦雅苑到上海的这块撂荒晒太阳的地变成几十个亿的大楼，陈世民一路为“和黄”聚敛着财富。随后，“和黄”在重庆、西安纷纷拿下地，统统由陈世民主笔。在这些城市，陈世民继续为“和黄”做项目。请我们吃饭的这位“和黄”的年轻老板，就是被派到西安坐镇负责房屋销售的经理。从他在西安待八年，并在当地找到妻子成家立业来看，“和黄”已经深深扎根西安了。

陈世民事务所与“和黄”打交道可分为三个阶段。当初做深圳住宅是第一个阶段，由于市场业绩非常好，很快赢得他们信任。到了第二阶段，摊子铺大了，西安就来了 130 多万平方米的项目，等于建一座新城。这个项目一干就是六年。

开始做这个方案时，陈世民看了好几块地，结合西安历史文化的深厚，他把每一块地的房子都搞成了四合院形式。坐北朝南，端端正正，楼体取黄土色彩。他感觉很好，拿给他们看，“和黄”那边也觉得不错，就提出根据这个草图意向，让陈世民做方案。但是，他没有想到他们市场部的人又去改方案，改来改去又让他重新做，按他们的要求，做出了一个非常一般的方案，没有体现西安的特点，放在哪里都行。结果周老板一看，又把市场部的方案推翻了，回到陈世民的原方案。现在来看，最初的方案，也已经跟他的方案出入较大了。后来，越做越远离了最初的概念，陈世民控制不了。“和黄”可以随意更改他陈世民做好的方案，只要他们想改的话。由此看来，一个成型的建筑师要想保持建筑本身的个性风格，像赖特的流水别墅那样，简直是不可能的。

现在是到了第三个阶段了，进入李嘉诚的公子时代。现在更难做了。李嘉诚大公子从加拿大回来，把权力都收上去了。周老板已经说了不算。大公子请外国人来做，把加拿大建筑师请来也照样做不好。脱离国情脱离实际。所以，现在他们的合作越发艰难。

十年下来，陈世民为“和黄”做了1000多万平方米的项目，其收入相当于他们整个事务所的60%以上。

陈世民说，我们非常熟悉“和黄”的文化，他们管理文化的最大特点：写信。工地发生什么事情都要写信。第二天上班，就都能看到信，马上知道发生了什么事。我们处理之后，再将处理结果发布，知道这个事情怎么处理了。现在，写信更方便了，都用电脑发E-mail。

说到这些年与“和黄”的合作，他认为有三方面收获：首先是建筑专业设计和其他部分分包非常适用；第二个是跟他们工作以后，我们有了清楚的理念，学会了算账。政府给的指标要用尽，精打细算，我们得到很大锻炼。第三个，不厌其烦地修改方案。原来我们都不愿意修改的。今天市场这样，明天市场那样，要改，你加了多少班，花了多少小时，是要算账的。我们学到很多东西，让我们实现了国际事务所的模式。

国内其他事务所，大多都是小设计院式的。如果不用设计院模式恐怕就运转不了，而陈世民事务所则不然，因为他们有香港文化，跟业主沟通方便。这就是陈世民在华艺的经验。一个项目刚开始的时候，搞结构和水电的人闲得要命，而到了施工后期，结构、水电忙得不可开交，旱涝不均。有的地方投标，要求设计单位要有200人队伍这个先决条件，要养这样一支队伍，包袱太重，也不科学。

陈世民感叹："和黄"的钱越来越不容易赚了。起初那种建筑师承包式，后来也变了味儿，"和黄"只用他们的设计方案，至于结构与水电的设计，不用陈世民去找，他们自己去找，为了省钱。而陈世民说，他们现在跟国内建筑市场一样，想方设法压低设计费，因此，他要准备转向，不能只靠"和黄"吃饭。

人总是要走向老年的，再智慧的人到老了的时候，也不免会弱下来。但陈世民颇有些特殊。他依然头脑清楚，依然能跟上时代步伐。他坚持认为：在众多的建筑设计单位中，你的事务所要想立足，除了要有一流的国际化的服务之外，还必须要有一流的建筑理念，这个理念要保证走在时代前面而不是滞后。

四、重庆故事：是清泪，抑或浊泪？

我们将西安的工地兜了一圈儿，乘下午的飞机飞往成都。陈大师如同一个大兵团的司令，在长长的战线上巡视。到哪里都有人陪同，即使他回故乡雅安，也有一个向导。这是个中年女性，陈世民称她小四。她是陈世民哥哥的女儿。说到故乡雅安，陈大师自打考上大学离开以后，一直到80年代去香港期间，只因陪同钟华楠的四川行而回过一次，见到了哥哥一家子人都守在当地，他便鼓动这一家人要到外面世界闯荡。结果在他的鼓动下，除了这个小四之外，其他三个侄儿全都走出蜀地，去往深圳或香港闯荡，如今，这几个都闯出了一番天地。而留下来的这个被称作小四的侄女，一看就是那种贤妻良母型女人。

雅安在成都的西南方向。我们乘坐的进口越野吉普，速度很快。有一层薄雾，时断时续，一路陪伴。不到两个小时，便到了雅安市的大路口。路很宽，有一个类似广场的岔路，立着一个雕塑，那是雅安的现代“地标”吧。另一边还有一条道路，是通往康定藏族聚居区的路。没有车辆和行人，一片恬静。只能看到路的发端，而纵深路段，却被雾气遮掩，淡入远处群山峡谷之中。想当年，刘文辉的队伍就是从这里经过吧？而陈世民的父亲，那位中学校长也就是从这里走马上任西昌县的县长吧。陈世民感慨那时候交通工具不发达，他到成都古庙里赶考，那么遥远的路。而他在重庆读书时，更是感觉路途遥不可及，无法归家。直到他在重庆建工学院毕业，到武汉实习，再到北京工作，他也一直不曾还家看望父亲。如果有现在这么方便的小车，多踩一脚油门，岂不就能够回家探望父亲了吗？父亲在家中孤独离世的时候，他该多么盼望儿子还家呀。

人上了年纪，都要怀旧的。当车行驶进雅安城街路上时，陈世民的眼睛一直盯着沿途街景。

陈大师一向公开坦陈自己是土生土长的建筑师，没有高学历也未在名牌大学镀金，更没有留过洋，他也从不崇洋，尽管他十分注重去西方开阔眼界学习人家的好东西，但他崇拜的是那里的好东西，真学问，而绝非洋外壳。他的事务所是纯中国人的事务所，人家让他改个名字，换成洋名，类似什么斯基，什么德曼的，只要这样一改，就会适应国人崇洋胃口，就会有大把财富进项，但他付之一笑，仍坚持本土本色。

这几天，他的眼睛时常会湿润起来，是雾，是多雨天气造成的还是回到故乡，更多引发的情绪让他更加脆弱？他的泪腺松弛了，偶有一滴泪总在眼眶里打旋。是清泪，抑或浊泪？

人家问他在哪里学的建筑？他不加掩饰地回答：重庆。他在这里学到东西，多年后，又以感恩之心回到这里，加倍予以奉还或曰报答。目前，这个城市是他规划设计的项目最多的城市。

雅安城的建筑沿街排列，青衣江为这个古朴的小城带来现代气韵。各种现代商业店面装饰，广告灯饰什么，让雅安难觅旧时的风韵。

行至市中心街巷时，陈世民下车步行。他要找一些当年的老民居给我看。城市化的进程，也让这里失去了许多老房子。串街走巷，他是想找到当年的那个教堂吗？雅安中学呢？父亲用竹竿搭起的那个校舍，让他最初萌动的建筑意识，正在他沧桑的眉宇间有了执着的凝聚。

青衣江大桥很长，车行驶时，在桥头堡放缓了速度。当年，他不就是在这个桥头伸着脖子，张望解放军浩浩荡荡进入城里的吗？那么多的战士齐刷刷坐在地上的行李上面，还有沿街慢行的一长排汽车。那是他第一次看到那么多军绿车，还有小轿车。他身旁站着的那位姑娘呢？不知现在何方？

随着雅安中学大门口隐现，薄雾在眼前散尽。这是任何城市都可见到的学校门庭。有很高的门柱，挂着学校的牌子，有升降挡杆，有门卫，千篇一律，似曾相识。但只有一条小狗，以自己的方式独特地趴伏在大门口的马路边，任车水马龙汹涌经过，仍不眨眼地守候，没人知道它这是为什么，印象深刻。

我们被门卫挡在大门口，经过介绍，他才放我们进去。陈大师腰板笔挺着，表情庄重深沉。侄女跟在他身边，不时与之交谈几句。

完全没有了当年的影子，建筑全都是新的，连一片旧瓦陈砖都无法寻觅。陈大师来到运动场。这个宽敞的操场已经犹如专业的运动场，铺着塑胶跑道，这一层塑胶，将当年的泥土覆盖得严丝合缝，连气儿都透不出了。大师在那里站了良久，陷入读书时的少年时光吧。他在这个操场上与同学疯闹过奔跑过，扛着那个木杆子参加童子军时，就是在这个操场集合，开步走的吧？队伍整齐地行进，脚下会浮荡起一片黄尘。对了，若是阴雨连绵，操场会泥湿一片，街上也是雨水一片，他妈妈为他做的那双新鞋，在他有节奏的神气的踩踏中，被雨水泥泞弄得一塌糊涂……

他清楚的是，他们串街走巷，一路发传单，闹革命，到了晚上，他们还去查人家抽大烟的。在刘文辉搞的禁烟运动中，他们这些个娃娃兵，热情投入到这些进步活动中。

车越前行，路越狭窄，直到一条大河边上无法前行时，我们从车上下来。一间简陋商铺前，有几位老乡。司机打开车门问路，老乡说不能往前开了，于是我们下车了。

我们是站在一个高坡处，朝下面望，一条大河沉静流淌。我们等于站在河畔的崖壁上。顺一条蛇形小路而下。一棵大树千年而立，满身沧桑。这就是陈大师说的黄桷树吧？树身有两抱粗，根须遒劲。我们从一个很陡的台阶往下挪步。当年，这个立陡的高坡不是石阶而是泥土台阶，来到河底回望一眼，几十磴台阶高耸接天。人立在上面，显得很渺小。只有那棵大树，仍然撑起一片绿冠，擎起半个天空。

雅安的天空与周公河水一样像蒙着一层变旧的塑料布。河面有两座桥，一座是旧的已经废弃，像一道古怪的穹形马蹄钉，钉在了大河两岸，却无法上去行走，另一座是正在施工的新桥，桥头堡处有工人在干活。有一缕烟在岸那边的草丛中冒着。过河的行人只能通过一条简易单薄的窄木桥往来。桥身贴近水面，踩在上面晃晃悠悠。水面漾荡着散乱的波涌，听得见水的声音。陈大师端着相机驻足拍摄。他目光注视对岸，那排沿河而建造的房子，再远处是雾岚的山脉。那座山叫周公山。周公山与周公河就这么遥遥相望，度过了千万年时光。

从桥上走到对岸，偶见几位束额老乡，背着大背篓，深躬着腰肢，步子细碎。一条小路完全人工踩出，无今无古蜿蜒伸展。陈大师健步踏上去，我们紧随其后。

看上去这条有着菜地维系的乡间小路很窄，蜿蜒如一根抛出去的细软绳索。深入进去，简单排列的房子竟多了几许错落，小路也分了岔。陈大师不得不停下来，找路人打听着去处。

我们穿行在一个小村落里。有低矮的民宅，也有新盖的楼房。有的院墙是用大鹅卵石砌的基础，一个个椭圆形的鹅卵石上挂着一层浓绿的苔藓，毛茸茸的。这些石头都是从河滩那里搬来的吧？它们在这里活着，浑身挂着厚厚的苔藓，那是要多少时光的积淀呵。有些楼房虽不高，却有着水泥材质构筑的坚固与执着。不时有狗吠，狗的主人却不见出来。小狗可能很少见到城里来的人吧，狂喜地尾随叫嚣。我宁愿将其认作热烈的欢迎或狂喜的粗野表达。

大约走出去五百多米，陈大师顺路拐向最贴近河滩的一处老宅院。这个小院聚拢着一股陈年气息，木制的人字形矮房，从上到下的板壁与椽子，都被岁月熏黑了。门前堆着一些柴火，成捆立着摆放。陈大师上前几步，又后退几步端详一下，然后肯定地说这就是他小时居住的地方。可惜现在有些残缺不全了。他讲当年的建筑，为了说得清楚，掏出纸笔给我边画边讲。哪里是正房，哪里是厢房，哪里是门楼。这个四合院的北面，已经被一座现代砖混建筑取代了，墙体与另一半的陈旧木屋很不谐调。靠南的那面是正房，门锁着，他推开了一扇东厢房的门，小心翼翼地进去了。屋子里很暗，似乎已经不住人了，但是，想不到黑暗的过道进去，拐进里屋，屋地上坐着一个老汉在那里烤着炭火。他的眼睛有些不好，坐在那里也不说话，像一尊被烟火熏黑的木雕。

进去待了一会儿，眼睛适应了昏暗的光线，才看到一张床凌乱不堪，四周墙壁如同打着补丁。唯一透进光线的是一扇尺方小木窗，陈大师走过去，朝河床望去。他说这里就是他当年住过的屋子，窗口在高处，望出去，外面坡下是一片竹林掩隐的河滩。正是这个河滩，给他带来无穷的乐趣供他回味。

出了这个破旧屋子，陈大师急着找寻能够下到河滩的路，却怎么也找不见。恰好这时过来一位老头，黑旧的棉袄，光头，肤色粗糙黝黑。陈大师迎上前跟他打听从哪里能够下到河滩。他一听说陈大师当年是住在这里的，便一下子叫出了他的名字："你是陈世民？"

陈大师马上点头应允，问他是谁时，他却伸过来一根弯曲的手指说："你看看，这是你给我弄伤的。"

陈大师看着他的手指，不明所以。那老头便说起了当年的故事：那时候他们都很小，陈世民年长他几岁，跟他哥哥是小学的同学。有一次，陈世民为了吃核桃，砸不开，就放到门缝处，想利用门与框的挤压，将核桃坚硬的壳弄碎。这个老头当时还是个小不点儿，屁颠屁颠跟着他们玩。他帮着扶门，哪知陈世民一使劲，却夹了他的手指头，把手指盖都夹掉了。老头憨直地举着弯曲的手指，以示证据。这件事情陈大师已经完全没了记忆，经对方这么一说，他似乎回想起来。他笑着拉住那位老人的手，为之道歉。夹手的时候，他说他才三四岁，而如今已经70岁了，60多年都过去了，才迟迟迎来了陈大师的道歉。这是多么有趣的人生况味。两位老人，从穿戴上看，就是那样的不同，陈世民着一件皮夹克，皮质松软如绸，脖颈处系一条灰色纯毛格纹围巾；这位乡下老人穿一身黑色布衣，是那种中山装，里面有一件蓝色衬衣从黑中山装的下摆处露出一圈，像镶着一圈边儿。陈世民虽然头发不多，且灰白，但每一根发丝都梳理光洁，这位老人干脆就剪着光头，脑心光秃，后脑勺却如杂草没有除净的根须。他们俩都喜欢背手站着，陈大师背手时，肩头是放松的，而被夹手的老人背手时肩头收缩得很紧，像是手被人绑在了背后无法挣脱。他们有着完全不同的人生经历，却同时回到了童年时光。他们的手拉在一起，两双手的皮质与光泽截然不同。这就是命运呵！好比鲁迅与闰土。但他们同时笑开了满面春风。

对于陈大师而言，这真是一次意外的收获。他跟这位老人打听他的哥哥，他说哥哥还在，只是今天出门了，不晓得什么时候才能回来。陈世民只好让他代替自己问候他哥。

在他的引领下，我们绕过房子，找到去往河滩的小路。穿过那片薄如帘状的竹林，陈大师也到了河滩上。他不断感慨着河滩上的石头都不见了，当年这里全是圆润的鹅卵石。现在，全被菜地取代了。沿着菜地畦间的小径，他缓步朝前走去，在水边处站定。河面仍然有不散的雾气，越远越浓，但对岸的房子和树木，清晰展现开来。桥那边的那个大台阶，也进入眼帘。他久久地面向对岸。从他的身上，能够感觉到一个人不管年龄多大，也不管走得多么远，一旦回到儿时的故居，他就会回到从前。

60 多年了呵，孩提时的陈世民在这里玩耍时，只有五六岁。只能从一张泛黄的照片看到他小时的模样：很大的头颅，前额高突，细矮的身子骨，眼睛不大，眼珠则黑亮如宝石。他的童年简直就是一幅迷人的山水画：孩子在河滩玩耍，母亲于高坡端坐在门楼处远远注视着他。天晌了，母亲喊他吃饭，当他拃挲着一双脏手跑回家要抓东西吃时，母亲就会令他去洗手，然后就数落他光知道玩，将来可怎么办呀！

现在，母亲坐的门楼处早已不存在了，但是，母亲的影子却依然会在他眼前晃动。对岸还会时不时地传来父亲的声音吗？夜深人静，父亲在对岸喊他，他会在睡梦中爬起来的。在没有桥的河上，他们只有靠船摆渡。而他的童年，就是被船接走了，接到对岸，接到了城里。

城里很多记忆都没有这片河滩令他铭记在心。这里是他最初的诗意摇篮。他在这里无忧无虑地玩耍，他还跟一位美术老师学习画鱼，他画的是一条雅鱼。这条雅鱼承载了他儿时的梦想。

在雅安城里的饭店，到处都有雅鱼。何为雅鱼，顾名思义：雅安河水里面的鱼，而青衣江里的鱼呢，也都可以叫雅鱼。然而，近年来，人工养殖的鱼多了，一时间真假难辨。据说真正的雅鱼，是需要严格区分的，不光色泽、大小有所不同，最关键的辨伪，在于鱼头。这要在端上饭桌吃到鱼头的时候，由服务员出面为你扒开鱼头骨，然后，在里面以筷子挑动着，真正的纯种雅鱼，是有着一根剑状的头骨。形状确实跟一把宝剑酷似。而这根剑骨，被服务员挑出来后，洗净装到一个礼品盒里，作为你来雅安的礼品赠送。

揣着这样一支骨剑礼品，我们离开雅安。出城前，陈大师还为我们买了油鸭子，他认为雅安的油鸭子是当地最好吃的特产。

这一路走下来，我对于陈大师的人生之路有了最清晰的认知，也有了最不平静的感触。周公河那个如今还在修建的桥梁，晃动着，村民以最原始的方式，背着沉甸甸的背篓，从城里回来踩着晃悠的临时桥板而蹒跚过河。过河后的那条羊肠小道，起伏着通向他的旧宅，那里住着一个瞎子，终日守在黑漆寥光的破屋，斜上方支棱起来的简易窗板，洞开着一扇独眼般的窟窿，外面是迷蒙的天空。印象最深刻的是进村路上，那些农家砌在院墙上的大块鹅卵石，砌成那么长的一排，像脑壳一样层叠而光滑。它们曾经都在河滩中接受河水的千百年冲刷，变得滚圆起来，很像河边孩子们光秃脑壳。而孩子们在阳光下蹲在河滩上，与这一片圆滚滚的鹅卵石混杂一起时，从岸上的高坡处望下去的大人们，一眼是很难分辨出哪些是自家孩子的秃脑门，哪些是鹅卵石的。而要想分清哪个鹅卵石似的脑袋比别的脑袋更聪明，更加会有出息，那更是童话故事了。

陈世民当年就是晃动着那样的一个大脑门，在河滩上玩得忘了吃饭。母亲曾整天对他唠叨着，你整天只知道玩，你这样玩下去长大可怎么办啊？终日为他犯愁的母亲，哪里会知道，正是因为这无忧无虑的河畔玩耍，给了儿子一个丰富的诗化世界。大自然所赋予的灵性，可以伴随他走遍天涯。无论离开周公河多远多久，这份灵性都不会钝化。只不过同样在河边玩耍的光头孩子，又有几个可以走出去，走到北京，走到香港，走遍世界，而功成名就呢？

回程的途中，我们去了陈世民父母的墓地。在一片碑林中，陈世民把鲜花摆放好，跪拜在父母的坟前，默然无语，只有两行清泪悄然而下。随行人员都一一向老人深深鞠躬。挨着父母旁边的碑文写着他的哥嫂名字。那个带他进教堂的人，是否知道正是教堂开启了小弟的建筑梦想与空间灵性呢？

我在凝眸那块冷漠的碑石上他母亲的名字时，心想：老人家，你知道你的儿子盖了那么多的高楼，创办了两个大公司，拥有了真正属于自己的事务所，那么豪华的轿车和那么豪华的别墅，他还出席过那么重要的会议，受到过中央首长的接见……你会由此联想到那个5岁的娃娃，低着个光亮的大脑袋，一天到晚在河滩上玩而忘了吃饭，你就喊他回来吃饭。但你还会为这个整天光知道玩的孩子犯愁，担心将来他怎么办吗？

从这样一个冥顽不灵的孩子，成长为一个建筑大师，一个拥有国内外知名的建筑师事务所的董事长，九泉之下的老母亲，你该欣慰了。他已经书写了童话般的人生。

起风了，整个墓园被阴冷与悲情笼罩。陈大师的稀疏头发被风吹乱，遮挡不住颅顶，那一瞬间，感觉他像个孩子，蹲在地上，从头到脚写满哀伤。回到车里，他冻得有点发抖。一路上，没有人说话，都陷在往事之中吧。

从雅安回到成都，乘当晚的高铁由成都赶到重庆，仅仅用了两个多小时。这一条路，正是陈世民从雅安走出来的路。当年要从雅安到重庆，需要两天一夜的火车。陈世民在重庆读书时，从未敢侈望回家看看。他说要从重庆回雅安，那可是一件大事情呵！所以，他在大学读书期间直到毕业都不曾回家看看，直到父亲离世，他也未曾见上一面。而在日行千里的今天，仅仅用了半天的时间就到了雅安。速度与情感，是怎样的悖论关系？

进入重庆，陈大师立刻恢复到工作状态。前来接我们的车拉上我们沿江而行。已进入夜色中的城市，带着一种神秘的美感。雄阔的长江被两岸灯光装点，深邃江面幽幽折射着五彩的光斑。只有跨江的大桥，像一串闪光的珠宝镶嵌在那里，带来一片璀璨。

陈大师坐在副驾驶的位置，他朝江对面路边一指，告诉我，那里是他做的楼房——珊瑚水岸。看过去，那是很大的一片高楼住宅，沿山坡摆放开来，正面隔街与长江对望。这是重庆最佳的地理位置，属于江景房。陈大师在设计这样的住宅时，最基本的一个准则就是尽量让几十层高楼的每一个单元，在鳞次栉比的楼与楼的矩阵互映之中，哪怕是从密实的缝隙间，也要让每一个窗口都能看到江面！江景房在重庆人心目中有着特殊的亲切感。

珊瑚水岸也是“和黄”的项目，但不同的是，这个项目的开发是“和黄”与当地的一位年轻开发商的合作。“和黄”在国内数个城市铺开来搞房地产，还从未与任何当地开发商合作过。重庆这位杨总，莫非有什么过人之处？

此人与陈世民是忘年交，经常带着他的漂亮妻子去深圳，每次去陈世民都要请他吃饭。杨总二十来岁时就做房地产，上级主管部门感觉他太年轻了，说等你再过几年成熟了再做吧。他就只好又准备了八年，才获批准。他是一个纯正的乡下孩子。出道很早，也没有读过大学，但他社会经验非常丰富。现在的他，一身名牌，出入坐名车，但走路姿势晃悠，剪那种小平头，在重庆满街都可视的这种平头，只是不知他理发是否进出名店。他跟我讲到在香港见李嘉诚时，情绪非常亢奋。凭借他跟李嘉诚的合作，他在重庆当地被人高看一眼。当然，他能够跟李嘉诚搭上桥，恐怕还要得益于陈世民吧。这件事情我不曾刨根问底，人与人的交往是复杂的，不可能也不必要弄得太清楚，水至清则无鱼嘛。

珊瑚水岸确实是片漂亮的住宅区。一期商品房卖得很好，二期正在做，地形特别复杂，等于在陡峭的打滑的山坡上找平面。重庆的地形大多这样，但这个尤甚。不仅地形落差大，交通路口也是个大难题，还有人防也很复杂。建筑师在面对一个项目时，种种复杂都要一一化解，否则，是不可能拿到项目的。

陈大师在重庆做的项目之所以很多，因为他在这里人脉广、朋友多、影响大，与他合作的业主不仅有“和黄”，还有奥雅等多家。陈大师在重庆做的第一个项目，就是跟洋世达公司的合作，这家公司老总是新一代的开发商，头脑灵活，喜欢做大手笔大项目。与发展商打交道也是一门学问，只要得到认可，他们就会影响到其他发展商，何况，作品就立在那里，犹如桃李不言，下自成蹊。

珊瑚水岸在重庆已经成了一个品牌式的小区。从这里一直沿江而行，不远处便可遥见朝天门了。朝天门，是来重庆的游人必去之地，是积淀深厚的一处名胜。朝天门位于长江、嘉陵江交汇处，像两江夹持守护的一条狭长的大船。壁垒三面，地势中高，两侧渐次向下倾斜，人行石阶沿山而上，气势颇为雄伟。据载：朝天门是公元前 314 年，秦将张仪灭巴国后修筑巴郡城池时所建。明初戴鼎扩建重庆旧城，按九宫八卦之数造城门 17 座，其中规模最大的一座城门即朝天门。门上原书四个大字：“古渝雄关。”朝天门，为历代官员接皇帝圣旨之地，由于古代称皇帝为真龙天子，故此而得名。

对于陈世民而言，这里既是他的建筑平台，也是他的人生驿站。江水在雾气中迷蒙，城市在雾气中缥缈，而记忆，却不会被雾气遮盖。曾经的重庆，对于他这个由雅安一路走来，走向成功的学子，有多少故事随雾飘散，顺水流走，又有多少故事凝聚在内心中，一经触碰便鲜活在眼前。

重庆沙坪坝正街 174 号，是真正改变他命运的地方。重庆建筑工程学院那时候叫作“重庆土木建筑工程学院”，成立于 1952 年，而陈世民正是这一年，作为建校的第一批学子，跨入校门。

我在上海图书馆查到了 1938 年的沙坪坝照片：在一个台阶的小巷空间，分排站立着几层人，第一排露出全身，后几排只有脑袋。前排的服装有长袍，也有西服、中山装。26 个人当中，名字大多是陌生的：鲍鼎、刘福泰、谭垣，一个叫李祖鸿的着装长袍，人也清瘦，宽额稀顶，看上去年纪不小。这些人中，我熟知的只有一个汪坦，他站在第五排中间位置。这些照片上的人不知陈世民是否知晓。

那时候的校门已没了记忆，他能记住的是学校的大操场。因为大学的操场比雅安中学的操场大多了，也热闹多了。他在这里留下的最深记忆就是观看田径比赛。他的心会随着女子百米跨栏决赛而狂跳不已。他在深深地为一个女同学担心，为她祈祷，为她加油。那时还没有粉丝一说，但他一眼看到她登上跑道后，就开始替她捏把汗。他希望她获胜，希望看到她获胜后的蓝天白云般的欢畅笑容。其实，即便不能获取第一名，她也会高兴的。她一天到晚，总是那么快乐，人还未到，笑声便先过来了。她属于人见人爱的类型，好像生来就是为这个世界带来快乐的女子。

陈世民与她相比，完全不同。他属于老实巴交钻书本的那种类型。不抛头露面，不声不响地做自己的事儿。但是，他在高中时，不知怎么就能招到女同学的喜欢。前边写到了他在报考志愿时，同桌的那位女班长，主张他报考建筑，于是，才有了他后来的命运。那个女班长当时也是对他很主动的。他们俩在学校时也挺不错的。两家住处也很近，有时候上自习都一同回家，但他也感觉奇怪，不知道为什么，就是一考完试，就分头走开了。

后来他们在成都碰见过，彼此还聊起当年怎么没有动静了。她说你走了也就不联系嘛，他说你走了也不联系了嘛。

他们两人见面时，她已经 70 岁了。陈世民说，这中间我们就没什么联系了，也可能没有感觉吧，没有往那方面去发展，她曾给我写过信，我也没有回，那时候就没把这件事情放在心上，可能当时比较单纯。

考上了大学，他连家都没回，就直接卷着铺盖从成都直接坐火车去了重庆，后来他都觉得奇怪，考上了大学，怎么没有回家一趟呢？可能是交通上的问题。大家都在一起，然后就报名，就赶快去榜上查找自己名字，然后人家招生处就来领他们了，他们就一窝蜂挤上火车，坐的时间挺长的就去了重庆。等到大学毕业后，也没顾上回家，直接去了武汉。又由武汉分配到北京，也没有回家。

他觉得建工学院这段大学生活对他的影响蛮大。他的建筑梦就是从跨进这个校门，接触到这个专业开始的。

重庆建工学院当时是由三个学校合并起来的。而到了 2000 年 5 月 31 日，又面临着一次大合并，是跟原重庆大学、重庆建筑高等专科三校合并而成为重庆大学。他们的建筑工程学院成了重庆大学的 B 区。校名换了，什么东西都要做大做强，公司往集团里做，那是一种胖身，但愿不是虚胖。学院胖成了大学，而这所资深的建筑学院，看上去也并没因此强大多少，光鲜多少。即便从外壳看，也没看出有多大的变化。

幸亏没有大变化，才能保留记忆。作为这所院校首届毕业的学生，快 60 年了，陈大师稳步走进了校园。

他边走边回忆，那时候，这里全部是茅草房，我们那些桌子、架子搭起来，大礼堂都是茅草搭的。有些教室实验室都是茅草房，根本不像现在这样，只有学校的办公楼是两层砖房，一部分教室是一层的砖房，唯一的大楼就是那栋教学大楼，砖混结构。所以，我认识的身边的建筑，都是从普通简陋的开始。

他们当时住在嘉陵江山边上的一个教室里。原来是西南工专的教室。因缺少宿舍，他们这批新生去了以后，就被安置在那里。那是一间很宽敞的茅草房。大家就一人一个地铺，那么多铺盖卷逐一打开，就把教室地面摆满了。陈世民坐在自己的铺位上整理东西时，突然间就听到一阵欢笑声，随即就见到一个女生跑进来。陈世民看了她一眼，误以为她是老师呢。她不知为何径直走到陈世民的地铺前，大大方方地问：你哪儿来的？陈世民低声回道：我是雅安来的。

雅安在哪里？他就老老实实地告诉她在哪里。“后来，她就一直跟我两个坐着，在我的地铺上聊天。教室里的人都出去了，结果她就不走。于是，只有我两个人就在那儿聊呀，聊的。”

陈世民说：“我说你们怎么考建筑系呢，她说建筑可好了，她说到还有一个女同学姓张，她爸爸就是一个建筑师，我这才知道有人是真的叫作建筑师。她爸爸是留学还是哪里学的不清楚，她说做建筑师可好了。又要绘画，又要懂得音乐还有历史什么的，等等。因为我是小地方来的，跟大城市来的人比不同，她懂的东西就多一些嘛。我觉得这个对我还是影响比较大的。我就在那里讲雅安，就觉得跟她比较谈得来，从下午一直就说到了晚上。”

这个女同学就是韩琳。陈世民管她叫韩工。她是陈世民在学校里认识的第一位女同学。此后，他们就没有更多接触。整个大学生活是很俭朴的，当时国家每月只给 8 块钱，包吃包住，还给你一些书籍，一些文化用品。陈世民家里面只给 5 块钱，他在大学时代是蛮俭朴的。每天都是上七节课，有点像中学一样。对他来说，进了重建工以后，一是学什么专业，第二个就是学几年。因为他们这拨新生都是考的建筑，但建筑里边又要分结构、水电，还有土木什么的，有很多专业，由于受到入学头一天跟韩同学聊天的影响，陈世民就选了建筑设计专业。这有点爱屋及乌的意思。她的话每一句都钻进他的脑子里了。她讲到张同学父亲是建筑师嘛，多么多么好。另外就是你在这所学校里要学多少年？由你自己选择。本科四年，专科两年，他那时候特想赶快去社会上工作，希望赶快挣钱，不靠家里养着。所以，他就选择了两年期的建筑设计专业。今天来看，那是比较初步的学习。比如说上绘画课吧，人家本科的要学素描，从人头人体学起，因为建筑跟绘画不可分，而他们呢，没有那么多课时，直接进到渲染图。老师画了张渲染图，或者是这个写生的画，挂在墙上，他们就临摹，这叫快速成画，但却没有功底。还有建筑史，也没学，就跳过了，还有结构、工程方面的结构水暖电气，美学修养这些更谈不到了。后来学习建筑的学生要学四年，四年半，又增加至五年。整个课程，他们是快速压缩式的。

韩琳在学校里边是蛮出众的，陈世民自报到那天见到她以后，再也忘不掉了。她的音容笑貌，随时有校园里浮现。他开始留心她了。那时候她很出名，是文体方面的活跃分子。她很擅长田径，百米和跨栏非常出色，大学生运动会，重庆市运动会，她总是打着大旗走在前面，她还是学生会的文体部长，总有抛头露面的机会。人家这么风光，你陈世民能不自卑吗？所以，他不敢去奢望谈恋爱的事情。因为他觉得自己是老土。

到了第二年，他们这个班被拆开了，分成甲班、乙班，她在甲班，他在乙班。甲班呢，就是以各个学校考来的学生为主，乙班呢，有很多调干生。相比之下，乙班要比甲班沉闷一些，你想，都是一些干部调来学习的，相对成熟些。因为当时国家需要人才，就调进来读书培养。她所在的甲班，大多年纪小，纯学生，气氛大不同了。他老是能听见隔壁的教室里边吵吵嚷嚷的，一天到晚都是这样。陈世民由于家庭背景原因，他很珍惜好不容易得到的读书机会，所以他就非常用功。整天泡在书本里。而她呢，除了学习之外，课外活动也是很活跃的。他当时感觉自己与她有距离，也就没有勇气主动跟人家去拉什么关系。后来，他突然被检查出患有肺结核，就被隔离起来，住到了另外一个地方，离群索居。

为此，他更加自卑了。他那时认为自己与她很不般配，人家是校花，不仅漂亮，而且是学校的名人，经常出入重要的场合。人家还是学生会的干部。无论从哪方面来讲，都是出类拔萃的。他清楚好多男同学对她爱慕不已。听说有几个比自己强的男生正在追她。

相比之下，本来没有优势的他偏偏又患了肺病，这让他陷入深渊般的苦楚中。

当时学校里还有几位体弱同学患了肺结核，校方找他们谈话，有人选择了休学回家疗养，而他却选择了继续留校读书。

留校的日子并不好过，单独的宿舍，吃饭时也不能跟同学一起出入食堂。尤其到了夕阳西下时，他住在半地下的宿舍里，过早地就失去了太阳的光照，瞬间黯然的屋子，阴冷一片。一如他的心境。

而窗外时不时地会传来同学们嘻嘻哈哈的笑声，和奔跑着的擂鼓般的青春脚步，当这一切由强而弱，渐行渐远时，他的心慌成一团，浑身无力。他愈发强烈地意识到一种被遗弃的孤寂感，落寞感。疾病带来的离群索居，让他焦虑，更让他凄然。

最难熬的是每个周末。这是同学们最欢快的日子，学校有舞会的。她经常出入舞场。有时候她会把他拖下舞场跳舞。而这一切，都与他无关了。在他万念俱灰如坠深涧之时，突然听到窗外有人喊他的名字。起初他以为是幻听。谁会到这里喊他呢！同学们都知道肺结核是传染的，躲都躲不及，谁还会来喊他。“陈世民！陈世民！你在干什么？听到没？”

他这回听得非常真切，是她！刹那间心头慌跳出一股热浪，他回应道：“我在，我在呀！”

是她在叫他，语气中夹杂着嗲气："还不出来呀，你也不怕在屋子里闷出病来。"

"本来就有病的嘛！"他喃喃着，乖乖地走出来了。

暮色中，"校花"更加娇媚动人，往他面前挺胸一站，像一棵散发芳菲的丰盈的果树。她笑他整天闷在屋里看书，快成老夫子了。他嘴硬道：老夫子又怎么样？

"你要成老夫子就没人理睬你了呵！"

他跟在她身后，正是花开季节，四周有和谐的虫鸣，更有一种非常好闻的气味儿，不知是来自花香还是来自她的身体。他感觉脸红了。好在天完全黑下来，周围没有路灯，即便有的楼房透着灯光，也无法照到他的脸。

他不知道她要引他往哪里去，凭感觉他们要往没有人的地方去。他们边走边说着话，朝校园西边走，那里是一片空地，杂草丛生，还有一个小山包，好多的树，平时很少有人来这里。就像专为他们准备的一个山林，安静得无人惊扰。

他们在草地上席地而坐，无拘无束地摆起龙门阵。更多的时间是听她在说，她有很多的话要说，好多好玩的事情要告诉他，常常是她自己说着说着，他还没被逗笑，她倒笑弯了腰。许多年之后，他还感慨他的老伴在那时每天都快乐着，好像全世界的快乐都涌到了她的身上。她笑起来没完没了，而且极有感染力。就从来没看到她有不高兴的时候。

她的快乐情绪为他带来的是一剂良药，他从未讲过他的病是怎么养好的，也不知他究竟服了多少抗结核菌的药。但有一点无疑是真实可信的，校花的关爱，对他治愈疾病起到了至关重要的作用。对于一个应该休学回家的学生，前途受阻，心情抑郁，这一切可想而知。肺结核是传染性疾病，一般人唯恐躲避不及，哪里有这样每天傍晚陪他聊天，给他温暖与希望的伴侣呵！

那时候他每天都盼着太阳落山。只要到了那个时间，她总会在窗外喊他，约他去小山包那里。那是他们的乐园。是他的希望所在。那里一片虫鸣，一片安祥，一片诗情画意。

他们在一起有说不完的话题，除了理想、未来之外，他们更多的是谈建筑。她很佩服他的用功，他的才华，他功课总是最好的。她相信他将来一定会是一个有作为的建筑师。

或许，他的学习成绩好，是吸引她的关键所在吧。她为何独独选中了不显山不露水的陈世民？而且，不嫌弃他患病在身，离群索居。

她感觉他需要她的安慰，需要她的帮助。她既有一种高尚感，更有一种无法言说的情感冲动。如果从这个意义上而言，他的患病倒成全了他们的爱情。

现在他称她韩工。他说，韩工看到他越来越突出的事业，越来越充实的人生时，时常会感慨道：她还是嫁对了人。

其实，结过婚的人都有这种体会，两口子从一开始的选择，到几十年的磨合，会时不时地对于婚姻选择予以定评的。因为年轻时，人的选择余地是很大的，特别像韩工这样的校花，这样被好多男生青睐的漂亮女性。即使他们的同学王行方先生在谈到韩工时，也流露出由衷的赞美，并说她在学校很出名，很多男人想追求她都追不到的。

然而，陈世民并没有主动去追她，她倒是自动送上门了。古稀之年的陈世民从依然杂草丛生的羊肠小道走上坡时，停在一棵树旁，他顿时唤起了记忆，他记得最清楚的是，他说要生两个孩子。我说你当时为何说要生两个孩子呢？怎么没说生三个呢？

当时他们俩面对月亮，悄悄说着怦然心动的话。他说当时也是瞎说，说着玩的。结果后来，他们果然应验：生下了一男一女：陈婷、陈亮。现在两个孩子都在陈世民建筑师事务所，女儿任总经理，儿子陈亮任副总经理。儿子的理念跟他大不相同了。陈亮留学美国时，接受的是西方文化。

说到孙子，尤其说到那个外国儿媳生的大孙子，老爷子满面笑容。他的聪明，他的可爱，已经深入到他的骨髓里了。真是隔辈亲呵！

陈世民的大学生活真够有意义了。不仅收获了学识，还偷偷地收获了爱情。他们保密工作做得真好，居然没有人知道。等到临近毕业时，老师找他们谈话，希望他们能够印证彼此的关系，因为考虑毕业分配问题，可以照顾两个相爱的情人分配到一起的。到了这个时候，他们才羞怯地站出来，对班主任说，把我们俩分到一起吧。

1952 年入学的他们，是该校培养的第一代大学生，而作为建筑师而言，他们走出校门时正是 1954 年。他们也是共和国自己培养出的第一批建筑师。此前的梁思成也好，杨廷宝也好，陈植也好，他们都是美国学府给培养出的中国建筑师，他们算得上是新中国第一代建筑师。

从重庆建筑工程学院毕业的陈世民，等于仅仅读了两年书，速成式的，还没有学完本科的课程，本科是要四年制的，所以，他顶多能够得上专科毕业。

他们这批学生是将四年的课程压缩到两年。陈世民拖着病体，也要跟同学们一道拼命往前赶。幸亏有爱情，他的精神强大起来，扶助了他的身体。

陈世民感慨他这一生总是在赶时间。小学时就少念了两年，跳级考入中学，而到了高中时，又压缩了两年学业，提前进入大学。到了大学时，又少读两年提前进入社会。

1954 年，陈世民拿到的毕业证上写着工整的楷书，是竖排的："学生陈世民系四川省青神县人，现年 20 岁，在本院建筑系专修科建筑设计专业二年期满成绩及格，准予毕业，此证。"落款是重庆建筑工程学院院长李文海、副院长石昌杰、教务长乐怡然，公元一九五四年七月。

作为首届毕业生，他与自己心爱的姑娘双双携手投入火热的社会主义大建设浪潮中。他们居然被分配到了北京。那是首都啊，全国人民的心脏。对于那时候的有志青年，有着怎样的向往！他们的同学王珩方说，他当时虽然因成绩突出留校任教，但，他仍然非常羡慕陈世民他们被分配到了北京。可想而知，他们俩公开了恋爱关系，双双进京，这将引来多少同学的羡慕！许多人为此感到惊讶的。他们在私下里议论，怎么就没有察觉到他们相爱呢？他们是从什么时候开始的呢？

陈大师离开那个僻静的小山包，顺坡缓步而下，走到他曾被“软禁”的宿舍。重庆因山地居多，校园里也起伏不平。许多楼房最低一层与地面平行，而人行道这里，就是踩在屋顶的窗边上。想必屋里人只能看到行人的一双移动的脚。而当年韩工来喊他约会，他或许只能仰望到韩工的一双脚吧。韩工当时穿着一双怎样的鞋子呢？

陈世民走在操场边上。那些方形的石围栏已经挂上一层苔藓，像刷着一层淡绿的漆。球场上正在进行一场足球赛，有趣的是，这些球员男女老少混搭。有位胖女士非常骁勇，脚头也很硬。可见重庆的女子身体与性格均够硬朗。

绕操场差不多走了半圈，终于在大树掩隐中看到了教学楼。楼体正面是隶书体三个大字：“建工馆。”正好横跨在红砖立柱之间。窗户是新刷的，木棂窗格有着积淀的民间工艺的亲切感。陈大师快步来到近前，指点着左侧二楼的一扇窗户说，喏，那就是我们的教室。

哦，他讲过的，放学的时候，韩工总会站在窗外看他在不在教室里。那时也没有手机，也不可能发短信，但他们心有灵犀，就像预先知道她什么时候会出现在窗外的楼下，每次都是他一探头，准能看见她立于楼下往上面仰脖的情景。她的脸仰成一朵花。于是，他匆忙收拾好书包，快步下楼。这就是默契，就是缘分吧。

令陈大师惊喜的是，这个教室依然还在，室内正在装修。打开门走进去，很宽敞，近乎正方形，两面窗户，陈大师拿出相机立于窗口，透过花窗木格，朝外面摁下快门。他是在拍当年的楼下仰起的那朵花吗？他把这个镜头带回去给老伴看的话，相信她一定感慨万千，弄不好会抹眼泪的。人老了，泪腺就松了，憋不住的泪就很容易流出来的。陈世民站在窗前时，他的眼睛已有些潮红。

教室里零星有几张桌子，他坐在上面，我给他拍了一张照片。他好开心。他拿笔在桌子上的一张纸上画着什么，当年他就是这样写写画画。这是他一段非常美好的大学校园生活，即使过去 60 年了，此时端坐在这里，他脸上的笑容依然露出了顽童相。

我问他，毕业后是否回来过？他说回来过，十年前吧，参加同学会。当时，校方希望他为学校一个新楼做个方案，他倾力拿出了方案，可惜后来没有采用。而是慕名用了外地一位名建筑师的方案。看来，还是远来的和尚好念经。在他眼里，学校这些年变化不大。一个建筑专业院校，其校园的建筑与这个时代还是不够匹配的。但这也有好处，让他仍然能够走进当年美好的记忆之中。

差不多六十年了，一个甲子。我问他是否与韩工一起回过母校？他说没有。怪可惜的。如果韩工跟他一起走在这个校园里的话，那么，每一步都是甜美的记忆，那一草一木，都会跟他们讲述着曾经的往事。

他说找机会争取跟韩工一起回来看看。

他迈着沉缓的步履，走在红漆木地板的长廊上。此前，他不知道这个充满记忆的红楼会不会被拆掉，现在，他在这里找到他的大学时代，他的恋爱时光。

在走廊里遇到一个年轻的学生，他听说陈世民回学校了，显得非常激动，他跟陈大师在走廊合影。一老一少，隔代同学，背后是深如长巷的楼道，若干年后，当这个年轻人也老如陈大师时，再来看这张合影照片，就会感受时光的分量与意义了。

陈世民走出楼外，又在好几个地方驻足留影。操场这边那棵高大繁茂的黄桷树，他扶着树干感叹当年这是一棵小树；他还在一个小花坛的一尊雕像前留影，神情庄严。这是重庆建工学院的第一任校长，中国著名航空机械专家、教授李海文雕像。黑色理石座，金色的头像。雕塑与陈世民相比，显得年轻多了，头发浓厚，表情过于庄重，有点像烈士。

不知这位校长在年轻的陈世民眼里是否一直这样严肃。第一批学生毕业时，学校应该召开毕业典礼的，而作为一校之长的李海文，应该在台上讲话的。他会是个具有感染力的演说家吧？他一定要让这些即将踏上社会的毕业生热血沸腾，升腾起人生的崇高理想的。

那时候的国家，像一个蒸腾燃烧的大锅炉，每一个人好似投入炉中渴望燃烧的煤。哪怕是微不足道的煤渣也想烧出点动静。轰轰烈烈的大建设时代，作为学建筑的有用人才，国家犹如抓到了紧俏商品。近百人的毕业生们，一个不落地被拉到了朝天门码头。他们要在这里登船去武汉完成毕业实习。

陈世民是第二次来到朝天门的。薄雾飘韵，江波含情。高楼与江水，形成高与低的协奏，沿江望去，流动的与凝固的，一片开阔的生动。他第一次来到这里时，是应哥哥的一位朋友邀请，请他看了一场电影，还在一家饭店请他吃了顿饱饭。那时候他这个乡下孩子，还是第一次如此亲近地感受到长江与嘉陵江如何拥抱着这块狭长陆地，其宽阔的江面，是家门前的那条周公河无法比拟的，水势之浩渺也是他无法想象的。好多装载货物的大船，停靠在江边。朝天门那么多建筑，那么多的历史文化积淀令他目眩神迷。

朝天门是接皇帝圣旨的地方，而他们这批毕业生，就是在这样的神圣地方登上人生的航船，扬帆远行。

他跟韩工在一起，成双成对，形影不离。船行时，他们肩并肩坐在船舱，抬望眼，江水悠悠，水天一色。从码头驶出后，回望朝天门，更见大自然造化之妙。这是有神之画，有诗之眼，这种印象，让他日后为这个地方设计楼房，有了美妙的铺垫。只不过当时他还不敢去设想，将来有一天他要在这个城市做出一系列的建筑设计，甚至引发网上热议的地标性建筑。

那时候，他的憧憬还是飘在半空。他们这些同学差不多被装满了船舱。让他们想不到的是，船抵达武汉，竟然赶上了发洪水，长江沿线一片告急。人们穿梭奔走在大堤上，汗水和雨水混搅在一起。那是战场。靠人海战术去扛去堵。他们目睹着人人争当英雄的壮观场面，受到了英雄主义的熏陶。所谓实习，在这种背景下，也没有更好的条件让他们安心实习，基本上，就是把图纸拿过来，画了一遍施工图。也没有什么项目要他们去做，只是一处住宅的施工图，相当简单。很快实习就结束了，在武汉就地分配。他们当中绝大多数人幸运地分到了北京。

陈世民与韩工像比翼鸟，一同毕业，一同实习，又双双分配到北京的中央建筑设计院。真正的志同道合。正处在热恋当中，在开往北京的列车上，相依相偎，甜美无限。跟他们同车分到中央设计院的还有五位同学。他们没有结成双对。其羡慕之感更增加了一路上的愉悦。

那时的列车是蒸汽机头，靠烧煤加速。每当进站台时，火车便会发出雄狮般的一声长吼，车头的喷气孔便会吞云吐雾，释放出浓浓的一串烟柱，滚腾成一条蓬松巨龙。

这样的车头，才符合那个时代，才符合陈世民他们这拨分到首都的国产建筑师。他们亢奋着，畅想着，夜早已深了，坐在硬座上却睡不着。

后来，韩工说累了，便缓缓将头靠在陈世民的肩头，随着哐哐的车轮碾击钢轨的节奏，轻轻入眠。而陈世民瞅着她，吮吸着来自她身上的气息，谛听着她的细微呼吸，一动没动。

单调的车轮声伴着车厢的摇晃，让他甜美入梦。黑夜无边，梦境无边。

第四章　建筑梦长

王蒙在《中国天机》一书中，这样概括从 1953 年到 1956 年的：“那是希望和咬牙的年代。山河由我重新安排的年代。”

这三年间，事无巨细，都要国家领导人操心。酸梅糕生产，说是周总理的指示，莼菜汤也是因为周总理的关心，才在北京的宴席上出现。和平门烤鸭店也是。那时，干什么事情都需要国务院总理点头。何况建筑这种显赫的大事情！其重要性是国家的头号标志，头等大事。

那时的人活在重要与大事之中，犹如现在浸泡在温泉与桑拿之中，甚至有过之而无不及。激情年代嘛。

一、北京啊，北京：梦想启航的地方

在列车播放的进行曲中，陈世民一觉醒来。华北大平原一望无际，坦荡辽阔。

火车行驶在这样的空间，“吭哧吭哧”着仿佛变慢了速度。北京就要到了。播音员开始介绍首都北京时，声音都有点发颤，而这微微的颤动，顿时增加了感染力，让他们这几位刚起床的年轻人精神抖擞起来。

这一刻，阳光将车厢照得通透明亮，也将年轻貌美的韩琳辉映得面庞红晕。她眼睛不大，却是一对笑眼，一睁开来，就呈弧状的笑意。这样一双眼睛即使无意间朝陈世民一瞟，他都会感到有股甜美的暖流奔涌而来。

此时此刻，他的心情好极了。古人云，人生最幸福的事情无非有二：金榜题名、洞房花烛。而这两大人生之幸福，都在他的身旁。不是说福不双至吗？分到了北京梦想的国家级设计院，并得到了校花的爱情，这两项在他的人生当中，每一项都是了不起的大事。而当一个好的建筑师，则是他一生的梦想。他总喜欢以梦相喻，认为自己一生都在追梦，追建筑之梦！

凤凰卫视有一栏目：筑梦空间，那是为建筑而设置的空间。陈大师总喜欢看这档子节目，并不断回味着自己的“筑梦空间”。如果说考取重庆建筑工程学院是他的建筑师之梦开启的端倪的话，那么，这列将他载往北京的列车，在到达北京站的那一瞬间，让他心胸豁亮一片，他意识到自己作为建筑师的生涯，真正开始了。

北京，首都，中央设计院。这些都是带有崇高色彩的字眼。陈世民揣着至今还保留的那张“建工字第〇七七号”白纸毕业证书，昂首从火车上蹦了下来。这位重庆建筑工程学院建筑系建筑设计专业的大学生，如何在这个大北京实现人生梦想呢？严格说，他只读了两年建筑，相当于大专生吧。

不过，他确实有了好机遇，赶上了一个好时代。那是最为清纯和真诚的新中国的太阳照耀下的北京城。那是一种蒸蒸日上的希望，是国家实施第一个五年计划的开端。国家从战争中转型过来，要红红火火地搞大建设，而建筑师尤其重要，其重视程度可想而知。陈世民恰逢其时。

这时候，中央设计院已经改为北京工业建筑设计院。“文化大革命”中撤销，后来又变成建筑科学研究院一个设计所，再后来又改叫建设部建筑设计院。改来改去，无不打着时代的烙印。

陈世民之所以对中央设计院如此神往，是因为他在学校时，老师就多次提到过中央设计院，在介绍工程的时候，老师不乏溢美之词，所以，在他的脑子里就有一个挺深的印象。重庆建筑工程学院当时一个年级的学生有七八十人，这批毕业生都向往去北京中央设计院。这么多学生到了北京后，并非都能分到中央设计院，而是分到了各个部的设计院去了，只有七个人分到了中央设计院，其中还有两个是搞施工专业的。

为了能够到中央设计院，陈世民在老师分配摸底的时候，曾主动提出来能否去这个设计院。没承想，还真的就分配到了这里，这让他喜出望外。

简直就是福星高照，心想事成。像梦一样。除了他运气好之外，也说明他的成绩是优秀的。否则，是不可能得到如此关照。

从武汉到北京的列车停靠在前门火车站。那时，北京站还没有建，南来北往的乘客都要在这里进出。

陈世民除自己背着行李之外，还帮韩同学拎包，他们裹挟在熙攘的出站人流中，像在一条流动的河床中。人好比石头，总是被河水冲刷着改变形状，每天从这里进出的人无以计数，他们不断地变小变成石子甚至变成沙砾，若干年后，谁又会保证不被沙化而成为有用的石材呢？

前门站是一栋西洋式红色钟楼与圆拱形屋组合而成的建筑，迎面就是宝典式的古建筑箭楼，如奇峰壁立，气度不凡。

在检票口处等候接站的人群中，有一块醒目的牌子是为他们七个人打出的，设计院派人来接站了！来人操着一口北京腔，非常热情地帮他们拎着行李，引领到一辆大车上。他第一次听到了北京口音，陌生而亲切。陈世民新奇地四处观望，那么宽的大街，那么古老的建筑，这才是有历史有文化的大都市。他认为学建筑的嘛，就该到这样的城市来。车子拐过前门，一眼便看到了天安门广场。那恢宏雄伟的空间组合，与天安门这个极具精神内涵的古建筑，让他感受到一种前所未有的震撼！

仅仅看到了北京的一个角，就让这个初来乍到的大学生如此震撼。大北京究竟还有多少让他吃惊的地方？

在他眼里，北京是一个巨大的露天博物馆，储存着华夏民族千年的历史文化，汪洋大海般令他有种迷惘感。眼前掠过的这些古建筑，大多是明清时期的，而北京这座历史名城，是在元代大都城的基础上，改建和扩建而成。市中心是紫禁城。古代文献中以宫室为中心的都城规划思想，在这里得以充分体现，并据此规划出一条长达八公里，贯穿全城的中轴线。沿线设置了城门、广场、楼阙、宫殿、山峰、亭阁、城楼、鼓楼、钟楼、南北相峙；还有日坛、月坛、方坛砌筑，日月神明，东西相对，高低错落，抑扬开合，对称严整，构成气势雄伟庄严的大布局。

坐到车上，陈世民有种从未有过的踏实感。一直把他们拉到地安门附近的一排宿舍门口，中央设计院当时就在三老胡同里。只不过名字改成了北京工业建筑设计院。

三老胡同，是一个旧宅院，四合院式，一个院套着一个院，古朴而亲切。年轻的陈世民在这里结识了老一辈的著名建筑师赵琛、陈植等人。他们原本在上海，为了北京的大建设，从上海过来支援北京。赵琛当时是设计院的总建筑师。还有林乐义，这位对陈世民有着重要帮助和影响的人物，可以说，三老胡同云集了全国最好的建筑师。

陈世民一脚迈进这个院落，犹如登上了一艘大船，与中国一流建筑师们同在一条船上，开始了雄心勃勃的新里程。他们朝夕相处，让虚心好学的陈世民如鱼得水。这是他迅速成长的最佳环境。

作为新中国第一拨建筑学的毕业生，朝阳般赶上了千载难逢的机遇：为了庆祝建国十周年，1958 年 9 月，国务院做出决定，在北京兴建人民大会堂、革命历史博物馆、军事博物馆、全国农业展览馆、北京火车站、民族饭店、民族文化宫、迎宾馆、美术展览馆、歌剧院这十大建筑。周恩来总理十分关注，北京市政府干脆发起了一个全国性的设计竞赛活动。

当时的副市长、副书记万里同志具体分管此项竞赛。他召集了北京各设计部门负责人到会，热情洋溢地做了动员。于是，北京市规划局、北京市建筑设计院、北京工业建筑设计院、清华大学、南京工学院等单位的建筑师、工程师、教授们，群情振奋，热烈响应，十分踊跃参加了这项竞赛，大量方案雪片般飞来，铺天盖地。

在后来的建设中，国务院又做出对原先的十大建筑的调整，决定缓建歌剧院和电影宫，美术馆也要推迟建成。如此一来，歌剧院和电影宫这两项未能最终进入十大建筑，而补入了工人体育馆和华侨大厦，这便是后来被称为著名的北京十大建筑。

当时，陈世民所在的北京工业建筑设计院重点设计了北京火车站、全国农业展览馆和美术展览馆。还有歌剧院、电影宫两座建筑的设计方案。建筑工程部部长刘秀峰，设计院院长金欧卜和设计院党委书记、副院长袁镜身对此都十分关注。这可是国字号的大建筑啊！陈世民虽然是刚来设计院不久的新兵，却也被裹挟入这个国家高度重视的建筑大潮中。一种崇高感在他朴实的胸中热烈震颤。

那是 1958 年 9 月初的一天上午。周恩来总理在国务院的第一会议室里，亲自召集了对中国建筑有着开天辟地作用的国务会议。会议的内容是讨论当时兴建北京十大建筑之一的歌剧院的设计方案。对于当时的中国而言，建一座大歌剧院那是了不得的大事情，举国上下，为之所动。

国务院副总理陈毅和相关部长也到会了，还有清华大学的一些专家。袁镜身和林乐义代表设计院也早早来到会场。会前，各种设计歌剧院的方案都挂满了会议室，琳琅满目。周总理请参会的人们先看方案，然后讨论。周总理一身灰色中山装，步履优雅地踩在红地毯上，一边指点着挂在墙上的效果图，一边做着介绍。转了一圈之后，人们陆续围坐下来，个个坐姿端庄，目光聚拢，没有一个东张西望的。会场显得非常安静，过于庄重感令人不免有些拘谨。

讨论开始时，周总理微笑着朝大家看去，温和地说，大家不要拘束，各种意见都可以讲嘛。广开言路。

总理的平易近人，让与会者放下了包袱，大家争着发言，讨论得很是热烈。周总理始终在认真听取着各种不同意见，他两臂端在胸前，剑眉灵动，眼神一直在闪亮之中。等大家讲得差不多了，他突然发问：你们说，世界上哪一个剧院最好？特点是什么？众人便议论开来，说法不一。他当场翻阅了拿给他的一堆书籍和相关资料。翻看了一会儿，他跟坐在身旁的陈毅商量说：大家讨论得很好嘛，既然有不同意见，这次会就不做决定了，下次再议吧。

陈毅点了下头，宣布会议结束。

大家纷纷起身，一片忙乱之中，突然听到铁道部部长吕正操提出应建火车站的要求。他其实坐在那里半天了，只不过一直在倾听大家的议论，一言不发。而他这么一开口，会场马上安静下来。他的理由是：前门那个小火车站已经不能满足城市新的要求了，迫切需要再建一个规模宏大的现代化火车站。在十大建筑当中，北京火车站理应算上一个。

他的话音刚落，在场的陈毅和各部部长、专家们都表示赞同。周总理两道浓眉汇聚，沉稳地点头道："有道理，有道理，首都是需要建设一个新大门的。"他转向吕正操说："请铁道部拿出一个具体方案，再由国务院审核批准。"

吕正操爽声应答，春风满面。

就这样，北京火车站挤进了十大建筑。

那时候，各设计单位都为能够承担十大建筑的设计而倍感荣光。他们北京工业建筑设计院名列前茅。总建筑师戴念慈、林乐义，副总建筑师陈登鳌、毛梓尧，总工程师陶逸钟，主任工程师胡世平、朱山泉，带领一批青壮年建筑师、工程师参加到光荣的建筑设计之中。这个光荣的设计队伍中就有陈世民。他年轻而活跃，每天有使不完的力气。

除他们设计院之外，南京工学院也派出了由杨廷宝、张致中挂帅，带领几十个学生前来参加设计。全国的建筑师为北京火车站提供了 30 多个方案。袁镜身说，他们的设计院拿出三个方案给周总理看，周总理当场选中了其中的一个。于是，北京火车站就交由他们设计院来做。

这期间，国家领导人高度重视这个项目。施工中，周总理多次深入工地，出谋划策，给建筑师们留下了深刻印象。周总理对设计方案提出修改意见，比如火车站是祖国的一个新大门，如何体现这个新大门？候车大厅立面，是两个门垛式方柱，喻义首都的新大门。但总理提议应该再丰富一点，高敞一点。于是，就加上了两个对称的琉璃塔式“帽子”，传统文化味道加浓了。

在这些重大建筑中，陈世民虽然只是跑龙套的，但是，他却增长了见识，开阔了眼界。他所在的设计院这个群体，对他成长是极为有利的，他说：

“在我们同一辈的人中，要提到一个叫朱振文的人。我去了以后，上级让他当我的老师，带带我，我就跟他接触比较多。他教我应该怎么工作，按着程序，我等于从零起步。朱振文，高个子，天津大学毕业的，头发卷卷的，挺有建筑师的派头。还有一个叫龚正红，加拿大归来的，画画得特别好。还有我们的组长叫阎星华。设计院对我们这些新毕业的学生还是不错的，积极为我们创造条件。朱振文就带着我练习做一些设计，他给你讲设计院怎么工作，应该有些什么程序，所以从 1954 年开始，对我来讲基本上是一个实习阶段，我们实习一年转正嘛。实习就是开始工作，然后，熟悉这个设计程序和设计环境。

自 1958 年“大跃进”始，陈世民的工作内容变化比较多，他先是在二室，做民用设计师，后来因为工业化，又去做工业标准设计，就是苏联援助的 156 项，在中国要配套，所以说，将这个工业厂房的这些辅助用法标准化。然后，他又调到总平面设计室，就是工业厂房的总图。

1962 年以后，他又调到住宅设计室，专门去搞住宅，最后又转到了民用设计室。所以，他的工作内容是多样化的，等于得到了全面锻炼。这也为他日后成为一个全面素养的建筑师和管理人才打下了基础。

陈世民虽然是挂在这几个室里，但基本上院里面的大型的重要项目，他都会被叫去参加，所以，他慢慢上升为设计院的一个创作骨干。当初和陈世民一道来北京的那些同学，被分到了各个部门，他们就没有更多的机会搞这种建筑设计创作。比方说分到水利部去的，就搞水利设施设计，当时有些分到钢铁院去的，因为当时炼钢嘛，到钢铁院做建筑，就在那个领域里面去发展了。作为立志做建筑师的陈世民，最重要的是赶上了首都的十大工程，这是他的一个重要转折点。其实，在他实习期间，就已经很幸运了，因为他碰到的第一个工程，就很荣幸地认识了总建筑师林乐义先生。并从此得到林先生的言传身教，耳提面命。

那是一栋使馆建筑。北京当时要建的一批使馆中，分为大中小三种。这些都要由他们设计院来承担设计。在这个项目中，上级责成龚正红带着陈世民。起先是朱正文带他实习，然后就换了龚正红。陈世民负责北京使馆区的一种小型的使馆设计，这个对他来说，非常重要。龚正红让他画什么，他就画什么。做好了方案，他还可以直接得到林乐义的指导。林乐义给他的印象最深，对他的影响也最大。直到现在，林乐义的风格还在影响着他，比如，对方案的反复修改。设计就是改进，设计就是修改，不断地改，不同地改，一直改到完善。

“我们开始做的时候呢，我印象很清楚，画画画，过两天他来了，看看这里不行，又改了，当你改完了之后，你还没有全部画好，他又来了，看看这里又不行了，又改了，我们几个就是老改，没完没了。这样下去，什么时候才能完得了呵！我们就出了一个主意，叫他签字。改好了以后呢，林总你不要改了吧，不改了，那你签个字吧。他就签个字。我们以为这回可算完工了。结果，过两天他来了看了，又改了。我们就不好说你都签过字了还要改吗？这话涌到嘴边了却说不出口。为什么，他改得比上次还好！每一次，他都改得好，比原来都进步了很多，越改越好，结果我们又不得不佩服他。所以，这一点就是我跟林乐义学到的最重要的东西。而且，这中间他有一句很经典的话，就是说我们做的东西，一定要跟别人的有着不一样之处。这句话我到现在跟很多人讲也是这样，我们做的东西，一定要跟别人有所不同，要不一样的。当然，以后我们交往就多了，他对我的影响也蛮多的。”

陈世民做的这个使馆是两层楼，中间做两根柱子，做个门洞，两边就是两侧窗户了，因为做使馆区，该什么地方是大使住的，参赞住的，有什么要求，很复杂的，这些都是知识。可惜这个还没等他做完，就又让他去单独负责山西的一个项目，那是一个咨询所。然后又去做了一个技工学校，这个就比较全了，整个项目从头至尾做下来。

由于工作中遇到有经验的老总指点，得到师兄们的帮助，再加上他个人的勤奋，他进步非常快。从民用建筑，做到使馆建筑，后来又去做工业标准设计，再后来做总体布局，因为做总布局的时候要熟悉很多东西，比如说塑像设计，就是这个场地的这些标高，交通组织，这一大堆东西，是在民用建筑中间接触不到的。这些资源的叠加，让他得到全面锻炼，不仅做一种类型的房子，不仅是单栋的房子，而是建筑群体的空间关系，接触面宽了，受到的熏陶就多了。

他认为他们的设计院比较正规，当时还有苏联专家在他们那里，每一个小组，每一个室都有一个苏联专家，都要他们签字的。那时候设计院都是仿造苏联的模式来建制的，这个时候的设计院全面学习苏联，最早像赵琛他们都是一些事务所，事务所组合成国家设计院，国家设计院再模仿苏联的那一套，大院，大工业，156 项大工业，然后，整个规划都是大干道，苏联用地也不限制嘛，所以苏联那一套东西，对中国建筑界影响颇大。苏联专家还当了他们的主任建筑师、总建筑师，有些时候他跟苏联专家一起开会，一起参加方案讨论，那场面蛮有意思的。苏联专家很较真，对某一个问题他们会争论不休。处在这样一个大设计院，对他这位初出茅庐的年轻人的成长十分有利。

那时候，陈世民虽然有机会跟林乐义在一起做项目，却没有机会跟随戴念慈，不过，他从戴念慈身上也学到了几样东西，让他受用终身。戴念慈没有留过洋，他是中央大学毕业的。他不像留过洋的林乐义那么开朗。他很安静，甚至有点矜持。为人处世，他属于比较谨慎那种。他从戴念慈身上学到的第一件事情，就是如何收集资料。那时不像现在这么方便，没有复印机，他就用透明纸，去把人家一些好的设计一笔笔描下来，一张一张放好，像复印的一样，他感觉非常新鲜。他还从戴念慈那里学到了有关建筑创作方面的东西。当时戴先生负责做国家美术馆，很想把中国的东西和外国的东西有机整合起来，就用了敦煌莫高窟的符号，很有创意。他还做了一个马列学院，就是现在的中央党校，也做得精彩。还有阙里宾舍，大受建筑界的称赞。正是认真研究这些成功的建筑，让陈世民受益匪浅。

陈世民能有今天的特技般的绘图功夫，主要受到三个人的影响，一个是他的老师赵长庚，另外一个是杨廷宝，还有一个是林乐义。赵长庚教他们设计时，强调写生和白描的重要，说这个是建筑师的基本功。杨廷宝经常揣一个小笔记本，经常在上面画写生。最难得的是杨廷宝先生在北京时，晚上竟然跑到陈世民家里去，看他女儿画的那些画。那时候，他们都喜欢画写生，这个对他影响太大了。后来陈世民到南京时，有一次杨先生特地把他请到家里去，给他看自己在宾夕法尼亚读书时候的水彩画，还有一些人体素描。这可是杨廷宝从未展示与人的宝贝，平时都是被深锁在箱子里的。

这件事传开来，让人们好生羡慕。尤其南工的老师和学生，包括齐康，都说陈世民真幸运，他们跟随杨先生这么多年，还没有听说谁享受过此等待遇。

陈世民从林乐义身上受益最多。他功底非常好，有时候做设计以前，先画张图纸出来。陈世民就会偷偷拿回去，临摹。林乐义很洋气，那么粗的铅笔都是他从美国带回来的，当时国内根本见不到。林乐义竟然把从美国带回的这套粗铅笔送给了陈世民。陈世民慨叹："拿今天来讲，我想换个位置，把我舍不得的东西给别人，我还可能没有大方到那个程度。"

对陈世民发生影响的重量级人物还有梁思成先生。许多年过去，那次开会的情景仍历历在目。那是去参加北京城市规划的一个会议，陈世民掐着钟点进到会议室，一眼就看到一排空落的桌椅间坐着一个老头，弯着个背，戴个眼镜，一根手杖搁在旁边。有人指点着悄然告诉他：梁思成。久闻梁思成大名，如雷贯耳。陈世民离得很近观察他时，发现他脸色不大好，脸绷着。老先生不时抬腕看一下手表。可能已经到开会时间了，人却没有到齐。尤其召集会议的规划局领导没到场。过了一会儿，规划局的人到了，打算开会了，老头却突然站起来，拿了个手杖，朝地下有力地一顿：你们都不准时，这个会我不开了！然后，他就弯着个腰，往外走。有人就上前安抚他，可越说他越生气，他批评道，你们都不准时，这是在浪费别人的时间！

他的腰腿因车祸做了大手术，里面有钢支架，走路很不灵活。他是驼着背拂袖而去的。别人劝也劝不住。他的行动让在场人震惊，让主持会议者颇为尴尬。

这样的事情不大，却让陈世民看到了老前辈身上的一种风骨，一种品格。他觉得应该守时，应该尊重别人。所以，他从此逢会或者与人相约，总是先到那里等候，绝不会迟到半步。这些点滴东西都在影响着他，感染着他。

他认为赵琛、陈植他们带来的是美国文化，苏联专家们带来的是苏联文化，当时他们设计院还有一位叫阎星华的先生，是他的组长，后来当了北京建筑学会的会长，当了很长时间。他也是从苏联留学回来，当时在搞中央广播电台的设计，在阜成门那个地方。他的作品就是地道的苏式的东西，也对陈世民颇有影响。

从这些老一辈建筑专家那里，陈世民学到了很多东西，他像海绵吸水一样。他看到那些图纸是怎样一张一张由他们画出来，再变成庞大的建筑实体，这不仅加深了他对建筑师执业的崇尚感，也坚定了他的建筑师梦想。

不久，举国上下，一个红与专的大辩论开始了。陈世民在学校时，就一门心思学技术钻业务，只为学点本事为建设新中国派上用场。后来呢，一看到这些专家，这些老前辈，就更想成为他们那样的人。到了设计院以后，他埋头钻研业务，对技术上的东西更加认真，却对所谓政治不感兴趣。他没有积极去申请入团入党，他给人的印象是只关心技术，走白专道路。这在当时是要受到批判的。但他一直顶着压力，坚持走自己的路。

陈世民跟许多年轻人不同的是，他很用心。在跟随林乐义这样的建筑大师一道研究方案时，本来工作了一整天，也够累的了，但他能够主动请求下班后留下来进行整理。他会耐心细致地整理笔记，他还会用那种透明纸，把林乐义亲笔做的方案临摹一遍，拿回宿舍，再反复琢磨，强化自己要掌握的东西。

在实践中，他强烈意识到自己底子太薄了，在重庆建筑学院只读了两年书，到了用的时候，却似乎感到什么也没有学到。而他这样薄的底子，在北京却要与清华大学这种顶尖学府培养的本科生一起竞争，那种差距怎样才能缩短？什么时候才能缩短？

二、悖论的生活：陋室里的建筑师

分到北京的第二个年头，也就是1955年，他们结婚了。说到这一段，陈世民口气非常淡定："因为到了北京，又在一个设计院，我们就成天都能碰面。上班时大家在一起，一挨下班，人们就像一汪热闹的水流走了，就剩下我们俩。到了晚上，难分难舍，索性，两个人把被子抱到了一起，就结婚了。那时候婚礼办得都很简单。哪里像现在这样的铺张呵。"

结了婚，就算完成了人生一件大事。当时他们分到了一个很小的房子，原本应该属于一户的单元房里，却分住好几家。他分的这个屋只有一间，也没有装修这一说。作为新婚的洞房，也就用白灰刷刷墙而已，再贴上一幅大红喜字，就算洞房了。也没有去照相馆拍张婚纱照，新娘也没有披什么拖地长裙，一切从简。只要她认准嫁给陈世民，就无怨无悔，也不会去提什么物质享受条件。

那个房子也就几平方米，只够放一张床的。写字台都安放不下。他要画图怎么办？只能到厨房，一个更狭小的空间。有一个粗糙的水池子，一个门通向阳台，阳台也很窄小。那年月也没有封阳台的。陈世民拿了个图板，放到水池上面，就成了他的工作台。他工作的时候，水龙头只能拧紧，不能滴答水。为了防止万一滴水，他用毛巾绕绑住龙头嘴。到了早上，他就得赶紧把这个图板端走，把水龙头释放开，洗脸，刷牙，漱口。

在这种最小最简陋的家里，他在为国家的大建筑而潜心学习和工作。住了一段时间，他的房子有所改善。单位分给他一个8平方米的房间。其实这是一个三房的单元住宅，里面安排三家住。他得到的8平方米房间，只是三分之一。后来，他们有了孩子，住房又得到改善，调给他16平方米的一间房。再后来，有了两个孩子了，单位就给了他两间房子。两间房，没有自己单独的厨房和厕所，从50年代一直到“文革”下放时，再到回到北京，他在北京的住房一直是几家共用厨房和厕所的，为此他耿耿于怀：“我的一直都是共用厨房和厕所。就连我去香港以前，1976年吧，我住的是一个大单元的房子，你看。”他拿起笔在纸上画给我看，边画边讲解：“这是一家，两家，三家，这是我的一家。从这个门进来，这是很小的过道，其实就是一小空间，这里是一个厕所，只有一个蹲坑，这边是一个厨房，四家人共用。我去香港以前就是这个住房条件，这个厕所早上起来都是满的。要排队的。你现在无法想象。”

他画的是平面图，厨房并不宽敞，一个水槽子上面是水龙头，四个蜂窝煤炉依次排列开来，属于四户人家。这家两口人，旁边那家是四口，对面那家也是四口，陈家也是四口，总共16口人。要是这16个人都要上厕所的话，你说那要排多长的队呵。

住这样的房子，矛盾肯定是有的。厕所谁打扫？轮流排班吧。可仍然有矛盾，表面上大家低头不见抬头见的，有意见也不好意思说，背后却都在讲谁不讲卫生，你看谁不干净，谁不扫厕所，等等。开始排班的扫厕所制度只是口头上的，后来就正规化了，写好贴在墙上。走廊是共用地方，本来就窄，但总有人把行李什么的东西胡乱堆放在那里，既碍眼又不方便行走。

身为建筑师，能有这样的体验，对他日后的住宅设计大有裨益。那时候，他的最大的理想就是将来能够拥有一处独门独户的房间，有自己家的厕所和厨房。这个在今天来看简单得不能再简单的事情，却让他等了几十年，一直等到 1980 年，他陈世民都根本没有想过要拥有属于自己产权的房子。他只是巴望着能够改善，单位能分给一个独门独户住宅。能够自由进出干净的厕所，能够在进入厨房时，不被别人的油烟熏着呛着。

或许正是这种长久的对独门独户的渴望，他在日后设计住宅方面，非常细致入微，哪怕一个角落他都绝不含糊。他为此写下一些文字，那些文字都是蘸着感情的东西。曾有人问过他为何在论述住宅方案时那么容易动感情。他们无法知道，他的感情是从哪里来的，还不就是住了四家同居的房子，那些极易引发矛盾的厕所和厨房所致。

存在决定意识，一点不差。那个时代的北京居住条件就是那样。四个炉子烧蜂窝煤，夏天热得不得了。到了 80 年代才有煤气罐，而四个罐往厨房里一摆，像四个大炸弹。后来变成煤气管道了。而有了煤气管道，有些人家就把炉灶搬到他们自家的门口去烧饭了。

厨房对于居家生活是必不可少的。然而，在特殊的年代，家庭生活已经不需要厨房，不需要做饭了。那个时候，建筑师设计住宅，居然可以没有厨房。为什么？

公家有嘛！“大跃进”年代，全国需要大厨房，吃大食堂。小门小户，要什么厨房？

从 1954 年毕业到 1959 年的五年间，是他在北京经受锻炼，丰富自己的最佳五年，他成为设计院的骨干。可就在他感觉事业蒸蒸日上之时，灾难来临了。三年自然灾害，“文革”祸患，他成为反动权威培养的骨干，难免受到冲击。他被下放到山东最贫穷地区接受改造。

到了那里，确实艰苦，每天跟农民同吃同住同劳动。因为山东是重灾区，没有牲口，牲口都饿死了，所以，耕种时要人来拉那个犁，简直无法想象。没有粮食吃，就吃红薯，红薯的叶子和红薯面。外面包那个红薯叶的团子吃，所谓面团子，就是吃野菜，农村真够苦的。到了晚上，他们睡在一起时，被饿醒了，便开始精神会餐：他们就讲如果回北京的话，第一件事情干什么？大家异口同声应道：去吃一顿好的。吃什么？大家你一嘴我一舌地讨论回北京吃什么。那时候大家在一起整天就说吃什么。好像这是个深奥的问题。需要大家不断地讨论。有人说最好吃的就是用猪油包一顿饺子。也有人说红烧肉，毛主席都爱吃这个。

好不容易熬到了回北京，没过几年，又被下放到河南的五七干校插队，从此，他的人生开始大起大落，上天入地。

完全无法想象，一个中央级的赫赫有名的大设计院，就在一个早上被全部撤销，一声令下，众建筑师便呈鸟兽散。这都是军代表干的事，全国实行军代表制，他们下令：要在一个礼拜内举家迁走。

河南省修武县乡下随便弄了一块地，扔给他们建立五七干校。设计院是采用彻底革命的做法，整个撤销。

军令如山。最难办的是那么多书和资料怎么带？那些重要的图纸资料堆在地上就有好几米高。当时给了几个木箱子，陈世民蹲在地上，挑选要带走的。满地都是心血，感觉每一本书和每一张图纸都是有用的，拿起来就舍不得放下，简直难舍难分。干脆吧，什么资料也不带了，把所有的资料全扔了，一片绝望：陈世民认为这辈子就当农民去了，不会再做设计了，要这些资料也没用了。

一家人吃的用的，就装在那么几个木箱子里，用草绳子捆好，搁放在楼道口处，每家都有自己的编号，并写上你的名字。只等汽车来拉。

逃难似的。有的人家锅里边还有饭菜，有的家里正烧着灶火，蜂窝煤孔灼热晃眼，无法灭掉，只能用铁夹子提放到窗口，煤孔处滚烫发红，如高烧的眼睛，注视着这个疯狂混乱的世界。

大卡车愣头愣脑地一头扎进了院子里，人们便忙作一团，抢着往车上装东西，乱七八糟地把车装满了，东西都高出了车挡板。那阵势就像打败仗溃逃一样。

由汽车转火车，“呼呼呼”就给你拉到河南去了。然后，就把行李等车厢里的东西全丢散在地上，你就去扒拉着找自己的行李箱子吧。

在河南修武县的日子，是陈世民一生中最灰暗的时光。一家人被驱到穷乡僻壤不说，还要再度被拆散，分成三个地方，无法相见。他在新乡，交通极不方便。要想与妻子见上一面，就得起大早，凌晨 5 点爬起来，骑上自行车，一直骑到下午 3 点，才能翻山越岭，来到妻子所在的村落，找到“家”了。

这是怎样的“家”呀。屋里没有床可躺，地上铺一层稻草，就当床了。他睡在上面。墙是泥土的，黑乎乎的，地面也是凹凸不平，灶炕冷冷的，像多年不曾冒出烟火了。

一个设计建造了那么多楼房的建筑师，走进这个穷乡僻壤的家门，瞅哪里都是破损的，连门槛都破烂不堪，这个匠人却呆若木鸡，不知如何能把房子修好。如果不是从那个时代经历过来的年轻人，肯定会认为这是荒诞派戏剧情节。孩子那时还小，在另外一个地方寄托，他想见妻子就无法去见孩子。那时候，他的最大奢望就是一家人能够团聚，能够住到一起。

林彪出事那年，不知道哪里来了一个政策，在哪里下放就在哪里就地消化。他们是最后一拨被“卖掉”的。因为是技术骨干嘛，就以“5·16”专案组的名义把他们几个留到了干校。实际上，这些领导也是知道，分配的时候把重要的技术骨干留着，舍不得给别人，哪天皇历一转的时候，还会派上用处的嘛！你都分出去了，到时候再往回要人，就要不回来了。可是到了最后，实在扛不住了，必须要分完，就最后分派他们这拨。河南、山西、湖南这三个省都抢着要他们。

陈世民感觉山西吃醋，湖南吃辣椒，这都不对他的胃口，所以，还是留在河南吧，就进了河南省设计院。

当时河南省设计院下放在荥阳，他们一家人终于盼到了在荥阳相聚。陈世民觉得这回总算熬出头了。他兴高采烈地带着一家人坐上火车，直奔荥阳。一路上，他们全家无法掩饰即将到来的幸福。孩子还小，但都很懂事，尤其女儿。她替爸爸高兴，她从未见到爸爸如此高兴过。爸爸对她说，这回可好了，可算熬出头了。女儿看到爸望着窗外，眼角堆起了很深的褶子。

终于到站了。车厢很高，他从高处往外一望：满街光秃，满坡荒凉，他的脚骨就软了，好容易挪下来，恍若掉进了枯井。

改变命运的希望一下子就破灭了。

女儿陈婷在回忆当时的情景时，声音是颤抖的。在她幼小的记忆中，那是一个很小的火车站，月台上人很少，冷冷清清。火车头进站时喷着很浓的烟气，声音吼得骇人，简陋的月台在剧烈震动，像随时可能塌陷。他们一家就在这样一个清冷的小站下车了。她强烈感觉到有种被抛弃之感。她说：“一下火车，我爸就哭了。”

父亲一哭，一家人就全都哭了。已经担当陈世民事务所总经理的女儿，平素有着女强人的作风，遇事可谓举重若轻，但说到这里，她发红的眼圈已是噙满泪水。

当着幼小儿女的面流泪，恐怕是陈世民一生当中唯一的一次。这是一种绝望的泪水。正值中年的建筑师，满以为会从此把一家人带进幸福，却怎么又把家人领进了苦难中呢？究竟什么时候才会有出头之日呀。

一家人住进了一间破旧的小房子。屋子里有股发霉的味儿，肯定好久没有住过人了。哪有什么像样的家具，只能算是有个窝吧。一切都要从头开始，一家之主的建筑师要学会拉板车，生活方式退回到远古的樵夫时代。他要去很远的地方拉回蜂窝煤，一块一块地卸下来，摆放好。还要学会点燃炉火。他那双绘图的白净的手，迅速变得粗黑皴裂，每一道掌纹里，都蛮横地填满了灰土，洗上半天都洗不掉。冬天的荥阳，漫山遍野的荒凉也像大西北的荒芜，半山坡处的一片坟茔长满荒草，风吹出一片凄凉，莫非这里将是他的最后归宿？

那一年的冬天是他生命中最冷的冬天。他怎么也不会想到，春天会悄然朝他走来，尽管来得太迟了。

随着国家的复苏，周总理的外事活动频繁起来，他提出需要建一个像样的宾馆，即钓鱼台国宾馆。当时由李先念经办。李先念说，北京不是专门有一个搞楼堂馆所的设计院嘛，叫他们来做就行了嘛！这个事情就交给了建设部办。一查，说这个设计院撤销了，建设部就把任务给了下边的一个设计局。设计局觉得还是搞专家为首的集体创作为好，便请了清华大学、北京市设计院、上海华东院、同济大学这五家设计单位。由林乐义牵头，林乐义首先就选了陈世民做他的助手。由于考虑到陈世民在河南，就叫上了一个河南的建筑师，一同来到北京参加国宾馆项目。

头一步就是考察，林乐义就带上陈世民，在北京、上海、广州等地进行实地考察，这是“文化大革命”后的第一次考察，对他触动极大。特别是在广州。他第一次来到广州，看的是白云宾馆，是佘峻南、莫泊治他们做的宾馆，开放空间，流动空间，自然景观，弥散着岭南建筑的诗化风格，让他感觉非常新鲜，简直大开眼界。他掏出本子又写又画，恨不得把看到的东西统统装进肚子里。由于广州之行，激活了他的思想，写出了那篇颇有影响的文章《试谈公共建筑创作中的几个问题》，刊登在 1979 年第一期《建筑学报》上。

这期间，袁镜身已经从乡下回到北京，正在做恢复组建设计院的事。

当时报上去500名，却被上面打回来，嫌太多了，因为北京户口不好解决。于是，就改为150名。而陈世民有幸就在这150名当中。

钓鱼台国宾馆做完之后，北京这边就开始调他，但河南那边不放人。不管怎么说，他陈世民也坚定要回北京。不放人，他就直接去找河南省委书记，最后，他还是把书记说通了。全家班师回朝。从此，结束了噩梦般的流放生涯。

回到北京，感到天翻地覆了。改革开放，中国建筑再逢曙光。让他看到了真正的希望。陈世民个人生命的转折点，就是中国建筑的转折点。举国上下，群情激昂，要把被“四人帮”耽误的时间抢回来。很多项目摆开来等着他们。当时全国50多个建筑专家在做图书馆，做毛主席纪念堂。陈世民在这个时候已经在全国50个专家行列里了。当然，他还不是主要的牵头人物，但至少是中层骨干了。他除了做设计之外，还当了秘书，当了组织者。

“文革”之后的北京，“文革”之后的中国，经过了大的破坏，就要开始大的建设。建筑师迎来了黄金时期。而正是在这种大背景下，陈世民才会有了香港之机遇。

新中国的命运，就是陈世民的命运，从1954年到1980年，26年间，陈世民等于上天入地。一切都像做梦。上天是因为刚进北京就参加了为国家而设计的“十大建筑”，见到那么多知名大师，又受到了从未有过的重视。而入地呢？是国家遭遇了这么一次次灾难，别说建造楼房，连饭都吃不上了。

他从朝霞辉煌的长安大街瞬间跌落到临沂的穷乡僻壤；从荥阳那个每天冒烟熏得他流眼泪的蜂窝煤炉子，到北京设计钓鱼台国宾馆；从援外项目设计时禁忌的酒吧，到灯红酒绿的铜锣湾大道——怎么敢想象呵，这比梦还离奇的真实。他那高低起伏的人生道路，正与我们国家的起承转合之轨迹相暗和。

这个时候，陈世民又派上了用场。设计院成立了一个住宅研究室，就派他去参加住宅的调查和研究。结果，去走街串巷，看了好多全国的包括北京的住宅区，这才认识到中国的人居环境之糟糕透顶！那时候，拥挤的地区的人均居住面积只有一点几个平方米，全国平均人均只有两点几个平方米。现在我们是 38 个平方米，这个差距有多大！

陈世民写过一本人居环境的书，那是他对全国人居环境恶劣现状经过调查之后，内心受到的巨大震动的反应。他觉得自己作为一个建筑师，应该本着“经济、实用、在可能条件下讲究美观”这样一个建设方针，为老百姓多盖些房子，尽快改善人居环境。这不是一个建筑技术的认知，而是出自一种良心和使命感。

从这个意义上说，那些年的中国，不尊重建筑规律、市场规律这些东西，认为都是外国的货。现在呢，中国人的住宅自己说了算了，你有钱就可以买，再也不用巴结领导恩赐了。但是，住宅市场失控般价格飞升，似拽不住线的风筝，扶摇直上，老百姓眼巴巴看着它飞向瑰丽的云端。

作为建筑师而言，他管不了价格，也左右不了市场，他只能管好自己的设计。他认为房价既然这么昂贵，那么经他之手的设计，就应该做到物有所值，让买下房子的人不会后悔。

中国房地产发展太快了，城市跟风一样，让住宅成了图章，可以拿到任何城市任何地段盖印。而崇洋心理，仍然让住宅建筑难以走出欧陆风。陈世民的西安之行，从他在 21 世纪住宅问题上的讲话中，看到他已经十分清楚地意识到，引导或提升国人的住宅文化，将是一个长期的任务。

不管如何，陈世民毕竟在年轻时幸运地参加了国家级的重要项目设计。他为此豪情满怀过。那时北京还没有京漂一族，也没有什么蚁族蚁穴、胶囊旅馆之类。作为建筑大师的陈世民，看到今天在北京出现的蚁族和胶囊旅馆，他的心情会比当年搞全国住宅调查研究时轻松吗？他之所以后来将大量精力投入住宅建筑，提出了“五代住宅”理念，投入了那么多的心血，这与他当年的经历是分不开的。

如果说作家的写作需要体验苦难的话，那么，建筑师的创作，不也同样需要对于苦难的深切体验吗？

如果是一个普通百姓，可能会因换了一处好房子住，就会淡化过去在破房子里的煎熬，但是，对于一个建筑师而言，他曾经因住宅而留下的苦楚与伤感，是绝不会淡漠的，因为他每时每刻都在接触住宅，都在对人居空间发生关系，都在触碰伤口，哪怕已经愈合。悖论呵，人生——

三、别墅情结：市场眼光的考验

俗话说走过夜路的人，才知道光明的可贵，引过来说，有过四户 16 人排队使用一个厕所的经历的建筑师，才拥有更加强烈的别墅情结。在陈世民的内心深处，有种烛光耀动的地方，恍惚飘移中，犹如涉足不可知的洞穴，总希望突然间灿亮起来，眼前是豪宅毕现，金碧辉煌。这不就是美梦吗？是的，别墅是梦中的去处，而研究别墅和设计别墅对他而言，则是现实的事情。

他记得最初的别墅项目是为一个老人而设计的。这是个特殊的老人，有自己独特的美学要求，怕陈世民记不住，还颤抖着笔，一笔一画地写下来：“朴素、坚实、安静、安全，带一点民族园庭形式，不俗气。”这个要求体现了老人一生的职业特色。陈世民是坐在老人家里长条沙发上，与老人肩并肩地探讨着别墅方案。茶几宽大，上面摆着几个白瓷带盖茶杯，还有椭圆形紫沙盘里养着各种五彩石，应该是养水仙花的却不见水仙，另一个更大的托盘里盛着沙子，有一块山状石头，像种在这里，峥嵘而立。沙后靠背的上方墙上，挂着几幅画，全是同一种风格的山水，山都是陡立，笔墨浓重，稍透出绿意，江水幽静，水面上有一队帆船在或行或停之中。两岸房子灰瓦白墙，沿江而排，与船的队形相差无几。再远处，还有梯田如蝶翅。

陈世民说，他是怀着尊重又理解的心情在有限的条件下，为老人完成了设计图。老人乃李可染也。

能够住进别墅，那是一辈子的奋斗结果，船总是要靠码头，车也总是要靠岸的。问题是一个什么样的码头，什么样的岸。别墅之岸对于老人而言，是晚景绚丽。李可染能够建别墅，这在当时也很不容易。他原住在北京三里河干部宿舍三楼的单元内，空间狭小摆不开画板，没有电梯，腿脚不灵，上下楼极不方便，因此，他写信给万里和谷牧，言称拟售画自筹20万元委托中国房地产开发总公司在北京翠微路小区内建一幢500余平方米的单幢别墅自用。那是1986年的事情。那时候20万，就可以在北京盖别墅呀！还是500平方米的大别墅。搁到现在，简直不可想象。而李可染的画作搁到现在，一幅大点的山水大概也能换个别墅吧。

陈世民完全按照老画家的要求设计建造了这个不俗的别墅。

外表看，更多体现的是传统的民族风格，灰色外墙瓷砖，顶部还有琉璃瓦。内部空间设计更加合理达观:陈列、藏画、画室、接待室、客厅、卧室、餐厅、厨房、车库等开合有致，精美有序。既有王府般的大户人家的门庭贵气，更有现代大家的书卷风情。可惜建成后不久，李可染就去世了，他们要在别墅里重叙的诺言也未能兑现。

“独立式单栋别墅我接触得较少，由于这种类型住宅在中国属豪华级住宅，仅属个别业主需要，多做接待用途，不像西方发达国家，将独立幢住宅视为居住建筑的基本类型，成为每家每户的生活基础。因此，1992年前，我仅设计过著名画家李可染在北京的住房和深圳华侨城名人住宅。”

如果说李可染的别墅是传统的民族风格的，那么深圳华侨城名人住宅则是现代的西洋式的别墅。陈世民是受香港友人之托，1989年8月5日实地考察。这块地在华侨城之东方花园区内，紧邻深圳湾海滨的坡地上。环境绝佳，景色奇美。他了解到主人喜欢安静，自然简朴的特点，便将别墅依山就势兴建。若从入口看去，仅为一层的平房，有点不大起眼，但你要是走进去，会惊心动魄。不仅迎来海景一片，而且层楼缘着山体的坡度攀升，每个层楼都有不同的空间感觉。真可谓自然与人工巧妙融为一体。陈世民在草图上标明："屋顶最能代表性格，不同方向的转折，多层顶的组合，灰瓦、粉墙、爬藤、落霞、归雁、帆影，人与自然一片。"这行字很娟秀，是在草图的房顶空白处，接下来有两个很大的字："情调。"时间："1989年8月5日。"

情调，这是一个很小资的东西。雅安摸爬滚打出来的陈世民，如何能够玩得起这个情调呢？在他黝黑的肤色里面，从小就种下了对西洋景的崇拜，这不仅是因为哥哥带他到教堂受到的熏染，还有一次更为重要的经历：别墅历险。

雅安市中心的平顶山上，是一个令孩子们神往的地方，爬上去，就能看到好多树中间夹着一些小别墅。这些小别墅在绿树掩藏中，有种很神秘的感觉。雅安的有钱人家都住在这上头。他到现在还记得他们家有一个亲戚，在银行里边当行长。他家就是山坡上那种老式的别墅。前面有个大院子，大门房很气派。边上还有一个棚子，中间是客厅，这边是书房，办公间。那个亲戚上下班都坐人力车，他们当地叫拉洋车。一般的人是绝对坐不起的，比现在坐奔驰宝马要牛得多。坐上洋车，脚一踩，当当响铃，前面拉车人猛一低头弯背，车就动起来了。一个秘书或者是警卫，背着个盒子枪匣，在后面颠颠跟着跑。

他记得门房边上有一个车房就是专门放这个洋车的，进去以后，中间就是一个院子，好像是两层楼的别墅。因为对洋车好奇，他就到院子里去看这个车库。车库边上有一个水坑，这个水坑有很多水，可能是消防用的，结果他不知怎么一脚踩空，就掉到水里面了。这个时候大人们都在屋子里面摆龙门阵，根本不知道这个小孩子会出事。他溺水后，什么也不知道了。幸亏有个用人发现，就把他打捞上来。等他醒来的时候，一身衣服都换了，躺在人家的床上。到了晚上，人家就把他送回家了。这是他第一次拜访富人家，第一次见到别墅。没捞着吃好饭，还闯了祸。但是，他感觉很有收获，就是看到并体验了别墅空间。只是有点冒险，差点牺牲在那里。

往事如梦。他总喜欢将自己的建筑创作说成是梦。这与他的梦幻般的起伏人生不无关系。荥阳是个贫穷的地方。距省会郑州仅几十里。他在那里工作时，是处于人生的苦闷期，却怎么也不会想到，日后某一天，他会跟这里再度结缘，而且又是因为别墅。

确实太富传奇色彩了。当年在这儿遭受的是地狱般的生活，现在，他却在为这里建造别墅天堂。

那片别墅区叫五云山，开发商是居易房地产集团，老板是在网上发现陈世民的，也了解他的经历，就跟他们事务所联系，签委托合同。

这位董事长 40 来岁，做事沉稳。他是先签完合同，才到深圳来考察陈世民事务所的。他们这么大个项目，3000 亩的地盘，搞房地产开发，建高档别墅区，他是经过全国招标之后，绕了一大圈下来，最后才选择陈世民的。他们经过多方比较，对陈世民的总体规划概念比较认同。

经过进一步交谈，陈世民便跟着他再度踏上荥阳那片荒郊野地。真是今非昔比了。荥阳是距郑州最近的一个县城，仅为 30 公里，相当于同城化开发，其前景就是要跟郑州联成一体化，相当于一个休闲度假区。因为郑州市没有大公园，这个别墅区要打造出郑州的后花园。当年的荒郊野岭居然成了块宝地。

再度踏上这里，真是别样感觉，别样心情。这里的环境他再熟悉不过了。那些荒草丛生的山头，那些土沟土坎，那一片被秋风吹得瑟瑟发抖的坟头……面对这片荒冢，他想到曾经多么孤立无援地孑立于这里，拣拾柴火的情景，倍感苍凉。

现在需要他的不是对往日的辛酸回味，而是要他的市场眼光，市场视野。由于他有做大盘的经验，由于他对别墅刻骨铭心，有着梦中的烛照，因而他做出的方案令人信服。自然获得他们的认同。一个副总说他们公司接触了那么多设计单位，还是陈世民事务所做的方案最棒。

这片别墅区现在已经建起了一部分，着装是麦黄色，当下国际流行色，西班牙风格。颇有市场前景。

这片穷山沟，一夜间在他的构想中，竟变成了弥散西方味道的享乐园，真是恍然若梦。

陈大师喜欢旅游，喜欢去欧洲旅游。每年，他都要带孙子去欧洲走一趟。常言道隔辈亲，他真是很喜欢大孙子。小家伙是个混血儿，非常聪明。他看着这孩子一天一个样儿，不知不觉长成了大小伙子。以前他带着孙子走世界，现在等于孙子带着爷爷了。

能够抽暇走出来，爷孙俩其乐融融，这是多么难得的幸福时光。然而，就是在这样的旅游途中，陈大师也放不下工作。他仍然要抽空改图改方案。平湖御峰园，就是 2005 年 7 月 8 日早上在伦敦跟孙子旅游时做完的“作业”，从德国把这个图传回来，由陈婷、陈永棋接收。图上面写着 86755 数字，不明所以。

他把图寄回来，也把自己的意见写清楚了。请他们组织力量，按这个图升华，进行排列，这张图他用了太极图创意。

这是和记黄埔的项目，三四十万平方米要做别墅区。好大的手笔。

因为在这个地方有环境优势，两个山，为了体现生态性质，他就把这两个山纳入风水学中，视作阴阳，便有了中国太极阴阳鱼的关系。

当时社会上时兴连排别墅，投资少，见效快，卖得昂贵。所以开发商拿到一块地，就会根据容积率的要求，在这块上尽可能多地盖这种成片别墅，剩的边角才会盖大高楼。比方说我这个地一万平方米，我可以盖五倍容积率，就可以盖五万平方米，除了这个限制以外，还有一个规定，这块地我这个房子占的地面积最多只能占40%，其他60%要空下来做园林道路这些东西。这就是覆盖率。

容积率，管的不是楼的层数，而是你盖的总平方米与空地的比例。你在这块地上只能装这么多房子，但是还有另外一个指标管住你的，就是覆盖率。你不能说我盖一层，我把它全铺满了，那不行，没有活动空间了，没有道路没有绿化，所以这两个指标是经常挂在建筑师和开发商嘴上的。

"和黄"要求陈大师的设计，尽量满足他们多盖连排别墅，剩下的部分地段，盖成高层，但是，要保证把这块地该空的都空下来，等于在40%的土地里边盖百分之百的房子，这百分之百的房子里边尽量是低矮的，实在低不了再盖点高的，这样就可以多卖钱了。

开发商确实一切向钱看，但这给建筑师出了难题。他们开始做了好多方案：哪里摆一圈高层的，哪些是矮层别墅的，按照一种普通习惯摆放，他们不满意；然后又构想新思路：根据这个山的地势的走向摆放，这边是山，这边有一条路，这是平府镇，这样依自然顺序摆排了十几个，几十个方案，他们都不满意，说是没有找到味道。这可难了。所以，陈世民把这个难题带到了旅游路上，趁跟孙子在一起的好心情，他灵感闪现了。

平湖御峰园别墅区方案，不仅仅是房子的排兵布阵，而且还要涉及历史的文化的文学的，有时候要靠这些知识出思路出灵感。比如这个项目就是从风水太极图那里找来的灵感。香港人是最讲风水的，所以，太极阴阳鱼正中下怀，安有不同意之理。

陈世民喜欢做别墅，也可能有另一个原因，那就是最能体现他的环境理念。他可以把别墅建筑做好，也能够将别墅建筑做绝！同为 1999 年设计的广州汇美景台，便是一个体现他的环境理念的绝佳之作。

广州最好的风景点无疑散落在珠江两岸，无论沙面，还是珠江的新岸，亚运会新建的那些大建筑，电视塔、体育馆、广州大剧院等，为这个城市增添了许多光彩。这是一批应运而生的大建筑。到了夜晚，这些个庞大建筑物通体放光，映衬着珠江水面斑斓多姿。在这些大建筑诞生之前，陈世民在珠江畔做了一个很精彩的楼盘。

故事源自一位姓莫的老板，此人是香港人，是几十年前从内地出去的香港人。在香港发了点财回来，就在广州这里买了一些地，搞开发。此人去香港前曾经是地方国土局的干部，还是北大历史系的研究生，挺有文学修养的。他所以选择珠江畔搞开发，是当时一个朋友的介绍和鼓动，让他萌动了搞房地产的热望。

他是人还没到，声音先到了：“你是陈大师吗？我想来拜访你。”那天，突然就接到了这么个电话来。陈世民说好的，想听听下文，他就说：“听说你有点灵气，我有个楼盘，但是我希望你能做得很有特色，你按你的想法去做，做出来要是卖不出去，也没有关系，我放在那里就是了。”陈大师一听感觉对方口气蛮大。

约好见面，两个人一前一后进了陈世民事务所。这位老板的意思就是要做有新意的房子，至于卖不卖钱，他并不看重。陈大师说好哇，那我就试一试吧。陈大师在北京看到郊区盖了很多别墅，密密麻麻别墅，但大都空置，没有人去住，他就觉得很奇怪。后来问明了原因，就是因为太远，交通不便。他当时在去参观这种别墅的路上，车都堵得厉害，何况你住在这里，晚上应酬完了，你再回去住别墅，家里有点什么事情，你照顾不到，这个别墅再好，也没有意义的。当时，他就觉得别墅应该产生在市中心，要让发财致富的精英阶层不仅买得起别墅，而且要住得起。所谓的住得起，就是有时间在房子里享受生活，而不是把时间都搭在路上。

那时候，陈大师就曾经有过一个梦想，最好在市中心盖一个很高的楼，一下来就是停车场，上来就是会所，爬上去，便是一家一家的别墅。因为地皮紧张，把别墅都叠起来。既为别墅，就要有花园。每家一个花园要建在阳台上面。看外面都有很好的景观，通风也好。他把这种别墅称作“叠加式空中别墅”。

陈大师把这个概念一讲，正中这个莫老板下怀。他说好哇，你这个很奇特，他说我买的别墅就在广州郊区，我没法去住，这个交通阻塞，另外蚊虫叮咬，就刚好印证了你说的。

他们两个人的想法是一致的，他就让陈大师按着刚才说的想法做一个方案。但是，他边上的那个总经理，当即反对。他说那不行的，人家周围这些房子都是 60、70、100 平方米一户的，我们要做这个空中别墅，一户小则要 250 平方米，大到四五百平方米，要做这样的房子，肯定没人去买。这就是对市场的判断问题。

当时因为这个总经理唱反调，就谈不下去了。陈大师以为不了了之了。结果，一周之后，莫老板打来电话。他说陈大师我想明白了，你就按我们的意思做吧。陈世民说你那总经理的意见是相反的呵！他说你别听他的，甭管他。

这个莫老板是个颇有心计的人，他回去这一周，在他的高尔夫球会里边发了一个调查问卷，结果很多人都表示需要这样的别墅，而且还说我现在就付钱给你。莫老板很豪爽，他说你要多少钱我就给你多少钱。陈世民便起草了一个合同给他，他翻都不翻，说后面是多少钱，他就签了字。

陈世民说你看清楚，我要多少钱。他说我不在乎这个钱了。于是，这桩交易就成了。

对市场的分析是这样的：以少胜多。产品的稀缺性，面对市场的普遍性，用产品的唯一性去切入市场竞争。当时广州商品房市场那些热卖的六七十平方米，每平方米 8000 块，陈世民的叠加别墅盖完了，这个莫老板卖出 18000 块 1 平方米的“天价”，而且一推出就马上抢光了，有的人一下子就买下两套。

汇美景台确实是为精英提供的精品住宅。地理位置极其优越，位于广州市中心，与二沙岛隔江相望，拥有得天独厚的自然环境和 CBD 社会资源，这种“叠加式别墅”既能为成功人士提供别墅式舒适生活，又让住户享有市中心的商务、信息优势，被传媒评为“新一代的时尚户型”。

A 、B 两幢塔楼皆为叠加别墅式户型，造型设计简洁大气，8 根外柱加强了花园平台的建筑特色和所展示的别墅式生活文化。

你知道别墅跟所谓复式有什么区别吗？都为两层楼，做个楼梯爬上去，这叫复式单元，不能叫别墅，而但凡称别墅的就一定要有天有地，所以，他把阳台做成凸式花园阳台，足有 30 平方米。这就是地，就是院子。走出去，外面就能看到江。房间设计也复杂多变，设计了两条路线，一进户有一条进来是这个家庭主要活动区，另外还有一个地方进去，是直接进到厨房，工人房的，这是服务的流程，就是说，工人进来打扫卫生或者做服务，可以走另一个后楼梯。主仆分明，主人在厅里边做事情会客，其他人或小孩子进出的时候，也可以从另外一个小楼梯走，不影响这边。可惜这个方案当时莫老板没有采纳，后来他后悔不迭。

汇美景台的草图勾勒得非常有意思：先画出一条江，那是珠江。江上有帆船，水纹简单几笔曲线，却极有动感。这是线条的魅力。旁批：“难得的无敌江景。”旁批：“1999 年 6 月 30 日，对方回话，基本没有问题。

三人开始工作，发展三种方案。”这三种方案画在一张草图，分三个图，均为俯视图，第一图，像蚕在蠕动；第二图：似蚕在吐丝成茧；第三图：化蛹为蝶。这几个图的演化过程，太漂亮了，形象地说明了方案的构思与完善过程。这个由蚕而蛹至化蝶过程，恐怕陈大师自己都不曾发现吧？这是一种美学，不仅耐看且耐人回味。旁边仍然有批注：“将别墅叠起来，让部分能住别墅的人，充分享受城市CBD的资源，享受江景的大自然资源。”

莫老板后来跟陈大师讲，他自己买了两套，他非常喜欢这个房子，往阳台上一坐，就感觉到很有禅意，心里很宁静。莫老板还说，站到阳台像踩在地面上，感觉天高地阔，人生豪迈。

这就是环境对人的熏陶，所以为什么他一再强调环境、环境，人居环境里边人和环境的对话可以焕发人的精神，激发人的才思，提高生命的质量。

汇美景台获得2003年全国人居建筑规划方案竞赛建筑金奖；年度广州金牌户型奖。

那一年，他一连在广州做了三个花园，都有创意。市场上在找卖点，而卖点来自亮点。他们那时候天天加班，大量的项目涌来，他几乎不知道如何应付。通过做这个，他才一下明白：环境，人对环境的最大享受就是最大的需要、最大的卖点。这个平面图是陈世民在日本改出来的。他将户内的小环境发挥得淋漓尽致。因为他的实践，才得出他的“环境论”结论：第一是环境，第二第三也都是环境。

说了这么多别墅故事，都是别人的，陈大师自己呢？听说他也有一个别墅，很豪华。只不过这是他买来的，而不是他自己设计建造的。某一天，他心情如天空一样晴朗，兴致所至，他便开起了奔驰拉上我们几个如兜风般驶向郊外。

从车流密集中挣脱出来，跑到人少的路上，人和车同时轻松下来。在深圳好几年了，却也不认识路，尤其往西边的郊外，更分不清东西南北。陈大师好像也有点发蒙，他感觉也找不到他的别墅了。

他的别墅是在西城，就是深圳的西面，与机场一个方向。但不知从哪里拐进去的。兜了几个圈子，他像突然醒悟，终于将车开到了门前。用遥控的钥匙轻摁，车库的门缓缓升上来，他让司机把车停进车库，他带我们从正门进入豪宅。前后都是院，都有树有草有花，院子里印象深的是有个游泳池。游泳池里没有水，蓝色基调。他说他从未在这里游过泳，不仅如此，他也从未在这个别墅里住过。他说他老伴不喜欢来这里，嫌这里太空荡太寂寞了。所以，这里就一直空着。他解释他买别墅的理由并不是为了居住，而是要感觉一下别墅，这种最真实的感觉，才是他以后设计别墅最为重要的依据。如此说来，他的别墅还不是为了自己享受，而是为了拥有一份体验，好给别人设计出更舒适的别墅。

房间里有许多东西是现代化的，智能化的。比如窗帘，不是用手拉的，而是按钮的，但陈大师说他经常会忘记，用手去拉帘。他感叹：这些智能化的玩意儿他用不习惯的。

四、红色建筑：要懂国情，懂政治

这是 1993 年的事情。说不清中央党校是通过哪位朋友的关系，找到了中建总公司，而中建总公司就把电话打到了陈世民这里。一接到电话，他就很亢奋。毕竟，这是中央党校的项目，他深知其重要性。要建一栋综合楼，地理位置也相当优越。香山的自然风光、颐和园的历史文化，都在那里明摆着等候你。这样的项目是求之不得的。他提着包就风风火火赶过去了。

让陈世民如此亢奋的原因，还有他年轻时代的一个情结。这个情结在他跨进那个摆满花盆的大门口时，变得愈发强烈起来。

那是他分到北京的第三年，中共中央决定在北京建一所党校。地址选在颐和园背后，西郊北面的那一片平地，环境十分幽雅。当时的建筑规模包括校部办公楼、礼堂、图书馆、学员宿舍、教职员工宿舍等加在一起，有十几万平方米。设计院的党委书记说，上面决定将这座建筑交由我们北京工业建筑设计院来做。这是要作为政治任务来完成的，设计费嘛，分文不取，亦倍感光荣。十几万平方米，在那个时候就算大项目了。

设计院将这个光荣而重要的任务，交给了戴念慈。戴念慈是设计院的总建筑师，又红又专的人才，自称要做“红色建筑师”，当然非他莫属。他担任设计总负责人，率领一拨人马去搞这个项目。陈世民那时跟林乐义去参加了其他的项目，所以，就没有参与这个项目。

清瘦的戴念慈接到任务后，马上到现场考察。那时的党校校长杨献珍很热情地接待了他们。彼此坐下一聊天，他们得知杨献珍校长居然跟刘秀峰部长是老熟人，在延安时期就已经相识。说到延安，杨校长显得非常亢奋。他如数家珍般地介绍了党校在延安枣园窑洞初建时的艰苦，和艰苦中的快乐，还有毛泽东的精彩讲座，党中央对党校如何重视，党校学员情况以及当下的教育方法等，这样一条清晰的脉络，杨献珍娓娓道来。他目光中充满对新校舍的憧憬。他向建筑师提出了具体要求。

戴着黑框眼镜的戴念慈，一脸虔诚。这位党龄还不到一年的新党员，目光一直没有离开过杨校长，他就像在听党课，毕恭毕敬。他捧着那个总不离身的笔记本，时不时地记上几笔。在那个年代，像中央党校这样的带有崇高色彩的设计任务，是不会落到一个不是党员的建筑师的头上的。

根据党校校长的具体要求，戴念慈构思了一个总体规划草图，共分四个部分，将校部办公楼、教学区、宿舍区等分别按东西南北放置，相当于中规中矩地放大了的四合院。

戴念慈想得非常仔细，认为在建筑材料上适当选用些花岗石、玻璃等，以便与颐和园的周边环境相协调。

杨献珍一看到这个草图方案就面露笑容，他赞同道："不错！抗战时期党校在延安很简陋，是坐小板凳就地上课的。那个时代嘛，就那条件。现在嘛，就是要设计一座像样的党校，不仅办公、教室、宿舍要搞好，还要环境优美，还要有中国的建筑风格。"

如此这般，他们又对方案进行了更为具体的探讨，戴念慈回去后，下了很大功夫做出设计，可谓呕心沥血。然而，他怎么也不会想到，当他终于放下笔，轻舒腰肢，将效果图拿出来时，却不合时宜，招致了一片炮轰。

那时候，全国开展增产节约，反对浪费运动，就把戴念慈的这个中央党校的设计方案当成了高标准的典型，批判它的大字报立时贴得设计院满楼都是。

面对铺天盖地的大字报，戴念慈很是想不通，但他又不得不做违心检讨。而党校这边听到了群众要求降低标准，还以大字报的方式批判戴念慈时，杨献珍十分恼火。他把桌子一拍说："延安时代住窑洞、坐马扎，是那时的条件艰苦。难道今天的时代还要像延安那样吗？岂有此理！"

杨献珍顶住压力，亲自带着戴念慈到周口店去选用花岗石。校长之作风令建筑师大为感动。他认为有这样的校长，自己受点委屈算不了什么。所以，他为党校的校舍设计，尽心尽力，而他们设计院也没有从中收取设计费，算是保质保量地完成了这项光荣的政治任务。

一晃半个世纪过去。1920 年出生的戴念慈先生已经作古。他身后留下的阙里宾舍却兴旺地活着。在曲阜孔子的故乡，一座小型宾馆，建筑面积仅为 13000 平方米。造型风格上颇为精致。为了同孔庙、孔府的古迹相协调，建筑高度只有两层，中国四合院式布局，组成几个院落。青砖灰瓦坡顶，高低错落，鳞次栉比。各种屋脊，形成一种虚实明暗、层次多变的格调。古朴造型、典雅的风格、浓郁的文化内涵。走进这个有内含的院落，你会感觉这里的笃定。无论有多少历史文化在这里汇拢，它都能收得拢把得住，没有浮躁感。陈世民一直对这位前辈充满敬意。此时此刻，他就是带着这种敬意，走在党校的院子里，走到戴念慈当年的这个作品前，一眼就看到了当年杨献珍亲自到周口店挑选的花岗石，依然在墙体上，几十年的风霜雪雨，沧桑毕现，却坚固如初。

党校具体分管基建的副校长出面接待他，带他在校园内转悠一圈，察看地形。穿过戴念慈设计的大四合院式的空间，来到了后院，校长停下来说，就在这里再盖一个综合楼。

这个综合楼是在中轴线上，有一个大花园，与前边已经建好的楼房对应，相当于为已有的建筑画上一个句号。这是一个很大，很重要，很圆满的句号，如同一首正在演奏的乐曲濒临高潮时的结束乐段。

可以做出一个很好的建筑。陈世民对此有着足够的信心。在认真听取校长对这个综合楼的一些想法和要求之后，陈世民接受了委托，回去做方案。

为了将现代风格的综合大楼与中央党校的历史文脉建立起联想，陈世民将延安党校大礼堂、黄土坡前浑朴的条窗作为符号，移植到入口上方，让现代的党校建筑与延安党校有了某种历史的衔接。其承袭性，展延性，与奏鸣曲的展延部相似。

党校建筑设计体现了陈大师的政治文化敏感度，及他对党的历史与性质的深刻认知。如果他仅仅是香港的建筑师，那么他肯定无法承担这样的设计任务，而如果是过去的改革开放前的老党校，也绝不可能会采用他的方案。这个项目的建成，说明了改革开放出现了新的景观，这个景观首先从党校领导的意识上，得以体现。

陈世民对于当时的情况有记载，是记在图纸上面。查看铅笔标明的娟秀小字，是 2000 年 1 月 30 日接受任务。在北京飞往香港的飞机上，国航 1307 航班。他在飞机上构思这个建筑。他家住香港的太古城。他回到家的第二天，就全身心开始了构思。在香港太古城这样充满“资本主义”的地方构思社会主义的中共党校，地域与社会形态的巨大反差，让他获得灵感，这很有意思。

> 我就在想，这个东西应该怎么做。能够在颐和园边上，香山这个地方去做这个房子，我很激动，你看我这儿都写着嘛，方案能立住的重点在于创造教学环境，注重实用效应，所以，我就塑造能与中央党校悠久历史的文脉有联系的建筑文化，我很重视这个文化。

这是 2 月 18 日，不到 20 天的时间，陈世民就把方案做好了。新的综合楼大楼，从效果图上就可以清楚地看到延安党校、瑞金党校的传承符号，也能体现出中国传统与现代建筑文化的融会贯通。他强调说，这个新建筑虽然在老建筑的尾部，但要成为整个建筑群体的中心。他阐述自己的环境观，以及构成设计方案的思想基础，诸如要充分利用自然光，充分的通风，节省能源，他还讲了诸多的现代建筑理念。

几位校长都在座，听他讲解。这是中轴线上最后一座建筑，可以采用现代化风格的，只需要用部分建筑元素和教学楼呼应就可以了。他说，马列主义都现代化，建筑为什么不可以现代化，而且讲建筑文化，不应是封闭的，而应是自然采光通风，更加符合建筑功能。

陈世民阐述：第一，要将综合楼放在这个大花园中间，将校园的环境引到楼里面去（这是曾经盛行于新马泰一带的景观引入室内的建筑理念）；

第二，所有教育空间，尽可能在自然采光口通风，这样节省能源；第三，作为中央党校的建筑中轴线上的最后一座建筑，可以是现代风格，仅需要用些部分建筑元素，与前边教学楼相呼应。

这三点认知，是他第一次过来勘察地形时，就已经形成的。他按着这个思路画图。效果图做好了，便第二次过来，进一步跟他们强调：第一，在这个中轴线上，颐和园边上这个房子是不是应该是古典的，应该做大屋顶呢？所以有些人就去做了这个大屋顶，被大屋顶套住了。第二，这个房子确实很重要，应该像人大会堂，所以，他们有些人做了一些方案，就是全封起来的，里面全部靠灯光。他就不理解，一个教学楼为什么全部靠灯光呢？这个学校怎么可以整天都在灯光底下工作呢？他说应该自然采光。安藤忠雄的《光的教堂》，第一次将尘封的甚至是密封的教室十字架，用打通的墙体十字形，予以自然采光，便有了“光的教堂”，使其一举成名。而如何用光？尤其在这种相对庄重和神圣的地方，至关重要。

陈世民强调不要受颐和园琉璃瓦和古典亭子的影响，也不要受人民大会堂庄重空间的制约，一切要现代、自然，不要人为雕琢。要种上去的而不要硬栽上去。空间上要取开放式，在房子里边看得见外面大花园，互相渗透。特别是一进门这个地方，他把延安礼堂的建筑语言，现代化地运用在大门上方，让人体察到延安时党校是什么样子，现代的党校是什么样子，把历史的演进以符号形式串联起来，表示共产党强大了，现代化了。落到具体图纸上，他大胆地做了一些新东西。既有现代的也有古典的，讲究一个融合，一种协调。

校长表示，他们一看方案，特点很鲜明，一个是中轴线对称，一个是跟大环境结合得很好，一个是对陈世民的环境观和现代观他们很赞同，尤其对这个建筑的历史文化浸透这一点很对胃口。后来郑校长提出来，这个是不是玻璃太大了，有点像商业建筑，这个改一改吧。陈世民就在大玻璃幕立面加上了几根柱子。

如果说当年戴念慈见杨献珍校长时，是在聆听校长讲党课的话，那么，现在陈世民面对郑、周、王几位校长陈述方案时，情形却倒过来，他给对方讲课了。当然他不是讲党课，而是讲建筑。

他比上一代建筑师更有自信，更从容，也更加大胆。陈世民说他很敢讲。他认为时代发展了，首先就要体现在建筑上面。尤其党校这样的综合性建筑，更要内外通透，体现出现代建筑的风格特点。

陈世民的方案被采纳了，校长们都很高兴。他们为这个建筑也是费尽了心思，到处在研究，差不多堆了一屋子的方案，这回总算有了好方案。陈世民功不可没。

然而，就在他们纷纷以空头支票的方式对陈世民表达由衷感谢时，陈世民一看火候到了，就说了一句话，让几位校长愣怔在那里。

“各位校长，我做的这个方案是要收钱的。”一言既出，驷马难追。四个校长你看看我，我瞅瞅你，场面顿时陷入尴尬。

陈世民知道党校从来没有这样的事情，从戴念慈 1956 年做的方案，到原总后勤部做的那么一大堆设计，都是当作光荣的政治任务来完成了。根本不可能有什么要钱一说。在他们这几位校长的理念中，就从来不曾有过设计要取费一说。

陈世民要让校长们增长见识了。他既不想当官，也不去拍马屁，他心平气和地解释道：“我这是商业运作，你得跟我签个合同，我要养个公司，百十来号人的。你请我做的话，就要跟我签个合同，我要收钱的，哪怕这个合同是一块钱，也表示我有责任去把这个事情做好。我不是尽义务，也不是应酬，你给我一个合同，给我一块钱，就说明对我这个知识的尊重。”

他讲完了以后，郑校长如梦初醒，他说，好吧，你讲得很对，我们应该按照商业合同办事情。陈总，你要多少钱。陈世民说我这个方案要50万。

郑校长没做任何犹豫，马上指示另一个副校长说，跟陈总签个合同，付他50万。

“很爽快，一分钱都没有跟我讲价。”陈世民感慨道。

陈世民等于为党校注入了一个商业运作的严谨态度与模式。他很高兴，因为他们不仅接受了，而且合作得很愉快。

后来，这个项目交给了上海一个单位施工，施工当中，华东设计院的一个建筑师对陈世民的方案有些改动，建好后，陈世民去看过，虽然有些改头换面了，但他的基本的东西还在。现代风格呀，大玻璃窗引进去的花园景观环境，效果非常好。特别是那个报告厅，采光极好。

郑校长告诉他，江泽民、朱镕基曾光临这个报告厅，江泽民对此很赞赏，他缓慢踱着步子，满面喜悦之色，黑框眼镜的两个较大的镜片，被明亮的大玻璃窗映射得生动光亮，在光亮闪烁间，聚焦着外面世界的花草树木。他站在窗前说这个不错嘛！

这个摆放600个座位的报告厅，其功能非比寻常。所有中央重大改革决策，都要先在这个报告厅里通过报告来传达，能够坐到这个位子上的人，都不是一般人。而每一个座位，即使空在那里，也在悄然弥散着尊严。当连成一片时，就强化出建筑空间的效果。

要让政治家真正满意你的这种空间设计，并不容易。这不仅需要才华，更需要经验。还要懂国情，懂政治。

陈世民去年为深圳做国宾馆时，那个大厅就做得很有特点，属于那种能够让国家领导人喜欢的空间。既为国宾馆，就应该是能够在此举办国事与国宴的地方。

主体楼不高但门庭很高，门扇高度足有四米多。敞开来时，入内走廊宽大，地上要铺红地毯。从门口走到大厅中间的“核心”部位，需要迈12步吧。按照党和国家领导人迈的那种沉缓的细步，这个距离走过来要用多少时间，这一切都需要建筑大师精心测算的。这个大厅居中，环绕三个会议室，外加一个小休息室，这个小休息室是供大首长小憩的地方。当外国元首从大门口踩着红地毯走进来时，我们的党和国家领导人就要从这个小休息室出来迎接的。按礼节是要站在大厅核心部位，恭候国外元首一步步走近，然后两人亲切握手。这有个恭候的时间差问题一定要准确。就是说，外国客人从门口走到这个握手的位置，与大首长从小休息室出来的距离，要达到高度默契。对于大首长而言，出来晚了，显得不够礼貌，而出来早了，站在那里多等，也不妥当。所以，这个恰到好处的对接时间，便是需要精心计算的距离，这也是陈大师所深谙的官场学问之一。

这个国宾馆的大厅，并非豪华一词可以概括的，至少还有典雅。大厅核心部位是一个内天井式的穹窿，高耸如欧式教堂顶，从外面看，这是拜占庭式的圆顶。进到大厅，这个欧式文化元素浓郁的空间，细看，你却会发现厅堂之间的关系，是按中国传统的四合院式。独到之处，在于视线中的大厅并非一览无余，而是有两根方柱将宽阔的空间似遮非掩，这就为空间带来新颖的层次感。并且，走到近前时，方柱会引领你仰头望向高高的圆顶，空间便会由宽阔而升华为神圣。这是中西结合，也是古今融汇。

这个国宾馆的设计模型，早就摆放在陈世民事务所的那个小小会议室里，靠墙放着。绿地黄墙红瓦，深圳市委书记王荣也多次看过。一个建筑物从这么小的模型上，是很难看出感觉的，尤其空间感觉，只能在真正建好的大厅里才能体会到建筑师的良苦用心。

国宾馆即将竣工的阶段，陈大师为了增加这个建筑内部空间的文化含量，需要一批画家用自己的创作为其增辉添彩。那天，正是以深圳大学著名教授吴家骅牵头的这拨画家，经过两个月的苦画，将创作的一批画品挂到墙上展示之时。陈大师邀我一同前来观赏。同时到场的还有一位副市长。这些画挂到刚刚装修的墙上以后，果然满堂增色，那种大理石柱石的生硬效果，马上变得柔和起来，而白色的墙壁也因各种风格的画作装饰，弥散出墨香气息。当副市长夸奖画作效果时，画家们高兴极了，纷纷抢着跟副市长合影。陈大师可能跟领导们合影太多了，他显得一点不主动。

国宾馆也在风光秀美的麒麟山庄。麒麟之名就很呈祥，据载：神灵瑞兽麒麟，在中华民族传统的艺术宝库里，是历代人们喜闻乐见的装饰形象。这个瑰丽多姿、仪态万方的神灵瑞兽，不但集中了自然界各种动物美的大成，而且表现了超出自然本色的理想化的形式美，给人以吉祥的祝福和美的享受。国宾馆大堂正厅按四角方位，摆放着四头黑绿色麒麟。我一直弄不清麒麟与貔貅有何区别。从风水与镇宅的意义上说，它们相差无几，都是神灵瑞兽，都是可以给人带来吉祥的。

此前，麒麟山庄就因陈大师做的五栋小楼而得名。从 90 年代初，这里差不多就成了深圳的“钓鱼台”。当汽车驶进这片有着警卫站岗，而且审查严格的大门口时，山光水色便在眼前如画铺展。

建筑与环境相映成趣，互衬为美。背山面水，风水十分讲究，真是天人各半。深圳处于中国改革开放的特殊地位，不同时期都会有党和国家领导人频繁前来。而这片山光水色从 90 年代开发时，就由陈世民设计。这里跟大连棒棰岛、庐山别墅区的布局既有相似之处，也有不同之别。相同处是每一栋小楼，都按不同的间距排列，标出几号楼。不同之处是这里比后两地拥有更大的空间感，更繁茂的植被，更讲究的风水，更优美的景色，从稍远处望去，这些灰绿相间的小楼像是从绿色植被间长出来似的，而不是生硬地盖上去。

据说 1 号楼最为资深，最受欢迎。几乎中国当代主要领导人都住过。这是 1994 年设计的，那时王炬负责基建，陈世民在这个项目上跟他打交道最多，当时陈世民做的构思的是整体方案，这里接待的党和国家领导人有：江泽民，朱镕基，李瑞环，胡锦涛，温家宝等。朱镕基很喜欢这里，据说每年都要过来住的，今年刚刚住完。李鹏也会过来住的。他们给陈大师讲，至今这栋楼还是很实用，中央首长住在这里感觉良好。这是对陈世民的最大褒奖。

麒麟山庄这个建筑引领了国内城市接待基地的潮流。这个做好以后，厦门、福州、南宁、哈尔滨等城市，都在仿造这个格局，也都建了五个楼。

从 1994 年到 2010 年，时隔 16 年，深圳又要在这里加建一个规格更高的国宾馆。经公开招标，陈世民建筑师事务所中标。

而青海的国宾馆，是陈世民最近在做的一个项目，他为此跑得最厉害。但也可能成，也可能不成。这就看你与业主打交道的能力了。

陈世民在这方面很有一套经验，他认为对待不同的发展商应该有不同的对接的方式，跟政府官员打交道，你要能够务虚，要讲到这个事情的重要性。不一定天花乱坠，至少你的认识高度要上去。第二个，你的原则要到，根据这个说清楚指导思想是什么，根据一些什么原则来办这些事情，这个设计应该根据哪些重点，哪些原则去做，因为政府官员很注意这个，你先把这个东西说得一清二楚，你下面怎么做他就不管你了。创意不创意，他倒不一定多么看重，他是外行，重要的是政治意义，要讲出高度。

你对专业的发展商，就必须要有非常专业的成果，要人家一看就明白了，你的内涵是什么。有些人专业是很厉害的，像做小买卖起家的那些发展商，怎么省钱，怎么赚大钱，怎么控制成本，他要把这个账算得非常仔细。政府就不一定算这个账，当然说了要控制控制，到时候说不够了，不够怎么办，就再追加点儿预算。

有一些发展商追求品牌理念，他就更要强调一点，自己跟别人的不同，他不是在推销自己的东西，而是在换位思考，就是说，如果我是一个消费者，我怎么来看这个东西，就像政府讨论一些大的项目，他经常说，一个城市从建筑师的角度来讲，应该怎么搞比较好；一个城市从管理者角度来讲，应该怎么做比较好；作为城市的一个老百姓来讲，应该怎么做比较好。你如果从这几个角度去思考问题，可能就比较全面。区别地对待，这才像一个比较成熟的建筑师。一般建筑师好像一跟人家谈话，先就自己说，哇啦哇啦，不管人家听不听，这样，不容易对接。他跟人家谈问题时，他问关键的问题，然后，他给对方进行关键性的解释。所以一些年轻人跟他一起出去，感觉好像一下子就跟别人对接上了。

如果跟外国建筑事务所打交道，便存在这种对接的问题。语言沟通不了，不是说不明白，而是不容易取得一个共识，外国建筑师也不像中国建筑师那么容易领会领导的意图。现在是市场化的建筑，是市场选择建筑师。你要想做好，必须有三点能力：一要会设计。会设计跟懂设计是两码事，会设计更高一个层次；二要会经营，你要能够跟业主对接；第三，你应该是一个社会活动家。你要会沟通。不沟通其他一切都是空的。你得有米下锅，你得把米拿到手。

青海的国宾馆能不能抓到手呢？陈世民没有把握。即使有把握的事情，这年头也不乏变数。

国宾馆选址在西宁胜利宾馆那个院子里边。为了得到这个项目，陈世民带着两个年轻人亲自登门。一个大院，盖了好多楼，现有的建筑物如政府接待办，政府迎宾馆，不免显得有些落伍。旁边撤出一块地来，要盖这么一个国宾馆。这里曾经盖过一个元首住的楼，但非常不理想。一位负责的官员就对他说，听说深圳麒麟山庄是您做的，我们跑去看过了，很不错的。我们就有心请您来给我们做，但还不知道能不能请到您这位大师。没有想到，大师亲自跑来了。他们显得喜出望外，马上围前围后地就给他介绍起这一块地来。讲了半天，陈世民心想，好吧，那就给我们做吧。但对方却说这是政府工程，不能马上请你做，要经过三家比较。话听明白了，就是要求陈大师参与投标，另外两家也不知道是谁，反正三家一起投标，看谁的方案好。但人家又说，看了你们的东西还是蛮感兴趣的，所以，我们就希望你来做，参加投标。既然大老远来了，又吃了人家请的牛羊肉宴席，就这么空手打道回府？回来权衡一下，还是要做。怎么做呢，他们就认真讨论，经过了很多次碰头，在草图上就有了记载：

> 这个是3月29日，第一次方案讨论，就把肖工请来了，他也是我们的建筑师，然后我们就研究，这个房子应该摆哪里，这都是专业上的问题，我们就去做了很多草图，最开始是讲这块地的范围大概是这样，他们就去先画了这些东西，他也画了。然后就说这个东西怎么做，我们就讨论，研究方案，主要是各个部分如何最合理地摆放，建筑与跟周围的新旧环境如何结合，如何能够把这块地利用得最充分，最合理，最具功能化。人家限定的时间只有一个月。这都是第一轮的事情。

接下来他就让两个助手分头去画，做了比较接近的方案。又画了大模样，就算有了草稿了。而这个草稿，就交由陈大师。他拿到家里，日夜琢磨，认真梳理，反复修改。他就又升华了一堆图纸。上班后，他将自己升华的图纸跟两个助手讲解，他俩也很快理解了，就用三维组织出来了。这个房子大概像什么样子，他们事务所就是一个加工的创作过程。但是，这个要不断地修改，就像当年的林乐义一样，改好了再改，一改再改。

一个项目构思时的“诗眼”，一定是他的灵感。按常规，经他认真推敲修改的设计，应该没什么问题。但是，既然有三家投标，这里面是否有潜规则，他心里没底。而作为建筑师参加投标，竹篮子打水，也是屡见不鲜的，纯粹成了陪绑，这在之前混乱的建筑市场随处可见，在潜规则面前，你再有名气，再有资格，再大师，也是没有竞争力的。在这方面他也吃过苦头。

陈大师每天是围绕项目转的。项目是他的生命轴。即使我们这次出来寻根，陈大师也一直在惦记着西宁国宾馆项目。他惦记的何止这一个项目。有一堆项目在牵扯着他，有谱的没谱的，刚受孕的或坐成胎的，半成品的或生下来的，四面八方伸过来，有的不伸手他也要去拽的。各种不同进展的项目，都将关乎他的事务所的效应，他不得不为稻粱谋。

近距离接触这位大师，眼瞅当“80 后”了，却还在这样马不停蹄地奔波，每天都在承受不同压力，即便这次是出来放松，半旅游状态，也是满负荷为项目忙碌。每天都要见各种不同的人，这些人无一例外地跟项目有着千丝万缕的瓜葛，这些人像蜘蛛一样在为他织网，他也在为自己织网，这个网越织越大，已经把他牢牢罩住了。

五、山城迷雾：不进则退

长江之水，阔绰而沉稳，雾雨相融，看不清江面之动势。蒙蒙细雨中，没带雨具，走到江边那块坡路时，有些陡，也有些湿滑，他们都劝陈大师别上坡了，但陈大师还是坚持爬到坡上，以便更清楚地观看地形。他的稀疏的头发已湿，粘贴在额角。

大舜嘉成的副总是学建筑的工程师，他跟陈大师不时地讨论着这块地怎么做。当陈大师说有个山梁横在那里不大好办时，他说可以掘开的。他说现在他们就在调集推土机和大铲车在铲这个山梁。在重庆劈山搞建筑，已是家常便饭。重庆山多，他们并不知道珍惜。要是山被劈光了，对生态环境有了重大影响，就为时已晚。

他们跟陈世民事务所是头一次合作，其实现在还谈不上合作，只是刚有了意向，他们希望找到国内最好的建筑师来为这块地设计。他说，他们董事长要求很高，眼光也很高，要做与众不同的东西。别人做的，我们不做，甚至别人想做的他们也不做。他不断地提到他们的董事长，语气中充满一个下属对首长的敬意。其实，所有拿到地的业主，都会对陈世民说这样的话，他们要中国没有的，世界少有的，至少50年不过时的。为了达此目标，他们就要在全国范围内寻找最好的建筑师。

他说他们董事长听说陈大师来了，非常重视，说一定要宴请陈大师。但因为到了年底，有许多应酬摆脱不了，看看晚上能否脱身。

小个子副总很健谈，他不仅在介绍他们公司情况，也在介绍重庆的整个建筑情况。他指着对面的朝天门说，那里将要建一个标志性建筑，如同建一个重庆的大门，听说弄了好多方案，最后可能要按着马来西亚吉隆坡双子塔楼的模式去建。陈世民对这个事情很看重，他担心这样重要的地理位置，去建一个模仿式的没有创意的大楼，终归是一种遗憾。

被雾气所缠绕的朝天门，在江对岸像一个形状古怪的笔筒，浑身插满了高矮不同形状各异的笔。这些笔状的楼群，年代大致相似，也就十几年不到二十年吧。要在这里建一个重庆的新大门，这一片楼都将被炸掉，数一数能有几十栋吧。这真是需要大动干戈的。要把这些炸掉，需要怎样的魄力。

在这沿坡势而耸立出层次的建筑群中，陈世民指点着最高的一个建筑物说，就在它旁边，十年前他设计了一个项目：国际大厦。那是1996年。能够在朝天门这里做一个最高的标志性建筑，这是他梦中的大事。为了能够构思一个有特色的方案，他也像现在这样特地在嘉陵江上进行实地考察，寻找空间感受。

陈世民在设计这个建筑时，充分体现了地域文化特色，他认为中国传统文化并非仅限于厅、廊、堂三要素及中轴线、大屋顶等建筑符号，而主要是从空间关系组合中体现出的精神元素。他出于当地文化的深度理解，因地制宜，不仅承袭了传统地域特色，而且拓宽了空间艺术。

重庆是个“土无三尺深，地无三丈平”的山城。他要在山脊上设计一座可俯瞰长江和嘉陵江两江的高层建筑，位置显凸，用地非常狭小，且需将紧临用地的中学校舍保留，还要扩充学生活动场地，以改善教学环境，面对众多的苛刻的条件，城市规划主要负责人要求他先做草图，待草图确定后再做正式方案设计。由于他在这座城市里生活过学习过，所以，他对山地建筑特色颇为了解，那种“占天不占地”的传统民居和倚于悬崖上的“吊脚楼”结构体系引发了他的创作构思：将数万平方米的办公塔楼用支柱顶起，占天不占地，让出有限空间用地给必须保留的中学，并在二层商业裙房的天台上建一个平坦的中学生运动场。他在主楼造型方面，将40余层的办公塔楼按吊脚楼结构模式分成4组重叠起来，留出吊脚楼支撑的3个平台空中花园，设置重庆人生活不可缺少的茶馆和纳凉空间，以弥补室外活动场地的不足。

最有特色和想象力的是塔楼顶部，设置了现代的灯光时钟，为长期处于雾都两江上的航船提供了可计时的现代化“灯塔”。这是一个精神的符号，具有历史文化时空的穿透力。由此，陈世民得出结论：在吸收引进丰富多彩的外国现代建筑文化时，还需要结合自身情况加以当地化，同时亦需将千姿百态的本民族的，尤其是地方特色的建筑文化着力发掘，并使之与现代的功能需求和科技发展相呼应，使之现代化。

他在《创造建筑文化》一文中写道：“建筑文化不同于其他艺术性文化，它一方面是与建筑的使用功能紧密衔接的，基本上是功能体现了文化；另一方面，又是工程的艺术，通过动用大量的人力、物力、财力来建造成的。因此，建筑文化必然具有强烈的时代性与民族性。”

这个项目是在现代建筑与传统文化结合中，有其创新特点的。可惜，这个方案因经济原因而没有最终变成实物。

有的放在抽屉里的方案，也有再度被使用的价值。就像作家没发表的文章，可能过几年拿出来再改改还能发表。前一段时间他去见了重庆的一个业主，曾在 2001 年请他做了一个很好的方案，但却没有采用。十年后，他要盖四栋楼，就找了一家香港公司来做方案，做完了他不满意。特别是立面通不过，他就倒过来又把陈大师请去，还原了十年前陈大师的设计，他认为陈大师有很多东西还是蛮先进的。通过十年，才真正认可了陈大师。

他一直保留着陈世民的那个本子，整天就跟他的部下讲，你看当年他们做的，很有前瞻性的。他老拿这个教育下面人，这次找到陈大师，就是希望陈大师不计前嫌，再认真修改一下方案，怕他不接受，又额外给他一个 20 万平方米的住宅项目。

“这次来重庆，就像回到了当年。每天脑子里全是这些过去的事情。”陈大师在迷雾的江边，遥看彼岸，如此感慨。

人与城市是有缘分的。重庆对他来说有太多的故事了。从他的眼睛中迸出的聚光点，可以定格到半个世纪前的磁器口。

磁器口也在长江边，有一个非常热闹的码头，车来人往，从高处到低处，一片卸货的忙乱。好多台阶，立陡着，仰起脸才能看到尽头。台阶在雨雾天是湿润的，为这片空间带来感伤。而响晴的天，因为暴晒也会带来奇迹的。陈世民谈恋爱时，就被这里的太阳晒出了奇迹。

有个星期天，他们两人就跑到磁器口玩。台阶下面的小巷，到处都是店铺，都是摆地摊的，卖什么都有，五花八门。叫卖的声音，各种吆喝声响成一片，乱哄哄的。他们学校本来就在这个磁器口旁边不远处，因此，他们很容易就走出校门来到这里。

在一片叫卖声中，他们看到了好多卖橘子的，那天阳光很强，把橘子照得一片锃亮耀眼。他们只花了 5 毛钱，就买了一大堆。小包装不下，他就把衣服脱下来装，把两个袖子扎起来，当大布袋子用，结果这也装不完，他们在烈日暴晒下，一直装到实在不能再装了，才把沉甸甸的包裹扛了回去。

第二天，一进教室，他就发现同学们都在看他俩。他们两个被看得不好意思了。有的同学就问他，你们俩干什么去了，他就说没有干什么呵。同学就说快交代吧，你俩跑去干什么事了？一些女同学就笑他俩。笑得他们莫名其妙，韩工很大方，把头一仰说，笑什么笑，有什么好笑的？其中一个女同学告诉他，你看你们两个脸晒得一样红，肯定是一起出去的嘛。原来是磁器口的太阳，暴露了两个人的小秘密。同学们把他笑得很是不好意思。

说到老伴，他有很多可供回忆的故事。那是 1997 年，他应邀跟老伴一起参加全国一个评审会，这个会是在船上开的。船是从重庆出发，驶往武汉。参加会议的人有说有笑，会议很简单，一路谈笑风生，轻松观光，游山玩水。

他跟韩工（他对外这样称呼老伴）确实颇有共同语言，既是同行，又是同乡，他们的结合，性格互补，有着更多的默契。然而，命运却将他们在那个动荡的年代里颠来倒去的，从城里下放到了乡下，他总是为建筑四处奔波，在香港时两人分开八年。几十年下来，他们真是聚少离多。而且在韩工眼中，陈世民总是忙得不可开交，能够有这样的机会在船上轻松一下，正合她的心意。但是，从上船起，陈世民就在忙着画图。这是很关键的时候，他必须要完成这个东西。这个项目是深圳的一个小高层住宅，要求很高。他虽然在深圳做过很多住宅项目，但他力求在这个项目上要超过以往，要做出新意来。他为自己出了难题，立了高标准。但，时间限制，又是在旅途，还要参加会议。几方面都要照顾到，那就只有让他牺牲自己的观赏时间了。他花了好多心思去做这件事情。好多张草图都是在这个船上做的。面对沿途那么多的风光，他头都不抬，他要赶时间，抢在到达武汉前，必须要把方案做完。

他把自己关在船舱的那个小房间里，船经过什么样美丽的风景点，他都置若罔闻。快到三峡时，船上所有人都往甲板上跑，一阵阵急促的脚步令人怦然心动，连船体都在传导着震波。韩工在喊他，生怕他错过这样美好的风光。他嘴里应答着一会儿就去，但他就是不为所动。他在那里闷头赶制图纸。那支铅笔在不断地圈动中，绘制着他的东方玫瑰园。他心里急呀，因为船一到武汉，他就必须把这个图纸发回深圳的。

这是陈世民将香港的住宅空间经验与深圳的经验结合起来的产品，具有现代的时尚新意。可以说这是引领深圳住宅的项目。原本这个最初构想得到了业主的赞赏，但是，这位原本喜欢现代风格的周姓总经理去了一趟欧洲，立马崇尚起欧洲的建筑空间了。他要求这个时尚的现代建筑，走向欧洲的古典风格。真是计划不如变化快。幸好陈世民不久前也去了一趟意大利，对于欧洲建筑风格了如指掌。他就在船行至三峡的瞬间，灵感如神而降，外面的神女峰带给船上乘客的是一片惊喜，而随峰而至的是意大利的乔托钟楼及乌菲茨美术馆的古韵，还有美第奇家族的神奇传说。那位英勇的八世纪的骑士，不仅杀死了挥舞狼牙棒的巨人，而且将英雄的金底红球徽章传给后人，成为标志性的精神与文化的符号。在研究这个符号与建筑的关系时，陈世民更愿将那种欧式的尖顶视作这位骑士的帽子，高挂云天，再现英雄时代风采。

建筑的创作有时跟诗歌创作相似，需要无形的灵感，更需要有形的神韵。他将塔楼上部的复式单元、基座层增加了变异的欧陆建筑细部，楼顶上的四组机房改为尖顶。这种建筑天际线的穹廓变化，是需要报规划局批准的。由于当时刚刚开刮欧陆风，上下左右都在崇尚欧洲建筑，所以，无论老板还是官员，都对陈世民的这个古典尖塔予以赞美。这个建筑后来屡次获奖，不仅省市获奖，还获得建设部三等奖。获奖的原因，不啻是美第奇家族的灵感启发，还因为陈世民对这块地的充分认知与尊重，布局均衡对称，将城市主干道与高尔夫球场的关系，及容积率 3.0 的默契融入，都体现了一个建筑师的全方位素养，而且，房间做了一个大阳台，将花园引入其间，这是深圳首个花园入室的作品。因而，这个东方的玫瑰园一开盘，便像在情人节里端出了一抱抱鲜艳的玫瑰，受到了深圳人的疯抢。当时，这栋楼卖出了深圳最高价格。作为建筑师他自己也非常喜欢这个作品，因此，他也在这里买下了一处住宅。

陈世民记得十分清楚，这个东方玫瑰园方案与三峡的关系。他很感谢那次三峡之行，只是他的太太不无抱怨地说，你看你跑三峡来，我们都跑到甲板上去看三峡去了，结果你还在房间里面，你也没有看到三峡是个什么样子，你岂不白来一趟？

他听了这话，莞尔一笑。他没有白来，他太有收获了。还是双丰收，既不耽误工作，又陪同太太游山玩水。图个好心情。

这个过程都能在图纸上找到标记："1997 年的 4 月 22 日，过三峡时还在船舱里。没上甲板看光景。"

他说，做方案跟你们作家写文章差不多，构思时，如果你没有找到好的角度，感觉不理想，不够巧妙，还有诸多矛盾没有解决，人是很痛苦的，吃不下睡不着。不定什么时候，会突然来了灵感。这个灵感是来自平时的积累，也可以说是来自生活环境与经验的积累。他举例说到的那个跟太太去的磁器口，这个磁器口给他的印象极深，不仅是因为他们脸被晒红了，被同学们取笑，还因为那里盖了好多房子，一些高高低低的台阶踏步，组成了一个非常奇妙的空间感。那里有很多很细致的空间关系，让他着迷。高坡与平地，台阶与草地，高的低的，错落有致。蛮有趣味。他在重庆做了好多项目，包括楼梯间这些东西，有意无意间都要受到磁器口的影响。研究他现在的一些设计，其中还有不少构思是在重复磁器口的那个建筑空间关系。

韩工对他的工作始终是支持的，但也有想不开的时候。从嫁给他那天起，他就在为北京的十大建筑而拼命工作，没黑没白，人家开会都回家了，他却一个人还在那里把会议的所有内容进行整理，归类。他总是比别人做得多，总有忙不完的事情。他这种忘我的工作态度，曾经让老伴非常钦佩，也是赢得了她的芳心关键所在。然而，在漫长的家庭生活，他的这种工作狂，也曾让她受尽委屈。而他去了香港之后，她更是望穿秋水。不仅有委屈，也有抱怨。他说老伴一直都在等着他能够闲下来，从他快退休时开始，原来说好了干到 60 岁就整天陪她，可到了 60 岁，他从华艺退休，又一头扎进了事务所，像是又跳上了另一辆战车，更加拼命，更加高速奔驰。他越来越忙了。

他安慰老伴再干五年，到 65 岁时就不干了。可他干到了 70 岁，却还是停不下来，现在都干到 75 岁了。她在说，我一辈子都在等你，你老是说退休了，结果退了不休，所以她在埋怨他，说你做到 70 岁，现在 75 岁还没有说要退。

不仅不退，而且，越干越忙。当年他做南海酒店时，她每次来深圳，他就拉着老伴去看那个工地，两人就坐在山头上，瞅着那片海，瞅着那个工地，盼着开工，也盼着快点建完。建完一个项目，就会又建一个，没完没了。两人在一起的时候，总是会聊到项目，总是与工作夹杂在一起。陈世民一说到项目，一说到他的构思，就来神了，就很亢奋，而一聊到家中遇到的麻烦，各种琐事，他就一声不吭了。好像他是在认真听着，其实他早已走神了，游走在他的方案构思之中。分手的时候，他就又一头扎进图纸堆里。老伴以为他年纪大了，就会如倦鸟归巢，却不承想，他越来越忙。

他说那些年在世界各地飞行，每次回到香港的时候，老伴都到机场去接他。从行李口拖着行李出来，一眼就能看到她在接站的人堆里翘首以待。他以为是他先看到她的，便跟她挥一下手。结果，她没有回应。他就以为她没看到他。其实，她早就看到他了。他习惯了她的接站，从他 40 来岁时开始接，一直接到现在。后来，她渐渐就不怎么去了。偶尔一次，她又会在出站口那里翘望他，他猛然发现她已经老了，一头银发，清瘦枯黄，满面沧桑。他心里便会难过起来。他感觉她是在这里盼他盼老的。

一个女人，即使再优秀，嫁给了一个男人，她就会将自己的前程跟这个男人绑在了一起。她会随着这个男人的事业而起伏，她也会随着这个男人的成长成熟而走向衰老。

有一次，陈大师对我解释："前一段时间，为什么我说你不要去见她呢，那时候她突然检查出癌症。医生来得也快，手术切除，效果挺好。现在体重增加了。所以，我有很多事情不去烦她，我也没有让你去采访她，年纪大了以后，她心态也不好。年轻时候，整天哈哈哈哈，非常开朗的一个人，上了年纪现在动不动就很着急，非常封闭，非常敌视，不愿接触别人，我们说家里找个保姆她都不愿意。现在慢慢在接受一个人，有一个保姆去帮助做一点事情，家里就干净一点。我前一段时间确实太累，太忙，但不管怎样，晚上这段时间，我一定要留给家人，陪太太吃饭，陪着她看会儿电视，跟她两个谈，不谈工作，也不谈公司里的事情，她喜欢谈健康。她从电视里每天都看健康节目，就会细致地告诉我关于健康和养生的常识，吃什么有营养，要注意一些什么细节等，完了以后，我就帮她洗澡，有时候她活动不便，担心摔了，我得看着，有时候她歪在沙发上正看着电视就睡着了。我怕她受凉，会给她盖上点东西。就在那里守着她……人这么快就老了，不知不觉，说老就老了呵。"

陈大师说到了动情处，声音哽咽。作为一个75岁的老人，在他身上确实看不出老态。他的思维，他的精力，他走路的姿态，都让人看不出他是这个年纪的人，而只有眼睛，太容易动感情，眼圈会随时湿润泛红。

许多朋友曾劝陈大师别这么累了，希望他做减法，不必那样事必躬亲。但他一直像上了一辆高速列车，停不下来。他说，国外的个人建筑师事务所，哪一个不是这么忙？不忙就不对了，就没饭碗了。波特曼、贝聿铭他们都是事必躬亲。波特曼对事务所的事管得更细，他的儿子就是给他跑生意的，他亲自做，方案传给他，白天传给他，他利用白天做，做完了再传回来，大小事情都经过他的。我们都是这种工作方式。贝聿铭现在帮他儿子做，他家老三开的事务所。他自己离开贝聿铭事务所，却在给他的三儿子打工。他当年从事务所退出来时，跟我说太累了，不做了。我有一年在纽约碰到他，他说坚决不做了。可飞回中国，80岁了，他还在做苏州博物馆。哪个不是？黑川纪章也是跟我一样，上次他来深圳跟我一起开会说，昨天晚上他们刚从哪个地方飞回东京，他助手说，他晚上一进屋，看那些桌子上的方案不行，发了大脾气。吃泡面，连夜赶，赶完了，第二天带着他们来到深圳。

建筑师的责任就是这样，陈世民经常晚上10点回来还要看那些图的。看完挑出毛病，事务所的年轻人再改，经常会忙到凌晨三四点的，早上再上飞机，这就是建筑师的行业个性。皇家建筑师还好一点，做民营建筑师就更难了。不仅当建筑师，还要当事务所的老板，那就难上加难。

CA事务所走到今天这个地步，不进则退。退就是缩小，这是一条路；第二条路就是合伙，跟别人一起来做，你兼并人家或者人家兼并你；第三条路就是往大里做，做上市公司，社会化，无非如此。

这样说来，陈董事长是绝不可能真正闲下来的。何况他的事务所有源源不断的项目做。仅重庆这条江边上，就排布了十多个项目。渝北、南区，有两个很大的项目。这两个区的头头脑脑人物，都有很高的眼光，他们都曾对他说，想要做成标志性的，希望他们的项目是全国唯一的，不是小打小闹的，要 50 年不落后，不过时。

这种话，用在每个场合都适用。他们喜欢题的字是：现代、大气。要现代要大气，要生态，要通透，要使重庆的山和长江相互呼应。

经验告诉他，一定要揣摩透他们究竟要什么。不仅要会画图，还要会讲图，有时讲图比画图更重要。上个月他来重庆，就是为两江新区的项目而来的。本来他们是决定让公司那个设计经理去讲的，结果到了那里一看，坐了一屋子人，几位主要领导都在。而且都是掐着表的，要求十分钟时间讲完。他一看那阵势，就当即决定自己披挂上阵。他对设计经理说，老陶你别讲了，我来讲。他知道这里面谁说了算，更知道说了算的人心目中想要的东西。他认为自己这些构想正好就是对方所要的东西，人家一听就觉得很有道理，要是含含糊糊，说话不肯定，或者你自己卡壳，你自己都没有表达明白，那好了，会议结果，是你又要回去瞎忙活几个月。

有时人家一句话：“你是不是再回去重新帮我们再优化一下呵。”他们就立马傻眼了，不知下落了。他们心里没底，不知道这个项目究竟会不会给你。

由于陈大师亲自讲图，掐准时间，几分钟就清清楚楚讲明白了，领导就高兴了。接下来就热情挽留他共进晚餐。

老将出马，一个顶俩。就像我们看医生一样，老中医坐诊，跟医生的徒弟出面开方子，是完全不同的。

这些跟业主打交道的故事，太多了。这都是他来重庆之前跟我讲的。眼下，我要亲自体会了。

大舜嘉成的副总邀我们上车，他说，他们的董事长十分看重陈大师，今晚一定要请陈大师吃饭，酒店包房已经订好。

于是，一行人就上了他们的车，朝酒店驶去。车上，副总跟他的董事长汇报，讲了下午察看地形情况，并说了现在正往饭店去。挂了手机之后，不久又来电话了，他接听时，不时点头。看样子，又是董事长在对他做出什么指示。接完电话，他对陈世民说：陈大师，我们董事长让我转告你，晚上要跟市领导那边有点应酬，让我们先开始别等他，那边应酬一结束就过这边来。

陈大师说没关系。

这家饭店坐落在一个小山上，据说老板原是一个拣田螺的乡下姑娘。在民间传说中，就有田螺变成美女的故事。饭店居然开在山上，虽不乏优美景色，但毕竟往上爬是需要喘息的。但为了美食美女，外加一个传奇的川妹子的发财故事，饭店对我来说还是颇有吸引力的。

在重庆，许多年轻女子拥有着神奇的人生经历，电影演员刘晓庆都那么大年纪了，却还可以打扮成少女。重庆因山势台阶多，女孩子们个个窈窕婀娜，翩翩多姿。重庆市男孩子长相不敢恭维，小个子短板居多，圆形脸，剪平头，像从一个模子里倒出来的。女孩子却不然，虽然她们腰姿一水儿婀娜，但她们的漂亮与美丽却有着各自的不同，只要坐下来你跟她一聊，就会发现柔软当中，有着内在的坚韧。这种坚韧不是嶙峋的岩石，而是雾中的新竹。

饭店装饰一派民间风味。院落套着院落，门都是旧的，装修也是那种做旧方式，力求让人们回到从前，回到古朴的乡间民风之中。服务员都是年轻女子，瘦身型的，穿着带有民间情调的花布工作服，站在走廊里迎候客人。我们相当于进了一个四合院里的三进院，绕影壁墙，踅柱廊，再进三进院里的三包间，曲径通幽，早有一小民女笑容迎宾。

我们分宾主坐下后，副总开始点菜。他对陈世民解释说，我们先吃，那边董事长应酬一完就马上过来。

他一口一个董事长，给我的感觉这位董事长是位威风八面，满面牛气的中年男人。一定有个啤酒肚，以适合年底时中国特色的应酬。

董事长没有出现，宴会结束时，来了电话。副总不时点头称是，然后转头问陈大师说，董事长今天喝多了，说过不来了，明天一早去宾馆送您。

宾馆是有早餐的，自助性质。因为人家董事长说了要过来送行，陈大师早早过来，占了一个方便谈话的座位，等候这位权威董事长的到来。这期间，陆续有人进来用餐，我盯视着那种像大老板模样的重庆男子，看看是不是那位千呼万唤始出来的董事长。餐厅装饰豪华而花哨，盯着人瞅很快就会眼花缭乱。就在我收回目光时，陈大师却从座位上站起来，笑脸迎向过来的人。只见副总带着一个年轻貌美的女子飘逸而来，副总的个子将这位女子衬托得又高又娇媚。看来，这女子是董事长的秘书，可是，这位董事长也太牛了，先让秘书过来亮相，他随后就到呢还是又有了应酬，脱不开身？

副总笑容可掬地对陈大师介绍那位女子："这是我们的董事长——"我在等着下文"秘书"，可是，没有听到，他们就握手，然后坐下来。完全不对了，惊呆了：副总像秘书一样，为这位小女子端来早餐，伺候左右。她只是象征性地吃一点，跟陈大师聊起了她的想法。她说，她是搞金融的，完成了资本积累，就买下这块地，打算做房地产。现在房子很多，重庆到处都在盖房子，但是，在我的眼里，我想要的那种房子还没有出现。所以，我不认为房子多到了不好卖的程度，关键是要做到最好的品质。我相信只要品质好，就不愁卖的。许多开发商拿到地后，想迎合市场，什么好卖做什么，我不是这样，我认为市场需要有人引领。重庆所有的房子我都看过，包括您设计的珊瑚水岸。我找到您陈大师，就是看好了您的背景。您是在香港待了多年的内地建筑师，又在重庆读的大学，您在海外也搞过设计，您的这种建筑背景令我信服，所以，我希望您能够设计出与众不同的真正有品质的住宅。倒不一定在建筑材料方面有多么昂贵，但要在人文方面，如何做到细腻，甚至每一个边角都要让人喜欢。就像一件衣服，从大效果看，颜色什么的没啥区别，但是你看名牌的价值就在于细节方面，如袖口、扣子这些不那么重要的部位，但，越是不那么重要的部位，却越能够体现品质，越有说服力的。

小女子跟陈大师说话声音不高，刀叉与纤指轻捏轻放间，透出贵气与自负。她是在探测陈大师的水平与理念，是否与她吻合。这相当于一次面试，是否合格，最后还是由她来定。这就是市场。

如果从他们两人对坐交谈的外表来看，很像爷爷和孙女，或者老教授和学生，实质上，她是强势，居高临下，指点江山。陈大师在这种场合称得上老江湖了。他老道而深邃，一直做认真倾听状。不轻易点头，也不轻易插话。她在说话期间，陈大师未吃一口东西。等到她把意思都说清楚了，陈大师荡开笑纹，表示赞赏，也表示理解。高品质的住宅，这也正是他为之追求的。从这个意义上说，他不完全是为了迎合对方，但你也不能说他没有迎合的意思。反正他们这是首次沟通，看上去双方彼此感觉良好。这是对项目的一个大致想法，万里长征仅迈出第一脚，这种沟通犹如迷雾中拨开了一角，至于往下进行得如何，完全猜不透。

她很快吃完，也没有啰唆什么，起身握别时，希望陈大师回去按她的想法拿出一个方案。

她走了，很轻盈迈步，高跟鞋踩在地毯上没声，踩到地板上却响起了马林巴般的节奏。副总紧紧尾随，脚步有点凌乱。一辆豪车早已恭候，年轻司机守候车门。车很快驶出，融入雾中。

送走她，我跟陈大师说，这个小女子很神秘呵。她的钱是哪里来的？大师说，她不是说了吗，搞金融的嘛，这是人家的隐私。跟建筑项目无关，跟陈大师也无关，所以，他不会感兴趣，我也就没有再跟他探讨下去。

看来，与业主打交道也要小心陷阱。接下来，我跟陈大师做了进一步探讨：

“假如建筑师要是去靠行贿拿设计项目，这个算不算行贿？”

“那当然了。有些人就是说好了把项目给你，然后我们要合作。不得了呵，现在都是要回扣的，5%，10%，有的要 20%，我碰见过要 20% 的，我说去你的吧。我说我白做了都给你还不够。有个老总天天跟我说，人家现在都是这样操作的，我说我跟你说，人家干的事情我陈世民不干。如果说你要叫我干这个事情，那我们就别干。没有商量的余地。”

“现在都这样吧？”

“差不多都这样。我不是没有碰见麻烦的，某地一个董事长来找我，请我们做设计，他带了一个副手，办公室主任，那人跟他很亲密的，他自己来找我的，我们两个谈好的，而且签了合同，签完合同以后，这个办公室主任跑来找我了，说这个合同签完了，他想要点回扣。我说怪了，根本没有什么回扣一说。他说，我们这个办公室属于公司开支，有些不好走的账，希望要点钱，就算应酬。我说是董事长个人想要，还是他的公司要？他说是公司要，给我们打收条。我说，给个人肯定不干，我认为这个董事长不好自己出面说，通过他来要钱，钱也要的不多，我想，既然你是公司要的，有些账不好报销，合情合理，说得过去嘛，反正我们公司也有应酬费，我也没有用来应酬其他什么事情，我们对来的业主没有什么请客吃饭，接待也从不搞得很隆重，就给了他一部分钱。想不到后来这两个人闹掰了。闹掰了，这个董事长就扣了我一笔设计费。他说是我给了办公室主任回扣。我把他的收据拿出来，彼此这才弄清楚：我们两个签的合同，办公室主任是打着你公司的旗号来要钱的，我能不给嘛。你说我能不给吗？

我不给他在中间做鬼，我们这个事情干不成的，而且明确了他不是自己要，他给我打收条的。一般收公司的钱是不敢打收条的。但他两个后来闹掰了，结果把这个赖到我这里来。

“问题弄清楚了，他还是扣了我一部分设计费。我后来懒得找他，不理他了。这种事很多，弄不好就要吃亏。所以我就定了一条原则嘛，我不参加有关这些行为，有这些钱我不干。我宁可不干这个项目。因为就像一个高速公路上，你开个汽车，谁知道你到哪里会撞哪些人，我干吗要上你这个车，我不搭你这个车，我搭别的车不行嘛，我自己开个车不行嘛。太复杂了。”

“你这样相当于因噎废食吧。”我说。

“在市场环境中，人和人不一样，你可以这样去做，我觉得我做设计光明磊落，但我不能去做那种事情，好像我这个项目都是因为这个来的而不光彩了。”

“你觉得这是对你尊严的伤害？”

“是的。有的公司就拿很多项目，而且有些公司是公开的，你来跟我谈我给你 10%。”

“那人家就不跟你做了。”

“不做就不做了嘛。”

“那你不是僵化吗？”

“我犯不着去陪着他，哪天有什么问题，哪天不是出在我这个 10 万块钱上面，如果你跟我要这个回扣的时候，我要想一想了，这个事情值不值得做了，我是不是冒这个风险了，另外我对你这个经营，我不说对你这个人，我对你这个公司的经营方式，我要打问号。你对我都这样干，你对其他的是不是都是这样干，都是这样干，你因为别的问题犯了罪了，我可不愿意被你扯进去。”

“我有时候也很烦的，也很浮躁的，稍微平静一点，你就把这个事看淡了，就宁可这个项目不要，就完了。我不要这份钱了，我也不助长这个事情。”

我们一直聊到开始登机。这一回，我们都注意了登机时间，不希望再发生没登上飞机的事情。

起飞了。飞机快速拔离地面时，在乱云飞渡中穿越，机身平稳后，望一眼舷窗外，一片波谲的云雾，在机翼下飞流而过。山城在云遮雾绕中看不清面目了。人们习惯用“这湾水很深”来形容某个地域的人际关系，而用到重庆的有钱的年轻女子身上，或者用在重庆有权的官员身上，就得说:这片雾很深哦！无论那个田螺女发迹的饭店老板，还是神秘的董事长，还是这位倒弄出租车牌发迹的女业主以及跟她一起掉进泥淖的官员，这些形形色色的人，像蜘蛛一样，在适应社会这张网，也在积极编织这张网。最终，她们参与了编网，也陷落自织的网中。他们究竟想捞多少钱？捞完之后还想用来做什么呢？人，有时是想不明白才会犯蠢，而一切皆因贪欲。

六、从北说到南：配角变主角

按袁镜身的说法，新中国成立以后成长起来的一批优秀建筑师，为中国的建筑事业做出了巨大贡献，他们依次为:陈世民、张锦秋、马国馨、程泰宁、齐康……这是袁镜身先生列的名单，这几位年龄相仿，差不多算同一代人。当然，还有一些优秀建筑师没有在这个名单里，比如何镜堂等。

尽管陈世民自 1954 年就与袁镜身在一个设计院，但是，陈世民真正进入到袁镜身的视野，还是在 1975 年以后。准确说，是因为要建一个国家级的大项目——北京国家图书馆。

自从 1972 年陈世民由河南调回北京之后，他的建筑设计事业进入了飞速的发展期，他逐渐由一个设计界的配角转变为挑大梁的主角。

据袁镜身回忆：1975 年 4 月，国家建委负责召集了中国建筑科学研究院、西北建筑设计院、北京市建筑设计院、上海市民用建筑设计院、广东省建筑设计院、清华大学、天津大学、同济大学、南京工学院、哈尔滨建工学院等单位，由当时中国建筑科学研究院院长袁镜身主持，在北京召开了一次参加设计方案的会议。建筑界著名建筑师、教授杨廷宝、戴念慈、林乐义、张镈、吴良镛、吴景祥、杨芸、黄克武、黄远强等 60 余人参加的会议。陈世民也参加了会议。

会后，各单位用了几个月的时间，做出了 114 个设计方案。这些方案从造型上来看，大概分为三种类型：第一类是现代的，布局灵活自由，形式新颖、简洁明朗、新的结构，大面积花格墙面，采用现代化设备，展示现代化风格；第二类，是传统式的，采用中国古代建筑手法布局规则，南北对称，宽大台阶，回廊相围，起脊屋顶，琉璃飞檐，富有传统建筑风格；第三类，中西结合式，在群体布局上，南北对称，东西灵活，建筑造型上既有现代的新颖格调，又有中国建筑的传统风格。

1976 年 1 月，在北京召开了设计方案评选会议，各设计单位专家济济一堂，对上述 100 多个方案进行广泛讨论，畅所欲言。从建筑总体布局、建筑造型、结构形式、建筑设备等全方位分析评论各方案优点，从中筛出比较理想的设计方案。然后，再提出意见和要求。

陈世民说，各设计单位又重新做出 29 个方案，又从这 29 个方案中，选出 9 个不同形式的方案，再研究又从这 9 个里面选出 3 个。宋部长很不满意。这时候，杨廷宝便拿出一张草图，图中把书库摆在中间，做了两根轴线。大门进来，几个庭院，里面看去，高的是书库，前边房子都是矮的，屋顶围起来。这个方案得到领导赞赏，就以杨廷宝这个方案为基础，由戴念慈、杨廷宝、张镈、黄远强等 5 人组成一个专家组。最后，这个方案由戴念慈为主，杨芸、陈世民参加修改，共同完成。

其实，就是杨芸和陈世民在一起，丰富了杨廷宝的方案。这个过程很复杂。要做很多的文件资料，做的时间也很长。这个被人们称作“五老方案”的图书馆，后来被做成一个精致的模型，上报国务院、国家计委。

新方案得到了国务院批准，便接着做施工图设计。陈世民是建筑总负责人。因为量太大，后来建设部设计局提议，施工图分为两半，一半由他们设计院做，将另一部分给了西北院做。每部门负责八万平方米的设计。总的设计人是杨芸，而建筑负责人，除了陈世民外，还加上了黄克武，此人因为这个图书馆而评上了建筑设计大师。

陈世民为设计建造这个国家级的图书馆，先后花去近五年的时间。这五年他作为主要的技术骨干的工作是：参与方案创作活动，负责重点探讨高层建筑为主的设计方案，进行了许多有关方案组织协调工作。他负责总体规划布局和各层平面设计，并与结构负责人李培林、胡学敏先生合作，在整个 16 万平方米的建筑中仅用了两种结构柱网，安排出异常简捷的交通体系。他还为协调工艺、水、电、空调等方面的技术，花去了大量时间，一直忙到他赴港前夜。

这个建筑在 1988 年 4 月完工，被北京市评选为“八十年代北京十大建筑之一”。

那是“文革”后，全国首个大型公民建筑，16 万平方米，跟人民大会堂规模相差无几。现在我们对 16 万平方米感觉算不了什么，简直小菜一碟。但在那个时候却是不得了的大事情。全国动员，方案竞赛，惊天动地。陈世民为此做了大量的工作，他感觉有种崇高感。但奇怪的是，这个建筑竣工后，居然没有陈世民的名字。国内项目经常是这样的，有那么多人都在签字，而所有签字在前头的大牌人物，都是不做具体事的人。

俗话说东方不亮西方亮。这个国家图书馆没有记载他的功劳，另一个重要项目却是非他莫属，将他的建筑设计生涯推向高峰。那便是中国建筑文化中心。

说起这个项目，便要提到1993年第18届世界建筑师大会和第19届国际建筑师协会代表大会。在美国芝加哥召开的会场上，中国建筑学会代表团大出风头，经过激烈竞争，他们如愿以偿地为北京夺得了第20届世界建筑师大会和第21届国际建协代表大会的举办权。而中国建筑文化中心这个项目，就是专门为第20届世界建筑师大会量身打造的。

提起这个设计，陈大师情绪激昂：“没有想到，我有幸受邀为此项盛会而在北京新建的‘中国建筑文化中心’提供设计方案，更没有料到由我主持投标的方案于1995年11月7日在北京召开的评标会上，获得在座知名专家的一致推荐而中标。”

每每忆起当时情景，他都显出少有的亢奋：他跟他的团队是在宾馆里等候消息，那个下午显得十分漫长，仿佛时钟停止摆动。他一次次看表，确定着时间。终于，来电话了，他得到了中标的消息。激动的心情无以言表。为了参加这个投标，他经历了一个多月的苦挣苦熬，他有太多的煎熬，太多的苦楚。尤其像他这样“双料”人才，建筑创作与经营管理双肩挑，与单纯的建筑师不同，他需要更多更艰辛的付出。

那一次，他在风光绮丽的西班牙海滨浴场度假。天蓝得出奇，水蓝得透彻，处在这样的一个诗画般环境，真实得像梦中。对于一直得不到闲适的人，这种海滨浴场休息，无异于一种奢侈，他简直有点不适应了。他居然半躺在浴场的躺椅上画图，成了当地的一道“奇怪”风景。

而偏巧这时，邀他参加投标的电报跨越国境传到他的手中。他马上起身奔向宾馆，拨通了国际长途，对华艺在香港和深圳两地建筑师下达指令。而他次日由西班牙飞回香港的航班上，战胜了旅途的劳累，一路冥思苦想，完成了草图。

他的最初构思源于传统文化中的门阙形式。整个建筑外形，从大轮廓看去像一个大门。这个大门是能够吸纳的大门，也是开放敞亮的大门。有一段时间，中国建筑界流行“门”的概念与造型，比如上海证券大厦。在设计上采用隐喻手法，由东西塔及中央天桥组成巨型“门”式对称形体。建筑评论家对此评价为：“一方面满足功能要求，另一方面在外形上喻示着中国大门向全世界开放。”这个建筑坐落在上海浦东新区陆家嘴金融贸易区，是1997年建成使用。而陈世民的设计方案是1995年，他不可能模仿这个“门”。但是，这个上海的“南门”与陈世民的“北门”，也从某种方面不约而同地道出了中国建筑师的构想：向世界敞开大门。

这个建筑确实体现了中国的文化特色。陈世民认为：“建筑既是一种工程技术的文化，同时也是一种社会历史文化，没有文化的建筑是不存在的，缺乏文化内涵的建筑是没有特色的。文化在建筑中体现为一种科学技术与艺术的结合，单纯讲美观、风格涵盖不了建筑应有的文化气质。”

品味这段话，再看这个建筑：它就坐落在北京西二环与西三环之间的甘家口地区，距建设部那个龚德顺设计的大楼仅一箭之地。这个建筑体现了陈大师的古典文化底蕴，及古今中西结合的张力。白色“椅形”现代建筑，沿用了中国建筑始于门阙、渐演进成为有规律的建筑群组合这一传统脉络，结合建筑文化中心的功能布局，将体量按中轴对称组合成两翼高、中间低的架构，有如现代的“门阙”。“阙”其实就是最早的“宫门”，是从数千年前的部落时代聚居地入口两侧所设的防守性岗楼演变而成，至汉代陵墓建筑中，风行石阙，尤以他的家乡四川雅安高颐阙的形制和雕刻最为精美，被认为是汉代墓阙的典型作品。之后，发展成门阙，见敦煌莫高窟北朝壁画。这座中国建筑文化中心项目的造型继续发展门阙的传统特征，将可展示此建筑与悠久的中国历史之间，那种血脉般不可分割的联系。其次，他沿用中国建筑具有的台阶、柱廊和屋面三段式组合的传统特点，结合建筑文化中心的平面布局，构成壮观的台基层。

“建筑设计方案的创作是一个痛苦的过程，尤其像我这样同时肩负建筑创作和管理经营双重重担的建筑师，其建筑创作的决策不仅关系到设计成果的好坏，同时也直接联系着公司的经营效益。因此，每当对方案拍板定案时，我都几乎要度过一段像临产前的阵痛一样的不寻常的痛苦时刻。鉴于这个中国建筑文化中心项目是建筑界众所关注的项目，既要反映当代建筑设计水平，又要适当体现我国传统建筑艺术特色，方案如此要求，无疑会让建筑师经历一个艰难的思考和痛苦的决策过程。”陈世民慨然陈词。

一天，杨永生穿过马路时，指着这栋曾经影响世界的建筑告诉我，这就是陈世民设计的。杨老赞赏一番之后，又不乏挑剔地说，楼顶的那个大盖子有点浪费了。但我想，陈世民这是为了一种整体效果考虑吧，即使没有功能性作用，也取审美效果。

这项设计的过程，一波三折。一个星期天早上，叶部长把他叫到办公室:老陈呵，这个方案还不错，但现在没有这么多钱，而且工期又很短，我考虑，咱们是不是简单点儿。这样好不好？修个办公楼，后边补个礼堂出来。节省点投资，降低成本。说着，他自己动手画起修改部分的草图。陈世民顿觉一盆冷水兜头浇下，这岂不白弄了吗？！他说，部长，全建筑界都很关心这个项目，既然都弄这样了，按投标方案，我看还是不改为好。既然你怕钱不够，我们是不是再想办法弄点钱？是不是再想法节省一点？

叶部长考虑了一番，那好吧，你就再尽量简化，楼高可适当降低一点儿。陈世民遵命回来又改了一下，但改动不大，总算保存下来了。

一个建筑师如果不会说服领导，谈崩了，那就不会有这个结果。经常听建筑师抱怨长官意志如何制约了创作个性，但陈世民则对此有不同见解，他说不一定长官意志就是不对的，也不一定自由意志就一定是对的。

任何时候都要有长官意志，不可能没有，终归长官是要决定的嘛。

竣工仪式上来了很多领导。李瑞环那天也去了。叶部长拉着他，专门介绍给李瑞环。也是梓人出身的时任中央领导人与他握手时，他感觉到了手的握力。

叶部长对建好的大楼不乏遗憾，他左看右看，还是感觉当初减得狠了点儿，如果再高大一些就更好了。真是此一时彼一时啊。还有窗套，那是陈世民最喜欢的亮点，相当于诗眼，但当时中建总公司去的人看到这个窗套，却提出不要做这个，要节省。但工地上的人说，这是陈世民的心血，要是去掉了，他会很心疼的。结果就保留下来了。陈世民庆幸没有“删减”处理。否则，他会更加后悔。

不同人有不同的价值观，不同的美学观，不同的现场观，不同的喜好，归根到底是不同的文化基因所致。不同时代必然要有不同的文化差异，这种差异落实到建筑师那里，就是不同时代的房子。他曾跟一位领导在饭桌上说，现在建筑师不是在“设计”，而是在“画计”，这个叫你这样画，那个叫你那样画，画完了，业主全改了，改完以后还不通知你，卖楼的时候写上“陈世民设计”。

他还说：文化是建筑的灵魂。建筑是文化的载体。建筑通过自身的文化传达并铸就一个民族和社会的文化历史。建筑是用钢筋混凝土铸就的史书。我听见人家说“香港没文化”，我现在有胆子说：“香港有文化！”香港有很繁华的商业文化，很繁荣的商业建筑文化。它的城市是高密度开发，但是它的大环境又是很松散的。该密的密，该松的松，楼宇街道的整合，都充满商业建筑特色。建筑是有形的空间，文化是无形的空间。

他还经常碰到过一些主管领导，总说：“你们没有水平，你看意大利那里是怎么样，法国那里怎么样！”这些地方他老陈早就去见识过了，但是，看过之后，他感觉也不怎么样。但你硬要求这样去做，建筑师也没办法。陈大师说：“我们的职业毛病就是，有了一点启发和心得，比人家请你吃饭喝酒还高兴，滑稽的是，这边还没有高兴完，那边就被业主‘枪毙’了。”

陈世民对建筑文化有着精辟的阐述：“建筑师总是通过采用当代的建筑技术发展成果发挥空间组合的优势来实现对效益的追求。现代建筑是这样，历史上许多建筑也是这样。中世纪高耸式建筑通过石拱券技术的应用，塑造出高耸的教堂空间，至今仍能让人们面对色彩缤纷的铁花天窗，怀着崇敬的心情追求对天国的向往。中国建筑通过传统的木结构建筑技术应用，塑造了故宫等那些在蔚蓝天空下的黄瓦、红柱、白台阶的连绵建筑组合围拢的空间序列，显示了皇帝的尊严与崇高，至今仍能给人以强烈感染。这样的建筑经过岁月的沉淀，就是文化。然而，你能拆开来说石拱券、琉璃瓦是材料，铁花天窗、白台阶是技术，而只有教堂空间或故宫空间才是文化吗？建筑文化是它们的统一！”他不仅说明了建筑文化，更说明了建筑师追求文化与追求效益的统一性。

他坦陈自己是新中国培养起来的一个本土建筑师。很多年前有人提议他只要把事务所改成一个洋文名字，就会给他带来很多好处，但他不崇洋。他在上海建筑论坛上讲：“我是新中国成立后的建筑师，是本土的建筑师。人家问我在哪里留学，我说在重庆！”其实，他几乎跑遍了世界，跑了很多地方学习西方建筑，重要的是他跑了那么多的地方没有迷失，他知道他应该追求什么坚持什么。而许多人刚走出去，就迷失了自己，看人家外国什么都是好的，什么都想照搬，结果，把中国城市建成了外国的空间。陈世民最想做的，就是具有中国味道的现代建筑，而绝不愿意照搬外国，搞那种欧陆风的东西。

然而，在一片崇洋的业主左右下，他有时只能委曲求全或者“曲线救国”。在这种纷纭复杂的时代，要想当一个好的建筑师，还要管百十来号人吃饭，这就更难了。

我在陈大师事务所看到了至少有六个建筑造型，完全不同的造型。有的是抽象表现“人人”，抽象的角度与力量都不相同，也有是以两栋不模拟的塔式楼，体现重庆精神或标志，反正人家业主（领导）要建标志性的，那么你就只有硬从重庆标志中抠了，究竟什么才能表达重庆这座山城?

见仁见智，不可能有完全一致的认知。建筑是遗憾的艺术。这门艺术与其他艺术不同之处在于它既是工程艺术，有其物质性的一面，又有造型艺术的精神性的一面，人们在对建筑接受的审美过程中，是耐人寻味的。这跟欣赏一幅画不同，画，你可以感受，也可以不感受，还可以视而不见。但建筑，立在你的面前你就很难躲过。所以，建筑师在做设计的时候，一定要考虑到用户的感受，那是一种预测性，是对使用者审美结果的最初预判。

建筑学不仅是材料学、技术学，更是人学，尤其当下建筑涉及的人学远比技术层面更为复杂多变。会设计，这只是建筑师的一个基本功能，还要会经营，如何做得有效做得更好。除此之外，还要成为一个社会活动家。你在社会上要有影响力的，这个影响力与你的经济效应直接挂钩。这是陈世民在香港那些年深切体验到的。

他认识一个叫张兆康的建筑师，此人很有本事，也很会设计，但是，他却不会经营。他在香港搞了一个小公司，才两三个人，很拮据。他不会经营也就发展不起来。他一度曾想跟陈世民的公司合作，帮他们画图。但，这毕竟是小打小闹，成不了气候。

在市场经济高速发展的时代，可以说没有下过海蹚过河，在泥里水里滚过的建筑师，绝不是一个好建筑师。陈世民经历了辉煌的设计院时代，也经历了事务所的挣扎阶段。水与火的交融撞击，铸造了他的惊人的适应能力。在中国建筑界的这一代人中，没有谁比他对于两个时代、两种体制生存与发展的感受更强烈更深刻的了。他的典型性构成一面极有价值的镜子。在他的反射下，你可以一清二楚地看到设计院与事务所的最主要区别，还不光是人员上，效益方面，还有项目来源上完全不同。国家设计院一切项目不需要你建筑师去跑，你作为建筑大师可以高高在上，享受盛名，你根本不需要亲自去跟业主打交道，去跟人家沟通，想方设法获取对方信任，从而将项目拿到手。计划经济下的建筑是等、靠、要，根本不愁项目；而市场经济的建筑师却要一直自己跑项目，项目是生命线，跑不来就吃不饱，吃不饱饿死也没人管，一切都靠自己去张罗。

相当长的一段时间，建筑师们一直很清高，瞧不起市场经济的建筑师。他们也瞧不起能够挣钱的建筑师。这是典型的士大夫式的心态。因为他们有国营体制保障，没有下到底层，走向民间走向市场，他们只能伸手要米下锅。没有米送过来，他们也不着急，反正工资照开奖金照拿。某位建筑师说过这样的话："这个人很好，根本不管钱的事儿，只顾埋头做方案。"陈世民听了很不舒服。他认为说话者是吃皇粮的建筑师，靠已有的名气，靠招牌吃饭；而他哪里会知道商品经济下的建筑师面对市场竞争有多难。

本来建筑师已经从计划经济转型了，但很多人的思想意识却没有转型。商品经济下的建筑师一切都为了项目，项目是生命，业主是上帝。建筑师是服务的，老老实实勤勤恳恳地为业主服务。

陈世民是从老爷的地位转为俯首服务的，他从强调我的设计我的大名，转化为一切都为商品服务，商品至上。这不仅是改变了建筑之观，价值之观，同时带来了世界观与人生观的转变。

建筑师要从计划经济体制走出来，首先就要改变价值观，放下传统知识分子的人为的清高姿态，亲近市场，亲近业主，亲近一切左右你的项目的环境。从这个角度说，陈世民仍是先行者。

中国的改革开放体现在建筑界最鲜明了，而一批批年轻的建筑师早已不屑于站在岸上翻阅杂志，探讨研究什么思潮理论了，他们连裤角都不挽就跳下海。对他们来说，陈世民是先行者，是前驱，他的经验要远比那些声名显赫的建筑大师、院士更给力。

自改革开放以来，中国的建筑从理论的藩篱中挣扎出来，建筑创作面临熙熙攘攘、纷至沓来的各种主义和思潮，高谈阔论者大有人在并成为时尚，然而，陈世民这时却一直在为生存而挣扎，他的精力更多花在市场方面的竞争。他主要通过有客观依据的设计立意及作品的实际形象，来争取业主的认同，再从城市整体规划、分析投资效益的立场去争取各方面的支持，以推动建筑创作向经营之道发展。他走出了一条“陈氏定式”，无论建筑市场如何风云变幻，他始终自信地带领着他的事务所前行。他能跟上时代，跟上接轨，跟上市场，不被落下已属不易，何况他居然能够再度超前，充分显示了一位大师的价值与风采！

住宅建筑的“五代”理论，城市综合体的“放扁排列设想”，以及“环境、空间、文化、效益”的精确论断、对何以建筑风格、何为现代化的阐述与实践、文化艺术素养、独特洞察力与独特的见识等，充分体现出他的综合素质。

他的可贵之处在于他虽身陷市场窘于生存应付，却不被所囿，关键时刻能够跳出来，获取先进的建筑理念与正确的指导思想，并能够在许多文章中将自己的想法梳理起来，自成体系，与学院派们一道走向论坛高峰，因而，无论是从形而上还是形而下的角度去考量，他的意义对于中国当代建筑史，都是不容忽视的。

他是一个始终在思考，始终在追梦，始终在折腾并最终完成自我超越的建筑大师。

尾声：老骥何需伏枥

“我觉得我的人生就是一个梦，一个建筑梦。当然梦也有噩梦，也有短暂的甜梦，更多的是一个挣扎的梦，我经常做梦挣扎。”

2011年11月的一天，陈世民像做梦一样迎来了事务所15周年的纪念日。又逢15周年，华艺15周年，陈世民建筑师事务所15周年，人的一生能有几个15年？而且，都是马不停蹄的15年，满载成果的15年，悲欣交加的15年。

华艺和陈世民事务所这两个15年，有着同样值得庆贺的理由，却也有着完全不同的人生况味。

15年来，陈世民带出了一支在中国建筑界颇有影响的队伍。从他这里走向全国各地的建筑人才成百上千。走出了七个老板，也卓有成效地做起了自己的事务所。这个空间，更像一所培养人才的大学堂。而陈大师与年轻人在一起时，不保守，不僵化，年轻人从他身上汲取知识经验和营养，他也从年轻人那里发现新的东西，加以充实和升华。他们在一起的时候，陈大师往往不像公司的董事长，倒更像一位博导，手把手教，带出了一届又一届的博士生。

15年来，陈世民建筑师事务所获奖无数，最具代表性的奖项有：精端住宅科学技术奖、中华建筑金石奖、国际住协绿色建筑奖范例项目、全国民营设计企业优秀工程设计“华彩奖”、建设部优秀建筑设计奖、全国房地产设计联盟百年住宅优秀作品奖、全国优秀建筑工程设计奖等。他们在15年间以辛勤和汗水做出的170多个项目5000多万平方米的总面积中，有许多脍炙人口的好作品，由于这些骄人的业绩，几乎都是市场上的创新产品，都分别具有不同的特色，他们公司几乎年年受到奖励。但在众多奖励中，唯有从叶部长手里接过奖杯时，让他感受最非凡，尤其是叶部长那番话，令他长久回味。

那是在纪念新中国成立60周年之时，中国勘察协会的表彰大会在首都亚运村的一个豪华会馆举行。那种气氛空前隆重。鲜花铺路，灯光如繁星镶满头顶。明星般出现在领奖台上的陈世民一身正装，气定神闲。他的事务所在众多设计单位中脱颖而出，荣获了全国“十佳民营勘察设计企业”的殊荣。站在台上领奖的人中，属他的年纪最大。令他意想不到的是，为他颁奖的人恰恰是原建设部的副部长叶如棠。岁月如烟，叶部长也老了，上台时脚步细慢。当两人的手紧紧握在一起时，叶如棠高兴地说：你这个事务所，还是我批的呵，今天获奖的单位就你是真正的民营事务所，不简单呵！

陈世民一时无以言表，却心潮澎湃。这是最好的评价，可以消解他所有的艰辛与委屈。这几句话温暖了他好几年。每每回味，便意味深长。叶部长的话至少含有几层意思：当年支持你创建这个事务所，他为此有种自豪感，显然是支持对了。第二层意思是赞赏你老陈，因为那么多年过来，许多事务所都倒闭了，而你陈世民却站住了。你老陈真行！你华森干好了，华艺干得更好，事务所又干得这么好，而且，让你的晚年攀上了一个更高的台阶。不容易呵！

15年走过来，最大的感慨就是：“不容易！”该如何搞庆典呢？

他不搞喧哗的排场，不设盛宴，只是制作了一张比正统贺卡小一半的纸片，以最精致的设计和诗的语言，向所有对事务所有过帮助的朋友和业主单位也包括领导，发出去以示谢忱。没有红包。他们就是以这种最质朴的方式，对待15年的庆典。

事务所百名员工在这个日子里享受到了一次节日般的聚会，全体人马被拉到了增城的一家温泉度假村。公司在这个日子里如沐春风，上下左右一律平等，司机也放下了方向盘，与大家一道乘坐租来的大巴前往。

苦尽甘来，意气风发，晚会高潮迭起。年轻人们自编自导自演的节目，充满原创的幽默与亲切，令观众笑破肚子。还有舞会，最老的舞者已年过古稀，那时陈世民偕韩琳款款步入舞池。他们踩着慢四步的节奏，脚步肯定不轻盈了，尤其韩琳，她清瘦着，一头华发，神情端庄。陈世民不像是跳舞，倒像在托着相依为命的老伴沉稳地走进风雨，去迎接未来的更大的考验。因为他面部看不到志得意满，只有一种无法言说的沧桑感与憧憬。

韩琳的脚步随陈世民而起伏，头微微靠在他的肩头，手，却一直抓住他。那是一种女人对丈夫的深切依恋。他们从头至尾完成了舞曲中的散步。虽然只是一个曲子，但象征着他们从青春的沙坪坝一直走向老年的现在。人生苦短呵！看看他们周围生龙活虎的那些年轻人，或唱或跳，携雷挟电，这对老夫妇当年不也这样年轻过激情过吗？田径场上，磁器口的狂买橘子晒红了脸，朝天门的人生真正起航，北京的岁月，荥阳小站，蛇口铁皮房，香港太古城……一路下来，两人都是牵手走过。此时的舞场，一首《牵手》让两人梦牵魂绕："因为爱着你的爱，因为梦着你的梦，所以悲伤着你的悲伤，幸福着你的幸福……"

两位学建筑的同学，共同的理想，共同的人生追求，共同的价值观让他们享受了共同拥有的建筑梦想。陈世民经常感慨，他的这么多资料和草图能够得以保存下来，全都是因为韩工，是韩工让他懂得了珍惜珍藏自己艰辛劳动成果。不仅仅是夫唱妇随，更是夫唱妇帮。从这老两口跨越世纪的舞步之间，透出人生的万般滋味。

他说老伴原来脾气那么好，天天笑语欢歌的校花，可现在完全变了，变得爱生气爱发脾气了。他说他再忙也要拿出周日的时间陪老伴，在沙发上看电视时，老伴睡着了，他会轻轻给她盖上被子，然后，守在身边。她太需要他在身边守候着，一旦她睡醒过来，发现他在身边时，她会笑的，那双笑眼弯出弧状的甜美与满足，连四周的褶子都生动起来。

她确实老了，在陈世民的眼里，女儿陈婷都不似15年前那个拖起皮箱，风风火火闯上海的女儿了。他经常不无遗憾地说："陈婷如果有当年那股劲儿就好啦！"

15年呵，让她操心的15个365天。事务所第一个办公地点在海天大厦。在那里租下一间办公室挂牌营业。成员只有陈大师跟女儿陈婷。那天是星期六,一大早开门时，就进来了第一位客户。他是从上海慕名而来，他一进屋就呆住了。只有一间屋子？如此简陋？他充满狐疑地问陈世民，怎么只有两个人？陈世民明白他在想什么，他是担心遇到皮包公司，他不大相信陈大师这样名气的人，如何会在这样简陋的地方办公，不匹配！此人是平安保险总部的开发经理。他一直处在疑惑之中。直到坐下来以后，与陈大世谈到了他的项目，听了陈大师的想法，才慢慢回过神来。这个方案难度在于如何解决周边环境问题，交通问题。这是事务所起步头一个大项目，陈世民一定要抓住。

为了这个方案，他累病了，差点把命都豁出去了。那是1997年12月22日的夜晚，这个日子在他的方案上标的一清二楚。他因病住进医院。夜深人静，思绪潮涌。那个平安大厦的构想一直苦苦折磨着他。他不顾一切地从病床上爬起来。他把病房当作了工作室。

没有办公桌，他的腹部刀口又不曾愈合，手上还挂着吊针。他颤巍巍地站起，弄来了一个架子，一个吃饭用的架子当作画板。他就站在这个临时架子前开始了画图。他像一尊雕塑：一只手打着吊针，输液管在灯下拖出一道长长的沉郁的影子，另一个手拿着笔，挥洒却并不自由。因为他要赶制上海平安大厦这个项目，这是一个三角形的地段，非常复杂的，他左画右画，也唤不起灵感，终于在夜深人静时，他突然找到一种感觉，一栋大楼的构想逐渐成形。

护士进来时，被吓着了。她无法理解一个建筑师为何这般不要命地工作。他极力说服护士，说服院方领导。如果不让他在这里办公，他就要出院。后来医院看见他实在是太忙，就妥协了，破例给他的病房装了一个传真机，也允许他在此办公并打电话。他就是在这个单间病房里，带着病痛硬是坚持做完平安大厦的方案。他说他那个本子里头的草稿有很厚一沓纸，有五六个方案，直到最后一稿，才妥善解决了周边环境的一些棘手问题。它是在汾阳路、淮海中路和襄阳路的三岔路口，交通情况极其复杂。平安办公大楼紧挨着另一地，这块地要还给音乐学院。原本打算做一栋楼，最后却做成了两栋，但不在一个转角上，至于怎么处理交通、商业布局入口、造型这些关系，都是难点，都在纠缠他折磨他，让他在病房里六改方案，才最后得到业主的认可。

陈世民全力投入事务所时，正是西方建筑文化被广泛引进之时；在大多数中国建筑师被边缘化，甚至有的只能处于“来案加工”的窘境时，陈世民却看好了蓬勃兴起的房地产业，及时转舵，从公共建筑创作转向了人居环境创作，设计了大量的住宅，不仅让事务所度过艰难期，有了稳步发展，也让他的建筑梦得以延伸。

无论华艺的15年还是事务所的15年，同样都是日日夜夜令韩工操心的15年。中国的女人有着共同的特点——爱操心。嫁给成功人士与嫁给普通人，都改变不了这个特点。一个好女人其实对丈夫要求并不多，她只需要丈夫能够多在身边陪陪她。老伴老伴，老年之伴呵。

可是，陈世民不是一般的老人，他是仍然在一线拼搏的建筑师。他无法停下来，即使化身老骥，也不肯伏枥。他的雄心壮志无须悲情万里，只需在充满风险的脚下一步步走稳，迈好。

作为妻子的韩工也说不清从丈夫手中设计出的那么多高楼，哪些草图或方案是诞生在飞机上，哪些是诞生在轮船上，哪些是这般拖着输液的吊瓶艰难完成。

笔者很熟悉上海的平安大厦，它像个浑身镶满宝石的巨人，在汾阳路上的法国梧桐的肥硕叶片间透出魅力。每当我从音乐学院贺绿汀音乐厅听完音乐会出来，行走在宁静的汾阳路时，偶一抬头，便会透过密实梧桐树叶，窥到这个大楼的灯光轮廓，有着如梦似幻的效果。想不到，这样令我仰视的建筑，居然是在他伤口未愈，斜挂着吊瓶的情形下，亲手绘制的……

人生易老，但陈大师不老。他的创作激情，他的开拓精神，他的时尚理念，永远处在一种升华的追梦之中。

在外国建筑师纷至沓来的建筑市场，在房地产井喷般失控的大潮之中，陈世民凭借他的智慧、胆识、经验、奋斗，带领他的百人团队，大步走进了中国人居环境的新领域。

想当年，他英姿勃发地出席日本东京、美国住宅国际会议，他是中国房地产商会的副会长，他提议成立了设计联盟，他在这个论坛上的每次讲话，都有振聋发聩的作用。他在影响着中国的住宅建筑，他走在前面。他获得了历届住交会的作品奖和终身成就奖。

忆当年，他作为共和国培养的第一代建筑师，已经步履铿锵地从业了半个多世纪，他以超人的意志与才华，执着地构筑着自己的建筑师梦想。他如那个时代的知识分子一样，在经过“咸水里泡三次，盐水里煮三次”之后，抓住了命运的契机——投身香港，为创办内地首家与境外合资的建筑设计公司做出了卓越的贡献；接下来又白手起家创办了中国建筑界第一个跨越深港两地的股份制建筑设计公司，而让他续写传奇的是1996年创建的陈世民建筑师事务所。从而，完成了人生的“三级跳”。

这三级跳是三次蜕变，是顽强地从体制的束缚中挣扎出来，奔向自由王国的奏鸣曲。他的人生轨迹，既是新中国的建设史，也与中国建筑设计体制改革的发展史相暗合。

在诸多的亮点中，创建事务所，无疑是他一生中最具价值的杰作。如同他撰写的三部“空间”——《时代·空间》《立意·空间》《写忆·空间》一样，他用退休后的激情，以惊人的勤奋，卓绝的努力，将这部“事务所的空间”书写得风生水起，令人叹为观止。

15年中，他和他的事务所经历了一个非常时期。那是关键的转型期：社会转型，城市转型，建筑率先转型。而处在转型期的15年，简直就是炼狱中的凤凰涅槃。

陈世民哀叹这是中国建筑师的悲哀：我们总是悲哀的嘛，现在我确实很忙，因为我正在应付危机。

悲哀来自危机，而最主要的危机来自人才的流失。第一流人才都流到开发商那里去了，大大小小的开发商，私人企业在发展，缺人才，一听说你陈世民事务所拿20万，他就给你30万、50万一年，挖走了你的人才。即使不被高薪挖走，他们自己也雄心勃发，翅膀一硬，就要飞走去创办一个公司，早晚要办公司当老板的。离开的人空缺，他们便再招，可是补充进来的人非常缺乏锻炼和经验，不能胜任。

他说，我们每一年的人才的流失率是20%到30%，我一直希望带个助手，可这个助手还没等带成，人家就要走，炒你的鱿鱼。这个社会，谁真正把你当个老师，真正把你看作老师的不是没有，不过凤毛麟角，我到你那里很简单，就是来学点东西，给你干点事，明天有比这个更好的我就走人，这个社会是不感恩的，子女对自己父亲都不感恩，何况对老板对朋友了。所以，我们现在面临着空前的挑战。

事务所之间的非正常竞争，建筑市场的不规范运作，缺少法律法规，各种腐败与不正之风对建筑的侵蚀，是一个更大的悲哀。投标不按正常水平，而是多有暗箱操作，潜规则盛行，有好多次他们殚精竭虑做好的方案，能够被专家赏识，却无法让业主认可。即使你中了标，业主也千方百计压低设计费，现在一切都在涨价，涨工资，唯独设计费不涨，非但不涨还要被无端压低。低设计费高用功高消耗，这是目前中国建筑师共同面临的悲惨境况。

中国城市发展遭遇到的瓶颈，中国民营企业遭遇了瓶颈，中国建筑师的人性品格及职业素养，同样遭遇了瓶颈。社会转型，城市转型，建筑首先在转型中扭曲裂变。中国进入现代化、国际化的误区。那种盲目的抄袭、套用、引进，丧失了本民族的特色，直接导致国内精品建筑越来越少，产品越来越粗糙，致使目前建筑行业一片浮躁。悲哀呵，陈大师在悲叹。

已过古稀之年的陈世民，面对一片悲哀，他只能挣扎，只能硬着头皮愈发忙碌，忧患和困惑日甚。尽管他的子女们都已经成熟起来，完全可以挑起事务所的重担，但是，他仍然不放心。他仍然事必躬亲，仍然每天要伏案画图，改图，一笔笔仍然一丝不苟，仍然那么呕心沥血。这不禁让我想到家族式的企业所面临的共同问题：创业一代进入老迈，在交接问题上如何顺利过关？无论是 80 多岁的贝聿铭还是同样 80 多岁的盖里，都在这个问题上无法从生命的不能承受之轻中获取大自在。有人说，盖里现在是站在一个山顶上——他耗费了他职业生涯的许多时间努力攀登这个山顶。他受到一种强烈的雄心壮志的驱动。这种雄心壮志经常隐藏在他的质朴无华的外表下面——然而，此刻，这个山顶本身在他的脚下开始崩溃。许多重要的建筑商在对盖里的新建筑的投资仿佛一夜之间消失。

危机意识，绝非耸人听闻，即使华为这样的全球知名企业，都在危机意识中度过每一天的。任正非随时警告他的雄壮的队伍：下一个倒下的可能就是他们华为。

由此及彼，想到陈世民在90年代持有最先进的建筑理念，雄心勃发地从香港杀入深圳，将西方的东西率先带入了中国市场。但是，如今他面对中国建筑市场迅速国际化的趋势，洋建筑师把中国变成他们的实验场这一现实，他反倒不够适应了。

事务所15年，陈世民做了一百六七十个项目，他们进入了辉煌的建筑师时代。即使这样，他仍然处在挣扎之中，且掉进了一个剧烈涌动的涡旋。建筑设计市场恶性竞争，不择手段打压设计取费标准，即便他们先后做了那么多成功的设计，诸如重庆CBD总部经济区和两江新区规划，那么多交口称赞的办公楼：广州汇美大厦、深圳诺德中心、TCL工业研究院大厦，深圳麒麟山庄、青海国宾馆；还有他们更值得称道的居住建筑：重庆珊瑚水岸、长春中信城、广州金海湾花园、深圳黄埔雅苑；以及近年来兴起的城市综合体：天津营道口地铁广场、长沙湘府国际大都会等，在今天仍然没有老本可吃，每天面临着更加高速运转的紧迫感，仍然面临新的困境。

在中国历史上，家族产业鲜有做大做强的。多为小打小闹，作坊式的，没有现在这种蔚然景观，也没有面临这样复杂的国际国内市场，所以，现在的民营企业没有现成的路子可走，没有成功的榜样效仿。在遭受全球性金融危机之后，家族成员势单力薄的问题愈加突显，如何资源重组，更新理念，如何解决人才缺失，走出困境？这恐怕是雄居于卓越大厦中的陈世民事务所必须进行的思考。

陈世民大师一辈子追梦，追求完美，追求意境，追到了晚年，仍壮心不已，不管世风如何卑下，他仍然不坠青云之志。

但是，他犯愁的是当下的环境，建筑文化的严重缺失。怎么补救呢？

茫然，一片茫茫然。从“文革”的一个极端走到另一端，“文革”时一切排外，现在是一切崇洋。外国人设计成本费五万美金，中国人的成本费才两万人民币。“去他妈的，我不做了！”陈世民愤然拍案！这样的例子很多，丧失了自尊、自信、自爱，把中国建筑师自尊心打没了。

王澍获普利策建筑大奖，举国欢庆，只不过是强心剂而已，就像莫言的诺贝尔文学奖，即使他到了瑞典风光几个夜晚，也对中国文学整体现状无补。现代化是国际经济的一体化和地域文化的结合。这种结合快速而生硬，造成了我们自己文化的迷茫，不仅照抄照搬，互相攀比，而且根本违背国情民情。

我翻阅了相关资料，中外合资式的建筑师事务所有着很强的竞争力。如德杰盟工程技术（北京）有限公司，系在北京注册的外商独资企业，是建筑设计世界百强、德国排位第一的 JSK 公司在中国的办事处。还有 COM 建筑师事务所设计集团，1988 年在伦敦创立，自 2008 年在中国北京和成都设立机构以来，先后为华润集团、万达集团、置信集团、成都文旅集团等国内一类开发公司服务，发展成为北方和西南地区最为瞩目的，多元化发展的精英型建筑设计公司。据介绍这是一家具全球化视野的规划、建筑、景观设计和提供解决方案的综合性商业设计公司。

看到这些事务所雨后春笋般冒出来，就知道陈世民何以马不停蹄如此忙碌，何以压力巨大，不断感叹当前的困境与困惑了。

《建筑时报》2007 年推出的全国十强民营事务所排行榜，其中浙江城建设计集团股份有限公司拥有 800 人的大队伍，像个大设计院规模，机构与业务范围也相当于大设计院：其中有规划、建筑、结构、电气、给排水、暖通、动力、道路、桥梁、室内外装饰、园林、岩土等专业，可谓大而全。

再看排在第二名的“中建国际设计顾问有限公司”更大，拥有1000人的队伍。总部设在上海，公司下设五大区域分公司，分别为深圳、北京、上海、成都、纽约。势力庞大。

排在第三位的是“华森建筑与工程设计顾问有限公司”，介绍是这样的文字：“于1980年，由一群致力于推动建筑设计走向市场，走出国门的有识之士创建。”这“一群”的提法似乎欠妥。第一批如果算是群的话，那么只是4个人，而4人中，除了一个头儿，只有陈世民是建筑师，其他两个是结构工程师。第二拨充实进来的人，也不过10个人，也不能算是“一群”吧？！

据不完全统计，中国目前有规模的民营建筑师事务所就有数百家。而没有形成规模的三五人小组小作坊式的，则无以计数。因而，陈世民仍然面临着巨大压力，仍然不能说已经摆脱了生存危机。

陈世民在一次会上演讲：“我们的职业毛病就是有了一点启发心得，比人家请你吃饭喝酒还高兴，可这边还没高兴完，那边就被业主枪毙了。”

建筑师激情是什么？就是按捺不住，一定要挥笔画完不可。重庆朝天门地方，中心区一个大渔广场，2007年开始做起，做了四年，这块地卖出去了，发展商把房子卖出去了。我们这块广场还没定。这中间规划局让法国人做，英国人做，做了不审不满意，国际投标，最后南岸区政府又把我们的翻出来，认为很好，但是规划局领导不同意。区里面一个意见，市规划局一个意见，最后就是双方妥协：老陈再改一稿。他在星期六弄到半夜两点多钟，他说我终于找到如何表达规划局意见，又满足南岸书记意见。睡了两小时，一大早爬起来，终于找到感觉了。有了激情，产生了灵感。这个时候比人家请你吃饭，到国外旅游还高兴。

三易其稿，参加设计的年轻人熬不住了，要退缩。大师说，现在是处于黎明前的黑暗，好事坏到底就要转化，我们要坚持。凭激情顶住，找到结合点。

建筑师并不是想怎么做就怎么做。建筑师是戴着镣铐跳舞。做职业建筑师难，做市场经济下的职业建筑师更难，而做一个能够长期付出的建筑师尤其难!

袁镜身在80年代对陈世民有一篇很长的评述文章，是这样结尾的：

“陈世民在建筑设计的道路上，奋斗了35个春秋，吃了很多苦头，走了不少弯路。他既是有成功的经验，也有失败的教训。他成长于50年代和60年代，成熟于70年代和80年代。现在他已经成为一个思想开拓、经验丰富的高级建筑师的设计企业家了。”

陈世民说：“我亲身经历了中国建筑业发展与改革的30年，在这期间，我设计了250个项目，这5000多万平方米，在国外是很难达到的，5000多万平方米呵！据说在日本十年间，所承接的最大项目只有一万平方米。”

他这一辈子，从乡村到城市，城市到乡村，再从乡村到城市，拉过犁，住过土炕，睡过稻草铺，什么罪没遭过?！什么绝望的境地没尝试过?！他的人生经历太丰富了。可是，这种巨大的人生起伏，与他的建筑师生涯，究竟是偏得呢？还是耽误了？如果给他人生定位的话，他不仅来自农村，还有多次下放与土地打交道的经历，而他又有着在国外城市到处跑，到处见世面的学习机会，那么，他的定位是“土”的呢？还是“洋”的？抑或土洋结合？

他的复杂的人生经历，势必要影响到他的美学构成的复杂性，肯定也将影响到一个城市在建造时的复杂性的。或许他在深圳的成功，就在于他的复杂性。他在与官员打交道与业主打交道与市场打交道，这一系列的复杂局面，他都能够从容应对，并且取得多方信任，这不能不说是他的“特殊经历”造就的“特殊适应”能力。是否可以这样认为：他的这种特殊能力既是他的成功展示，也是他的局限所在？

中国建筑师都是在“适用、经济，在尽可能条件下注意美观”的建筑方针指导下，去进行建筑创作的，这就像作家在新中国成立后仍然把《在延安文艺座谈会上的讲话》作为座右铭一样。如何可以成为海明威、赖特、路易斯·康、马尔克斯、博尔赫斯？我们的城市又如何能够成为巴黎、费城、伦敦？即使我们有那么好的底子，被称作东方巴黎的上海，仍然在新建筑冲击下难保本色，损失更大的还有北京、苏州、西安等城市。现在不是历数损伤了哪些城市，而是要找哪一个城市没被伤害。一个特定时期的方针，左右一个时期或一个时代也许可能，但左右一个民族、一个国度、一个城市的飞速发展的未来恐怕很难。所以，陈世民只是中国的建筑大师，而没有真正跨越到世界，成为贝聿铭那样的世界级大师。当然，他们彼此承担的使命迥然不同。反过来说，如果贝聿铭回到国内，也像陈世民那样从雅安走出来，一路北京、荥阳这样走下来，他还不一定能做到陈世民这样宠辱不惊，应付自如。任何简单的类比，都是不负责任的。

陈世民很清楚自己的价值。他不去奢望做明星建筑师，而是将自己牢牢定位在职业建筑师上面。他认为明星建筑师是大家围绕他一个人转，表现他自己，更大的闪光点聚焦的也是他自己。陈世民是务实的，他说：“我们也不是什么重要人物，影响不了时代，可以为城市添砖加瓦，尽一分力量就不错了！”他还说：“我也不追随高技派、后现代派，我只做好自己该做的，有名没名，经典不经典，那也无所谓。”

国外的明星建筑师很多的，像赖特、路易斯·康、柯布西埃、迈耶、尼迈耶，还有安滕忠雄、华裔贝聿铭等。但是，我们中国就没有这样的明星建筑师。如果说第一代建筑师可以排出几位，像梁思成、刘敦桢、杨廷宝、童寯等，但是，他们这些人的作品数量与质量其影响力，如果与国际上同时代的建筑大师相比，还是远远不及的。这并不是他们个人水平与能力的问题，他们当年在费城宾夕法尼亚大学学建筑时，在校期间表现出来的才华要远远高于同学路易斯·康的。杨廷宝在当学生期间就获过建筑设计奖的，可是，那时候路易斯·康却默默无闻。当然，后来人家成了国际建筑大师，其成就得到全世界公认，这不仅是个人才华的释放，还有一个国家与时代的机遇，就是说，美国的那一代建筑师包括赖特，赶上了建筑大时代，而中国的杨廷宝他们，却没有遇到这样的大建筑时代和机会。

从这个意义上说，时势造英雄是对的。陈世民应该算中国第二代建筑师吧？他们算是赶上了好时代，好机会。因此，他出手的建筑设计，要远比他上一代的建筑师们多得多。他像一下子掉到了黄金山上，只要动动手，就有捡拾不完的金条珠宝。因此，他不肯停歇下来，麻袋装满了，把衣服脱下来当袋子用，所有东西只要能装珠宝的，就会都拿出来装满金银财宝。就像他当年在磁器口脱下上衣扎起袖口装满橘子一样。那真是一个疯狂的铺金堆银的大建筑、大发展时代！

陈世民经历了中国建筑从20世纪50年代到进入21世纪的发展全过程。从那个时代过来的建筑师，犹如被投放到搅拌机里，能连滚带爬地站起来，就已经不简单了，何况，还能够不断地脱胎换骨，洗心革面，从深涧到悬崖，从社会主义到资本主义！这是一条多么曲折而传奇的道路。他是在大时代的波涛浪谷间起伏升腾的人物，他确实不是大人物，但他却是一个能够折射大时代的建筑人。

建筑界在梁思成之后，又推出了吴良镛。他获了多大个奖老百姓并不关注，但国家最高科技奖的500万奖金，让人印象深刻。

吴良镛是与谢家麟同获大奖。谢院士是国际知名的物理学家，是粒子加速器事业的开拓者与奠基人，有三项科研成果填补国内空白；而吴院士的获奖理由是：改造了城市的衰落面貌。“他一生都在践行‘谋万人居’的理想，至今仍不离讲台。”

陈世民跟吴良镛很熟，他们打过多次交道。他们都是从事建筑的，他们也都是走在“谋万人居”的路上。他经历了中国重要的建筑阶段，参加了许多重要的建筑项目，他是一部中国建筑界的活词典，更是一位征战于国内外建筑市场的勇士。

其实，不管陈世民这个建筑大师获取多大荣誉，得到多少奖金，在中国建筑界拥有多高的地位，这些都不会影响到他的人生价值。他的经历，他的特质，他在不同时代的富有戏剧性的传奇色彩，已然构成了一面中国建筑界的现代镜像：作为一个从周公河游出的雅安游子，他已经最大限度地发掘了人生潜能，实现了人生价值，他一生就像在香港那几年，用足了每一分钟时间学习和充实自己。按他的学历，他的经历，他的底子，能够拥有今天的多项成就，能够把建筑梦做得这样轰轰烈烈，丰富多彩，就足以赢得世人的尊敬。

想一想，陈世民每一次被委任或抉择，都有种“突然性”和“仓促性”，都是处于中国最重要的时代，他无论作为跑龙套的还是作为主要设计者，参与了那么多重要的建筑，他始终没有离开时代的“核心建筑”方位。即使他在事务所期间从公共大建筑转向住宅建筑时，他也不甘心边缘化，而是在住宅建筑这个领域做出了令人瞩目的贡献，从而引领或影响了一个时代的中国人的生活。这种价值并不逊色于南海酒店、金融中心等大建筑。就像赖特的流水别墅这种小品在百年百个最优秀的作品被评为第一，而他的那些大建筑如帝国大厦、古根海姆博物馆却榜上无名。

建筑不在大小，在于精致精美，在于超越时代穿越时空，留给未来。

老马奋蹄，依然千里！只是，他太累了，一大把年纪了呀。

“至今还有人问我，说你这么一把年纪了还不退休，还在忙什么，你钱也够了。说你还弄这个干吗，他不了解建筑师！”

陈世民喟然一声长叹——

是啊，别人不了解建筑师，更不理解他这样的老骥为何依然横绝四海。别人不了解倒没什么，可他的家人了解他否？我想，至少他的老伴也会问他：你究竟还要干多久？究竟什么时候停下来陪陪我啊？在他快到60岁的时候，他老伴问过；在他事务所初创阶段，他老伴问过；在他事务所走过15年里程时，他老伴一定也会这样问他——

而陈世民呢？可能会眨着智性的小眼睛说：等到我的建筑梦实现之时吧！

莫非，他的这个建筑梦还要做得更大更高远吗？

不禁为之感叹：周公河宽，建筑梦长……

2015年7月23日20时，陈世民大师在深圳逝世，享年81岁。人生苦短，思念绵长。谨以此文，缅怀他的非凡一生。——本文作者

2012年3月1日一稿于中国作家协会盘锦创作基地

2018年元月改定于深圳

后　记

这是一部很难写的书。从一开始吴家骅教授希望我为陈大师写这部传记时，我就很发怵。因为陈大师是一个具有多项才能，经历丰富，跨越时代，引领未来的建筑大师，为这样一个经历丰富、内心丰富的人物写传，涉猎面之广令我先自要打退堂鼓。实际上，当我硬着头皮拿出初稿时，也果然不尽如人意。

怎么办？在我陷入进退两难的谷底之时，一个关键性的人物出现了，那就是我与陈大师共同的朋友——杨永生主编。在征得我的同意之后，陈大师去北京探望杨老时，将我的初稿呈给杨老过目。强忍病痛看完书稿后，杨老与陈世民交谈了整整一个上午。这一个上午，使这部濒临死亡的作品有了绝地逢生的转机。杨老让陈世民转达他对这部初稿的充分肯定，他希望我有机会去北京，他要就这部草稿的修改意见跟我当面交谈。

我登门求教时，杨老已病体难支。但是一谈到文章，他便突然焕发了精神。他思维依旧敏捷，眼神照旧光彩，他说这是中国建筑界目前还不曾有过的一部由作家写出的建筑师传记。大散文写法，文采丰沛，太有意义了！他做了一辈子编辑，太懂得文章的奥妙与鼓励的作用。于是，我满怀信心地告诉他，我一定要改好，力争早日再送给他过目。

他送我出门时，叮嘱我修改的具体步骤和方法，并希望早日看到这部书的出版，因为他还为这部书稿找好了“婆家”。

然而，两个月后，杨老便与世长辞。很多人感怀杨老毕生为中国建筑事业做出的卓越贡献，尤其是他身后留下两部重要著作，那是对于中国当代建筑发展的活生生的缅述。其实，我这一部书也该算上他的功劳。如果没有他，我是绝不可能完成的。杨总不仅在学术方面有贡献，他的为人更是令人高山仰止。所以，从这个意义上说，我与本书的主人公都感谢杨永生，并希望将此书奉献给往生的他——

此外，我还感谢陈世民先生对此书的投入。他对此书的认知绝不囿于他个人的成功与否，他希望能从一个人的成长过程，透示出中国当代建筑的发展历程。因为当代建筑师经历了一个几千年来中华民族历史上从未有过的阶段，一个世界建筑史上罕见的大建筑时代。这是一片汪洋大海，而他认为自己只是一艘全力出航的小帆船，或者是图纸中的一个灭点。

辞旧迎新之时，我还要感谢我的家人，感谢她对我写作的支持，任劳任怨。也许应验了那句话，好事多磨。几经周折，不承想此稿真正完工之日，已经到了2018年。

最后我要感谢的是漓江出版社，他们在目前图书市场并不看好的前提下，让此书得以面世。以文会友，是我的夙愿。但愿此书能够获得更多的读者，无论夸奖还是批评，我都将心生感激。

2018年元月

图书在版编目（C I P）数据

大建筑师 / 刘元举著. 一桂林：
漓江出版社，2018.12
（中国故事原创文学丛书）
ISBN 978-7-5407-8574-1
Ⅰ. ①大… Ⅱ. ①刘… Ⅲ. ①长篇小说 - 中国 - 当代 Ⅳ. ①I247.5
中国版本图书馆CIP数据核字(2018)第264329号

DA JIANZHUSHI
大建筑师
刘元举　著

出版人：刘迪才
出品人：张谦
责任编辑：张谦
助理编辑：刘红果
版式设计：石绍康
责任监印：张璐

漓江出版社有限公司出版发行
广西桂林市南环路22号　邮编：541002
发行电话：010-85893190　0773-2583322
传真：010-85890870-814　0773-2582200
邮购热线：0773-2583322
电子信箱：ljcbs@163.com
网址：http://www.lijiangbook.com
香河县闻泰印刷包装有限公司印刷
［河北省廊坊市香河县安平镇二街　邮政编码：065402］
开本：690mm × 1000mm　1/16
印张：20.25　字数：252千字
2018年12月第1版　2018年12月第1次印刷
书号：ISBN 978-7-5407-8574-1
定价：58.00元